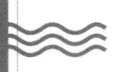

张炜中短篇小说年编
采树鳔

张炜◎著

时代出版传媒股份有限公司
安徽文艺出版社

图书在版编目(CIP)数据

采树鳔/张炜著. —合肥:安徽文艺出版社,2012.8
(张炜中短篇小说年编)
ISBN 978-7-5396-4335-9

Ⅰ.①采… Ⅱ.①张… Ⅲ.①中篇小说-小说集-中国-当代 ②短篇小说-小说集-中国-当代 Ⅳ.①I247.7

中国版本图书馆 CIP 数据核字(2012)第 161583 号

总 策 划:朱寒冬 刘景琳	出版统筹:曾 冰
责任编辑:曾 冰	封面设计:尚书堂

出版发行:时代出版传媒股份有限公司　www.press-mart.com
　　　　　安徽文艺出版社　www.awpub.com
地　　址:合肥市翡翠路 1118 号　邮政编码:230071
营 销 部:(0551)3533889
印　　制:安徽新华印刷股份有限公司　(0551)5859128

开本:880×1230　1/32　印张:13.125　字数:270 千字
版次:2012 年 8 月第 1 版　2012 年 8 月第 1 次印刷
定价:44.80 元(精装)

(如发现印装质量问题,影响阅读,请与出版社联系调换)

版权所有,侵权必究

目录

序

一辑

一潭清水 / 3

挖掘 / 20

胖手 / 35

篝火 / 43

灌木的故事 / 50

秋林敏子 / 73

黑鲨洋 / 94

海边的雪 / 118

二辑

红麻 / 143

野椿树 / 169

剥麻 / 184

蓑衣 / 191

烟叶 / 197

烟斗 / 203

夏天的原野 / 211

采树鳔 / 222

三辑

激动 /239

三想 /257

持枪手 /278

美妙雨夜 /306

梦中苦辩 /322

橡树的微笑 /340

满地落叶 /360

童年的马 /377

冬景 /392

附:短篇小说总目 /409

序

　　我在近四十年的写作生涯中,除了长篇小说和散文之外,共写了十三部中篇小说和一百多部短篇小说。

　　这是我十分钟爱的文体。我把许多宝贵的时间花在这些篇章之中,可以说为之殚精竭虑。

　　现在的七部"中短篇小说年编",大致以写作时间为序编排。这成为一次盘点,一次回顾和总结:生命的痕迹、劳作的历史、艺术的变化、生活的记录……

　　时间匆匆而过,悉数消逝在渺茫无际的数字时代,好像离我们越来越远了。

　　不过,当重新展读这些篇章时,我却再度追上了漂流的时间,并且觉得一切都楚楚如新。

　　也许这就是文学的意义、写作的意义。

2012 年 1 月 12 日

一　辑

一潭清水
挖　　掘
胖　　手
篝　　火
灌木的故事
秋林敏子
黑　鲨　洋
海边的雪

一 潭 清 水

　　海滩上的沙子是白的,中午的太阳烤热了它,它再烤小草、瓜秧和人。西瓜田里什么都懒洋洋的,瓜叶儿蔫蔫地垂下来;西瓜因为有秧子牵住,也只得昏昏欲睡地躺在地垄里。两个看瓜的老头脾气不一样:老六哥躺在草铺的凉席上凉快,徐宝册却偏偏愿在中午的瓜地里走走、看看。徐宝册个子矮矮的,身子很粗,裸露的皮肤都是黑红色的,只穿了条黑绸布镶白腰的半长裤子,没有腰带,将白腰儿挽个疙瘩。他看着西瓜,那模样儿倒像在端量睡熟的孩子的脑壳,老是在笑。他有时弯腰拍一拍西瓜,有时伸脚给瓜根堆压上一些沙土。白沙子可真够热的了,徐宝册赤脚走下来,被烙了一路。这种烙法谁也受不了的,大约芦青河两岸只有他一个人将此当成一种享受。

　　一阵徐徐的南风从槐林里吹过来。徐宝册笑眯眯地仰起头来,舒服得了不得。槐林就在瓜田的南边,墨绿一片,深不见底,那风就从林子深处涌来,是它蓄成的一股凉气。徐宝册看了一会儿林子,突然厌烦地哼了一声。他并不十分需要这片林子,他又不怕热。倒是那林子时常藏下一两个瓜贼,给他送来好多麻烦。那树林子摇啊摇啊,谁也不敢说现在的树荫下就一定没躺个瓜贼!

种瓜人害怕瓜贼哪行!徐宝册对付瓜贼从来都是有办法的,而老六哥却往往不以为然。白天,徐宝册只这么在热沙上遛一趟,谁也不敢挨近瓜田,而老六哥却倒在铺子上睡大觉。如果是月黑头,瓜贼们从槐林里摸出来,东蹲一个,西蹲一个,和一簇簇的树棵子混到一起,趁机抱上个西瓜就走,事情就要麻烦一些。有一次徐宝册火了,拿起装满了火药的猎枪,轰的一声打出去……天亮了,徐宝册和老六哥沿着田边捡回几十个大西瓜,那全是瓜贼慌乱之中扔掉的。老六哥抱怨地说:"何必当真呢?偷就让他偷去,反正都是大家的,偷完了咱们不轻闲?你放那一枪,没伤人还好,要是伤着个把人,你还能逃了蹲公安局?"宝册只是笑笑说:"我打枪时,把枪口抬高了半尺呢!嘿,威风都是打出来的……"

一些赶海人都知道,老六哥的确是个大方人,所以常在瓜铺里歇脚。每逢这时,宝册由不得也要和他一样大方。有一次他烧开了一桶桑叶子水端上来,被一个满脸胡子的海上老大提起来泼到了沙土上。老六哥哈哈大笑着,便到瓜田里摘瓜去了。他一个腋下夹着一个熟透的西瓜,仍然哈哈大笑说:"反正都是集体的瓜,吃就吃吧,只要不在夜里偷就行。"宝册也来了一句:"人家把开水泼了,咱就乖乖地摘来瓜,威风都是泼出来的!"说完也哈哈大笑起来。他接过老六哥腋下的一个花皮大西瓜,顶在圆圆的肚子上,转回身子,来到一块案板前,放手摔下去。西瓜脆生生地裂成几块儿,红色的瓜瓤儿肉一般鲜,赶海的每人抢一块吃起来。

有个叫小林法的十二三岁的孩子常来瓜铺子里。这孩子长得奇怪:身子乌黑,很细很长,一屈一弯又很柔软,活像海里的一条鳝。他每次都是从北边的海上来,刚洗完海澡,只穿一条裤头儿,衣服搭在手臂上,赤裸的身子上挂着一朵又一朵泛白的盐花。盐水使他周身的皮肤都绷紧起来,脸皮也绷着,一双黑黑的眼睛显得又圆又大,就连嘴唇也翻得重一些,上边还有几道干裂的白纹。滚热的沙子烙痛了他的脚,他踮起脚尖,一跛一跛地走过来,嘴里轻轻叫唤着:"嗦!嗦!嗦嗦……"

徐宝册一看到他这个样子就不禁乐了起来,躺在铺子里幸灾乐祸地喊着:"小林法!小林法!快来……"他还常常跑上几步,把小林法拦在铺子外边,故意把他掀倒在地上,让沙子炙他赤裸的身子。小林法"哎哟哎哟"地叫着,在沙子上翻动着、笑着、骂着……徐宝册把自己的一只脚扳到膝盖上,指点着那坚硬的茧皮说:"你的功夫不到,你看我,烙得动吗?"

小林法到了铺子里,就像到了自己家里一样。他躺在凉席上,两脚却要搭在宝册又滑又凉的后背上,舒服得不知怎么才好。宝册常拿起烟锅捅进他的嘴里,他就闭上眼睛吸一口,呛得大声咳嗽起来。老六哥在一旁对小林法说:"嘿,不中用!我像你这么大已经叼了三年烟锅了!"小林法这时候就把脚从宝册的后背上抽下来,蹬老六哥一脚说:"你中用,敢跟我到海里走一趟吗?我到哪你到哪,敢吗?"老六哥不吱声了。他当然不敢的:小林法长得像条鳝,水里功夫也是像条鳝的。

小林法在铺子里玩不了一会儿,就嚷着要吃西瓜。只是在这个时候,徐宝册和老六哥的意见才是完全一致的,二人毫不犹豫地起身到瓜田里,每人抱回一个顶大的西瓜来。小林法很快吃掉一个,又慢悠悠地去吃另一个……他的肚子圆起来时,就挪步走出铺子,往瓜地当心那里走去了。

那里有一潭清水。

那潭清水是掘来浇西瓜的。平展展的水面上,微风吹起一条条好看的波纹。潭水湛清,潭中的水草、白沙都看得一清二楚。这实在是一个可爱的水潭。小林法常在这儿游上几圈,洗去身上的盐水沫儿。徐宝册和老六哥笑眯眯地蹲在潭边上,看着他戏水。

小林法就像是水里生的、水里长的一样,游到水里,远远望去,还以为他是条大鱼呢。他不怎么吸气,只在水里钻,一会儿偏着身子,一会儿仰着胸脯,两手像两个鳍,一翻一翻,身子扭动着,有时兴劲上来,又像一只海豚那样横冲直撞,搅得水潭一片白浪,水花直溅到潭边两个老人的身上。

他从水中出来,圆圆的肚子消下去了,又重新吃起西瓜,直到只剩下一块块瓜皮。老六哥说:"你真是个'瓜魔'!"徐宝册点点头:"瓜魔!瓜魔!"

日子长了,他们仿佛忘记了小林法的名字,只叫他"瓜魔"了。

瓜魔原来是个收养在叔父家里的孤儿。他对读书并没有多少兴趣,叔父对管教他也没有多少兴趣,他从五六岁起就在大海滩上游荡了。他在瓜田,绝对没有白吃西瓜,他常常帮忙给瓜浇水、打冒杈,一边做活一边笑,在太阳底下一做就是半天。徐宝册疼他,喊他进草铺里歇一歇,老六哥却总是吸一口烟,笑眯眯地望他一眼说:"让他做嘛!用瓜喂出来的一个好劳力嘛!"瓜魔实在做累了,就到海里去玩,回来时总在身后藏两条鱼,还都是少见的大鱼哩。两个老人怎么也弄不明白,他一个小小的孩子两手空空,怎么就能捉住那么大的鱼?不过也从不去问,因为他们觉得瓜魔也和一条很大的鱼差不多,"大鱼"逮条"小鱼",大概总不难吧?两个人自己起灶,把鱼做成鲜美的鱼汤、鱼丸子、鱼水饺。有时瓜魔带来几个螃蟹,还有时带来几个乌鱼、八腿蛸、海螺、海蚬子……应有尽有。有一次他们吃过饭之后,问瓜魔怎么逮住了那条鱼,像腰带一样、细细的长长的那条?瓜魔说:"捡条粗铁丝就行。这鱼老爱往岸边游,你瞅准它,一下子抽过去,就被抽成两截了,百发百中的!"两个老头儿笑了,嘴里学他一句:"百发百中的!"

瓜魔隔不了几天就要来一次,徐宝册和老六哥吃不完他的鱼,就用柳条儿穿了晒鱼干。这个小小的瓜铺就像磁石一样吸引着瓜魔,因为他一来,徐宝册和老六哥总乐于为他摘最大的西瓜。他们对这么个瘦小的孩子能一口气吃下那么多西瓜,开始觉得奇怪,后来倒觉得有趣了,来少了就念叨他。

这天,太阳偏西的时候,瓜魔又来了。入夜,他破例留下来,就睡在这铺子上。徐宝册没有娶过老婆,当然也没有儿子逗,半夜里常要伸手去摸摸瓜魔那热乎乎的肚子,觉得是一大快事。他想象着如果早几年结婚,有个儿子如今也该这般大了。他和老六哥是轮流睡的,要有一个为瓜田守夜。该他守夜时,他就把瓜魔叫醒,两人一起到地边上支起小锅煮东西吃。东西都是瓜魔出去找来的,无非是些刚长成小纽的地瓜、鼓成水泡仁的花生……这些东西撒上盐沫煮一煮,味道都是极鲜的。

海风送过来一阵阵腥味儿。夜气很重,他们坐在火堆边上,衣服还是有些潮湿。空中的星星又密又亮,他们都觉得这会儿离星星近了许多。海潮的声音永无休止,虽是淡远的,但远比水浪拍岸深沉,那是硕大无边的海和整个地球岩石摩擦的声音。在这幽深的夜里,它和高空眨动的星星、远方林涛的振响一起,组成一个极为神秘的世界。芦青河在连夜急匆匆地奔向大海,那声音嘹亮而昂扬,不断安慰和鼓励着守夜的人们。

瓜魔斜倚在徐宝册的身上,看着远处升起的半个月亮。他突然说:"宝册叔,我明年也跟你们来干吧!我喜欢这个活儿,晚上不会瞌睡……"

徐宝册从铁锅里捞出一块地瓜纽儿填到嘴里嚼着,摇摇头。

"怎么呢?"

"你该到海上学拉网,那才叫有出息!等你老了,年纪跟我们差不多时,再来吧。"

瓜魔沉默着。从海岸隐隐传来拉夜网的号子声,他倾听了一阵,说:"我去要几条鱼来煮上!"

瓜魔去了,提来几条鲅鱼煮到了锅里。徐宝册又点上了烟锅,吸了几口,说:"讲点故事吧……"

铁锅下的木炭响了一声。瓜魔说:"你讲吧,你是老人,老人十个里面有八个装了说不完的故事。"

徐宝册把那条又宽又肥的半长裤子提了提,说:"那一年上,我种了棵南瓜,就种在屋后头。最后你猜怎么了?生出了一窝地瓜。"

瓜魔笑得肚子都疼了。他嚷着："我有一年种了一棵苞米,到头来你猜呢？生出一棵蓖麻……"

"胡说！"徐宝册严厉地打断他的话,磕掉了烟灰,"你胡乱编排些什么！"

瓜魔说："你不也是胡乱编排吗？"

"我不是,"徐宝册摇摇头,"我邻居家的孩子给我偷着埋下了地瓜呀……你看,是这样的。"

瓜魔无声地笑了。他把身子滚动一下,挨近一棵西瓜,摘下一个瓜来。他吃着瓜说："我想起一个故事来——这可不是编的,一点不是,是我亲眼看见的。那一年芦青河涨水,听人说河里的鱼多极了。好多人都鼓动我进河捉鱼去。我那几年就愿睡觉,头一碰着什么就粘上了,再也不愿抬起来……"

"小孩子都这样的。"徐宝册也掰了一块西瓜,咬了一口说。

"也不都这样。恐怕这是种毛病——我叔叔就说这是种毛病的。"瓜魔这时候不吃瓜了,一只手撑着地,半挺着身子讲他的故事了,"那一天大雾,芦青河就笼在一片灰白色的雾里。哎呀,好大的雾呀,我从家里走到河边上,衣服就湿了……河里这天没有多少人捉鱼,他们都怕雾呀,怕在对面不见人的时候被水里的妖怪拖进水里去。我倒不怕,直顺着水游下去,就在河口那儿的一片大水湾里停住了……"

徐宝册一直眯着眼睛,这时睁开眼插一句："是那片在三伏天也冰凉的水湾里吗？"

瓜魔点点头："嗯。"

徐宝册重新眯上了眼睛："那里面听说有不少鳖哩。"

瓜魔摇摇头："我在那儿捉到一条很大的鱼——它用鳍把我的小腿肚儿划开一道口子，惹恼了我，我用拳头砸了一下它的脑袋，它才显得老实了。我像抱个小孩儿一样把它抱上岸来，它直拱动，老想再回到河里去。我就紧紧抱着它……后来走在路上，累了歇息的时候，我就搂着这条鱼睡去了。醒来一看，鱼不见了，肚子上只沾了几片鱼鳞……"

"哪去了呢？"徐宝册蹲起身子，惊讶地问。

瓜魔揉揉眼睛："谁知道！到现在我也不知道。只是第二天我到龙口街上赶集，看见一个小姑娘卖一条鱼，越看，那鱼越像我捉的那条……"

徐宝册不做声了。他开始吸那杆烟锅。

瓜魔讲到这儿像是疲倦了，身子一仰躺了下来。他又伸手去拿起一块吃剩的瓜，放在嘴里吮着，并不咬，两眼一直望着那布满星星的天空。

蝈蝈儿在瓜垄里叫了起来。各种小虫儿也用千奇百怪的声音应和着。铁锅往外噗噗地冒着气，鱼的香味儿很浓了。徐宝册起身把铁锅端下火来。

一个人迈着拖拖拉拉的步子走过来，走到近前才看出是老六哥。他不做声，蹲在了火堆旁，怕冷似的烘了烘手。他看到那一片片瓜皮，就伸手在瓜魔的肚子上捅一下说："真是个瓜魔！"

他们三个人一块儿将鱼吃了。这是一顿很丰盛的，也是一顿很平常的夜餐……

第二天,徐宝册和老六哥摘下了堆得像小山一样的西瓜,叫队上的拖拉机拉走了。搬弄瓜的时候,他们发现一个黑皮上带有花白点的大个儿西瓜,立刻就挑拣出来,藏到了铺子下边。他们记得去年就有这样的一个瓜,切开皮儿就有股香味扑出来,咬一口,甜得全身都要酥了。徐宝册说:"留着瓜魔来一块儿吃吧。"老六哥点点头:"一块儿吃。"

一连两天瓜魔没有来。西瓜从铺子下滚出来,徐宝册用脚把它推进去,说:"瓜魔这东西把我们两个老头子给忘了。"老六哥说:"瓜魔能忘了我们老头子,可他忘不了瓜!"徐宝册点点头:"也忘不了海——这小东西,简直是鱼变的!这小子该到海上学打鱼。他原想以后跟我们来做营生呢……"

老六哥听到最末一句想起个事情。他说:"听人讲,村里的土地以后都要搞责任承包了——还没讲瓜田承包不承包呢。"

徐宝册笑笑:"承包怕什么?承包不就是咱俩的事了?别人也不敢揽这瓜田——这得有手艺呢!"

老六哥点点头:"就是呀,我讲的意思,也就是到时候咱俩瞪起眼睛来,可不能让别人承包走了。"

天气出奇地热,傍响午的时候,瓜魔胳膊上搭着衣服从海上来了。徐宝册坐在铺子上,老远就瞅见了,兴奋地吆喝着:"嘿,你这小子!这几天跑哪去了?"

瓜魔仰着脸儿走过来,似笑非笑地眯着眼睛,身子晃晃荡荡的,像喝醉了酒。他唱着什么歌儿,一扭一扭走过来,躺在了铺子上。他喊着:"吃瓜吃瓜!"

"这个瓜魔!"徐宝册招呼一下田里的老六哥,从铺子下边滚出了那个大西瓜,……真快意呀!谁吃过这样的西瓜呢?瓜魔兴奋得在铺子上打了几个滚儿,然后才到那潭清水里洗澡去了。徐宝册和老六哥也到瓜田里做活,路过水潭,每人顺便抓起一把沙子扬了进去,使得瓜魔在里面骂了一句。

村子里来人告诉徐宝册和老六哥,晚上要开会商量责任田承包的事,让他们去一个开会。

这个消息使两个看瓜的老头子整整兴奋了半天。徐宝册要去开会,老六哥不同意,说:"你这个人关键时候话来得慢,我不放心。我去算了。"争执的结果,决定由老六哥去参加。

徐宝册觉得这事情不比一般,很需要运用一番自己的智慧。他想了好多,都想对老六哥嘱咐一遍,这使得老六哥都有些腻烦了。徐宝册打着冒权,说:"比如这冒权吧,不比往年长那么旺——这是瓜秧不壮啊!不错,化肥也使了不少,可天旱,也只得不停地浇。结果呢?肥料都给冲到地下去了……这些,你都得跟领导说,让他们知道承包下来也不是便宜的事。"

老六哥听了暗暗发笑,徐宝册想到的他全想到了,他只不过将什么都藏在心里罢了。他觉得,今天手腕子也好像比过去强劲了些。他像囫囵吞下了一个大西瓜,心里老觉得沉甸甸的。他步量了一遍瓜田,又在靠近槐林的地边停住了步子。他想:如果承包下来,就是和自己的瓜田一样了,那么,这儿最好能架起一排荆棘篱笆,挡住那些瓜贼……

傍晚老六哥回村开会去了,半夜时分才回来。

老六哥笑模笑样的,这使徐宝册的心一下子放了下来。他问:"六哥,承包给咱们了吧?"

老六哥点点头:"不承包给咱们,谁敢揽这技术活儿?我一发话,会上没说二话的。没跟你商量,我就代你在合同上按了手印。我早算准了,咱们年底每人少说也能赚它五百块钱!"

"哎呀!哎呀!"徐宝册上前搂住了老六哥的腰,呼喊着,捶打着,说,"瓜魔算'魔'吗?你才算'魔'!你这家伙鬼精明,你掐一掐手指骨节,计谋就来了。行啊,亏了这回承包!新政策是谁定的?我老宝册要找到他,敬他一杯大曲酒!"

老六哥搬来小铁锅,找来一条干鱼,放在里面煮上了。两人坐在一块儿吸着烟锅,谁也不想先去睡觉。老六哥吸着烟,伸出手捏住徐宝册的半长黑裤,拉了两下说:"看看吧!多丑的一条裤子……"徐宝册满脸愠怒地斜了他一眼,把他的手扳掉。老六哥笑吟吟地说:"这都是没有老婆的过。有老婆,她早给你做条好裤子了。"徐宝册的脸有些烧起来,只顾一口接一口地吸烟。老六哥又说:"今年卖了瓜,赚来钱,先去娶个老婆来!你总不能一个人老死在屋里吧……"徐宝册抬头望着远处月光下那片黑黝黝的槐林,嗫嚅道:"也……不一定……"

"哈哈哈哈……"老六哥听了大笑起来。

徐宝册也笑起来,这笑声直传出老远,在夜空里回荡着,最后消失在那片槐林里了。

天亮了,他们立即着手在靠近槐林处架荆棘篱笆了。瓜魔来了,就忙着为他们砍荆棵子……徐宝册告诉瓜魔:瓜田承包下来了,这片西瓜就和自己的差不多了。瓜魔听了乐得不知怎么才好。老六哥低头绑着篱笆,这时回头瞅了瓜魔一眼,没有吱声。瓜魔于是走到他的身后,在他的腰上轻轻按了一下。老六哥突然抛了手里的东西,瞪起眼睛喝道:"你小子打人没轻重,乱戳个什么!"

老六哥的样子怪吓人的,瓜魔吃了一惊,往后蹦开了一步。

徐宝册很惊奇地望望老六哥的腰,说:"就那么不禁戳吗?"

老六哥没有吱声,只是涨红着脸低头做活。

三个人整整用了一上午的时间才架好篱笆。午饭做的鱼丸子、玉米面锅贴儿,瓜魔只吃了很少一点,就躺到铺子上去了,仰着脸,扭动着。他嘴里哼唱着,一边把脚搭在徐宝册光滑的脊背上。老六哥一直皱着眉头吸烟,这时一转脸看到了,说:"真是贱东西!他整天做活累得不行,你还要把脚搭在他背上! 真是贱东西!"瓜魔在过去总要把脚挪到他背上的,可是这回看到他阴沉沉的脸,就无声地把脚放在了铺子上。

吃完饭后,照例要吃西瓜了。徐宝册见老六哥不愿动弹,就自己到田里摘来两个。可是吃瓜时,老六哥只是吸烟……瓜魔离开以后,徐宝册扳过老六哥的膀子问:

"六哥,你身上有些不对劲儿?"

老六哥只是吸烟。

"你不吱声我也知道。你掐一掐手指骨节就生出来的计谋,我都知道! 你心里想事,嘴上只是不说!"徐宝册盯着他的脸,硬硬地说。

老六哥磕打着烟锅,板着脸,慢声慢气地说:"瓜魔不能多招惹的,他不是个正经孩子。"

徐宝册哼一声,扭过头去说:"瓜魔是个好孩子!"

"你看看吧,"老六哥往瓜魔常来的那个方向指点一下说,"正经孩子有他那个样儿吗?黑溜溜像铁做的,钻到水里又像鱼,吃起瓜来泼狠泼愣!"

徐宝册气愤地将卷在膝盖上的裤脚推下去,站起来说:"你有话就直说,用不着这么转弯抹角的。瓜魔一个孩子又碍了你什么!哎哎,你真是变成'魔'了!"

这是他们最不愉快的一次。这一天,他们简直没有说上几句话,只顾各忙自己的事情了。

以后瓜魔来到,老六哥总是离他远远地坐着。瓜魔带来的鱼,他似乎也不感兴趣了。瓜魔到水潭里洗澡,也只有徐宝册一个人跟去看了。徐宝册背着瓜魔对老六哥说:"六哥,你心胸窄哩!你不像个做大事情的人!"老六哥顶撞一句:"我也没见你做成什么大事情!"

瓜魔不知有多少天没来了,徐宝册常常往大海那边张望。可他除了看到远处海岸上那一长溜儿活动的拉网的人之外,几乎没有看到别的。夜里,他一个人烧起小铁锅,或者一个人走在瓜田里,总觉得少了些什么。

一天早上醒来,他对老六哥说:"昨夜我刚睡下,就梦见瓜魔来了,蹲在瓜田南边,就是篱笆那儿,和我煮一锅鱼汤。"

老六哥点点头:"煮吧。"

徐宝册眼神愣怔怔地望着篱笆说:"煮好以后,我梦见他跟我要烟锅,我没给他。"

"你该给他!"老六哥讪笑着说。

"我没有给他。"徐宝册摇摇头,"我梦见他好像生了气,说再也不来了……"

老六哥嘴角上挂了一丝讥讽的笑容。

又有一天,徐宝册正给瓜浇水,一抬头看到海边上有个人在向这边遥望,那身影儿很像是瓜魔。他抛了手里的水桶,上前几步喊道:

"瓜魔呀?是你这小子!你怎么不过来呀?瓜魔——瓜魔——"

那是瓜魔,徐宝册越看越认得准了,于是就一声连一声地喊他,用手比画着让他过来。可是瓜魔无动于衷地站在那儿,望了一会儿,就晃晃荡荡地走开了……徐宝册愣愣地站在那儿,两手紧紧地揪着自己肥大的裤腿。

老六哥对他说:"你再不要喊那东西了——他是再也不会来了。有一次你不在,他坐在铺子上吃瓜,吃下一个还要吃,我阻止了他。这小子一气走了。"

徐宝册听着,啊了一声,瞪大眼珠子盯着老六哥。

老六哥有些慌促地挪动了一下身子,避开对方的眼睛。

徐宝册却只是盯着他……停了一会儿,徐宝册寻了一个最大的西瓜,顶在肚皮上抱回铺子,对准那个案板,狠狠地摔下去。西瓜碎成一块一块,他两手颤抖着拢到一起,捧起一块吃着,瓜瓢儿涂了一腮。吃过瓜,他就躺在凉席上睡着了。

老六哥把这一切都看在眼里,不敢说上一句话。

徐宝册醒来后,老六哥坐在他的近前。徐宝册眼望着北边的海岸线说:"我早就知道你是舍不得那几个瓜!你要发一笔狠财,你不说我也知道!瓜魔平日里帮瓜田做了多少活儿?送来多少鱼?你也全不顾了……"

当天下午,徐宝册就到海上寻找瓜魔去了。

瓜魔在海里。他爬上海岸,坐在徐宝册的身旁哭了。眼泪刚一流下来,他就伸出那只瘦瘦的、黑黑的手掌抹去,不吱一声。徐宝册要他再到铺子里去,他摇摇头,神情十分坚决。最后,老头子长叹了一声,走开了。

两个老头子还像过去一样,每天给瓜浇水、打杈子;晚上,还像过去那样给瓜田守夜……可是,他们不再高声谈论什么,也不再笑。徐宝册无精打采,他觉得自己突然变得没有力气了……终于有一天他对老六哥说:

"六哥!我忍了好多天了,我今天要跟你说:我不想在瓜田里做下去了。你另找一个搭档吧。真的,开始我忍着,可是以后我不能再忍了。咱俩在一起种了多年的瓜,我今天离去对不起你哩,你多担待吧!"

老六哥惊疑地咬住嘴里的烟锅,转着圈儿看徐宝册,说:"你、你疯了……"

徐宝册说:"我真的要走,今天就回村里去。"

老六哥这才知道他是下了决心了,有些失望地蹲在了地上。

徐宝册说:"还是李玉和说得好:'我们是两股道上跑的车,走的不是一条路啊!'……"

老六哥声音颤颤地说:"什么时候了,还有心去说这些!"他洒下了两滴浑浊的眼泪……突然,他站起来,低着头,只把手一挥说,"走吧,宝册,有难处再来找你老哥我!"

徐宝册离去了。半月之后,他重新与别人合包下一片海滩葡萄园,到园里看葡萄去了……瓜魔又常常去园里找他玩,两人像过去那样睡在草铺子里,半夜点火烧起鱼汤……

一个晚上,他们仰脸躺在草铺里,瓜魔又把脚搭在了徐宝册光滑的后背上。他用那沙沙的嗓子唱着什么,声音越来越轻,终于一声不响了。停了一会儿,他对徐宝册说:"我真想那个瓜田……"

徐宝册笑笑:"你想吃瓜了?瓜魔!"

瓜魔坐起来,望着迷茫的星空,执拗地摇摇头:"我是想那潭清水……真的,那潭清水!"

徐宝册没有做声。

这是个清凉的夜晚,风吹在葡萄架上,刷刷地响……徐宝册声音低缓地自语道:"葡萄也需要个水潭呢,我想在这儿动手挖一个……"

瓜魔的眼睛一亮:"那水潭不是好多人才挖成的吗?我们能行?"

徐宝册点点头。

瓜魔笑了:"我真想那潭清水……"

一个早晨,一老一少真的找块空地,动手挖水潭了。大概泥土很硬,他们一人拿一把铁锹,腰弯得很低,在橘红色的霞光里往下用着力气……

>　　　　　　　　1983年5月写于济南

挖　　掘

　　这是一片茫茫的海滩。白色的沙土被太阳烤热了,满地的葛藤、小草、山枣棵……都卷起了叶子。奇怪的是,这一类生命竟然能在焦热的烘烤下有滋有味地活着。它们在早晨喝点露水,入夜的时候就兴奋起来,叶子一片片地舒展开来,根须默默地又在往下扎……

　　现在,天开始凉爽一些了。

　　一簇簇树林在微微的风里抖动着叶子。风把水汽吹散了,于是一切显得明朗起来。树林仿佛变得比刚才绿了许多,色彩也艳丽了许多——那一团墨绿的,是槐树棵子;一条条大叶片子都看得清的,是野椿;长出一球球红色的、像肥厚的豆角的,是野楝了……有什么声音在林子里边响起来,那声音是迟钝的。停了一瞬,又响了一声,这有点像咳嗽。不一会儿,果然有一个人出现在林子边上。

　　小树林摇动起来。他是个六十多岁的老人,垂着头,像盯着自己的两只脚,一步一步走出来。那两只生着黑斑、爬满了青筋的大手握住一柄粗重的镢头。镢头的一端还挂了一个黑色的篓子。他只顾往前走着,仿佛大海滩上,什么都引不起兴趣了,什么也不愿多看一眼……一簇簇的草叶被他那双沉重的脚板踩到沙子里去。酸枣棵儿的尖刺像钢针那样锋锐,不止一次勾到他的脚背上,这双脚躲都不躲一下。尖刺果然戳不进他的皮肉,倒是被这双脚踏上去踏折了。他的大脚在草丛里转动两下,那草棵就奇怪地向四周分开,使当心的沙土上显露出一株生了紫色籽粒的棵棵。于是他把镢头从肩上取下来,"噗"的一声刨下去,刨出一个白白胖胖、有小拇指粗的根根来……他把根根小心地拾到了篓子里。

那是一株沙参。

原来,他不是在看自己的脚板。他往前走时,眯起两眼,躲闪着白沙粒上反射过来的光线。草棵里不断有飞蛾之类的活物被这双脚搅扰得飞起来;不断有小虫虫顺着他的脚杆往上爬去。他就像没有看见,只等小虫爬到腰际的时候,再动手去捻掉。一步一步地往前走去,完全是不慌不忙的样子。他那神态也告诉别人:他是个性情平易的老人,激烈的热血早在年轻时候就流完了。他看着脚下的沙粒、茅草,眯着的眼睛眨也不眨一下,显露出一副极有耐性的、满怀信心的脸相。

不知又走了多远,他的黑篓子里才装进第二株沙参。

沙滩上有一种小鹅卵石,黑里泛红,表面被海滩的大风沙打磨得油亮亮的。这种石头跟刨参老人的皮肤差不多是一个颜色。有一次这样一块石头掉进鞋子里,走一步就要硌一下脚底。可是他懒得脱鞋,还是眯着眼走下去。住了一会儿,脚底疼得厉害了,他才不得不放下镢头和篓子,坐到地上来。他把那双粗麻绳纳成的黑布鞋子脱下来,看到了那个石头:圆圆的,黑红透亮,像一枚板栗。他特别注意到它和自己的脚面一个颜色,嘴角露出满意的笑容,在手里摩擦一下,放进衣兜里了。当他穿鞋子的时候,他突然发现就在脚边的茅草棵里,有几片肥厚的沙参叶儿在摇动着!

他这次没有舍得使用镢头,仿佛害怕坚硬的镢头会碰坏它一样。他伸开了两只大手,扒开了好大一片沙土。这真是一株不平凡的沙参哪,瞧它的叶梗儿多长、多壮,掏进那么深的土里,还迟迟见不到白胖的参肉!老人呼呼地喘着气,眯着的眼睛睁圆了,一捧捧地往外掏着白沙,嘴里咕哝着:"哎呀,你是棵好家伙哩!你藏得鬼呀,你藏到这么深的沙土里,藏在茅草窝窝里!嘿,你再鬼我也要请你出来呀……"他终于看到洁白的参肉了,圆鼓鼓的,比大拇指还粗!老人把头拱到了沙坑里,闻了闻它那淡淡的清香,嘴里又咕哝一句:"是个大家伙!从来没见过的大家伙……"

在说这句话的时候,他突然觉出后背上仿佛有什么异样。就像被什么烘烤着,有些发热。他立刻闭上了嘴巴。他明白这时候正有个人站到了背后,离他很近地直瞅着他挖这株沙参。他不想让别人知道他为一株大点的参高兴成这个样子。他只是默默地、一丝一丝地扒土,干完了最后一点儿活计,取出了这株沙参,转身往黑篓子里放去——

背后果然站了一个人。他三十多岁,黄色的脸膛上,有一双灵活的眼睛。眼睛转得很快。他正叼着一支粗壮的雪茄烟,看着那株肥大的沙参。原来是生产队长马其扬。

老人像安放一个熟睡的婴儿一样,在马其扬的注视下将沙参放入黑篓子里。

马其扬嘴巴一歪,笑了。他说:"牛筋叔发财了!"

他的笑声里隐含一丝嘲讽,牛筋叔还是听得出来的。牛筋叔没有做声,拍打了两下沾满沙土的大手,从腰里摸索出一杆烟锅吸起来,问:"小其扬,你干什么去呀?"

马其扬仍旧是那么一副嘲讽的语气:"跟你一样,走发财的路子去啊!"

牛筋叔仰起脸来,见到不远处那条弯弯曲曲的黑土路上,停了一辆绑着柳筐的轻骑车。他知道这个队长是要贩鱼去——人家说进一趟南山能赚几十块钱哩!他使劲吸了一口烟,又吐出来,透过蓝蓝的烟气望着那辆轻骑。他想,刚才也许是挖得入迷了,怎么就没有听到马达响呢?嘿,这种车子也算个精灵了,突突一响,喷出一股烟气,就立刻能跑没了影儿……牛筋叔磕了烟锅。

马其扬递过去一支雪茄。牛筋叔接到手里,端量了一会儿,又还给了他。

马其扬站起身来,拍拍裤子上的土说:"牛筋叔,你使劲挖吧!我就从这条路上穿来穿去的,等你这'人参'挖得堆成了山,我帮你用车驮回家去!……"他说着从衣兜里掏出一个变色眼镜,戴上之后又用手推一推,向着轻骑车方向走去了。

马达响了起来,小土路上扬起一团烟尘,轻骑向海上跑走了……牛筋叔歪过头来盯着黑篓子里的三株沙参,伸出手来抚摸了一下那株最大的。他知道马其扬是故意将"沙参"叫成了"人参"

的,这同样也是一种讥讽——沙参只是一味普通的中药,自然比不得人参那么贵重。它们的模样有些相近,牛筋叔也常在心里省去前边那一个字,只叫它"参"! 当他肩扛镢头、背起黑篓时,有人问他"干什么去",他就响亮地回答一声:

"挖参去!"

自从把土地分成责任田以来,人们自由支配的时间多起来。比如像这一个夏末吧,玉米早播上了,又施过了第一遍肥水,还闲在田里做什么?人们都寻各种门路赚钱去了:进城卖果子;到乡间收麻拧绳子,做蒲草席子……最有气魄的还是队长马其扬,买来一辆轻骑车贩鱼去,几个月就赚回一大笔钱,使村里人都想学他的样子干。但最终还是没有一个人敢买一辆轻骑,他们没有马其扬的气魄——气魄是他当队长时练出来的。他们只能卖卖果子、拧拧绳子了。牛筋叔的镢头刨掉了玉米地里的麦茬儿,很想再刨点什么别的。他使惯了镢头,让他放下镢头进城叫卖,他还没有做过。他只知道镢头锈住了,就该毫不犹豫地把它磨得锃亮!

他已很难受地闲了两天。第三天上,他看到村里人一个一个各自找路子去了,急得两手在裤子上摩擦了两下。这天夜里他睡不着,突然想起了海滩上有野生的沙参!他在黑影里宽慰地笑了……后半夜他睡得很好。天一亮,他就捎上镢头奔海滩了。

他一连挖了十几天,收获不足百株。但他并不失望,他知道这会儿失望还嫌太早。海滩太大了,他靠着海滩生活了六十多年,至今还有不认识的花草。肩上的镢头沉甸甸的,这给了他以勇气。

今天他挖这三株沙参,有一株如此之大。这使牛筋叔十分高兴。他甚至觉得这是个好兆头。他并不在乎马其扬的嘲弄。马其扬才经历了多少世事呀,骑上轻骑"突突"地跑,不定什么时候"扑通"栽一个筋斗,那是没有救的。牛筋叔觉得他简直没有一点值得羡慕的地方。他刚才跟马其扬只说了一句话,还特意在"其扬"前边重重地添了一个"小"字!

牛筋叔端量了一会儿沙参,重新背好黑篓往前走去。他仿佛觉得这黑篓子比刚才沉了许多,他知道那是多了一株"参王"的缘故……一股凉风从身边吹过,牛筋叔觉得十分惬意。头顶上,一只乌蓝鸟欢叫着飞过,它扑展着双翅,一会儿钻上高空,一会儿又掠过树梢,在远处变成一个小小的、一荡一荡的黑点。牛筋叔望着它,心想:如果它飞去的地方藏下了成片的沙参多好啊……

这里是一片开阔的草地,密密的绿草差不多覆盖了所有的沙土。草地上没有棘棵,也没有树林。风在草尖上轻快地跑过,草棵愉悦地扭动着柔软的身子。这么大一片草地,应该藏下成千上万株沙参,这大概是确定无疑的了。牛筋叔眯着眼睛看着这片草地,在心里把它划成好多个小方格,他要沿着每一个小格子细细地寻找。

天渐渐黑了。牛筋叔在这片草地上只挖到三两株沙参。他必须在太阳落下之前赶回去。他等不得月亮。月亮要在深夜才生出来。可是他真不想离开这儿,他羞于看黑篓子里那寥寥可数的收获。

为了不迷路,他沿着芦青河旁的小路往回走去。离开村子太远了,走着走着,天就暗下来了。河边柳树上,乌鸦扑打着翅膀,像一股黑烟一样从他眼前飞过。芦青河水无声地流着,它一定也流得疲倦了。牛筋叔肚子一阵饥饿,摸摸腰间的干粮,才想起忘记了吃中午饭。

往常的时候,他出远门到野外做活,都是老伴和他一起,她总是能按时提醒他吃饭;如果离一个村落不远,她还会去讨来一碗热水……牛筋叔想起了老伴,闭了闭眼睛。他的老伴死了三年了。

这时,远处好像传来一阵马达声。牛筋叔立刻想到了马其扬。他往旁边跨了几步,迈进一片树林里。他不想让马其扬看到他挖来的沙参……

第二天,牛筋叔很早又来到了海滩上。

昨天似乎是极没意思的一天,牛筋叔都觉得有些愧对这柄又粗又重的镢头。这样好的一柄镢头握在他手里,竟没有挖到多少东西!嘿嘿,罪过。他记得年轻时好像很少有这种晦气的时候,那时他抡起镢头来只穿一个白背心儿,让黑色的肌肉尽可能多地显露出来,一疙瘩一疙瘩地凸起着。这就等于告诉所有人他会成功。无论是精心收过的山芋地还是红薯地,他都挨着地边细细地挖起来,总能挖出好多的收获……他相信镢头,就像相信自己的力气……

今天的阳光把每一株茅草都染成了红色。牛筋叔觉得这实在像成熟的沙参籽儿的颜色。他大着步子穿过一片片稀疏的杂树林,又费力地扳着枝条钻过一片洋槐林,才看到了旷敞的空地……他笑了,笑着摸索腰间的烟锅。可是他的烟杆儿还没有插进嘴里,就被一支粗粗的雪茄戳了一下——原来马其扬又站在他身后了,那辆淡黄色的轻骑不知何时又停在了不远处的一条小土路上……

牛筋叔用烟锅拨开雪茄，毅然地划着了火柴。他鼻子里哼了一声。他厌恶那种不声不响就出现在别人身后的人。这也许是多年养成的习惯了，他在用心挖东西的时候，最烦有人在后头窥测……马其扬笑吟吟地问："昨天发财啦？"

牛筋叔将镢头放倒，坐了下来。他不愿告诉他只挖了十几株沙参，可又不愿撒谎。

马其扬将变色眼镜取在手里摆弄着说："昨天我太忙了些，也顾不上来帮您老驮'人参'……嘻，昨天刮的什么风？北风！我载了鱼，顺风下了南山，比平常多跑它一趟，多赚回十块。嘿嘿，就当着是进山观景儿玩一样！……"

马其扬用手搔了搔头，快活地躺倒在牛筋叔身后的白沙子上。牛筋叔只是一口一口吸烟，不吱一声。他想象得出这个人跨在轻骑车上那个神气样子。他想，这时要是有人把这个年轻人的变色眼镜摘下来摔掉，也许会好一些。……马其扬见老人不跟他应声，也觉得没甚意思，站起来就要走，临去还是说要给老人来驮"人参"。

牛筋叔竭力在脑海里排除着马其扬带来的不快，将心收拢在对面这片草地上。他很快又在心里将它分成了几个小方格儿，然后瞅准一个方格寻找起来。他觉得一夜间积起的精力正足，两只大脚又不慌不忙、深沉有力地踏在沙土上了。空旷的大海滩上，只有他一个人掮着镢头、黑篓，无声地走着。他的头永远执拗地向下弯，从不向旁边瞥一下。这是一个坚定的影子。

很快,他寻到了一株沙参!尽管它小得让人不得不在心里盘算取舍,牛筋叔还是十分高兴。他仿佛觉得这是老沙参从草地深处派来向他问候的儿女。他笑了,愉快的心情添了几分宽容,终于没有伸出镢头去刨。他告别了它,迈大步子向前走去。

东方消退了红云,晨气渐见稀薄,因而清明一片,蔚蓝可爱。不远处的槐林里,小鸟儿又在吵了,风很爽快地吹着,使整个大海滩都变得可以爱、可以亲近了。这无疑是一天里最好的时候。这时候,好运气不定什么时刻就来的,机会对于所有人好像都来得更容易一些。他把镢头从肩上取下来,用右手提着,身子也不由自主地向前探去。那姿势好像要随时动用一下镢头,而每次又都是必定成功的。

可是他慢慢就把镢头重新搁上肩膀了。他的手腕疼得厉害。又一个方格走完了,竟没见到一株沙参。牛筋叔这才知道今天不行了。昨天这时候,他的黑篓子里已经装了三五株了。但他心里又像过去那样在警告自己:不准松气,这还不是失望的时候!他觉得刚才那样急匆匆地往前赶至少是犯了一个错误。那是年轻人的做法。他是一个老人了,他应该沉住气。他见过搏斗的老牛:不慌不忙地移动身子,放低尖角,每一冲刺都是有效的,都足以使对方受致命的伤。老牛没有年轻时候的热血了,可是它有了耐性和智谋。牛筋叔从来都把自己看成是一头老牛。他弯腰往前走着,头低下来寻找,他觉得这是像牛那样放低了两只尖角。

他突然看到了地上挖过的一个沙坑!这是一片被人挖过的草地?他蹲下来瞅着,发现坑边上有两三个老大的、深深的脚印。他用力捶打了一下自己的头——那是他自己的脚印!他不信似的抬头望去:不远处的槐林、海岸线……这里正是昨天细细寻找过的那片草地!

牛筋叔跌坐在了沙土上。他的腿脚确实有些疼了,肩膀也被锹头压得有些麻木了。他揉搓着眼睛,眼皮涩得难受。他知道这是几天来被反光的沙子照射的。老了!老了!大海滩又在无声地宣布他是一个老人了。牛筋叔歪歪斜斜地站起来,茫然地四下看着,又摇摇头,重新坐下来。

不远处的海岸线上,有一群影子在活动。一声声拉网号子就从那儿飘来。他知道那是一群青年人脱光了衣服在拉网。号子一声紧接一声,完全透露了年轻人的活力——要是他,他就不会这么呼喊。他惯于默默地做事情、默默地用力。这号子告诉别人,他们有的是力气,有的是热血,那热血就像脚底板下的沙子一样滚烫。年轻人做下了多少年老人眼热的事情。年轻等于金子,金子就有光芒,像他们赤裸裸的肌肤,流着油,闪着亮,让阳光从上面反射回来……

牛筋叔弯下头瞅了瞅黑篓子,再也不愿看它了。他想起了马其扬那笑声,马其扬的马达声,马其扬粗粗的雪茄……嘿嘿,清一色的年轻、健壮,彻头彻尾的炫耀!他瞧不起我的锹头。可是,我要让他们亲眼看看这锹头一下下刨进土里,会挖出些什么!……牛筋叔把烟锅磕了,又重新装起一锅。他大口地吸着,两眼变得雪亮了,望着海岸,望着那一群群人影……

无论是这些人影,还是马其扬,牛筋叔按年龄算,都可以做他们的父亲。他们还实实在在是一些晚辈。记得老父亲生前，看重的是镢头；街坊邻里的老人，看重的也是镢头。就连老铁匠铺子，开口也是"这块钢好，留在镢头刃上"！老一辈人都知道镢头的重要性。父亲传给他镢头时也教给他怎么使用。牛筋叔还记得有一年上，南山里出了鱼鳞石，村里好多人都扛着镢头、拿着凿子去了，一心想着发财。结果那些年轻人开不动几块大石头，就累软了腰，跑回来了。父亲却和他蹲在一个石坑里，顺着一条石线开下去，默默地低头做着，做了十天，眼看也没指望了。烈日晒着年轻的牛筋，牛筋后背脱下了一层芭蕉叶儿大小的白皮。可是父亲还在低头默默地做下去。又是十天过去了，镢头刨下去，"哗啦啦"几声响动，掘出了大片的鱼鳞石……

牛筋是从鱼鳞石上懂得使用镢头的。父亲后来死了，他的耐性却寄生在儿子的身上。记得那一年闹饥馑，两个月断了粮，人们都慌了。大家都睁着眼睛往上瞅，瞅见的是发黄的树叶、树皮，于是就弄下来吃了。后来，往上看只有光光的天空了，不少人相继倒下了。牛筋叔却只是往下瞅，他提着镢头来到茫茫野地里，望着收过很久的红薯地，耐心地挖起来。他挖着，终于在几尺深的地下挖出一截小拇指粗的瓜根。有一次他还挖到一个小小的瓜纽。他养活了自己。尔后，他一生没忘这把镢头的重要性，一生看重挖掘。……没有比在大地上游荡再容易的了。可是要生活，就要眼睛向下，在土地上用力气！

往事像烟云一样在牛筋叔的脑边浮动。他微微笑了笑，熄灭了烟锅，把镢头重新扛了起来。

牛筋叔又像往常那样，迈出大脚，沉重地踩到沙土上，一步步走下去……他先走出了这片倒霉的草地，继而跨入一片密林，最后出现在靠近芦青河入海口的一片浅草滩上。这一段路他走得很慢，脸上似乎还挂着一丝微笑，有一阵甚至还悠闲地将烟锅斜叼在嘴里。

牛筋叔又在这片浅草滩上开始了他的寻找……大海滩似乎在耍滑头。它变得越来越不坦率了。牛筋叔知道它总是将你想要的东西藏到了什么鬼地方，却将一些谁也不想要的东西故意显露在你的眼皮底下，比如这些茅草和鹅卵石子……大海滩显然在欺负和嘲弄一个老人！它不动声色地磨损这两只硬硬的脚板，拖累这两条变僵的腿；它把水藏起来，使他干渴得好几次靠酸菜芽儿才挺住；它用火辣辣的沙子炙着他的皮肤、眼睛；它把他引到一片片永远也走不完的茅草地上……也许是故意让人丢脸，它要让这个背运的老人折服。牛筋叔眯起的眼睛往上看了看，像要挣脱什么一样，用力地抬起头来。他在看茫茫的海滩。他的眼睛里闪射着蔑视和仇恨的光芒。当他继续低头走去时，依旧迈着那种步子，只是脚板落得更沉重了。他脸上像是有了一丝可怕的笑容……

茅草里果然生着什么奇怪的东西。他弯下身子，用手去触摸——尽是些小小的沙参幼苗！这些小苗苗全是不久前借助一场夏雨生出来的。牛筋叔一动不动地看了一会儿，两眼慢慢变亮了——如果经验没有欺骗他的话，那么这些小参苗正是由冬天那终日不停的西北风卷来的参种生出的！也就是说，如今西北方向会有一片旺盛的老沙参！

牛筋叔快乐地将镢头高高地举起来,向着前方,向着旷远的海滩吆喝起来。他仿佛已经望见了那片闪着紫红的参籽儿了。

他毫不犹豫地盯着群生的小参苗儿,大步走去,天暗下来他也全无察觉。随着暮色变浓,他不断将身子躬下去。最后他简直就是伸开手臂去触摸了。他不愿离开参苗儿一步,他自信凭嗅觉也找得到那沙参的老窝。可是接下去却是令人失望透了的结局:他竟丢失了那些群生的参苗,糊里糊涂踏上了一片光秃秃的沙地……牛筋叔沮丧地坐下来。他长叹一声,在脚下挖了个做标记用的大沙坑,离开了。

一片黑压压的林子,他踏进去,却怎么也踏不穿了。

这不知是一片槐林还是柳林,静得无一丝声息。夜黑得像墨。牛筋叔气喘吁吁地跌坐在一丛茅草里,伸手去扳一棵小树。这是一棵胳膊粗的树,他扳一下,它弯一下,总不能帮助牛筋叔坐正身子。他的两腿感到了一阵阵的疼,他简直没有力气活动一下,力气已经在白天交给大海滩了。他气愤地松开了手——这是棵年轻的树,它不愿帮助老人。他索性仰面朝天躺在茅草上……有什么东西在飞动,碰掉的干枝叶儿落在地上,显得声音很大。身边有一个刺猬爬过去,它好像正咯吱吱地咬着什么东西。……牛筋叔在草丛里昏昏地睡着了。

有什么小动物从他身上踏过,他醒了。身上每一处骨头都疼,动都不敢动一下。风从老远老远的地方吹来,带着一种令人恐怖的神秘意味,那声音悠远深长,不断落在了他的耳边。他开始后悔了,后悔不该在大海滩上干这么久。现在无边的黑暗包围着他,他迷路了,身子疼得不能动了,他又一次感到了这片广袤的沙土的力量,咀嚼到了被嘲弄的苦味……他断定无论如何明天是无法去继续挖掘了!

风中好像传来了拉网号子声,断断续续的号子声充满活力和愉快,带给他力量。

他好像又看到了那些赤裸的、年轻的躯体,想起了那些凸起的黑红的肌肉、那些力的炫耀,听到马其扬的马达,闻到他那刺鼻的雪茄烟味。他不知从哪儿涌出一股力量,两手一撑,坐了起来……他揉了揉眼睛,努力辨认着这四周的树木:一丛丛灌木,密密地簇在一起;粗壮的乔木,坚定地站在那儿……不知怎,当他闭上嘴巴时,他听到了芦青河的咆哮!啊啊,芦青河来呼唤他了!牛筋叔兴奋地咬住了烟锅,用力拄着锨柄,奋力站了起来。他大声喊了一句什么,迎着芦青河的呼唤走去了。

……

后来,一切都像牛筋叔预料的那样。

他咬紧牙关,在天明重新回到了大海滩上。他找到了那个做标记的大沙坑,寻到了一片肥硕的老沙参棵儿!

怎样收获这片沙参是值得记载的。

那是老人一生中最难忘的经历之一。他是在正午时分找到老沙参的,那时候灿灿阳光照亮了一片银白的沙滩,沙粒儿放散出来的热力和光线正从参棵间隙里穿射出来,使牛筋叔快乐地闭上了眼睛。他当时很想吸一口烟,但是两手伸出来摸索烟锅时,却顺手脱下了发黄的背心,露出了上身黑红色的肌肤。这肌肤没有光泽,但富有韧性,别有一种力量流露出来。他扬起锨头,颤颤地举着,嘴里啊啊地吹呼着什么,两只大脚在沙土里愉快地左右踏动着,像跳着奇异的舞蹈。他刨下去了,每一下都是那么沉重、结实……他的眼睛一会儿圆圆地瞪大了,一会儿又眯起来。它注视着锨头、注视着参棵,那么多温柔、那么多笑!……他的两只大脚板再无法像以往那样极其沉稳地踩在沙土上了,而是随着挖掘的节奏频频抬起,在沙滩上轻松自如地弹动……

结果,这个初秋的挖掘就以这次巨大的收获结束了。牛筋叔收毕沙参大病了一场,没法再来这大海滩了。

他得到了六十多元钱。可是后来从街谈巷议中得知:马其扬挣来的钱是他的几倍!他深深地吃了一惊,惊讶之余不免有些失望。但他每看到那把锨头,又会涌起另一种激动。他用长满了黑斑的大手去抚摸它。他想自己最后还是挖出了要挖的东西来!自己也不单是为那几个钱,好像更多的是为了试试这把锨头的刃子,为了和大海滩比一比拗劲哩!就是这样!

牛筋叔的脸上又出现了那种不易察觉的笑容。

他康复得很慢,康复后手和脚还要乱抖,差不多只能呆在小屋前晒太阳。可是他还常要挣扎着到田野里去一趟,手里从来不离那把锨头。尽管那手在颤抖,可是锨头却握得紧紧的,永远也不会松脱的。

他似乎还要挖掘什么,一定的。

1983 年 6 月于济南

胖　　手

　　胖手是个十九岁的姑娘。

　　这几天晚上,她总爱踏着月光到海边果园里去玩。

　　她把两手插在衣兜里,走得很慢。长长的辫子垂在后背上,一动也不动。她老是盯着眼前的一块路面往前走,并不四处张望。秋风很柔和,吹过来,吹起了她的一绺刘海。她伸手轻轻抚了一下头发——月光照在她的手脖儿上、手背儿上,那果然是胖胖的啊!

　　园边的一棵大李子树上有一团黑影。黑影小声儿咳着,滑下树来,原来是看园子的小伙子金壮。他迎着胖手喊一句:"嘻!"

　　胖手像没有听见似的,依旧往前走去。

　　金壮嘻嘻笑着,展开抄在袖筒里的两手,故意放在胖手的耳边拍打两下,说:"没听见么?你没听见么?"

　　胖手笑吟吟地说:"听见了听见了——那几个看园子的都在铺子里么?"

　　金壮点点头,重新将两手抄到了袖筒里。

　　胖手的鞋带儿松了,她蹲下身去,慢慢地系着,两眼往园子四周看去。这样只能望见一个个圆圆的树桩,望见满地花花点点的树影儿……胖手慢慢地把带子系成了两个好看的活扣儿,又将两端塞进拴带子的小洞眼里。她两手按在脚上,迟迟不愿起来。停了一会儿,她说:"你听——"

金壮不耐烦地歪了歪脑袋,听着。

"你听——听到了么?"

"嘻嘻。"金壮觉得有趣,仰着脸,将后脑勺放在衣领上摩擦着。他说,"听到什么呀?"

胖手再不理他了。她一个人听着,慢慢闭上了眼睛。她像睡着了一般。

她此刻不仅是听到了,她仿佛也看到了一幅鲜明的画面:海滩上,好多人在收拾一面网、网里的鱼,几个小伙子高高举起煤油火把,来回地巡视,有一个穿红背心的小伙子,站在一个即将摇离岸边的小舢板上,皮肤被火把映成了红色——他的头发在海风中撩动,也被映红了,就好像燃烧的、蹿动的火苗……

胖手将裤脚沾上的一点土弹掉,然后站了起来……

园子中心的草铺里,一盏桅灯吊下来。看园子的两个老头儿——"老怪"和"多多",趴在草席上下棋。这盏桅灯的火苗儿实在太小了,老怪每拿起一次棋子,都要用另一只手去触摸一下刻在了棋盘上的方格格。胖手和金壮蹑手蹑脚地走近他们,不出声地看着。多多的鼻尖儿几乎触到了棋子上,咕哝着:"不是还有个'炮'么?不是还有个'炮'么?"他并没有发现围上来的两个年轻人。老怪捏起一枚子儿刚要走,觉得耳根处热乎乎的,一转脸,看到了胖手正对着他的耳朵喘气儿。他没有说话,只把身子斜了斜,很有气派地一甩腕子,压下手里的棋子:"将!"

"吭吭!吭吭!"多多响亮地咳着,不慌不忙地捏起一个子儿,勇敢地往前顶了一下……

金壮对胖手说:"走吧,到园里溜达去,看这个有什么意思!"

老怪头也不转地嚷:"金壮,你到树下拾些果子给胖手吃……"

"嗯。"金壮应着,小心地揪了一下她的辫梢。

胖手生气地打开他的手。她没有动,将身子倚到铺柱上站了一会儿,才和金壮到一边的树下拣果子去了。

拣呀拣呀,不知不觉拣了满满一筐。但她一个也没吃。她重新倚到了铺柱上,看两个老人下棋。她问老怪:"他们海上拉网的,整夜地拉么?"

"半夜还有火把哩。拉网的人,都是吃得大苦的人哩!"老怪不假思索地回答着。他的心思全在棋上了。

"……"胖手想说什么,但没有说出。她又问多多:"拉网的人穿衣服真少呀,入秋了,还穿那么少么?"

多多两手在棋盘上摸索着说:"还那么少!还那么少!一个背心,一条裤衩。嘿,打鱼人嘛……"

"咝——"胖手吃惊地吸了一口凉气。她仿佛又看到了那海边的网、网里的鱼,沸腾的人群;一个穿红背心的小伙子站在舢板上,轻轻地用橹打水……

海浪的声音仿佛变大了,整个果园都是它的声音了……此时胖手真想再喊一句:"金壮,你听见了么?"但她没有喊。她知道金壮是听不见的,就是听见了,也听不懂。胖手蹲在地上,搬弄着筐里的苹果。

她觉得这苹果就像那圆圆的塑泡网漂儿。有一天她和父亲在这海边果园里做活,闲下来就跑到海边上。她看到摊在沙滩上的网,就一个一个玩着网漂儿。有一次她甚至拣到了遗落在网眼上的一条小小的鱼。

那天她玩得高兴极了。但她只是一个人玩着——那边,好多的小伙子光着屁股拉网,她怎么也不能到那儿去啊!那里当然是有意思极了,她真想弄明白鱼是怎么给捉到的。

停了一会儿,突然人群那边传来一阵阵悲恸的哭声,这使她害怕地看着那群越聚越密的人。哭声更大了,她终于明白是发生了什么事情,于是不顾一切地跑了过去。她看到了一个老人正被大家从一条船上抬下来,他身上带着那么多伤,已经死了。人们告诉她,死的是船长,刚刚从就近岛上医院接回来的。她知道海里有了一个可怕的故事,她没有问。她只是跟着大家一块儿哭着。奇怪的是她发现只有一个人不哭,这惹得她一动不动地、愤怒而惊讶地望着他。

他是个面庞白皙、佩戴中学校徽的小伙子。衣服上没有一点灰污,头发却被海风吹乱了,上面还沾着几粒沙子。他比所有人都离船长更近些,坐在那儿,紧紧盯着船长那张沉默的、变了颜色的脸,一双手深深地插在沙子里……

她觉得奇怪:他怎么不哭?!

后来她才知道那是老船长的儿子。于是她更觉得奇怪了,他怎么不哭?!

胖手搬动着筐里的果子,不知不觉将它们叠放成了一个小塔……金壮这时不知从哪儿采来两个香瓜,在她鼻子底下一晃。

胖手接过来看了看,又还给了他。

金壮有点失望。停了一会儿,他自己抚摸着香瓜告诉她,有一回他伏在树上,听到黑影里有什么东西吧嗒吧嗒走过来,接着咔啦咔啦吃起来——用手电一照,见是一个小草獾来树下偷吃小香瓜。它真漂亮,浑身毛儿亮闪闪,用个通红的小舌头舔瓜瓤儿……

胖手嘴角挂上了一丝微笑。

"马呢?我不是有匹马么?"多多咕哝着,伸手在棋盘上找马。

"将!"老怪喊着。

多多像以前一样,不慌不忙地捏起一个子儿,往前勇敢地顶了一下……

胖手又看了一会儿两双不断在棋盘上活动的、青筋凸暴的老手,就走开了。她攀到了铺子一边的茄梨树上。

金壮也攀了上去。

他们都不做声,只看着不远处的大海,迎着凉凉的海风。

黑色的、无边的海,像把世上所有的黑夜都汇集到一起了。银色的粼光在海面上闪动,浪花扑到岸上,声音十分清晰。

岸边亮着渔火。那儿像以往一样,聚着一群要征服海的人们。

"上网了……"金壮解说道。

胖手仿佛又看到了那个立在舢板之上,泰然自若地用橹拍打浪涛的小伙子,看到了他那双干涩的、执拗的眼睛——也是这样的一个晚上,她和几个姑娘结伴儿到海上买螃蟹。碰巧正遇到上网,遇到了那个老船长的儿子!她惊讶地藏在黑影里,久久地望着他,研究着他那差不多生到一块儿去的黑黑的眉毛,那个通红的背心,被晒黑了的两臂……他没有了整洁的制服和闪亮的校徽,他完全是个打鱼人了!……胖手呆住了。她一想起老船长那满身的伤痕,就觉得大海太可怕了。她真想跑上前去,她有好多话要问他:你是怎么来到海上的?你不知道大海有多么可怕么?还有,你那一天为什么不哭?

"呜喂——喂——"

海边上,有人在呼喊着。这喊声震动着夜气,在果园里荡开了去。

胖手远远地看着海岸,注视着走到火把下的每一个人……有人又呼喊起来,大约又要下网了。她想舢板又该启动了,那个小伙子的橹又该拍打浪涛了——她记得那天海边的火把格外红,小伙子蓬乱的头发像燃烧的火苗在蹿动……后来有多少个夜晚,她眼前总像跳动着这样的火苗。夜晚从此变得漫长了,月亮也变得明亮了。胖手脑子里常常闪出那个奇怪的念头,她偏要去找那个小伙子,她有好多事情要问他呀!她有了这个古怪的念头,也就不能够安静下来了。她常常在夜晚出来散步,可她总也不能走到海边上去。她在果园里徘徊……

铺子里那盏桅灯还在不明不暗地亮着。两个老人还在下棋。不断传过来老怪坚定的声音:"将!"也不断传来多多有力地推动棋子声:"刷!"

金壮笑了:"这盘棋下了好几天,他们是对手。有事了就把棋盘搁起来,没事了搬下来接上。老怪非要'将死'他,他就不让老怪'将死'……你说耐性大不大,你说大不大……"

金壮说着,高兴地用手晃起了树杈子,他想看看胖手晕不晕。

胖手还在望着海岸上的灯光。她想人对付大海也真有拗劲啊!儿子接替父亲,连眼泪也不流……她不知怎么在心里重复起了金壮的话:"你说耐性大不大,大不大!"

她这样重复着,把发烫的脸转到了一边。她怕金壮看到这张脸,一定是通红的。她都听到自己一颗心怦怦地跳动了!她几乎是在一瞬间做了决定:找他去,到海边上找他去!……她很快下了梨子树。

"哪去呀?"金壮在树上问。

胖手大概没有听到,一直向着大海走去了。她的长辫子垂在后背,一动也不动。

金壮看了她很久,若有所失地滑下树来,回到了铺子跟前。他茫然地看着棋盘上活动着的两双苍老的黑手,自语般地说着:"那年我们在麦场上垛草,她和我有说有笑的!如今变了,如今不爱理人了。胖手,那年,胖手……"

"那年,那年胖手多少岁?"

老怪下着棋,问了一句。

"十七。"金壮说。

老怪一甩腕子,压下一个棋子,"将!"他接上又问:

"今年胖手多大了?"

"十九。"

多多用力地将一个子儿往前一顶,对金壮说:

"十九能和十七一个样么?"

……

1983 年 11 月

篝　火

老刚睡在果园里,半夜听到有什么声音,坐起来看了看,什么也没有发现。但他无论如何也睡不着了,就倚着铺柱子吸了几锅烟。这烟是白天从邻近果园的老鲁那儿要来的,劲头很大,呛得他连连咳嗽。

月亮刚出来,地上还是黑魆魆的。果林一层层望不透,显得悠远辽阔、神秘莫测……他吸了一会儿烟,睡意更小了,干脆背上猎枪到园子里转开了。

好重的夜露。踏在青草上,鞋子一会儿就湿了。老刚感到了一丝寒意,他后悔没有披件蓑衣。走到园边时,他突然发现老鲁的园子里有一角发红,仔细些看,原来是点了一堆大火!老刚决定找老鲁玩一会儿。

他走进老鲁那片园子时,听到有两个人尖着嗓子在笑。

老刚轻轻地蹲下身子瞅了瞅,见那堆大火旁边依偎着两个姑娘,都穿了蓑衣,一个正给另一个摆弄脑后的辫子呢!

老刚见老鲁不在,也就要离去了。可是他的猎枪碰到树枝上,发出了"啪啦啦"的声音。两个姑娘立刻跑过来，一人手里攥个木棍，拦住了他。当认出是邻地的守夜人时，又一齐笑了。老刚也看出是老鲁的女儿小叶和海棠，一问，才知道老鲁今晚有事，她们是替他守夜来的。

三个人坐在了火堆旁边。

小叶坐了不一会儿，就跟老刚要烟锅吸，等她将烟锅拿到手里，却并不吸，只是拨弄着，对姐姐海棠说："你说笑不笑死个人！"海棠并不理她，笑吟吟地往火堆里捅一个粗粗的木棍，等木棍燃了一会儿，她高高地举起说："老刚叔，你看，这就叫'火把'！"

老刚笑着，并不吱声，一旁看着这两个十六七岁的姑娘。他很快又想吸烟了，于是要回了烟锅。他重新被烟呛得大咳起来。

火里架的是橡树条子，这种东西油性很重，火苗儿蹿得老高。燃尽的轻灰飘到半空里，不知落到哪里去了。火苗映红两个姑娘的脸，映出两对又黑又亮的眼睛。她们大约都刚刚洗过头发，湿漉漉扎成一束搭在后背上。这头发真亮！老刚想，老鲁这家伙别看长得黑糊糊的，手上的茧子像铁一样，可就生了这么好的一对姑娘。他实在不明白老鲁用什么东西把她们喂成这样——她们如今都上着高中，也许是用墨水喂的哩……

小叶玩过了烟锅，又看到了老刚放在身后的猎枪。她取到手里，惊喜得了不得，仔仔细细地从枪口到枪托端量一遍，又推到姐姐怀里，说："老刚叔净好东西！"

老刚被夸着，心里多少有些得意。

小叶和海棠相差只一岁，可看上去还差不了一岁。她们都那么娇嫩天真,永远欢欢跳跳的。她们又都显得那么成熟,好像早已经把什么都弄懂了,这从她们那经常自信地抿起的嘴角看得出来。她们坐在那儿,长时间互相盯住了看,看着看着又一齐笑出声来。谁也不知道她们笑的什么。只是让人觉得她们聪明,仿佛把些个秘密都偷偷地藏在心里了。……海棠这会儿摆弄着枪,对老刚说:

"放一下多好啊——从来就没听你放响了它!"

小叶也怂恿他说:"放一下吧,打个野兔!打个鸟!"

这时候实在没有野兔可打,鸟儿也眠了。老刚将枪接到手里,不知到哪里去才好。两个姑娘拉扯着、推搡着,他们就离开了火堆。……秋风变得大了,园里的叶子抖得很响。小叶和海棠蹑手蹑脚地走起来,像怕惊跑了什么东西似的。海棠凑到老刚耳边说:"慢些走呀,有大鸟儿落在树上,如果睡着了的,就逮个活的。"小叶小声笑起来:"嘻嘻,活的,多有意思啊……"

这两个姑娘玩的心思很重,这使老刚在心里为老鲁担心了。他不明白老鲁怎么就放心把晚上的园子交给她们——满园的果子都熟了,这可是瞪圆了眼睛护秋的时候啊!他一直是佩服老鲁的:园子包种到各家手里以后,就属他老鲁的园子结果子多。老鲁有办法。老鲁也常将一些好办法告诉他。他感激老鲁,夜里也替邻地长着眼色……老刚走着,真的替老鲁担心起来……

小叶走着,突然扯住了姐姐,一手朝前指着,又对在老刚耳朵上说:"大鸟……"

老刚借着月影儿望去,见五十多步远的一棵老果子树上,果然有一团黑黑的影子。看不甚清,但他想那可能是一只老鹰呢!老刚歪歪头对姐妹俩说:"交好运了……"

姐妹俩也对着脸小声重复一句:"交好运了……"

老刚猫着腰往前蹿一步。他紧紧握着枪。那个黑影子在树上又动了一下,可以听见它弄掉的叶子刷刷落下来。老刚像是得意地自语,又像是说给她们两个听:

"你还扑棱翅膀哩!"

小叶和海棠都坚持要捉个活的。老刚一声不吭。他端详了一会儿,突然把枪往脚边一放,一手掐腰,迎着黑影大喝道:

"下来!"

小叶和海棠都愣住了:那个黑影往下滑着、滑着,接着噗的一声跳下来——原来是个人!

黑影儿摔到地上一团东西,撒腿就跑开了。

他们拣起东西,原来是刚摘下的一大网兜儿苹果!他们遇到偷果子的人了……老刚惊讶地盯着网兜儿,吸着凉气,然后趴在地上盯着了黑影,提着枪追了过去。

小叶和海棠紧紧地跟着,使劲地喘着气,发出的声音又沉重又柔和……眼看就到芦青河了,望得见那白茫茫的河水、在秋风里抖动的芦苇了。她们清楚地看到前边的黑影子在跑,老刚提着枪在追。黑影子慢慢被逼到了河边,略一停,"通"的一声跳到了河里……

白茫茫的河水,月光下看去那么宽,那么多波浪。芦苇丛中吹出的河风怪凉的,使老刚、小叶和海棠都感到有些冷。他们怔怔地望着那个向河心里游去的黑影子。小叶又看看老刚,老刚的脑袋微微发颤,嘴张得好大……突然,老刚举起了手中的枪,朝天空放响了!老刚收住枪杆喊:"回来!不回来我用枪打死你……"

那个黑影儿在水中咕哝着,然后就向着这边游过来。他刚刚近岸,就被老刚一把捞了上来——一个瘦瘦的男青年,头发沾在脸上,使劲地颤抖着。他站的地方很快流了一摊水。

老刚一双眼睛圆圆地睁着,他平生最恨这样的人。他骂道:"你这个黑心贼!"

小叶和海棠随着老刚骂道:"你这个贼!"

老刚用力地跺着脚。他冷笑着说:"你他妈的能跑到哪里去!"

小叶和海棠也笑着说:"你能跑到哪里去!"

老刚越骂火气越大,突然挥起枪托,朝年轻人肩窝里用力一捅,年轻人向后踉跄着摔倒了。

小叶和海棠差不多一齐把手指头咬到了嘴里,对看了看。她们不笑了。

年轻人瘦瘦的身躯在地上扭动着,他爬起来,木然地瞅了瞅月亮,又垂下了头。

老刚骂着,用手点划着,指头差不多要戳到男青年的脸上了。他骂了一会儿,又大声地喝问。对方嘴唇抖着,谁也听不清说了些什么……老刚听不明白,火气又大起来,像上次那样用枪托把他弄倒了。当老刚要上前用脚踢他时,小叶和海棠突然蹦过去,一齐推开了老刚。小叶对躺着的年轻人说:

"起来呀——你身上沾了多少沙子!"

老刚的胡子奓起来了,脸色也变紫了!他瞪了一阵子小叶和海棠，又摇晃着拳头向男青年凑过去。小叶和海棠偏偏扯住了他的衣服，又用手去扳他的拳头。老刚累得呼呼喘，用力往前挣着，她们实在扯不住了，脸憋得赤红。她们怎么也想不到老刚还会发这么大的火儿。她们挣着、挣着，突然老刚用力地弹开两只强健的胳膊，她们就一齐倒在地上了……

小叶和海棠湿润的头发都沾上了沙土，她们默默地流出了泪珠儿。小叶大声喝道：

"老刚，他偷了你园里的果子吗？"

海棠嚷着："他归我们处罚！"

"你们！你们？！"老刚的拳头在空中突然停住了。他搓了搓手掌，愤愤地一跺脚，蹲在了地上。

小叶走到冻得浑身乱抖的男青年跟前，威严地喝了一声："跟我们走！"

老刚还蹲在那儿。他摸着枪，呆呆的……他觉得身上有些燥热了，就站起来吹了吹河风，然后向着园里走去。

到了老鲁园里时，他故意悄悄地凑近那堆大火，藏在一棵树下，看她们姐妹怎么处罚那个偷果子的年轻人。

大火烧得很旺。火苗儿蹿到半空里，火边的三个人的脸都映红了。没有人做声，都忙着做自己的事情：小叶和海棠在火堆里翻弄着什么；男青年专心地烤后背、胸前，身上腾起一股股白色的蒸汽……停了一会儿，姐妹俩从火里掏出了几个黑黑的东西，捧起来撩着、吹着，然后掰开了吃：原来是烧红薯！她们吃了一口，香甜地咂着嘴，笑着，又托出另一块红薯送给那个偷果子的人。男青年望着她们,嘴唇颤抖着,没有说出什么。他摇了摇头。

她们仍旧向他托着烧红薯。小叶说:

"吃吧,是红瓤的!"

老刚看着那欢快蹿动的火苗儿,摇了摇头,又摇了摇头。他心里正盘算:要不要把今晚的事告诉老伙计老鲁呢?

1983 年 11 月 24 日写于济南

灌木的故事

　　芦青河滩上原来生有一片茂盛的大树林子。妈妈在里面迷过路,我也在里面迷过路。后来不知为什么砍掉了,现出一片旷荡荡的大沙滩,当然再也没有人在那儿迷路了。各种草蔓儿慢慢长起来,沙土下埋着的各样树根也发出芽来,成了一片奇怪的荒滩了。

　　有人正在上面放羊,羊长得很肥。很快,生产大队搞起了一个羊群。羊群真大,从栏里赶出来,就像水库抽开闸门一样,那"水流儿"呼啦啦涌开,漫掉了好大一片荒滩。

　　有一个面色黝黑的老汉手举着一杆鞭子,整天在河滩上吆吆喝喝。他的吆喝声十分奇怪,像唱一首奇怪的歌。据说他是从很远的南山背着一个箩筐逃到这儿来的,一个人在这河边村子里住了几十年。他是个孤老汉,我们都管他叫黑老京子。他的歌常常吸引我们一帮孩子久久地站在那儿,看他怎样挥动鞭子,"啪"地抡出一个钝钝的声音。

　　黑老京子看到了我们,站在远处,把鞭子搭上肩膀,然后迎着我们大叫:"嚯啊——拉哈哈哈……"

他叫着、笑着。这会儿我们仿佛都害怕起来,不知谁领头跑的,大家"轰"的一声散去了……

后来,听说羊群增大了,黑老京子一个人赶不了,身边又多了一个半大小伙子。再后来,听说那半大小伙子嘴巴挺馋,竟然自己藏到一丛树棵里,偷偷烧吃了一只老羊!

一切大概都是真的,因为大河滩上确实只剩下黑老京子一个人了。那一个肯定是被罚走的。

这一年正赶上我初中毕业,没有升上高中。我要像村里人一样,在田里做一辈子活儿了。村里的人们都穿着破旧的衣服(奇怪的是这些衣服就从来没有新过),黑糊糊的脚杆从过短的裤筒里露出来,踏着那些永远也踏不完的田埂。他们就是这样过生活的。我当时没有感到这样的生活有什么不好,刚下田时还蛮高兴。到后来,当我充分领略了大镢头和铁钉耙的分量,尝过两手水泡全被划破后那股火辣辣的滋味时,我竟十分羡慕起黑老京子了。我想这个外地搬来的老头儿真有好运气啊,他就能做上那样的活路!

也就在我这样想的时候,村干部派我去跟黑老京子放羊了!哎哟哟,黑老京子,我跟你一样地交上好运气了……我很兴奋地自制了一杆苘鞭,到荒滩上追那片白云似的羊群去了。

河滩上如今已经生着一丛丛的灌木了。它们都是遗留在地里的树根生出来的,蓬蓬勃勃,和杂草野藤一起遮满了沙滩。鸟儿真多,整天在灌木丛里吵闹着。野兔儿常常从脚下的草窝里蹿出来,眨眼之间消失在一片绿色之中。在树丛下,碰巧还能寻到几个紫色的蘑菇。这就是今天的河滩,它又是一片绿色了,它使我想起记忆中的那片深密的树林……羊群缓缓地流去,安然地低下头来啃草。黑老京子奇怪地甩响鞭子,大声地吆喝,那还是像唱歌似的吆喝。

黑老京子在我心目中一直是个有点可怕的形象。他的脸又瘦又长,黑黑的,油亮亮,笑的时候皱纹拉开了,闪出一道道弯曲的白痕。牙齿也是白的,这可能因为他不抽烟。有好多颗牙脱落了,他一张嘴,就显露出一个个小黑洞来。特别是那身带有异地风味的打扮,让人看了很不舒服:长长的衣服,当腰再扎一条布带;裤子又短又瘦,下边还总要挽起来。他的鞋子本来是普通的黄帆布胶底鞋,可他为了结实,又用黑布在四周粘了厚厚的一层,那粘料,仿佛是沥青之类的东西……我不觉得滑稽,只觉得他身上有什么神秘的意味,使我害怕。

"你来放让(羊),先得学会使变(鞭)……"黑老京子操着他的异地口音对我说。

我没有做声,只是响亮地甩了一鞭。

黑老京子也没有做声,更加响亮地甩了两鞭。最后他大笑起来,笑完选中一片无草的粗白沙子,仰身躺了下来。他把裤腿儿揪一揪,露出瘦干干的腿让热乎乎的沙子烙。

"躺下吧,躺下吧!"他对我喊。

我只是坐在了他的身边,听着他嘴里发出满意的"呼啊、嗬啊"的声音:他被烙得舒服了。他哼了一会儿,却伸出手来将我一下子扳倒,让我和他一块儿躺在这片白沙子上……他把脸侧着贴到沙土上,说:"瞅空儿瞥一眼羊。"

我像他那样看起来:远远近近的青草像一张绿毯一样铺开,上面一座座小山似的灌木;羊腿踏着这张毯子,无数的羊腿,很悠闲地踏过去……闭上眼睛的时候,就听见啃草的声音,"择、择择!"羊们是在编织,还是在拆散这张绿毯啊?还有风的声音、芦青河的流动声、鸟雀的叫声……

"放羊这个活计,不是个活计……"黑老京子用心地烙了一会儿腿,开始对我说起话来……

这天我和黑老京子熟起来了,至少我不觉得他像过去那样可怕了。我问他前一段时候合伙放羊的那半大小伙子,他愤愤地骂起来,说:"老龙吗?这个孬种!他来放羊哩,活活烧吃了一头羊。这个孬种!要是我生了这么个孩子,我把他扔进河里!"

他直骂"孬种"。

海滩上的野菊花长出了苞子,快到中秋了。我已经和黑老京子放了几个月的羊。这是怎样的几个月啊,这段时间使我完全忘记了黑老京子是一个令人惧怕的外地老头了,倒乐于听他那奇怪的吆喝声了。他的吆喝像歌唱,他有时也真的歌唱——我敢说从来没有听过这样奇怪的歌声——辨不清歌词,你只能听出一种节奏、一种情绪。他就随羊群往前漫散散地走着,将那杆黑溜溜的鞭子搭在肩头上,一边啊啊呀呀地唱着。我知道他在唱一首异地的歌儿,这是一种高昂、粗犷的调子。每逢晚霞将他细长的身影投到地上、他的歌声飘荡在茫茫河滩上时,我的心弦就像被什么东西猛地拨动了一下似的。

我在闲谈中知道了他的身世。他父亲是个老长工,父亲死后,他就接替父亲给这家地主看场院。每到夏秋,小麦和豆子摊到场上时,都要由他拖起一个老大老大的桶子砘,碾成麦粒和豆粒。他肩上有一层厚厚的老肉,真的还有一层老肉。……再后来,再后来因为他常到山后的一片灌木丛里,地主要用粗粗的车刹绳勒死他。他是逃命跑出来的……

到那丛灌木里边干什么呢?

黑老京子一脸皱纹抖动着,并不回答。他接上又唱起来,目光久久地望着远处的山影。啊,他轻轻地唱,那歌声就是从几个脱落的牙齿的空隙里发出来的。只听得出一种节奏、一种情绪,这朦胧隐去了一个不为人知晓的故事……

有一天我带了一把月琴到河滩上,没事了就坐下来弹拨。黑老京子惊讶地瞅着我的手指,兴奋地用鞭杆捣着沙土说:"有这份手艺么?哎呀,你有这份手艺……"

这是一把十分陈旧的月琴,却能发出悦耳的声音。我很小时就从外祖父手里接过它来,做过很多关于它的绮丽的梦。我梦见自己怀抱着它,坐在了又厚又重的紫色丝绒大幕后边,轻轻地、有些羞涩地拨响了它。我希望它能帮助我改变眼下的生活。……黑老京子并不反对我坐在树丛下边弹琴。每逢我们将羊拢到一片新草地上,我就弹了起来。他总是将黑鞭杆拄在地上,用心地听着。有时他听着听着昂起头来,久久地望着南边的山影;望一会儿,他就会忘情地唱起来。那还是他反反复复唱过的、奇特的歌儿。谁也无法分辨他唱了些什么。他把鞭杆儿搭上肩膀了,一步一步朝前走去,让西风撩起那个过长的衣襟……

我们的羊群膘肥体壮，怪惹人爱的。在我们这块地方，土地也算得上肥沃了，可是这几年就是长不好庄稼。村子里的人们穿得也越来越寒酸了，他们在秋风里抄起手来，微微弓着腰、夹着农具走出村来，走到窄窄的田埂上去劳动。他们常常拐一个弯子到河滩边上，抽着烟，议论一会儿这羊、这草、这灌木……黑老京子老远地跟他们打着招呼，甩着鞭子，兴奋极了。村里人亲热地喊他"老京子"，大声喊叫着跟他说话。黑老京子显得比任何时候都高兴，人们上工去了，他还站在那儿笑着。他像个孩子。一次他目送着离去的人们，转脸对我说：

"哪里有这么大一群羊？这可不是吹出来的！当年，我看着这片沙滩荒起来，就跑去跟领导说：'养羊！'……"

原来当初是听取了他的建议。我有些钦佩地望着他。

黑老京子用鞭杆往前划了一下说："这片树丛子是宝啊，没有它们，大风就把沙子卷起来了，白茫茫一片，你哪里放羊去！树丛子在白沙地上是宝啊！……"

黑老京子说着在地上坐下来，一下下地捶打着腿。他望着远处的村子、望着村子上方那层雾霭，沉重地点着头，又摇着头。他那张黑色的脸庞像铁一样。我跟他说话，他没有听见。停了会儿，他告诉我："你知道么？一连几年，村子里分红都靠这群羊。吃盐、买油点灯，都靠这群羊了。这个庄子眼看完了，靠一群羊……"

我没有吱声，把手里的月琴推到一边去了。我在看我腿上这条裤子：皱巴巴的，仔细些瞅，还可以看出隐隐的小碎花儿。这是妈妈用早年的一条花裤子染了为我改做的，真不体面啊。还有月琴,每一次断弦,我的心就随之震响一次。我害怕伸手跟妈妈要钱买弦……我这时不知怎么想起那个烧吃老羊的老龙了,我真恨他。

"好好弹你的琴吧——你用这个手艺去找饭吃。你不用靠这群羊,你靠琴。"

黑老京子费力地睁大了眼睛,看了看走远的羊群说。

我抚摸着琴,感激地看他一眼。

秋风渐渐变得凉了。灌木的叶子开始落了,落叶给秋草盖上薄薄的一层。黄的叶子,红的叶子,还有深秋里也不衰败的各色野花,大河滩倒是愈加美丽了。每天傍晚的时候,浓浓的白雾就会在芦青河道的苇蒲上飘荡。晚霞里,河水显得又宽又平,远远地跳起一条鱼儿,只溅起水花,听不见声音。夜色浓了以后,才有数不清的响动一齐传过来,那是谁也说不清的、荒野里的声音……羊群更肥了,这因为地上大大小小的果子、草籽都熟了。

有一头很肥的羊不见了。在一丛杨树棵子里,我和黑老京子发现了它散落的毛、一片血迹……黑老京子久久地低头看着,突然,一拍膝盖说:"浪(狼)!"

这儿从来没有狼。黑老京子说肯定是顺着河套子跑下来的。他嘴里发出"啊呼、啊呼"的叫声,连连说要把它除掉。

黑老京子开始动手做一杆枪了。从他整日严肃的脸色上,我知道了事情的严重性。我也很想帮他一下,可惜我什么也不会。他不知从哪儿搞来一些铁条、铁管,每天里敲打、钻锉,直搞了好多天,然后连连说"行了",就动手做枪托了。那枪托是一块老大的歪槐木做成的,粗笨不堪——一支土枪就这样做成了。

第一枪为着试验,向一块空地放响了!

整个荒滩都跟着鸣响,好不威武!河里的苇丛、满滩的灌木,"刷刷"飞出好多鸟儿,尖叫着扑向空中……我想这是一支好枪。

黑老京子从此不管白天黑夜,不管那枪有多么沉重,总背着那枪了。奇怪的是那只狼总也没见。黑老京子有些惋惜地拍打抚摸着枪杆,嘴里连连咕哝着:"这只狼!这只不守信用的狼,我原以为它注定还要来的……"

"不守信用"几个字使我笑了好一阵子。

终于没有猎到那只狼。我们就用这杆枪打野鸡、野兔,放在火上烤着吃。黑老京子还有一身好水性,跳到芦青河里,一会儿就能摸上来几条身上生着斑点的花鲶鱼。秋水太凉了,他跳上岸来,总是急火火地奔跑一阵,伸长了脖子呐喊。他喊了些什么无法听清,只是,眼望着远处的灌木和天空呼喊。……他告诉我:这样喊是能够抵御寒冷的。我倒觉得有些好笑,我想"寒冷"总不会像个胆小的人一样被喝退吧。

夜晚,有时我们归去得很迟。我们要等到羊吃饱了肚子再回家。夜露降下来,我们都揪紧衣襟坐在沙土上。我常常依靠在黑老京子的身上,有时还将手伸到他宽大的衣襟下,去寻找那片舒服的温热。头上是一片眨动的星星,四周是黑魆魆的灌木。无边的夜色里,传过一片带有神秘意味的、"择择"的羊儿啃草声。我将头紧紧地靠在他的胳膊上。有时我不知不觉地睡着了,睡梦中在攀一棵高高的老槐树,用手狠命地扳住它那苍老而坚硬的皮……我醒来时,发现竟是将手搭在了黑老京子的肩上,碰着了他肩头那厚厚的茧子肉。这使我想起了那沉重的桶子砧,仿佛看见它在厚厚的麦草、豆秸上缓缓地转动……我轻轻地呼唤一声:"京子叔……"

黑老京子略有吃惊地"唔"了一声,然后伸出了那个瘦长的巴掌,小心地摸着我的脸。树丛上,正好有一滴水珠甩下来,打在了我的眼睛上。我的眼睛有点湿润。

白天,我仍抓紧一切空闲时间弹那琴。

我的琴长进了吗?没人知晓。黑老京子总说好,总要随着琴声唱开来,唱他那首永远也没有终了的歌。我的眼前只是一丛丛绿色的灌木,它们在琴声里摇曳,发出"沙沙"的应和声。有时我甚至感到它们在向我叙说一个故事,叙说那些人间还不曾注意、不曾了解的故事……它们或许讲到的正是它们的先辈——那些乔木怎样被痛苦地砍伐,倒下时流着血液、渗进沙土,怎样化为这一片葱绿的灌木……

这一天,我和黑老京子赶着羊,一前一后地在大河滩上走着。突然前边的黑老京子愤怒地迎着一丛灌木呼喊起来,接着摘下肩上的枪……我赶紧跑了过去——原来是有个人藏在灌木中,要用树条拴一头羊,被黑老京子发现了。

黑老京子瘦长的身子抖动着,两眼睁得圆圆的,可怕极了。他大喝一声:"我用枪打死你!"

拴羊的正是老龙。我突然明白过来:这就是那只"不守信用的狼"了!……他有十八九岁,面皮黄黄的,上面还生了几块奇怪的青斑——也许他的外号就是由此而来的吧。我就从这斑纹上想到了一条龙……老龙吓得连叫"大叔";一双手求饶地摆动着。黑老京子却并不收枪，只是愤愤地骂着。我也恨透了这个馋鬼，这时上前踢了他一脚。老龙很老实，只是摆着手。黑老京子骂了一会儿才收了枪，老龙从沙土上爬起来，一歪一歪地走去了。他走出十几步时，突然转过头来，向着黑老京子扮了个鬼脸。黑老京子于是重新恼怒起来，摇摇晃晃追上去，"啪"的一鞭，将老龙打倒在地上。老龙呜呜咽咽地哭起来……

　　整个的一天，黑老京子都是愤愤的。他说："他如果再有一次来祸害羊，我真用枪打死他。"黑老京子说这话时两眼放出一束恨恨的光，这使我相信他真的会那样做的。这并不过分——羊是黑老京子的性命啊！

　　傍晌午的时候，我们让羊群贴近河边的水汊子啃草。羊渴了，可以自动去喝河汊里的水。我和黑老京子这时就悠闲地踏在隆起的沙岗上（这道沙岗实际上代替了简易的河堤）。黑老京子把羊鞭和土枪一块儿搭在肩膀上；我则把琴装在一个布袋里，斜着捆在后背上。我们可以望到很远的地方。河水从远处静静地淌过来，无声无息地又淌去了。阳光变得很亮，映在镜面般的河水里，河水也耀眼了。沙岗脚下就是坦坦荡荡的大荒滩了，那密匝匝的灌木，青草沿着河岸延伸开去。我们的村子懒洋洋地睡在荒滩那边的田野里，此刻到了午饭时候，却没有升起几缕炊烟——近几年学来"先进经验"，午饭就在田头吃干粮了……"唉唉，咱庄里的人苦喽……"黑老京子那双包在深皱里的眼珠儿动了动，叹息道。他转脸看看河水，又盯一盯脚下，摇摇头，又摇摇头："我就不信一马平川好地方，人也勤快，没白没黑地做，咋就会这般穷！遭了邪了，遭了邪了。前几年老实的庄稼娃儿也敢喊'造反了'——他们不怕杀头么？遭了邪了……"

我跟在黑老京子身后默默走着，听他东一句西一句地扯着。"你年纪小记不得事情，记不得事情也好。那一年乡上来个干部住在村里，不让养鸡！村东光棍老二（他爸是地主！）多养了一只，又顶撞了干部，让民兵吊到了屋梁上。晚间吊的，你爱神（信）不神（信）……那干部，听人说如今到县上做大官去了——看看，这年头重用狠心的人哩……"

黑老京子说到这儿取下鞭子抡了几下，那"啪噼啪噼"的响声震人耳朵。沙岗上的几缕乱草被鞭子抽飞了，沙子也溅起来。黑老京子伸长脖颈倾听了一会儿回音，然后更猛地抽打起来。他那瘦削的身子剧烈地扭动着，大口地喘息，疯狂般地抽打着脚下的沙岗。这苘鞭的声音这般沉重，钝钝的，我相信此刻很远很远的地方都会听得到……

这年的冬天来得早。雪，厚厚地盖在大河滩上。

阳光躲在云层里，雪不愿融化。后来开始慢慢地融化，荒滩上真冷啊！整个的冬天黑老京子都住在他河滩上的窝棚里，这窝棚是贴近了羊栏搭的。我们瞅着阳光充足的日子把羊赶出来，听一天它们饥饿的、百无聊赖的吟唱声。羊们消瘦了，我和黑老京子也消瘦了。我们就是这样挨着冬天。窝棚里常常聚起一帮子村里人，他们或者是从野地的沟渠上赶来暖和手脚，或者是来找东西吃的。人们在这个冬天好像普遍感到饥饿，总想方设法寻找东西吃。

黑老京子常猎来野味,人们嗅见香味儿就跑来了。

夜晚,我和黑老京子点起一堆火来抵御寒气。河里结起了厚厚的冰,不知为什么又要碎裂,彻夜传来"楞列、楞列"的声音。我弹那琴,黑老京子唱他的歌,我们互不打扰。有一天他喝了些酒,唱着唱着就兴奋起来。他谈起芦青河的源头——那远处的大山,炫耀般地说:"那地方是好山水咧!"

我问:"怎么个好法呢?"

"水多,山也绿,到处灌木丛子……"

"还有呢?"

"就是到处灌木丛子……"

黑老京子用手摸着下巴:"放牛,放羊,采蘑菇,打草,都在树棵子里。年轻人也在里面闹……"

我突然想起什么,就问:"不是老东家为你跑树丛子,要用绳子勒死你……"

"唔唔……"黑老京子抛个木柴到火堆上,不做声了。

我重新弹起了琴。

黑老京子也轻轻哼了起来。他哼一会儿说:"我哼得不好,那是她自己的歌……"

我像没有听见似的弹着琴。

"老东家有个姑娘,小我两岁——我就再没见过这么好的人儿——也真怪,她爸整天抽水烟,脸都抽黄了,还能生出这样的好人儿……我进山,她也进山,老唱这歌。这歌唱了两年。那一天在树丛子里,她用手摸起了我的脸……都怨树丛子太稀了,被人瞅见了……"

我像没有听见,仍旧弹着琴。

> ……
> 在那个哟赶牛道旁
> 杂生来,一片蒺藜花
> 蒺藜花,黄达达
> 道边的野菊不如它
> 掐一朵,又一朵
> 花小叶密不嫌多
> ……

我仍旧弹那琴。可是这一次我听见了。我觉得好像是他故意让我听清楚一样。这就是那首没有终了的歌啊!……灌木丛中还有过什么故事?我没再去问,只是用想象的链条去衔接起来。

> ……
> 在那个哟赶牛道旁
> 杂生来,一片蒺藜花
> ……

黑老京子伸长脖子,用力地吟唱这首歌。他今晚唱得特别吃力。火苗儿映红了他的脸,映红了他那身带有异地风味的衣裳。

这身衣服上那么多补丁,有的补丁竟用了红的、白的布……真寒酸啊!他瘦长的身子在寒风里微微颤抖,两眼直直地望向南山……我看着他,真想象不出像他这样一个人还有那样的故事。然而这一切都是真的啊!

在那儿,在那高高的山里,爱确实播种过,并且萌发了,长成了一棵高高的树;有人恶狠狠地将它砍倒了,它遗留的根须却没有死去,又化为一片葱绿的灌木……

我仍旧弹着那琴。

这夜,我和黑老京子都难以睡去。我们谈了那么多。他向我袒露了秘密:他要等这片灌木在河滩上长旺、草长肥,养更大一群羊、一群牛!"那会儿,"黑老京子嘿嘿笑了,"庄里人许是能啃上白馍?……"他虽然在问,其实那语气中充满了肯定,甚至还有一丝傲慢……接下去又谈了一些村里的事。例如,那个老龙前些日子给上边写了一篇告状的文章,叫《俺庄里资本主义十八例》。县上有人看中了,如今把他结合进了支部呢!

谈到老龙,黑老京子又愤愤地骂起来:"这年头,偷羊吃的也进支部!这年头重用狠心的人哩!"

冬去春来,接上去又是一个秋天。这个秋天里我的琴真的长进了。黑老京子早就预言我要吃这碗饭的,机会果然也就来了。

县里原有个吕剧团,由于要演"样板戏",就改成了京剧团。一个早晨改过来,专门人才成了问题,我就背上琴找他们去了。他们同意收我做合同工,给了我一张合同纸。我兴冲冲地跑回村里找领导盖印章,谁知印章没有了。问了问,我差点气得哭出来。

印章拴在老龙的裤带上。

我十分丧气地回到了大河滩上。黑老京子摸着我的琴,一声不吭。他停了会儿,仰天长叹一声:"唉,村子真落到他手里了!"

一天下午,老龙在几个背枪民兵的簇拥下来到了河滩上。几天不见,老龙令人难以置信地完全变了。他不像过去那样猥猥琐琐了,而是大背着手走起路来,身子一摇一摇的。头发全整得向上竖起,很亮,可能抹了豆油。他见了我和黑老京子,猛地站住,接着胸脯神气地往上耸了一下,样子实在有些滑稽。他问我:"你,找我有事吗?"

我不想回答他,但一个声音却要固执地冲出喉咙。我嗫嚅着:"我想,盖印……章!"

"哼哼……"老龙抽起一支粗粗的雪茄来,"盖印章,然而印章拴在我腰带上哩!"

几个民兵笑起来。

老龙又向黑老京子严厉地喊了一声。黑老京子一直把背向着他,我想老人转身时一定会狠狠抽过去一鞭——谁知我完全错了——黑老京子听到喊声缓缓转过身来,然后冲着老龙微微一笑。

这笑深深地激怒了我。

老龙闭上一只眼睛说:"还不错,你还会冲我笑。然而我看你还想抽我一鞭子……"

"嘿嘿,嘿嘿,那是过去哩……"

"然而……"老龙闭上了另一只眼睛。他如今喜欢上"然而"了。

黑老京子往前上一步,笑着说:"龙啊,你就给他盖上印章吧……"

老龙就像没有听见,用大拇指朝民兵们摆了一下:"我们走!然而……"

他们走了。我用手捧住了头。黑老京子喊了我几声,我一动不动。我有些厌恶他了。

黑老京子极有耐心地蹲在了一边。停了会儿,他懒洋洋地躺到沙土上,烙起了那两条瘦腿。睡着了似的没有一点声音了。

这一整天,我没有和他说上一句话。我有气无力地吆喝着羊群,甩着手里的苘鞭,闲下来就弹这琴。我弹得缓慢沉着,一下一下轻轻地拨……当他从我面前走过时,我就垂下眼睑,瞅着面前这双脚:穿了黄帆布胶底鞋,鞋帮上粘着厚厚的黑布……

老龙以后就常常叼着雪茄来河滩上了。黑老京子仍旧微笑着。我和黑老京子几乎没有多少好谈的了,我真的有点厌恶他了。黑老京子仿佛也不想说什么,一个人默默地随在羊群后边。他常冒着凉凉的秋水捉鱼,一连几个钟头站在河里,上岸来皮肤冻得发紫,挂带着苇秸割伤的口子。但我从没见他像过去那样坐下来烤鱼吃。他还开枪打过两只野鸡,后来也不见了。他像病了一般,整天无精打采的。我有好长时间没听他唱歌了。有一天我们来到一个沙岗上,他躺到一边望着天空,声音低低地说:"你厌弃我咧!好小伙子——你是个好小伙子。不过你不知晓度日子的难处啊!就在这大河滩上甩一辈子苘鞭吗?你有琴哩,你该带上琴走,你还年轻……"

"老龙算个什么,冲他笑……"

黑老京子身子抖动起来。他闭上了眼睛。一滴泪珠颤颤地从眼里落下来。他把那杆黑溜溜的鞭子压到胸口上,上下摩擦着说:"是我贱气呀。不过我看你心全在琴上了,琴是你的宝贝哩。我想求老龙,放你带上宝贝走……"黑老京子说着坐起来,用力地拄着鞭杆,身子使劲探过来说,"老龙欺负我,我也会忍的。过生活啊,你得学会忍。可是谁也别想碰一点我的宝贝——人人都有一个宝贝的,老龙别想碰一丝我的宝贝!"

黑老京子说到这儿瞪圆了一双眼睛。这眼睛突然变得锃亮,闪烁着果决而坚毅的光。

又是一个星期过去了。

县剧团又一次催"合同",我知道事情要吹了。……夜间,我一次次惊醒过来,琴!我做过多少关于你的美好的梦啊,而今天,似乎一切才永久只是一场梦了!泪水打湿了我的枕头,我恨死了老龙。我终于明白了:琴是我的希望、我的宝贝……

痛苦和焦虑像蛇一样啃咬着我。我完全失望了。可就在这时,一个民兵传我到老龙那儿,说要给我盖印章了! ……一切都是真的。我惊讶而迷茫地收好盖了红色印章的合同纸,带着满心的喜悦和被捉弄之后的羞愧,急匆匆地赶到城里报到去了……

丢掉牧羊鞭,接上是一场场突击排练。当我搓揉着发木的手指放下琴,突然想到大河滩和黑老京子时,已是两个月之后了。

谁能想到会有这样的两个月啊!

我回到了大河滩上,发现到处是红旗,是人群,……没有羊群了,没有黑老京子了,人群在砍伐着灌木……灌木,浓绿浓绿的灌木啊,被人流践踏着,埋到沙土里,拉土的马牛往上撒着尿……一个老人(他以前常到黑老京子的窝棚里吃烤兔肉)谈到黑老京子,连连叹气。

　　原来老龙去地区开了一个农业会议,头脑一热,回来就要"跟河滩要粮"……浩浩的人流涌到河滩上,黑老京子拼命拦住了他们,他说砍了灌木,满滩的沙子就要飞起来,他又跺脚又嚷,老龙上去打了他一个耳光,他骂了起来,老龙让民兵把黑老京子捆了起来,毁了他的土枪,没轻没重地揍了一顿。黑老京子疯了一般,带着满身的伤痕,爬着、滚着去乡里找上级,告老龙!

　　这一切都令我吃惊。黑老京子的执著和勇敢是我怎么也想不到的。我的眼睛湿润了……我绕开人群,沿着河边那道沙岗往南走去,终于又听到"咩咩"的声音,发现了岗角那稀稀落落的几只羊。黑老京子就蜷曲在岗顶的一个草丛里,他周围的苇秆让秋风吹出"沙沙"的声音……

　　我趴在黑老京子的身边哭了。黑老京子那件过长的上衣全被树枝什么的扯破了,露出了黝黑的皮肤。他木木地看着我,又把头转向了一边。他好像困了,闭上眼睛,他住了一会儿问道:"你的琴又长进了么?"

　　我点点头。

　　"你该带上它回来……"

　　我又点点头。

黑老京子说话时一直将脸埋在胳膊弯里。他这时翻了一下身,望着远远的几只绵羊说:"灌木丛子全完了……我的灌木丛子……养不成羊群牛群……都怨那些树棵子太稀了,老东家要用粗绳子勒死我……不,树棵子全没了,成一片黄沙了……快走开吧,起风了,沙子打人的脸……"

他的声音越来越小,最后变成喃喃自语了。无法弄明白他的意思,他的思绪像被一场梦幻牵引着一样。

临离去时,我劝他想开些,把剩下的几只羊管好算了,好好搭一搭窝棚,冬天快要到了……他点点头,再没说话。回去的路上,我又看到了那些被刨倒的灌木,耳边立刻又鸣响起黑老京子的喃喃自语。我突然明白过来:他的"宝贝"就是这大河滩、大河滩上的灌木!……我的心头又飘过了那首歌,那首最先在灌木中唱出的歌……

我离开了黑老京子。从此弹琴时常常要听见苘鞭的声音,这当然只是幻觉。演出任务紧,回村的机会少了。后来我听说县里某领导同志反对乱砍滥伐,提倡多种经营,并且关照了一下黑老京子……我听到这消息高兴极了。但没有多久,又听说那位领导被打倒了,黑老京子被人告发是隐藏下来的"地主管家",还想用私藏的武器(这当然指那杆土枪了)刺杀革命干部(就是老龙)……

冬天到了。芦青河两岸落了第一场雪。

我的合同到期了,要继续签合同,必须再找老龙盖一次印章。一个早晨,太阳升得很高了,我找到老龙时,他还钻在被子里。他揉着眼睛接过我的合同纸,然后点上一支雪茄看起来。他问道:

"然而你的工作是很重大的,完成得好吗?"

我说:"不好,合同就不会续下去的。"

"然而……"老龙翻动着合同纸,费力地转着脖颈(他如今奇迹般地胖起来了),他看了一会儿,厌厌地翻身从裤带上取下印章,攥紧了说:"早不来晚不来,偏在我睡觉时来,唉……"说着将印章放在嘴上哈一口气,重重地在合同纸上按了一下……我抓起合同纸就走,老龙却把我喊住了。

"还有什么事?"我问。

"嘿嘿!"老龙笑着,后悔似的盯着我手里的合同纸。笑了一会儿,他说:"这,'合同'然而每年都要盖一个印章的……嘿嘿,你走时送我那些鱼什么的,蛮好唉……"

"我送你鱼?!"我大大地吃了一惊。

"可不么。你让黑老京子拿来的。"

"这……"我愣住了。迷茫中,我突然想起那年秋天黑老京子一次次冒着秋凉去摸鱼,后来摸到的鱼又莫名其妙地不见了!我一下子全明白了——原来,老人见我性子刚,背着我为老龙捉鱼啊。他为了我的琴,一次次把高高瘦瘦的身体弯下来,进门来找可恶的老龙!我仿佛又望见了他那水淋淋的身子、被苇秸划破的血口……我一颗心怦怦地跳起来,大喊了一声:"黑老京子呢?"

老龙重新往被窝里面钻一钻,说:"在村里呗——后来又查了查,他还是长工——就放回来了。便宜了他,他想打死我……"

我不顾一切地跑出了这个肮脏的小屋。

黑老京子呢?他还在大河滩的窝棚里吗?我踩着厚厚的雪往

河滩跑去。大河滩没有了一点绿色,狂风早已把沙子堆成了高高矮矮的丘陵;雪藏住了沙丘,看去像一个个大小不一的坟堆。是啊,这里埋葬的东西太多了,埋葬了灌木、青草,埋葬了无数鸟雀的欢歌……这里如今是真正的沉寂了。我这时甚至牵挂起往日奔跑在荒滩上的野兔、叫不停的山鸡,想着他们一下子都去哪里安身了呢?那里可有绿草,可有灌木?如今这里可是真正的荒凉了,真正的荒凉了……

一个没有绿色的世界,多么可怕啊!

有一个驼背老头从一个大沙丘后边转出来了。他用手捂着嘴巴,在不停地咳嗽。他的衣裳很单薄,身体在寒风中抖得很厉害。他走着,突然昂起头颅呼喊起来——啊啊,如果不是亲耳听到,谁会想到这巨大的声音是他发出来的?这声音传得很远很远,茫茫荒滩上,它执拗而顽强地越过一道道沙丘,飞远了——多熟悉的声音啊。黑老京子,你还在像过去那样,用呼喊抵御寒冷啊!

我凝住了似的站在那儿看着。我看到老人肩上还搭着一杆黑溜溜的苘鞭。我突然意识到忘了带一样东西,赶紧转身跑开了。

我取来了琴……

我们紧紧地抱在一起。我把那么多的泪洒在他宽大的衣襟上,可他眼睛里一丝眼泪也没有。我望着他:黝黑的脸变小了,皱纹变硬了。头发全部像雪。脖子还可以看到疤痕,可是筋肉却又韧又紧……他伸出乌黑的手指,抚摸了一下我唇上刚生出的茸毛。他说:"我听听琴长进了没有。"

我将腿盘起来,像过去一样。我仍想象着眼前有一片葱绿的、一望无际的灌木……我的琴长进了么？不知道。今天回答我的，还是那四周的灌木……

  黑老京子默默地听着。他闭上了眼睛，轻轻地点着头。

  回答我的，只有这四周的灌木……

  黑老京子缓缓地在雪地上走去了。他抬起头来，费力地遥望着什么。他微微张开了嘴巴。他又唱起了那首奇怪的歌。这歌由一张没有牙齿的嘴唱出来，更加含混了。然而我每一个字都听得懂。

  ……

  在那个哟赶牛道旁

  杂生来，一片蒺藜花……

  这歌像过去一样地哀怨而热烈。可是却增添了过去所没有的昂扬与激愤。有一种更深沉厚重的东西埋在了其中，深邃庄严……他唱着，面向无边的荒沙，坚定地、一步一步地走去。他还穿着那双难看的、结实的、奇怪的鞋子，这双鞋子把个沙滩落雪踏出深深的印子。没有比这双眼睛再让我吃惊的了：它盯向雪野，有一些悲哀，但没有一丝畏惧，倒是射出了一束顽强的、期待征服的光……

  ……

  在那个哟赶牛道旁

杂生来,一片蒺藜花……

　　我仍旧弹着这琴。我在想这首最初从灌木中唱出的歌,想那郁郁葱葱的灌木……我终于明白了黑老京子很早以前说过的话:每人都有一个宝贝似的。谁也别想碰它一丝——它似乎是一种信念、一种事业。黑老京子为它划了一条界线,在没触碰到这条"界线"时,他尽可以忍让、忍让,甚至忍辱负重;捍卫它时,他舍得流血,他舍得生命!

　　我用力弹了一下琴,收住了曲子。

　　……

　　最后我们回到了窝棚里。这个窝棚的确搭得很结实。黑老京子告诉这是庄里人帮他搭的。我说:"不放羊了,你何苦住这河滩上。"他点点头,冷笑了一声:"哼哼,灌木丛还要长出来。你以为他们把根须刨净了吗?有根须,就要发芽,长一河滩!我死不了,我等着它长一河滩啊……"

　　我沉默了。

　　我接着轻轻地弹起了琴。黑老京子站起来,弓着腰钻出窝棚,甩响了他的苘鞭。

　　这一夜,我也睡在窝棚里了。睡得很香甜,醒来时,发现夜里又下了一场大雪。大河滩盖在更厚的一层雪下边了。

于济南

秋 林 敏 子

因为要调查几类乔木在海边的生长、分布情况,我要到海滩的林子里住上一段时间。林子属于附近的一个镇子,那儿也没有什么招待所之类的,只有两三间草屋,里面住着一个看林子的老头儿,一个负责做饭、喂猪、打点零杂的姑娘。

也许是长时间住在这儿有些孤寂吧,姑娘对我十分热情,一张口就叫我"老大姐"。我就住到属于她的那间草屋了。

隔壁的老头儿嗓子沙沙的,说话声音很大,老是叫着:"'米脂'啊!'米脂'啊!……"我一直有些纳闷:挺好的一个姑娘怎么叫了那么奇怪的名字啊,"米脂"!

后来我才听清楚,她的名字叫"敏子"。

时逢秋天,这儿的天空蓝得出奇。在这样的环境里生活,心情总是爽朗的。空气中弥漫着一种药香味,那是草中的艾子、野菊之类散发出的。这儿的草可真厚,几乎看不到白白的沙土了,草中的花也多,像那浓艳的千层菊,竟然到处都是。林中的树木很杂,它们大多是自然生长出来的,密的地方连人都通不过。各种鸟儿多极了,它们不知疲倦地鸣唱着,在密密的林子里飞来飞去,好像并不怕人。

敏子第一天就陪我到白杨林深处走了一趟。我远远地端详着她的样子,心里感到了一阵阵温煦。我看到了一片阳光落在她那白皙、漂亮的额头上,她微微仰着脸站着,后脑贴靠在杨树干上,幸福地眯起眼睛躲闪阳光。她长得比较娇小,就像生活中常常遇到的这一类女人:你随便看一眼,心中就不禁引起一阵爱怜。她的眉毛太长太弯了些,顺着额头"描"下来,添几分妩媚在上面。阳光把她的影子拉得很长,她活动影子也活动。后来她向上用力地跷动了几下脚跟,就走出了这片白杨林……

可是这天我们玩得并不十分愉快。敏子不是个爱说话的姑娘,她从白杨林里出来之后,就恢复了那种少言寡语的性格。但她对我一直是客客气气的,很亲切地叫着"老大姐"。她随身携带一个布口袋,只顾随手采着成熟的树籽……我觉得这个姑娘也太矜持了一点,是因为她长得漂亮吗?我总想改变一下我们的气氛,引她笑一笑,让她像在白杨林里那样欢愉。可是这都做不到。她只是用温柔的眼睛看着我。

护林的老头儿和我们相遇了,他老远就伸出手掌向我们打招呼。这真是一个可笑的人:又瘦又小,穿着寒酸,腰间却紧紧束起一根皮带,肩上背了一支笨重的土枪。他凑到敏子跟前,伸手在衣兜里掏出一把红酸枣给了她,又从她的衣服上捏下一片草屑。他临离去时还嘱咐敏子:"别走远了,早些和同志回去啊!"敏子声音低低地回应:

"放心吧,五叔……"

五叔走了,那个瘦小的身影在林中一闪就不见了。

我问敏子:"五叔大概一直在海滩上护林子吧?"

敏子摇摇头:"来这儿没有多少年。他原来在海边看渔铺的……"

"你来林子里很久了么?"

敏子点点头。

"多少年?"

"十年。"

我惊讶地看着她。一个姑娘能在海边的荒滩上一呆十年,这多少也算个奇迹了。

敏子给我一些枣子,自己也吃起来了。她告诉我:"十几岁的时候家里需要我干活儿,就读不成书了。来林子做活的人中午要吃饭,要找个做饭的,我就来了,一直到现在……我今年二十八岁了……"

"啊,她二十八岁了!"我在心里呼喊起来。我怎么也不敢相信站在我面前的是这么大的一个姑娘,我原以为她二十刚多一点呢。她长的样子也不像啊。我立刻就想到了她有没有对象的事,就问了一句。

敏子淡淡地笑了笑,摇摇头。她把话题移开说:"这儿的橡树多极了,哪儿都是橡树,你看看吧……"

我的思绪却仍旧停留在原来的地方。我在想:敏子是个好姑娘,谁到林子里来把她娶走吧,她多么温柔啊……我当然还不了解她,但我已经有些喜欢她了。

这天,回到草屋之后,敏子亲手为我做了一顿很别致的饭。几乎所有东西都是她随手从林子里捎回来的,做成了甜酱拌小野葱、炒蘑菇、野豇豆饭……护林子的五叔只是坐在一边,笑嘻嘻地看着我们吃饭。请他吃,他说:"吃过了,吃过了,喏——"他随手从口袋里掏出一把烧花生给我们看。

五叔回到隔壁时,敏子小声对我说:"他常常不吃饭。白天在林子里转一天,碰到野枣、小野瓜、酸菜芽儿什么的,他就摘下吃了。他还留一些给我,布口袋里还有,当着你的面不好意思掏出来……他喜欢吃那些东西。"

想不到护林的老头儿有这样的怪癖。我忍不住笑了。我说:"可他对你很好的——这我一眼就看出来了……"

敏子停止了咀嚼,深深地瞥了我一眼。

她没有再做声。她那一瞥却使我牢牢地记住了这双秀美的眼睛。我想这里面也许蕴含了什么故事,只是她不愿讲给一个生人?她那么漂亮,那么容易沉默,她在这海滩林子里住了十年小草屋啊……

天黑下来了。鸟儿的吵闹没有了,风也变得小多了。林木在夜色里望去,无边无际的苍茫一片,显得神秘,令人恐惧。如果侧耳静听,会听到一种深沉厚重、始终如一的呜呜声,好像是专为肃穆沉默的林海奏出的乐章——这是大海的声音了。大海就在林子的北边,离这小草屋只有三里之遥。我和敏子倚在门框上,久久地倾听着林子里的声音。

五叔因为是护林员,他掮上土枪到林里转去了。

敏子倚在门边,我们交谈起来。她常常羞涩地笑笑,话语很少。当她知道我是从大学里毕业分配到林业局工作时,立刻不做声了。停了会儿她说:"你真有福,你进大学了,他做梦也想读书啊,他只是做了个梦……"

"他是谁呀?"我盯住她问道。

敏子摇摇头,再没说话。这时微风好像送来一阵隐隐约约的琴声,她扬起脸来听了听,然后约我一块儿到外面走走。我答应了。

月亮慢慢升起来,脚下的小草上挑着一颗颗晶亮的露珠儿。我们不知不觉地循着那琴声走去了,慢慢望见在一片林子后面的旷地上,燃着一堆堆火,一些人影儿在火堆边活动着。敏子告诉我那是生产队在林中空地垦出的花生田,如今是责任田了,那火是收花生的人点的。我们慢慢离火堆近了,只隔着一丛树林望着他们。原来全是些小伙子,他们用树枝挑着青青的花生棵在火上烧。有一个小伙子在对着火堆吹口琴,火苗把他的周身都映得通红。我想和敏子走过去看看,敏子却怎么也不愿动一动,她只是隔着树林看着。吹琴的小伙子头发有些蓬乱,面色抑郁。

护林的老头儿不知怎么在这时也走到了火堆边,他一来到就冲着吹琴的小伙子喊叫起来:"你怎么又在海滩上吹琴?你怎么又吹这东西?"

小伙子扬起脸来,赶紧收了琴。

老头子越喊火气越大,差不多要蹦跳起来:"把它放火堆里烧了吧！烧了吧！要这个鬼东西……"

"小伙子怎么啦？"我不解地问了敏子一句。

"他叫勇胜,是五叔的儿子。五叔不让他吹……"

敏子的声音有些发颤,我抬头一望,不禁大吃了一惊:她的眼里闪着泪花。我不解地望着她,见她只是盯着那一堆堆火,泪水在眼眶里转动着,没有流下来……

这个夜晚,敏子失眠了。

敏子真是个手脚勤快的姑娘。她差不多没有一刻松闲的时候,喂猪、做饭,在她手里都是极快的。当她把这一切忙完了时,就和我一块儿到林子里去了。我和她走在一起,眼前总闪动着那天夜间看到的一双泪眼。可我不敢问她。她在林子里毕竟呆了十年,对大海滩了如指掌,真是我工作上的极好的向导。她还是一副少言寡语的样子,跟我说话的时候,还是亲切地、略带羞涩地喊着"老大姐"。有时林子里出现一片灿灿的红花、一棵如火焰燃烧般的红叶树,她就会激动地喊起来,蹦跳着,先我几步跑到跟前去——这时候她的样子多么可爱啊！在这美丽的秋天的林子里,就应该跳动着这样的一个敏子……我的心中,这时一个念头顽强地冲撞着:我一定要明白敏子！我一定要帮助敏子！……林子里,有的树籽开始成熟了,敏子常常因为要采树籽儿耽搁时间。半天时候,她随身带的一个布口袋已经装满了。

中午,在林子里修枝的一些人到小草屋里吃饭。他们是镇上的林业专业队,大都是些小伙子,身上都带着一个装各种刀剪的皮革套儿,看上去怪神气的。在这些人中,我又看到了老护林员的儿子——就是那天在火堆跟前吹琴的小伙子。那一次离得远没有看清,现在看起来他大约有三十岁的样子,前额上已经有了几道浅浅的皱纹。我觉得他的男子汉气很重。一群小伙子跟他喊着"队长",原来他还是专业队的负责人呢……敏子不做声地将饭菜端给他们,看着他们狼吞虎咽起来。老护林员将儿子叫到跟前,一边吃饭,一边说着话,不知怎么火气又大了起来,用筷子点划着儿子的脑门。敏子走到了他们身边,听着他们说话。小伙子本来声音很高,见到敏子立刻不做声了,只是低头大口地吃起饭来……敏子回到了我的身边,我看到她的脸色通红,样子像是十分激动。

小伙子们临离开时,老护林员的儿子来到敏子的屋里,告诉她明天专业队在南边做活,离镇子近,不用她准备饭了。他说完就走了,敏子瞥了他的背影一眼,那似乎是重重的一瞥……

这个夜晚,惨白的月光从窗棂里射进来,使我们怎么也没法睡去了。有什么鸟儿在不远处的林子里尖声叫着,使敏子不安地偎到我身边来。她的胆子这么小,这倒使我觉得有些奇怪。我想起了什么,问她:"五叔的脾气真够大的了,老冲儿子发火,怎么回事呢?"

敏子回答得简简单单:"他嫌儿子不像个男子汉。"

"我看他身上男子汉的味儿蛮重呢。"我笑笑说。

敏子"哼"了一声,说:"那只是个样子。有人才没有这副身架子呢,可他是个真正的男子汉……"

敏子的声音高起来。她见我定神望着她的眼睛,就不好意思地将声音放低了。她接着说:"今年搞责任承包,镇上给他们林业队的承包条件'苛'了点儿,他——就是勇胜,想打退堂鼓。"

"勇胜……"我重复着这个名字,觉得连名字也够得上个男子汉了呀。我问:"什么条件呀?"

"将原来的灌木区扩大一倍,搞一百亩玫瑰葡萄园,这些必须在三年内完成。要求是很具体的,都写在合同纸上了……"敏子将被子围在身上,靠在了墙壁上说。

我没有做声。我在心里掂着它的分量。我想那些林中空地、荒滩全建成葡萄园,近海的灌木区再连成一大片,那这海边林场可是漂亮极了。我甚至想象得出林中笔直的土路,清清的渠水,渠边和路旁的葡萄园……我在心里钦佩起这幅蓝图的规划者了。敏子的眼睛被月光照得很亮。她一动不动地望着窗子。她怕冷似的两手紧紧揪着被角,使被子裹着她的身子。她看着窗子外,突然转脸问我一句:

"他的口琴吹得好吗?"

"啊……好……"我随口回答了一句。我的思绪被牵到了那天晚上,我仿佛又看到她那双闪动着泪花的眼睛。我坐起身来,握着敏子一只温热的手掌说:"敏子,能跟我讲讲你们的故事吗?"

敏子摇摇头:"我想起另一个人来了,他就成天在林子里、在我的小草屋里吹口琴……勇胜是跟他学会了的!"

"他是谁呢?"

"他整天地吹啊,就坐在这个土炕边上,头垂着,头发遮住了眼睛。他把心里的忧愁都吹出来了,他吹琴时眉头绞拧到一块儿去……"敏子仿佛没有听到我的问话似的,只顾说下去。我也听不出头绪来,我只是听着。"……五叔和我都爱听他的琴。五叔那时候很能喝酒,他喝得脸上赤红,就在海边的渔铺里骂起人来,声音传到我的小草屋里……"

敏子这时把身子倚在我的身上,轻声说:"老大姐,你要是也听过他的琴多好啊!他一吹琴,四周的一切都那么安静,好像都听他的琴似的。他不怎么说话——他就是这样的一个性格,他爱吹琴……"

"他是谁啊?"我打断了她的话。

"慧生,我和勇胜的同学,从小学就在一个班里读书……"

"他现在在哪?也在林子做活吗?"

敏子不做声了。停了一会儿,她小声说:

"他死了……"

四周没有了一点声音。敏子一动不动地贴在我的身上,连呼吸都是轻轻的,仿佛是怕影响另一个人的睡眠似的。月光照在她的脸上,可以清晰地看到她鼻翼的翕动。她的眼睛轻轻地闭上了,睫毛垂下来。她像是渐渐地睡去了,胸脯起伏着……我此刻不知怎么心底涌起一股怜悯的情绪,觉得这个小妹妹怪让人可怜的。我伸手抚摸着她的头,将她的头发捧在手里端详着:啊,黑亮黑亮,光滑极了,散发出一股野麦草的香味。月色将她周身蒙上了一层淡淡的荧光,她真的睡着了吗?

这一夜,我一直让她这样依偎着……

这一带林子里,树种很杂。洋槐由于管理上的原因,已经成了大片的灌木丛了,而没有像其他地方那样变为让人仰视的高大乔木;但使我感到惊异的是那些橡树,它的木质像铁一样坚硬,却生长在松软的沙滩上。它长得很茂盛,一片片,完全是自然分布……我跋涉在大海滩上,常常由于一种新的发现而兴奋起来,不时地坐下来记些什么。敏子还是采集着树种。她每采到一样新种子,就高兴地拿来给我看。她最愿做俗名和学名的对照了,遇到学名和当地的叫法一样时,她就显出十分高兴的样子。

但我却时常记起那个死去的慧生。

他是怎样的一个人呢?他是怎么死去的呢?只从那晚上听到敏子说过之后,我总隐隐约约听到一阵琴声震响在丛林里。但这琴又绝不是勇胜吹响的,它那么明朗、清新,它叙说着一个全新的故事……我几次想问敏子,又几次将吐到嘴边的话咽回去了。

我和敏子不知疲倦地穿行在林子中……

葛藤常常绊住我们的手脚,我们费力地往前走着。穿过一片丛林,又一片丛林在前边闪动;我总隐约听到有人在前边那片丛林里吹琴……终于有一次我对敏子说:

"你听,有人在林子深处吹琴;不是勇胜,比勇胜吹得好!"

敏子激动地撩开额上的刘海,真的倾听了一会儿。她说:"没有的……"

当然是没有的。我们又穿过了那片林子。可是敏子却沉默了,她一声不响地采着树种,沉重地迈着步子。突然,她将槐树种刺破了手。我要替她包扎,她无论如何也不肯,只是用力地捋,那镰刀形的槐树种子沾着她的殷红的血迹……我后悔不该说听到丛林中那琴声。

我们走出丛林,看到了不远处的大海,拉网的人群,海岸上那一个个黑糊糊的渔铺子……敏子怔住了似的望着海岸,眼睛也不眨一下。盛树种的口袋刚才还挽在手臂上,这时已经滑脱到地上了,槐树种子撒在了脚下。她坐在地上,一个一个将树种拣到手里,眼睛却还望着海岸上。我催促她离开这儿吧,她点点头,但并不活动。她说:"看到那个渔铺了吧?五叔以前就是住在那儿。慧生从海上回来,五叔就给他酒喝。有一次慧生到小草屋来吹琴,带着一股酒气,我就生气地跑到外边去了……"

慧生到底是怎样一个人,我现在还没有听明白。但我似乎已经明白他在姑娘的心中曾经占有何等重要的位置……我也随着敏子的目光望去,我看到了那么多人在网纲上用着力气,使劲地弓下腰去。我说了声:"我们走吧!"

我们重新穿行在林子里……这个夜晚,我和敏子躺在小草屋的土炕上,默默地听着林子里各种细小的声音,听着海浪的喧嚣。风比以往都大,因而各种声音也多起来。敏子依偎在我的身边,终于讲起了她的慧生。

"……他不像个男子汉。他上学时就坐在我不远处的位子上。我总觉得他是个小姑娘:脸白,说话声音也不大。我们都是'小姑娘',我们好极了。后来慢慢大一点了,我不知怎么就不和他好了。他聪明极了,学习成绩总是第一名。勇胜粗咧咧的性子,从来不知道用心写字,学习当然好不了。但我后来和勇胜很好,散学的时候我们都在一起走。谁如果敢对我扮个鬼脸,勇胜就伸出他黑糊糊的拳头,做一次男子汉……

"后来你知道,我到林子里做饭来了。我刚学完四年级,住在小草屋里,晚上泪水把枕头都打湿了。我老想我们的学校……可是不久勇胜也来林子做活了,他学得太差了,也不想学,就回来了。再后来,慧生也到了林子里!我可高兴了,我们几个全在一起了——不过慧生整天不说一句话,常常一个人呆坐半天,使我和勇胜也不高兴了。后来我们才知道,慧生因为家庭出身不好,失去了升高中的资格!他学习那么棒,他做梦都想再去学习啊……我和勇胜都替他惋惜起来……"

我听到这儿,想起她前几天说过有人渴望读书,但是"只做了个梦"——我这会儿明白那是说的慧生了。

"镇上人都觉得他怪可惜的,也见他细皮嫩肉下不得田,就让他来了林业队。他饭也吃不下,越来越瘦了,没事就在林子里吹一阵口琴……后来他才慢慢安下心来,找来一些林业方面的书,没白没黑地看。勇胜学着他吹琴,也学他看那些书,不过只是看插图,看完了就还给慧生……当时的林子比现在还密,只是镇子上乱砍乱伐,有的地方开始成一片片荒滩;靠海那一面没有灌木林,风沙每年卷过来一尺远。慧生说:'这些都得变一变,这样不行。'他闲下来就读那些书……

"后来镇上新换了一个革委主任——就是五叔的一个本家侄子,他开大会时说原来镇上领导多么多么坏,搞修正主义,也搞资本主义。他说:'荒唐啊!怎么能让慧生那样不三不四的人去干林业工作呢?荒唐啊!……'不久,慧生被镇上'支派民工',到南山的一个水利工地上开一个山洞去了……他离开林子那天我和勇胜都哭了,可他没有哭。他用小手巾紧紧地包扎好那个上了电镀的口琴,用力往裤兜里一插,就出发了。我至今记得他走时那个冷冷的、没有一丝笑容的脸……"

敏子停止了叙说。我们都听着那一阵大似一阵的海浪声。这声音化作一片怒吼,又好像是众多的人在敲击着什么——是的,是敲击——我仿佛透过茫茫夜色,望见无数面色苍白的年轻人在垂着头颅,默默敲打一块块顽石,开一条深不可测的山洞……我感到了一阵发冷,用力地揪紧了被子……

敏子又开始说下去:"一年以后,慧生做完民工,又被派到海上打鱼去了。他从林子里走过时,简直让人认不出了!他再也不是原来的慧生了,满手老茧,脸色黝黑,头发乱成一团草,上面沾着沙子和树叶,他连管也不管……我和勇胜点起一堆火,烧花生和地瓜给他吃。他吃完后和勇胜一起吹奏了一支歌,他吹得更好了……那天我们玩了一个通宵,天亮时他才离开,背起他很小的一个行李卷儿,往海上走去了……"

我好像听到门外有什么东西响了一下,尽管十分轻,但我听到了。我说要出去一趟,就蹑手蹑脚走下炕来,小心地拉开了门……月光下,我看到一个老人站在窗前的一丛眉豆蔓下。我差点儿惊得喊出来——老头子背驼得很重,背着一杆猎枪,听到门响,急忙闪到了隔壁的屋门内……是老护林员。我想他从林子里转回来,一定在眉豆架下站了好长时间。我回到了屋里,并没有对敏子说什么。

第二天老护林员见了我,很不自然地咳着。他有些慌乱地点着烟锅吸着,一边用大拇指按着烟末,一边抬头看我……敏子要在小草屋做饭,他对我说:"我和你转去,嘿嘿,熟着哩……"他背着一杆沉重的土枪,走起路来喘息得很厉害。可是他对我说:"告诉你吧,这一围遭的老人,数我壮实!……"我总觉得他好像有什么话要对我说。走了一会儿,他突然问一句:"敏子告诉你慧生是怎么死的吧?"

我摇摇头。

老护林员不做声了。他可能被烟呛着了,剧烈地咳嗽着。他的腰使劲弓着,十分费力地扳开树丛和茅草往前走去了,我一直走在他的身边。草丛里,常常露出一两枚红红的野枣子,他一个也没有摘过。走着走着,他把脸转向我说:"慧生,是死在我手里啊!"

我不认识似的望着他。

"真的哩。这话敏子也不信,可我自己心里明白……那天夜里慧生一个人去海里查流网——原来应该有人和他一起的,可他们都跟着我喝醉了,倒在渔铺里呼呼地睡。谁想得到风起得这么快,岸边的浪卷起几尺高。按常理,这时候海里有人,看渔铺的要把渔铺点上火才是,海里的人就冲着这堆大火逃命了!可我喝醉了,什么也不知道啊……"

五叔的胡子颤抖着,向我伸出一只乌黑的巴掌说:"我这人早该死了才是,慧生是个多好的小伙子!唉唉,他一死,可苦了敏子这姑娘了——你不知道,敏子早把心给了慧生,他们一天不见就想得慌。慧生在小草屋里吹琴,敏子走得再远也听得见……敏子跪在海边上哭昏了……她从海边上离开时就跟我要一样东西:慧生的琴。……后来,直到现在,我的嘴唇上再没有沾过一滴酒,害人的酒!我不看渔铺了,我不放心敏子,就住到了小草屋里。我非等到敏子找个好婆家不可。我白天晚上守护她。我最烦勇胜在林子里吹那琴——你想她听了会不想起慧生,会不难过?还有我那个黑心的本家侄子,有一天晚上在小草屋跟前探头探脑的,被我追到了林子里,我要用枪打死他……"

老护林员越说越快,激动得每一道褶皱都在抖动。他的苍老的手握在枪杆上,两眼向前望着,那么沉重、那么深邃……我明白了好多事情。我知道面前这个老人的腰为什么那么弯曲了,他是被巨大的自责和痛悔折磨着、压迫着呀!

护林老人一直伴我走了好远好远。一路上他不断发出沉重的叹息。他为敏子担心,担心她受过这么大的挫伤,也许永远也不会嫁人了。他用哀求似的口气说:"你是见多识广的人了,你夜里劝劝她,你……为她找个对象吧。敏子太好了,你知道她心很高哩……"

我十分感动地应允着。

这天我很晚才回到草屋。离着屋子老远,我就听到了一阵琴声……我隔着窗子看去,见正是勇胜在吹琴,敏子坐在一边听着。他吹得很动情,蓬乱的头发遮住了眼睛,他也只是吹。那是一支熟悉极了的曲子,又热烈又昂扬,勇胜吹得也好……我进了屋子,勇胜大概以为他父亲跟着也要跨进屋里,就麻利地收了琴,小声说一句什么,出门走了。

敏子大约还沉浸在曲子里,脸色红红的,一直垂着眼睫坐在炕边上。

"他吹得多好啊!"我说。

敏子羞涩地看我一眼,没有做声。

"我听得懂他吹的什么!"我说。

敏子深情地望我一眼,还是没有做声。

晚上,我在油灯下整理着调查笔记,总也静不下心来。我说:"勇胜,蛮好的……敏子,你不该什么都瞒我啊……你想等多久呢?"

"我也不想等多久,"敏子用心地梳理着她的头发,"我等着他成个男子汉。慧生是个真正的男子汉啊!"

"……"我想说什么,又把话咽了回去。

敏子将头发梳得顺顺溜溜,让它搭在肩上。头发经过湿润,变得又光滑又明净,衬托着敏子一张红扑扑的脸……她这时伏下身子看着我写的笔记,腼腆地又说一句:"我也不想等多久啊……"

我知道敏子和勇胜为承包林子的事闹着别扭。我这时有些替勇胜惋惜了。他长得粗壮高大,一脸男子的刚勇之气,却像个女人那样对承包额不断地权衡得失。他怕到头来他们林业队赔上什么,他们甚至就要离开这片林子——敏子当然不会对他妥协的……我理解敏子,也同情敏子。

敏子声音低低地说:"让人生气的是这个承包额在好几年前就该他去做的,他也答应过——这是慧生最早提出的林区规划呀……"

我不解地望着她。

敏子激动得脸色通红。她看我一眼说:"上次没有跟你讲完。我不是说慧生后来到海上打鱼去了吗?那是镇上领导点名让他去的。打鱼是个苦差事,只该他来干。他后来死了,现在想想也不奇怪。我那时总觉得他会突然从我跟前消失了——只不过没想到这么快。他从南山回来告诉我,一条山洞打成时,有好几个人死在里边。他活着回来,我高兴极了……他打鱼去了,闲下来还到林子里,他迷上了林子。种葡萄园、扩大灌木区的想法,就是他说出的,他还在海滩上试栽过葡萄苗。我和勇胜都是积极赞助者。可是当时做不成啊,只是个空空的规划罢了。如今可以做这一切了,镇领导在制定承包额时,参考了我和五叔的意见——我们都找过镇上好几次哩……"

"如果慧生在,他会第一个率领林业队干起来。"我说道。

敏子点点头。她神往地看着窗外黑魆魆的林子说:"慧生夜里来林子时,我们就点一堆大火。他有时捎几个蟹子,我们放到火上蒸……他从南山回来就变了,不爱说话了,只是望着火苗出神。他有时提到南山,提到他开过的那条黑漆漆的山洞。更多的时候他在吹琴,吹一首我和勇胜都听不明白的歌……"

月亮升起来了,惨白的月光又从窗子上射进来。

"听不明白,不过我们都知道那会是一首山里人的歌。有一次勇胜对在我耳边说他懂了,那是一首山里人开石头的歌:他们使用锤子、钎子,耐心地凿,一点一点地凿,凿碎的石头有时像大拇指顶那么大,他们一点一点地凿……我想也许是的。我想慧生就是吹这样一支歌!他的身子就是凿石头凿变了颜色,他再也不像个小姑娘了,胡楂儿一根根又黑又硬。还有他的手掌,像岩石一样。他真的只能吹那样一支歌……

"他有一次盯住火苗说:'日子过得不对劲儿,真的,日子不该这样过。我们流了那么多汗水,还是这么苦——准有什么不对劲儿的地方。到了想想办法的时候了,我总觉得生活不该这样,这样不对劲儿……'他说这话的时候眉头绞拧到了一起,那是难过极了的样子。我和勇胜都垂下了头,默默地思虑着——我低下头,立刻看到了我刚补过的衣襟。这件衣服早不成样子了;还有,我多想要一个红塑料发卡呀……我没有钱。勇胜的裤子那么短,怎么也遮不住他又瘦又长的腿。慧生说得对,生活不该是这样子的!……他不一会儿又吹那支歌了,吹得很慢。我不知怎么也想到了凿石头的山里人。一点一点地凿。生活不该是这样啊!"

……敏子说着,眼睛里闪耀着泪花。她拧着那一对描过似的眉毛,咬了咬自己的嘴唇。她的眼睛里射出了一道愤恨的光芒。她此刻也许又想到了那个在承包额前犹豫彷徨的林业队长吧。

敏子是漂亮温柔的,可她也绝不缺少刚毅和坚韧!我看着她,用手去抚摸她的肩膀。她不好意思地往后歪了歪身子,我却将她揽进了怀里。她的身子那么灵捷,原来比我想象的还要瘦弱。我想象不出她在这林子里怎样呆过了十年,经历了那么多欢乐与悲哀……

时间不知不觉过去了半个月。我的工作进行得非常顺利,这当然要感谢敏子和老护林员五叔的。

我只需要在这间小小的草屋里完成我的调查报告了。每天,敏子除了喂喂猪、做些杂活,总不离开我,我有好多事情也可以随时请教她了。

有一天我写东西太累了,闲下来休息时,很想找敏子玩一玩;屋里屋外找也找不见,这才记起好像已经多半天没有见到她了。我想她不会是采树种去了,她如果去也会告诉我的……人真奇怪,有时涌出一股念头,就怎么也遏制不了,像我现在,就想找到敏子……五叔从林子里转回来,见我找不到敏子,沉默了一会儿说:"许是到苗圃那儿去了……"

五叔一口口吸着烟锅,又说了一句:"慧生的坟在那儿。"

"慧生的?"我吃惊地问一句。

五叔磕着烟锅:"其实没有寻到慧生。打鱼人嘛,只得埋了件衣服;还有敏子要回的那把琴……"

这些敏子从来没跟我说起过。我请五叔陪我去看看慧生的坟,老人答应了……他一边走着一边说:"敏子去得很勤哩,不过你不知道罢了……前几年好多人打这个小草屋的主意,都看上了敏子漂亮,我跟你讲过,这里面有我那个做了主任的本家侄子。他们都找人来提媒,敏子就像没有听见……有人说:'她整天往慧生坟上跑,她心里能有别人吗?'我那个本家侄子听了,就下令让她离开林子,她死也不肯……"

五叔说到这儿拍打了一下肩上的土枪柄说:"我跟那个黑心侄子说了:你敢起歹心,我用枪打死你,我宁可为你偿命!……敏子整天不说话,喂猪、做饭,采她的树种子。后来有人说:怪不得她不离开林子,林子里油水大呢——那树种子卖到采购站里,少说也得它三百四百。敏子像没有听到,还是从树上捋着种子。你不知道她积在小草屋里多少树种子,连我也想:卖了吧,敏子该买件新衣服……冬天过去了,春天来了。谁也想不到这个春天里,敏子让我帮个忙,把这些树种全撒到了地里!"

"苗圃就是这么来的?"

老护林员点点头:"这是谁也想不到的。有人说她变呆了。可我心里明白:这就是敏子!"

这就是敏子——我仿佛看到了她带着一丝微笑,那么沉着、那么自信的,一把一把,将这些种子、将慧生的希望播进了土里!……我默默地走着,我的眼睛湿润了。我想我在这海滩林子里见到了那么多树木,如果把它们比喻成人的话,那么慧生如同橡树,坚硬如铁;白杨就像敏子,光洁、秀挺!

我们终于来到了苗圃田。啊,平展展一片,嫩绿的小树苗可爱极了!这该是播下了多少种子啊——我无比敬佩地看着在地中央微笑着的敏子——她在向我们微笑。我的眼睛又不由自主地在寻找那个坟尖,可是什么也看不到。我只看到了一簇簇的千层菊,不分棵地挤在一起,千花怒放,在阳光里闪烁着,散发出一股浓烈的香气。终于,我看到了花丛中有一个坟堆,多小的一个坟啊……我知道这么多的千层菊一定是敏子植下的。

我们站在千层菊里,只是微笑着。

我想到了那一只琴以及它的那一支歌,像是开石人的歌:一点一点地凿、一点一点地凿……我想慧生看到他身边这辽阔的林子、葱郁的苗圃,一定会欣慰的。啊,慧生,慧生……人们都习惯于歌赞叱咤风云的英雄——天底下本没有多少那样的英雄啊！我想那些永不屈服的、时刻想改造和设计我们自己的生活的人，也就是英雄了。

敏子看看我，又把感激的、温柔的目光落在五叔的身上……她很自信地说着，像是自言自语地说着："我要告诉勇胜，告诉他承包额算个什么！我们今天有这么多新苗，这么多力气……"

……

这天我们在苗圃田里逗留了很久。太阳落山时我们才往回走。大概每个人都想着小草屋，走得很快。

1983 年 12 月

黑 鲨 洋

一

老七叔新搞了一条船,请曹莽入伙打鱼去。曹莽正犹豫。

这时候正是初秋,天还很热,曹莽穿了条裤衩,露出了两条圆圆的、黑红色的长腿。他今年十九岁,脸庞很粗糙,也是黑红的颜色。他不怎么说话,这使人觉得他的所有憨劲儿全憋到两条腿的肌肉里去了。这的确是两条诱人的腿。老七叔看重的可能就是这两条腿。

老七叔敢做大事情,有时甚至让人觉得他莽撞。可是每样事情做过之后,细想一想,又觉得他非常精明,事先将一切都冷静地打算过了。所以他从来不失败。

但是对于他新搞的这条船,大家都在议论,结论是老七叔必定要失败。

为买这条船他花去了几千元,加上必需的一些网具,特别是造价昂贵的一盘"袖网",他一共花去了近万元,其中一大部分是借贷来的。袖网可是捕鱼的好东西!它栽到海流里,就好比筑了一座迷宫,等着逮大鱼吧!不过一个人携带着这么多钱到波涛汹涌的海里去,还是有说不出的危险。最要紧的是,他搞的是海边上十几年来的第一条船!

以前当然有很多船的,都是公社里的,打来一些鱼,也死了一些人。海滩平原可以种很好的庄稼,人们偏要执拗地跑到海里去,这常常使上级领导十分愤怒。有一次,捕鱼船在有名的黑鲨洋一带出了事,死了好几个人,其中包括有名的壮汉曹德(曹莽的父亲)。这终于使大家惊醒了。人们发誓再也不去捕鱼了。

近一两年海边人除了种好庄稼,还做起了十分有趣的活儿:将山楂粘了白糖卖,将艾草搓成绳儿卖,沙滩上的酸枣核儿也可以卖钱。但老七叔全不做这些,他买来一条船。

大家的眼睛都默默地注视着他。谁心里都明白,这样一条船老七叔一家可驾不了。老七叔是海上的好手,有两个儿子。可他的两个儿子不行啊,很瘦弱的样子。他必定要请人入伙。每个人都坚定地在心里告诫自己:永不入伙。

他们当时如果知道老七叔是怎么想的,也就不会那样告诫了。老七叔从来就没有打算过邀请他们。他看中的只是一个人:曹莽。

大家知道之后,都长长地出了一口气。谁入伙上船,谁就要和倒霉的老七叔一块儿背负那上万元的经济重压,一块儿钻海搏浪,很可能还要一块儿去死。曹莽才十九岁啊,他还没娶媳妇,是个又强壮又稚嫩的小伙子呢。这简直是欺负曹莽。

曹莽却不这样想。他不说话,听了人们一些议论,泰然自若地从大街上走回家去。他的黑黑的、裸露的腿显得很有弹性,走着路,脚掌把土碾上一个个深窝儿。他在心里想:老七叔多么看得起我啊。

虽然是这样想,但他并没有立刻答应入伙。他跟老七叔讲,他要好好想一想。老七叔也没有逼他立刻应允下来,这样重大的事情嘛!曹莽真是个有心计的孩子。回到家里,他躺在炕上,将手掌垫到脑袋下,认真地想着。他一口气想了几个钟头,还是没有想好。

这个夜晚正好是有月亮的日子,屋子里黄蒙蒙的。曹莽有些烦闷地跳下炕来,在中间屋子里走着,木头拖鞋"嗒嗒"地打着地面。屋子里真空旷,曹莽想,有个人商量一下也好啊。母亲怎么死的他不记得;父亲死在黑鲨洋乱礁里,死得惨,他还记得。从那时起他一个人住在这座结实的房子里,自己做饭吃了。没有人在闲时和他说话,他一个人也没有多少好说的……上不上船呢?曹莽想,这回可遇到了难题,如果同意,可能这一辈子就交给大海了。

他决定明天找一个人商量一下。

平常曹莽不怎么找这个人。其实曹莽完全应该和这个人亲近起来,只是由于有些怕他,也就不常去他那儿。那人和父亲曹德是最好的朋友,曹德死后,最有资格管教曹莽的,就是他了。

他叫"老葛",是个老头儿了,前几年刚从水产部门的一条大船上退休回来。他就是那条大船的船长,中了风才回来的。由于一辈子都在海上,脾气和样子都有些特别,所以曹莽心里对他有些莫名其妙的畏惧感。他半边身子不灵便,说话也含混起来。但无论如何他对船、对海,是海边上最有发言权的一个了。还有,曹莽觉得父亲不在了,这时候应该听他的话。如果他说一声"去",那自己无论如何也是要去的了。

天明了,曹莽却陷入了新的犹豫:找不找老葛呢?

最后,曹莽还是去找老葛了。

老船长正在家里看一本书,是躺着看的。曹莽看了看书的封皮,知道是一本捕鲸鱼的书。枕边还有一本书,名字太怪,读不出,封面上画着两个壮汉斗拳。老葛就像没有看到来人一样,翻弄几下,又换成那本斗拳的书。曹莽叫一声"葛伯",他才慢慢坐起来。

老葛很瘦,穿着宽领儿白衬衫,露着又紫又硬的胸脯。他已经没有多少牙齿了,嘴巴使劲瘪着,反而显得特别执拗。一对眼珠很黄了,但是亮得很,盯着曹莽,就像用锥子戳过来一样。他的背驼得十分厉害了,头低着,这时却硬挺起来看着曹莽。曹莽说:"葛伯……老七叔拉我上船……可、可我又怕出事。我想听听你的……"

"嗟?!"老船长先是用心听着,接着含混不清地大吼了一声。

"老七叔拉我……"曹莽又重复一遍。

"你……"老船长咳嗽起来。他咳得非常厉害,涨得脸色紫红。曹莽离得太近,看得见那脸上的几个伤疤在抖动,就有些害怕地往后退开一步。

老船长咳着,声音更加含混不清。曹莽差不多一句也没有听得懂。他愣愣地看着那张瘪嘴里的两颗半截的牙齿。老船长的眼睛一直没有离开过他的眼睛,曹莽被这双锥子似的目光戳得有些难受。好像老人突然生起气来,那胸脯一起一伏,同时大咳。

曹莽什么也听不清,也有些害怕。他脸色红涨着支吾几句,退出了老人的屋子。

他后悔不该来问老船长……海边上,老七叔和他的两个儿子正围着那条新船。曹莽走过去了。

老七叔热情地招呼着,让他在船舷上坐了。这条船真是新哪,浑身散发着桐油味儿。老七叔的两个儿子光着脊背,低头用油泥塞着一条小缝子。老七叔吸着烟锅说:"来吧,咱是进海的第一条船。你不用担心……"

曹莽用手抚摸着船舷,没有做声。

"不用再想你爸了,那样的事不会有了。有天气预报,再说船又新,停一年,我们还按上机器。我不骗你!"老七叔盯着曹莽说。

两个瘦瘦的儿子也嚷:"来吧,莽兄弟!船、尼龙网,崭新崭新……"

曹莽说:"我还得再想想,好么?"

二

老七叔耐心地等着曹莽上船。他一直睡在海岸上新搭的渔铺里,守着他漂亮的船。村里人来看过他的船,都觉得漂亮,也都觉得是个不祥之物。

曹莽总也没来。老七叔就决意先搁起袖网,和两个儿子到浅海里放放流网。

三个人把船摇到海里。

浅海的水是一种迷人的蓝色,波纹那么柔和。橹打在水上,水沫溅到身上,很舒服。一丝一丝的水草,一群一群的海鸥。海鸥飞过船的上方时,可以看到它们白白的腹。两个儿子很快活,他们把腮鼓得老大,迎着海鸥吹出呜呜的声音。老七叔很看重第一次出海,但他强压着心底的兴奋。他看到儿子的样子,就有些不高兴。

"下网吧!"老七叔喊。

儿子往下抛网。他用力摇着橹,看着海水在橹梢上打着小小的漩儿,冒出一串很白的小水泡。大海太平静了,像一个人在不怀好意地微笑。老七叔一声不吭地做他的事情,想着心事。十几年没有在海上飘荡了,今天的各种感觉好像都不那么真切……小儿子笨拙地扯着网纲,脊背用力弓着,椎骨凸出,像一张要折断的陈旧的弓。他用手提起网浮,吃力地挣脱网脚缠乱的生铁环子。他的哥哥过来帮忙,使劲撅着屁股,一件又破又小的裤头儿正对着父亲的脸。他的腿怎么晒也不够黑,白里显灰,从大腿根处,爬下来一条细细的青脉管儿……老七叔喊一声:"扯松一些,浪涌会把网扣儿摆弄好。"这样喊着,他心里却在想:委屈了两个儿子,长到这么大,没有好好地吃上几顿鱼!他们亏了算是生在海边上,就因为父亲胆子小,没有鱼吃。有一次,他在芦青河汊子里捕到几条泥鳅,放在锅里烧一烧,让小兄弟俩争得打了起来……老七叔把目光从儿子身上移开,看船后漂起的一道好看的塑泡网浮子了。

流网布好之后,他们按海上的规矩在一端竖一杆做标志用的小黑旗子,就往回摇船了。

大海正在落潮,浅滩的地方,需要他们下来推船。父子三人将船推在浅滩上,一时不想到岸上去。他们仰躺在浅水里,水将金色的细沙子扬到身上。太阳把一切都烤热了,水流温和地从他们的身上和身下通过,像一双双又软又小的巴掌轻轻地摸过来。老七叔已经很久没有过这种体验了。他兴奋地活动着胡须,让鼻孔里喷出的气冲开漫到脸上来的水和沙子。

当他的目光转向东北方向时,脸立刻就绷紧了。在一片水雾后面,隐约可见一个黑影,像天上的两团乌云落进了海里。黑影越来越大,那是露出潮面的一个暗礁:像一条搁浅的巨鲨。

老七叔闭上了眼睛。他像自言自语,又像说给儿子听:"曹德就死在那里。那就是黑鲨洋。自古就是险地方,也是个出大鱼的地方。那一次死了好几个人,淹死、冻死,还有吓死的……我想有一天在那儿栽我的袖网。"

两个儿子盯着父亲的脸,没有说话……

傍黑的时候,他们要去拔流网了。

涨潮了,风也大起来,船在海里颠簸着,两个年轻人直跌跤子,胳膊和腿跌上了青紫的印痕。老七叔脸上挂着水珠,阴沉着脸摇橹。他见小儿子趴在船头上,就用一只手举起一个铁钩,钩到他的腰带上,将他拉了起来。他说:"这已经是不错的天气了。这还不算打鱼。"

流网上系的小黑旗子被风吹得摇晃着,像在召唤他们这条船。两个年轻人刚看见小旗子,就吐了起来。天突然有些冷,兄弟两个身上起了鸡皮皱,使劲缩着身子。一只海鸥在他们头上大笑起来,笑得十分欢畅痛快。

老七叔两只脚像粘在了甲板上。他想起了十几年前的一次出海。那时候他还是个壮汉,什么都不怕。可那是最后的一次出海了,几乎给他留下了永久的遗憾。

那是一个冬天的早晨,他,还有两个老头子,一起去取最后一个流网。他们穿了棉衣,上面都套一层雨衣。涌很高,可是没有多少惊险的浪。水花在船的四周拍散了,发出欢笑似的声响:"哈、哈哈哈……"船上人都听惯了这种海的冷笑,若无其事地坐着……开始拔网了。这网不久就会在屋角里烂掉,反正是最后一次出海了,他们都懒洋洋地做着活儿。突然间,他们拔出了一条身上生了黑斑的特大家伙。毫无准备,一时慌了手脚,找不到木棍。他记得这个特大家伙在船舷上蹭了一下身子,蹭掉了几片五分硬币那么大的鳞片,就凶猛地跳了起来。它跳得那么高,实在让人惊奇,如果身上没有缠上网丝,它准跳到海里去!他是用两只手把它抱住的,就像抱着一个胖胖的娃娃那样。但他明白这是个老家伙了。他给它脱了网丝。他和鱼离得很近,它那么凶恶地看着他,牙齿咬出了声音。它的嘴巴张开来,使他闻到了一股令人厌恶的腥臭气味。就在他喊着船上的两个老人时,这家伙在他怀中拧起来,将他拧倒在甲板上,然后跳起来,跳到海浪里去了……

这最后一次出海,不能不说是十分晦气的。

老七叔摇着船,还在懊悔着十几年前的事。他后来想过失败的原因,他知道坏就坏在那是"最后一次"。人人做事情都有最后一次,可你别想这是哪一次,这样才能将锐气凝聚在十根手指上,再愣冲的大家伙也休想从这样的手中逃脱掉。

"小黑旗子……流网到了!"小儿子嚷着。

老七叔的眼睛圆圆地睁起来:"舱盖打开!"他嚷着,放下橹柄,两腿叉着站到甲板上。

流网慢慢拔上来了。凉鱼、偏口鱼、燕鱼,用嘴巴衔着网丝,摆动着雪亮的尾巴。三个人高兴极了。老七叔嘴里发出"啊、啊啊"的声音,一边摘鱼一边咕哝:"……凉鱼死在'夹'上,偏口死在'钩'上——这东西嘴巴像钩,钩到网丝上就跑不了!看看,这是黑皮刀鱼,这东西气性大,一碰着网眼就气死了……小心那条莛鲏鱼!它的嘴狠……"老七叔太兴奋了,胡子上也沾着闪亮的鱼鳞。他现在看不出鱼的大小,他被这第一次收获激动得眼睛迷蒙起来。

兄弟两个,一边摘过鱼,一边将流网再放到海里。小儿子两腿叉开,但不敢站到船头上,常常跌倒。他跌倒的时候,鱼就趁机跑掉。老七叔又焦急又兴奋地放尖了声音喊着:"哎!哎!"

网贴着船舷往上滑去,好像流网是从船底生出来的一样。老七叔后悔船上得太急促,让船靠网时背了流!他怕船底划破渔网,就拼力地用橹掉着船尾巴。这时有一个黑黑的东西从水中慢慢钻出来,像打足了气的黑胶胎那样光滑滑的、圆鼓鼓的。兄弟两个惊呼着,看出那是一个大鱼的脊背!大鱼离水了,闪出了白肚儿,"咕咕"叫着,狂跳起来。

老七叔立刻扑上前去,可惜船剧烈地簸动一下,将他掀倒了。他一边爬起来一边喊:"用手指!别用胳膊……"兄弟两个果然在用胳膊,搂紧了它,又用拳头砸它的头颅。老七叔爬起来时,大鱼正割破了小儿子的皮肉,怒气冲冲地跳到了浪涌里去。

"应该用手指。"老七叔蹲在了甲板上,声音低低地、亲切地说。

他觉得十分可惜。他想这条船上该有一个人,该有曹莽!曹莽第一次进海就懂得使用手指,在几秒钟内用木棍击中鱼的脑壳。

这条船上真该有个曹莽啊。

三

曹莽睡了一个好觉。他已经几夜没有睡好了。醒来时,他首先听到的是海潮的声音,想到的是那条船。他早知道老七叔和两个儿子把船推到海里去了,夜里就为这个失眠。

他睡不着时常想老葛的话。他那天没有听明白,因为中了风的老船长说话含混不清,再加上不住地咳嗽。但他看清了那一副涨红的脸庞,看清了满脸抖动的黑斑。老船长显然在生着气。不过他不明白老人为什么生气,也不敢问。如果说曹莽在这海边上还有害怕的人,那就是老葛船长了。他也怕过父亲,不过父亲现在已经管不着他了。

老葛退休回来的时候,村领导曾经建议曹莽把他接到家里一起住。曹莽虽然怕他,却把他看成父亲一样的人。曹莽去请他,老船长却怎么也不离开那间屋子。他含混地喊着,用黑色的花椒拐杖捣着地,用力地摆手。曹莽见他果断而坚决地拒绝了,也就回到自己结实又宽敞的大房里了。

老葛的脾气实在太怪。村里人都不敢沾边,他也从不与村里人来往。他一个人种点菜蔬,闲下来就躺着看书。人们说:他一辈子没有娶老婆,又是在海上度过的,脾气怪异是很自然的。由于曹德和他的特殊关系,所以曹莽总要礼节性地去看看老船长。这就使大家也用奇怪的目光看着曹莽了。人们仿佛觉得敢于和那样一个老人来往的小伙子，也必定多少有些怪异。实际上曹莽和老人很少有感情上的交流，他自己不愿说话，老船长也不愿意吱声。老船长有时说很少的几句话，他也听不明白。过节时，他送去鸡、苹果，老船长只用拐杖指指窗台，让他放在那儿。

曹莽眼下可以说来到生活的岔路口上了。村子里近年来很活跃，人们都在雄心勃勃地做事情。可是他还没有认准做什么。上不上船，事情的确太重大了。他需要琢磨老船长的话，更需要自己拿个主意。他十九岁了。

早上，他漫无目的地从房子里走到街上。天还早，人们都在街头上站着。他故意将头低下来，看着自己的腿和脚。走了一会儿，他又将脸扬起来，让阳光照在这张粗糙的脸庞上。他的神气很拗，这点儿大家都看出来了。

有人突然喊了一句什么，接着大家都向一个方向望去。曹莽见有个人背着霞光走过来，看不大清，仔细些瞧，才认出是老七叔。原来他肩上扛了一根又细又长、弹性十足的竹竿，竿子的末梢拴了两条胖胖的鲈鱼。老七叔故意将竹竿根部扛在肩上，让拴了鱼的竹竿拉出一个可笑的大弧。

曹莽怔怔地看着那对漂亮的鲈鱼。他知道这是老七叔刚捕来的。街道两旁的人用嫉羡的眼光看着他和鱼，他却只顾按紧了竹竿往前走去。

老七叔并没有看到曹莽。曹莽被吸引着，跟在他的后面走着。

他拐过几道巷子，站在了一个小屋子跟前。曹莽愣住了：这不是老船长的家吗?……他眼盯着老七叔取下鱼来,两手高高地托起,推开门走了进去。

老葛船长唯独这次没有躺着看书,而像有过什么预感似的,端坐在小院子正中的一个大草墩上,身后,是一株威风的铁皮榆树。他见了捧鱼进来的老七叔,高兴地摩挲着手中的黑花椒拐杖。

"老船长!老七进海了……两条鲈鱼,不成敬意!"老七叔半蹲着,样子十分严肃。

老船长微笑着点点头,让老七叔将鱼放在他身边。

老七叔说:"过去买不得船,如今行了。怕个什么?我偏要把这条船开进海里……"

老葛瞪圆了黄色的眼珠,费力地活动着身子,样子十分激动,连连说:"嗯。嗯。你……"他说着大咳起来,脸色涨得紫红,一道道皱纹和疤痕又抖动起来。

曹莽一直站在门口,这时不由自主地跨进门来。

老七叔高兴地招呼他,老葛却像没有看见来人一样。

老葛请老七叔留下喝酒,老七叔同意了。他提着鱼就要去收拾,随口对老船长说了句:"让曹莽也留下喝酒吧!"谁知一句话出口,老船长竟站了起来。他费力地往前跨一步,用拐杖敲了一下曹莽的腿。曹莽胆怯地叫了一声"葛伯",但一动没动。

老葛继续用拐杖敲着曹莽这两条腿。他敲得很认真,不轻也不重。他从大腿处敲到腿弯,像要验证点什么似的,最后将拐杖收起。他愤怒地嚷起来:"你!……咳咳!咳……"

"葛伯,我……"曹莽尖利的目光盯住老船长黄黄的眼珠,大着胆子喊道。他的两条腿像两根石柱,硬硬地拄在脚下的泥土上。

老船长的眼睛也盯着他。老人的嘴巴张开了,又显露出那两枚半截的却不甘躺倒的牙齿。他满脸的深皱活起来。从脖子到胸膛有一道斜划下来的伤痕——曹莽好像第一次发现了这道伤疤,见它抖动着,闪着亮。曹莽慌乱地退后一步,嗫嚅着,扭过脸去走了。

老七叔提着鲈鱼,一直不解地站在那儿……

曹莽走了,他出了一身大汗。

走近海岸,他又看见了那条船——两兄弟正光着脊背在上面砸着什么。他避开船,到远一点的地方脱了衣服。

他跳进海里,游得很深、很远,然后爬上岸来,沾一身沙子。太阳晒干了他的全身,全身都渗出一层油样的东西,闪着光亮。他把手捂在脸上,泪珠儿顺着手指缝流出来。他狠狠地抹干了眼泪,坐起身来,望着东北方黑黑的海水。黑鲨礁神秘地藏在一团雾气里,他盯着,咬了咬牙关。他的父亲就死在那片黑色的海水里了。

他还记得父亲的模样。他长得很瘦小,脸色蜡黄,说话的声音很低。他是公社船队的总指挥,说一不二,人们叫他"小霸王"。他把很小的曹莽带到海上去,半年之后,曹莽就能离开船游到很远的地方去了。有一次小曹莽跟上一个舢板去查网,舢板被浪掀翻了,他就"失踪"了。四天以后,父亲才从一个小小的礁子上找到他。父亲自豪地对别人说:"这个孩子再也淹不死了。"曹莽很小就知道自己这一辈子交给大海了,读书也不用心,只想早些回到海上。

老葛从老洋里回来,第一件事是找父亲喝酒。父亲说话时,任何人都得闭上嘴巴。可是老葛说话时,父亲总是很用心地听。老葛的个子也不高,可是满身都是横肉,年轻时曾经跟海盗打过架,杀了三个海盗。父亲每一次送走了老葛,回头都对曹莽说一句:"全村里就出了这么一个英雄。"

可是后来,曹莽恨老葛了。那是一年秋天,父亲淹死不久。老葛从老洋里回来了,红着眼睛,就睡在曹莽的家里。白天,他找到几个辣椒,把曹莽父亲留下的酒全喝光了。夜里,曹莽想念父亲,呜呜地哭,惊醒了老葛,他就给了曹莽一拳头。曹莽大概忘记了他曾杀死过三个海盗,竟然像个小豹子一样猛扑过去……结果是挨了更重的一顿拳头,曹莽趴在了炕上。尽管老葛酒醒之后十分后悔,曹莽还是恨着他。

当时曹莽只有九岁。老葛临出海的前一天晚上对曹莽严厉地嘱咐道:"以后再不准哭!好好念书,至少念完高中!学费我按月寄给你,吃的用的也跟我要,我就算你爸了!"

老葛果然按他说的做了。曹莽长大了。他对老葛还存有一丝怨恨,但更多的,却是一种莫名的惧怕。大约就是从父亲死的那天起,他和海边上的人一样,开始疏远大海了。

他疏远了海,却没有忘记海。浪涛声日夜响着,谁也不可能忘掉它。大海像个谜,解不开;大海像匹烈马,永难驯化!父亲死在黑鲨洋里了,可父亲不能不说是条硬汉子;老葛船长中风败下阵来,嘴里只剩下两颗半截牙齿,可他杀死过三个凶猛的海盗,也不能不说是条硬汉。曹莽长壮了,长高了,却不信自己能超过前两条硬汉。他就是这样想的。

所以,他犹豫着,上不上老七叔的船。

眼下他感到委屈的,是弄不明白老船长的话,老船长却对他发了那么大的脾气!第一条船哪,诱惑力实在是不小。他从老船长抖动的嘴唇上,知道老人有很多话要说。老葛就是这样怪异的脾气,这怪异中主要就是霸道。曹荠又想到了小时候吃过的恶拳。海浪呼呼地涌上岸来,泡沫溅了他一身。无数的大涌耸动着肩膀,炫耀似的靠到岸边来了……曹荠用力抓紧了手中的沙子,又狠狠捶了一下自己结实的腿,站起来,穿好衣服,大步往前走去了。

他有些愤恨地想:为什么非要弄明白老葛船长的话不可呢?自己十九岁了,自己的主意呢?他回身望着海滩上一串串深深的脚印,站住了。他在心里说:我可以不超过前两条硬汉,但我怎么就不能成为第三条硬汉?!

四

老七叔的船上,终于有了曹荠。

这个初秋将会长久地留在海边人的记忆里。他们十几年前告别了船帆,心头滞留的欲望和惆怅又被一条新船搅动起来。老七叔和强健如牛的曹荠合伙搞一条船了,这条船带着一股可怕的生气冲入人们的生活中去了。多少年来,人们已被教训得像些腼腆的小媳妇,看到果断刚勇、一往无前的男性的强悍,那种惊讶确是非同小可。

老七叔的两个儿子见到船上有了曹荠,比老七叔还要高兴。曹荠沉着脸不说话,单是那粗糙的、黑红色的面庞就给人以力量。

他们都相信曹莽是不会怕海浪的。

开始的时候,船仍旧在浅海里放流网。每次的收获都差不多。鱼不太大,也不太多。带鱼几乎没有了。捉过两条海狗、鳝鱼,两天后从船舱里拿出来,它们还会撩动尾巴。这是生命力最强的一种鱼。大头鱼永远是笑眯眯的样子,擒到甲板上,还兴奋地晃着大头颅。没有诱人的鲈鱼,也见不到身上生了灰斑的、出水时像一把大片钢刀一样的鲅鱼。老七叔每一次拔网时都遗憾地摇头。

他们还试着撒过小眼网,结果网上来那么多小鲇鱼、沙拱子,还有一团一团的海草。这些差不多都得重新还给大海。老七叔说:"我要到那个地方栽袖网去——这盘网让我花去了几千元。大鱼遇上它,就像入了迷魂阵!……不过这东西经不得大风,六七级风就得取网,也怪麻烦……"

曹莽望着那片黑色的海水,没有做声。

老七叔压低了嗓门:"要捉大鱼,非上那个地方不可。"

曹莽点点头:"明天,把袖网装到船上去吧!"

第二天,船张了帆,果真向那片黑色的海水驶去了。

这片神秘的海域!这片藏下了无数可怕的故事的海域!此刻它是碧蓝碧蓝的,没有一点波澜。它是透明的,像溶化了的但仍然浓稠的绿色结晶。没有破碎的浪花,船是在柔软光润、丝绒般的质料上滑动。这里的气息也不像浅海那样腥咸,倒有一股特异的清香。太阳就在不远处微笑,她仿佛变得可以亲近了。在这里,她的手掌不会是滚烫的,不会在那一个个黝黑的打鱼人的脊背上揭皮。这里吹动的的确是九月的海风,船没有颠簸,人可以不眨眼睛。

由于曹莽一路上没有讲话,老七叔也不做声。他的两个儿子互相对视着,用力压抑着心底的兴奋。很快看得清那像鲨鱼似的怪石了,风开始凉爽一些。落在礁上的海鸟尖叫着。船体常要莫名其妙地微微震动,船上人终于能觉出湍急的海流了。

他们很快开始下底锚了。这些巨大的铁锚就是袖网的根,大风来时,取走袖网,却依然留下它的根;风过之后,袖网很快又系在这些根上了……老七叔做活时咬住一个空空的烟斗,他要说什么,都用鼻子哼出来。这时他用烟斗指指海里:三个年轻人都看到在新栽的网浮旁边,一条小鲨鱼腼腆地游着……

曹莽一声不响地做活。他整天都是紧绷着脸皮的,抖索、下锚,都是用牙咬着嘴唇,发出"嗯、嗯"的屏气声。他的脚蹬在船舷上,船被他踏得浑身震颤……四个人不停地干了多半天,太阳偏西时,袖网栽成了!

……

老七叔的船闯到黑鲨洋里了,村里人都面面相觑。可是很快的,他们又齐声惊叹起来。

崭新崭新的船,鼓胀着白帆,一次又一次向东北方驶去,他们在那儿,将走进"迷宫"里的鱼不断装进船舱里!这简直有些神奇了。黑脊背的大鲅鱼、黄鱼、白皮刀鱼……都乖乖地给运到岸上来。村里人啧啧地咂着嘴。

他们不知道四个人是怎样搏斗的。

船驶进那片黑色的海水。四个赤裸的脊背在太阳下闪光,从网上摘下的鱼也在甲板上闪光。鱼蹦跳着,死命挣扎,用尖尖的鳍割破他们的脚背。这里的鱼大,力气也大得惊人,特别是刚闯到网里的,要摘下它们来简直就是一场拼杀。老七叔咬着一个空空的烟斗,他前边就是曹莽那两条粗黑的脚杆。网丝水淋淋的,不断勒到这腿上,这腿动都不动,真像两根生铁柱。曹莽可以一口气拔上十二托网,腰都不直一下。大鱼用尾巴拍他的脸,他用拇指和食指钳住鱼鳃,按到甲板上。大鱼锉刀般的牙齿发狠地磨动着,咬不到曹莽的手指,跌到甲板上,就用力咬穿了另一条大鱼的肚腹。曹莽常在两兄弟的惊呼声里将大鱼踢进船舱。

甲板上满是鱼血、鳞片和黏糊糊的汁液。老七叔的小儿子有一次跌倒,让船舷磕掉一颗牙齿。老七叔的烟斗不知何时甩到海里去了……

一直收获到中秋季节,他们没有取过几次网。

中秋之后,风凉了,涌大了,取网躲风的次数也渐渐多起来。四个人累得腰都要断了,每个人都明显地消瘦了。老七叔甚至真想让袖网闲息一段。但风过之后,他们还是将网系到根上了。

正像好多打鱼人一样,他们本来是要等更多的大鱼,可是他们等来了一场灾难。

这一天并没有变天预报,老七叔斜倚在铺子外边的油毡纸上吸烟。他是在磕烟斗时瞟了一眼天空,发现了一片奇怪的云彩。他立刻跳起来,呼喊着曹莽和两个儿子去海里取袖网。

网很快要取上来了,天还没有黑。可是西北天空变得那么紫,老七叔看了看,手都有些抖动了。偏偏剩下的一截儿网拖不上来——急流不知何时竟将坚牢的网根移了位,网脚勒在乱礁上了!

当老七叔弄明白这一切,脸上立刻渗出了一层冷汗。他犹豫了一会儿,抹掉脸上的汗珠说:"割网吧……"

扔掉半截子袖网,心太狠了些!曹莽摇摇头。

黄昏即将来临了。两兄弟说:"莽弟,再不走,要挨上风了。"

曹莽咬着嘴唇,两眼死盯住变黑了的海水,沉着脸说:"挨上吧。"

老七叔暴跳起来:"你这个黑汉!割网走船!"

曹莽还是沉着脸。

老七叔使个眼色,两个儿子突然拦腰将他抱住了。曹莽愤怒地大叫一声,叉开两腿,一下子将他们摔倒在甲板上,接着翻身跳到水里。不知过了多长时间,他从水中露出脑袋喊:"我爸爸就死在这上面,这就是那片乱礁!"他说完,乌黑的头发在水中一闪,不见了。

老七叔的两个儿子哭起来。老七叔喊:"住嘴!"

后来曹莽又在水上露过两次脸,但并没有上船。他再一次潜下时,水面上有一道血水。老七叔见了,赶紧跳下水去。

两兄弟喊叫起来,声音里透着无比的恐惧。

住了一会儿,曹莽终于浮上来了。他周身带着血口子,身边的水立刻红了。老七叔也浮上来,一把将曹莽拉到船边。两兄弟和父亲把曹莽放在了甲板上。他身上的血口子深深浅浅,多得数不清,还在往外流着血。两兄弟把他血糊糊的腿伸开,看到左脚被什么咬掉了一个脚趾,腿肚上,是黑糊糊的一个肉洞。

老七叔流下了眼泪。

他用嘶哑的嗓子喊道:"割网！走船！"

曹莽还想爬起来。可是他正要伸出手和两兄弟争刀子,昏了过去。

网割断了。船往回开去了。老七叔告诉两个儿子:"网真是勒到乱礁上了。曹莽身上的血口子是礁上的蛎子皮割开的。他可能还遇见过鲨……"

黄昏来临了。巨涌一个紧连着一个出现了。

老七叔不断向两个儿子呼喊着,可大海的呼啸淹没了他的声音。船体好像陡然落到了狭窄的巷子里,水的墙壁,柔软而可怕的墙壁,随时都有可能坍塌。他们的船在挣扎。他们听见了船的骨头在咕咔地响着。后来,他们不得不将一个流网抛到海里,拖住摇摆的船……

岸上有人为他们点起了大火,他们可以看到在火边活动的影子了。两兄弟奋力扳橹。老七叔喊着:"瞪起眼来,别让船横了……"

大火离他们只有半里远了。两兄弟兴奋地呼喊起来。老七叔却一动不动地伏在甲板上听着。他听到了"呜——扑"的声音,绝望地说:"海边有'瓦檐浪'。坏了,靠不了岸啦！"……

五

老葛的病几天来加重了。人们都到他的小屋子去,看他大口地喘息。他不喜欢人,可他已经没有力气赶走别人了。

这天傍黑的时候起了罕见的大风,海水出奇地响。人们突然记起了老七叔的船,就跑到海边上张望。

老葛一个人蜷曲在小屋里,昏昏地睡去了。睡梦里,他跟一条巨鲨打了一架,他赢得很险,折了一条腿。醒来后,他用力扳着那条腿,扳也扳不动。那是属于中风后不再灵活了的另一半身子。他想这是鲨鱼给他咬折的——那条凶狠的家伙,他是用拳头把它打败的,敲碎了它的脑壳!老船长费力地张大嘴巴呼吸,一个人在黑影里笑着。

他突然听到一种奇怪的声音。这声音好大,又是时隐时现的。他用力听了一会儿,听出是大海的咆哮。他在心里说:"这家伙又在发脾气!这家伙又在叫了!"他竭力要爬起来,可总也没有成功。跌倒几次,他最后还是坐了起来……屋子里空洞洞的,人们都走了。他猛然记起人们在这儿议论过船,然后就一齐跑走了。他终于听出了"瓦檐浪"的嘶叫,伸手去摸索黑花椒拐杖。他刚一动,就重重地跌到了床下。可他还是伸出手掌去摸索着……

海岸上,人们还在往火堆上投着火柴。天渐渐亮了,船还是没有靠岸。船上的人奋力挣扎了一夜,随时都可能被大浪吞噬。可他们还是不让船"横",不让船靠近"瓦檐浪"——这种浪会把船抛起来,再重重地甩进浪谷深处。岸上的人们喊叫着,嘈杂的声音里充满了恐怖和焦灼。

与此同时,正有个黑影子缓慢地朝火堆这边移动着。

由于他走得很慢,所以天大亮时才来到火堆边上。大家一看,大吃了一惊——老葛船长!有好几个人不信似的看着他,往后退开两步,惊呼起来。这个不久还躺在床上喘息的人,怎么会一个人摸索到海滩上来?!

这真像有神力帮助他一样。大家一时说不出话,只是一起瞪圆了眼睛看着他。他走得真是费力极了,两手拄着那个黑花椒拐杖,一点一点往前挪动。他的小黄眼睛亮得吓人,不看任何人,只盯着海浪、盯着那条挣扎的船。大家上前搀扶他,他定住似的一动不动;再要去拉,被他厉声喝退了。

"你!啊啊哦……咳!咳咳……"

老船长向着大海吆喝起来,这声音大得简直不像他喊的。他的脸又变成紫红色了,衣怀敞着,一条又长又亮的伤疤让所有人都看到了。

船上老七叔向岸上喊着:"老葛船长——老船长……"

老葛大吼起来,钝钝的声音像打雷。好几个围在他身边的人胆怯地退开了。他吼叫着,两手举起拐杖,举得高高的,然后猛地往怀里一拉。

船上老七叔看得真切,命令两个儿子:"拔流网,把网拉上船来!"

老葛又吼起来,一边跺着脚。他将拐杖费力地顶、顶,横到左肩前边,然后再往右前方奋力一推。

船上老七叔又命令儿子:"快,把船尾巴拨北一点,用橹,下狠力……"

老葛船长又向西走了半步,同时两手握住拐杖根儿,往西捅着。他一边呼喊,一边把拐杖拄起来,费力地向西挪动着。

这段时间,所有人都一声不吭地看着老船长。他们谁也不明白老船长喊叫了些什么、比画了些什么,只是惊惧地、钦敬地望着他。

海中的船往西,斜压着浪涌,十分艰难地驶去。

人们也背起老船长,向西走去。

船到了芦青河入海口停住了。河口处,扑向海岸的浪涌没有遇到浅滩的阻力,那"瓦檐浪"竟小好多!大家一下子全明白了。

老七叔指挥着儿子,艰难地将船往岸上划。船是向着河与海的交角处往上来的,刚一驶近,几个壮小伙子就冲上去,帮着把船推了上来……

老葛船长这时却松脱了手里的黑花椒拐杖,倒在了河滩上。老七叔抱着一身血渍的曹莽,伏在了老人身边,大声地呼唤着。所有人都叫着"船长"和"葛伯"……老人紧闭着眼睛,仰躺着。大家第一次凑近这个老人,看到了大大小小、不同颜色的疤痕。

海浪在轰响。曹莽睁开了眼睛。他看到了躺倒的老船长,从老七叔怀里爬了下来……老船长终于也睁开了眼睛,他把手放在了曹莽血淋淋的腿上,声音极其微弱地咕哝着什么。曹莽眼角流出了两滴晶莹的泪珠。老七叔告诉了曹莽受伤的经过,老船长嘴角似乎有一丝微笑,对曹莽点点头,又点点头。老七叔转脸对曹莽说:

"老船长眼里……你是一条硬汉了……"

曹莽抹去了泪水。他这会儿心中一亮,突然像是明白了老船长,明白了他以前那些话。

他转过脸去,久久地向黑鲨洋望去……他看着岸上的船,崭新

116

崭新的一条船。不过它会在某一天被浪打得粉碎。不过——曹莽想——还会有第二条、第三条……船!

老七叔背起了老葛船长。他让小儿子背起曹莽,大儿子拿着老人的拐杖。所有人都跟上他们往前走去了……

1984年1月于郯城

海 边 的 雪

一

海边的雪越积越厚。一个个渔铺子为了冬天暖和,都是半截儿埋在沙土里的。如今它们的尖顶儿也都是雪白雪白的了。赶海人剥下的蛤蜊皮堆成了小山,这小山也被雪蒙起来了。雪花儿还在从空中飘下来,飘下来。

海水很静。浪花一下下拍击着沙岸。海水的颜色渐渐变黑了,它迎接并融化了无数朵洁白的雪花。

有人从远处走过来。他背了一身的雪粉,摇摇晃晃地走着,那穿了大棉靴的脚一下下深深地扎到积雪里面,给海边留下了第一行脚印。海鸥"嘎咕、嘎咕"地叫着,样子有些焦躁。他仰脸望一眼海鸥,继续低头走着。老头驼背很厉害了。他最后在一个大一些的铺子跟前停住,用脚踢了踢铺门,喊了一声什么,嘴里喷出了粗粗的一道白气。

渔铺子的小门紧紧地关着。他骂了起来,大声地喝着:"金豹——你这头'豹子'!"

一个老头子在里面瓮声瓮气地应了一句:"是老刚么?"接着"哐"地响了一声,门开了。门外的人钻了进去。

像所有渔铺子一样,它只在地面露着一人来高的尖顶儿,里面却很宽绰。铺子是用高粱秸和海草搭成的。隔成两间,外间有一个睡觉的土台子,上面垫了厚厚的麦草和半截苇席。台子下、二道门里,全是一团团的渔网和绳子。地上铺了草荐;露出沙土的地方,满是蟹腿和鱼骨什么的。油毡味儿、腥臭和湿气,一块往鼻子里涌……这就是渔铺子,自古以来看海的"铺老"就住这样的铺子。它能给打鱼人别一种温馨。在海上斗浪的人想得最多的是哪里?就是这卧到土中半截的渔铺子,这里面的气味!

那头"豹子"这时就在土台子上舒服地睡着。他的脚伸在被子外面,原来刚才他是用脚勾掉了顶门杠儿,并没有爬起来。

钻进门来的老刚两手攥住了他的脚,用力一拽。金豹只得起来穿衣服了。他光着身子,抖着沾了沙土的衣服说:"不服不行,不服不行——夜里抬了一会儿舢板,这身上乏得不行!唉,快七十的人了……"

金豹仔细地抖着沙子,也不嫌冷。铺子里倒也不怎么冷,铺门的一侧生了一个小铁炉子。他的确老了,身上很瘦,多少根肋骨都看得出来。可是他的肌肉很有力气,手脚十分利落。他很快穿好了衣服。

老刚从铺边的沙子里扒拉出半盒烟卷儿,凑近火炉吸着说:"昨夜下了一场大雪,还在下哩。"

"唔?"金豹也点了一支烟,穿上了鞋子。他问:"雪挺大么?"

"挺大——我估计这会儿半尺深了。"

金豹特意探出身子望了一会儿,然后缩回来说:"好!嘿,好!"

他们都是留下来看冬铺的"铺老"。沿岸的一些渔铺大多家当很少,一入严寒就卷了行李回家去了,唯有老刚和金豹要留下来看冬铺。整日孤独得很,他们天天在一块儿说话,已经没有多少好说的了。老刚这会儿在想,金豹夸这场雪好是什么意思。

金豹不做声,只是吸着烟。炉子里的火苗儿映着他脸上那一道道黑色的皱纹,皱纹像要跳动起来。

铺子里面黑糊糊的。老刚丢了烟蒂,很费力地摸到了烟盒儿。他咕哝着:"也怪,渔铺子上就没有一个开窗户的,白天也像黑夜。"

"铺子黑好睡觉。"金豹使劲吸一口烟,望望铺门上那个小小的玻璃片,说:"好!嘿,好!"

"怎么就好呢?"老刚忍不住问了一句。

金豹拨着炉里的火说:"雪天咱焖一条大鱼,关了铺门喝它一天酒,不好吗?"

老刚笑了:"好。"

"喝醉才好。天冷,寒气都攻到心里去了。寒气这东西怪,像小虫一样,能顺着脚杆和手腕往心窝里爬……"金豹说着回身从沙子里挖出一瓶酒,放在老刚跟前说:"怎么样?这是来赶海的老伙计们送我的。你哩,那个戴眼镜的儿子什么也不给你……"

老刚的儿子就在附近的一个煤矿做助理工程师,差不多忘了还有个父亲。老刚从来羞于让别人提这个儿子,这会儿就大声咳嗽起来。

金豹又将酒瓶插到了一边的沙子里去了。

外边几乎没有了声音。两个人都在吸自己的烟。要说的话都说完了。像今天一大早就说了这么多话,似乎很久以来还是第一次。这完全是因为下了一场大雪的缘故。

又吸了一会儿烟,他们弓了腰钻出了铺子。两个"铺老"都叼着烟卷儿,看着漫天飘舞的雪花。

哈嘿!这可是这个冬天的第一场雪,崭新崭新,飘到海边上来了。往日朝前看去,看到的全是衰败的杂草,坑坑洼洼的沙滩——如今都是一片白了,干净、漂亮得很。雪花笑着落到他们的脸上、手上,马上就融化了。脸上、手上都痒痒的,怪舒服。

站了一会儿,老刚要回他的铺子了。金豹让他过一个时辰再来,那会儿就把大鱼逮上来了。

二

雪花笑着落到金豹的脸上、手上,马上就融化了。脸上、手上都痒痒的。他穿着高筒儿胶靴,将旋网搭在乌黑的手腕上,沿着浪印儿往前走。他觉得这面小旋网漂亮极了。他曾经用它逮过一条三尺长的胖鳀鱼呢,他至今记得那鱼发红的、恶狠狠的眼睛。

海水映着天空的颜色,阴沉沉的。没有什么鱼,这使金豹有些失望。他很想吃一条焖鱼,如今这条鱼就远远地躲起来不肯让他来焖。他生气地在水浪边缘上来回踏了一个时辰,最后只得回到铺子里,扔了旋网。

小火炉子燃得正旺,发出"噜噜"的声音;真像呆在自己的小屋里一样舒服——金豹曾经有过那样一座小屋,漂亮得使他常常想它,不过如今没有了……他想老刚该回来了。他钻出铺门,看着乱纷纷的雪花在半空里飞动,看着远处老刚那个渔铺子的尖顶……海鸥烦躁地叫着,海里好像还传来什么人的喊叫——一辈子交给大海的"铺老"才有这样的耳朵:能从海的嘈杂中区分出细小的人语。他吃惊地往海里看了看,发现有两个人用力划着小舢板,离海岸已经几里远了。金豹想,如今允许打鱼发财了,也就有了不怕死的人! 不过他不明白这样天在海里能做什么。

金豹就站在雪地里看那小船、等老刚。铺子里不断传出炉子燃烧的声音,他想炉子上没有那条鱼,老刚来了会失望的。说来也怪,一个人呆在铺子里,总想找老刚说会儿话。老刚真的来了,又觉得没有什么可说的了。老刚真是个古怪东西。这儿离了老刚不行。

又等了一会儿,金豹骂着去找老刚了。

老刚的那个铺影儿越来越清晰。金豹想起有一次等他不来,闯进那铺门儿一看,他正一个人把蛤蜊皮堆成一座小塔。那全是小孩玩意儿。

铺子里面有人说话。金豹惊奇地推了铺门钻进去,看到老刚正和两个猎人说话,其中一个是他的儿子"眼镜"! 金豹是从放在一边的双筒猎枪知道他们是来打猎的。那两个猎枪真漂亮。

"雪真大,今天停不了啦……""眼镜"客气地朝进来的金豹点着头,说。

"停不了!"一边的黑瘦青年肯定地说。

老刚咳嗽着。

金豹觉得老刚的脸有些红涨。他想,怪不得老刚不到他的铺子去,原来儿子来了。有这么个倒霉儿子就忘了老朋友了!金豹有些气愤地瞥了他一眼。

"眼镜"搓起了手,越搓越快。

金豹盯着他那两只又白又嫩、很像鲅鱼肚皮似的手,觉得这手可真不多见。

"这鬼天气!死冷……有酒么?""眼镜"说。

老刚阴沉着脸:"没有。有酒也没有菜。"

"有条鱼不就行么!""眼镜"冲一边的黑瘦青年挤了一下眼。

"没有鱼!没有!"老刚愤愤地说了一句,有些得意地看了金豹一眼,"再说你不嫌你爸的孬酒辣嘴吗?"

金豹讨厌这个"眼镜",也讨厌他挤眼睛。金豹不明白海边上怎么出了这么个背着双筒猎枪、不管老父亲的人。他早就不耐烦,这时"哼"了一声,从铺子角落里站了起来,干瘦的脸上堆满了嘲弄的笑容。

助理工程师不解地看看他,叫了一声"豹伯",往父亲一边挪动了一下。金豹笑着说:"又白又胖,你长得好!手和鱼肚那么细,我们的手和老槐树皮差不多,上面还有血口儿。这是捉鱼捉的。你从来不管我们,只是冻疼了,才躲进这铺子要酒喝。嘿嘿!"

"眼镜"脸红了。他咬了咬嘴唇。

金豹继续说:"看见你爸住的地方了么?进门时要使劲弓起腰,铺子里也全是沙子。不错,有酒喝,不过杯子砸了,用蛤蜊皮盛酒。你也该送个杯子来啊……"

黑瘦青年觉得有趣地笑了。"眼镜"有些恼怒地说:"我跟我爸要,又不是跟你要!"

金豹笑容没了。他暴躁地说:"你爸的事情我说了算!你是谁的儿子!你也进这铺子?你该滚到雪地里去。"

老刚慌慌张张地站起来,大声地咳嗽着,站在儿子和金豹中间。

助理工程师气得身上抖动起来。显然他很少有这样气愤的时候,这时用手推一推眼镜,执拗地说:"我偏要……呆在这儿!"

金豹扩了扩胸,又搓弄着手掌。他像在故意活动着筋骨。他急促地说:"我让你走!我让你走!"一边说,一边要用手推开挡在中间的老刚。他的脸像喝足了酒一样红,每一条皱纹都在可怕地活动。

黑瘦青年捡起猎枪,拉着"眼镜"的手出了铺门。"眼镜"回转身嚷着什么,往雪地里走去了。

老刚追出铺门,好像要说什么,但他吐出一口气,蹲了下来。

金豹愤愤地盯着远去的两个黑影:"儿子这东西,没有也就算了。有,就让他像个儿子的样子!"

"逮到那鱼了吗?"老刚有气无力地问。

金豹摇摇头。他看看外边的天色,说:"我身上筋骨老要疼。这都怨我们抬那条舢板抬的。和你儿子干一架,这会儿身上轻了点……"

老刚哭丧着脸笑了笑。

他们走出门来,向着金豹那个渔铺子走去。海是灰的,天是灰的,茫茫的一片灰暗阴沉。海边的雪积得更厚了。雪花儿落得差不多了,又开始飘细碎的冰凌。他们吱吱地踩着它。昏暗的海面上,隐隐约约看出一条小船。金豹说:"看到了吗?这样天还有人出海。肯定是年轻人,年轻人才做这种险事情。"说到最后一句,他又想到了老刚的儿子,不由得大声骂了一句。老刚怪异地看看他,问:"骂谁啊?"

　　金豹摇摇头:"我是说,年轻人欺负老头子,是以为老头子不敢跟他干架。老头子又怕什么!老头子的筋骨才硬……"

　　老刚没有做声。

　　金豹先一步走到铺子跟前,掀开铺门说:"哎哎!要是里面有条焖鱼多好啊,这么大雪的天……"

三

　　他们到了铺子里都喘息起来。金豹一边喘着,一边从角落里端出一碗咸鱼,又从沙子里摸出了那瓶酒。

　　两个人默默地喝着酒。金豹捏酒盅的手有些颤抖,那酒老要泼出来。金豹说:"我们是老了,手也抖了。"

　　老刚说:"我的手不抖。"

　　咸鱼放的时间长了些,又硬又咸,两个人用力地嚼着。酒很醇厚,又是热透了的,喝得他们鼻尖上渗出了汗珠儿。老刚说:"就缺那条焖鱼了。如今人变灵活了,鱼也变精巧了。"金豹点点头:"人是变精了。去年划分渔业承包组,年纪大的,人家不愿要哩。"老刚说:"你这把年纪了,还不是也进了承包组。"金豹喝了一大口酒,抹抹嘴巴说:"比我么?我这样的老把式,他们争还争不到哩!"

外边有了一些风。两人听到风声,都放了盅子走出来。雪花舞得厉害了,它们想方设法钻到领子和袖口里。老刚说:"你看云彩有多么低。"金豹眯着眼端量了一下,说:"雪停不了,再一刮风,海边上准会旋起一道道雪岭子。"

他们重新钻回铺子里喝酒了。

咸鱼又硬又咸,他们费力地嚼着,倒也一时忘了那条焖鱼……近午时分,承包组里有人冒雪送来烟酒、干粮,这使两个老人很高兴。他们从来人嘴里得知:海上那条小船是小蜂兄弟在挖蛤蜊,蛤肉卖到龙口镇上,一天能得半百……

老刚吱吱地吸着酒。金豹一直没有做声。他由拼命积钱的小蜂兄弟想起了别的事情。

他想起了自己那个"小屋"。

那个小屋是老婆得病时卖掉的。老婆死的时候,他才四十岁。他没有了小屋,村里要帮他盖,他摇摇头挡过了。他住到了海边的渔铺里,似乎再用不着那个小屋了。可是人没有一幢小屋怎么行!他一时也没有忘掉那个小屋,做梦都梦见它。他默默地攒钱,攒呀攒呀,准备盖一幢漂亮结实、只有一门一窗的小屋……常和他在一起的老刚也不知道,他的钱就缝在这渔铺的枕头里。夜里睡觉时,他想:我的头枕着一座小屋呢。

金豹这时不由自主地盯住了他的"小屋"。老刚瞧瞧他,他才把目光从土台的枕头上转到酒杯上。

两人都不说话。他们之间也用不着说多少话。老刚推一推杯子,金豹就知道他想吸一口烟,于是扔过一支烟。金豹撕下鱼脊背上那道黑皮儿肉,老刚知道他特意留下了多油、味美的尾巴。老刚满意地吃着鱼尾巴。两个人喝去了多半瓶。

风把渔铺子吹响了。老刚盯着铺门缝隙里旋进来的雪花,轻声咕哝着:"唉,呆会儿风搅起雪来,他们会在大海滩上迷路……"他说着,起身去拨炉里的火。

金豹放了杯子。他知道老刚牵挂着打猎的儿子。他看了看老刚生了白胡楂的脸,没有做声。这就是做父亲的啊,再不好的儿子还是儿子!

风的确慢慢大起来,小沙子奇妙地穿透铺子飞进酒杯里。金豹记起该去看看舢板,就和老刚走出来。海里的涌多起来,岸边的浪花白得像雪,用力地往前扑着。他们给舢板的锚绳一个个加固了,又将无锚舢往上抬了抬。一切做完之后,金豹和老刚坐在一个反扣的小船上吸烟,看着海。哪年的冬天都下雪,今年这场雪却似乎太大了些。

有什么东西从东北方向漂移过来,渐渐大了、清晰了。金豹一直盯着,对在老刚耳朵上说:"也许会发财的。"

这里的海边有个规矩:大海飘来的东西,谁先发现的,就属于谁。金豹和老刚慢慢都看清那是一粗一细两根圆木,粗的那根可以做屋梁。金豹又兴奋地想到了那个"小屋"。他跳下船来,又让老刚回铺子取绳索、长柄抓钩。

老刚跑开了。西北方驶来了小蜂兄弟的船。

金豹和老刚将圆木拉到了岸上。他们的半截裤子都湿了,冻得瑟瑟发抖。金豹却十分高兴,他大声喊了一句:"小屋有了大梁……"他的喊声使老刚莫名其妙。

小船也靠了岸,跳下了小蜂兄弟。小蜂见了圆木就嚷:"金豹啊,你真会捡便宜! 我们从深海里就盯上了,随木头上来的,你倒伸出了抓钩。"

老刚慌促地瞅了金豹一眼。

金豹拧着裤脚的水。他坐下来吸着烟,吩咐老刚说:"歇会儿,喘匀了气,再往回拖。"

小蜂蹦到眼前来了:"你拖不走!"

金豹眯上眼睛:"哼哼,我睡了半辈子渔铺,眼里揉不进沙子。圆木从东北漂来,你的船从西北来,你看见了圆木?"

小蜂的脸血红血红,他眼盯着结了盐花的木头,发狠地喊着,凑了过来。金豹抛了手里的烟蒂,将两只硬硬的黑拳拉在了腰边。他咬着嘴唇,瞪起眼睛,前额的皱纹积起又厚又深的一层。老刚在他耳边嚷什么,他一句也没有听见。

小蜂对他的兄弟使了个眼色,接着弯腰抱起圆木的一端。金豹的拳头只一下就让小蜂额上起个包。小蜂倒在地上,却巧妙地趁势用脚蹬倒了金豹,令人难以置信地一滚就翻身蹿起来,抓住圆木,两兄弟一起扛着跑起来。

金豹一声不吭,举起抓钩,弓着腰追去。

老刚看着金豹飞也似的跑势,惊呆了。他看到金豹紧追几步,狠狠地把抓钩抡了个圆弧抓下来,抓住了一根圆木……两兄弟扛着那一根跑着。

抓下来的是那根细小的。

两兄弟在远处喊着:"有一天渔铺子着了火,烧死你这根老骨头……"

金豹浑身的肌肉都在颤抖。他用粗壮骇人的声音骂道:"两个畜生,两个贪心贼!我烧不死!"

四

两个老人一点一点地将圆木拖回来,放到了铺子的尖顶上。

"它能做条檩。"金豹声音细弱地说了一句,钻到铺子里去了。

他躺在一团发黑的网线上,紧紧地闭着眼睛。老刚凑到身边,端量着这张布满深皱、生了黑斑的脸。他发现金豹的眼睫毛已经很稀了,有的断掉半截,硬硬地挺着。他喘得很急促,很用力,鼻孔张开老大。老刚想对这两个黑洞似的鼻孔议论几句、开几句玩笑,可他现在不敢。

"他倚仗着年轻,硬抢走我一根屋梁!"金豹愤恨地说。

老刚肯定地说:"是抢走的。"

"我是看海的人,倒被别人抢走了东西。这是欺负老人。你看,我一天干了两架,全是跟年轻人。"金豹站了起来,把那只又黑又硬的拳头举起来。

老刚看清了那只拳头。他发现有两根手指歪斜着,从根部起就歪斜。他料定那是过去的日子里打折的。那该有多疼啊!老刚咬着牙想。

"嘿嘿！血气方刚的年轻人！让他们知道,老头子里面也有爱干架的。"金豹说着,又找出一条生咸鱼,放在炉口上烘着,拿出酒来倒满两个酒盅。

外面的风呼呼地吹着,有雪花儿从门缝里钻进来。铺子里很暖和,小炉子又"噜噜"地叫了。这使两个老人兴奋起来。你一盅我一盅地对饮。

烟气充满了铺子,他们不停地咳嗽。透过烟气,金豹看见老刚的脸色那么阴冷。他问:"老刚,你怎么了哩?"老刚轻声说:"我在想我这一辈子。"

金豹不做声了。

金豹知道老刚的一辈子都在海上,跟自己一样。不同的是他有一个儿子,自己没有。这一辈子都在跟大风、跟山一样的浪涌斗,死过,但终于还是活过来。可是后来,和自己一样,还是被大风和浪涌赶上岸来。他们只能趴在岸上看浪涌了。金豹长叹了一声。

老刚说:"我们都老了。老得真快啊!"

金豹说:"回头看看这一辈子吧,也该老了。我不记得使烂了几条船、让海浪打散了几条船;有的船还是崭新的,我就扔给大海了,一个人赤条条地往岸上爬。有一年冬天我靠一个浮篓游了二十里,奇怪的是没有冻死!"

"不知道这辈子打了多少鱼,"老刚抄着衣袖,头低着,下颏使劲抵住胸骨说着,"那时候鱼真多,堆到海边上,买鱼的扔下几个钱,就任他背。小时候听见上网了就往岸上跑,老父亲在渔铺里捧出一碗冒白气的鲜鲅鱼,说:'小孩子,多吃鱼少吃干粮,反正也不下海!'那时候鱼真多……"

金豹点点头:"都是吃鱼长大的。那时节见了玉米饼子馋得流口水。嘿嘿,今天没人信这话……我第一次进海放钩子钓鱼,差点让一条带鱼咬断了大拇指。那时候全仗年轻啊,身上划条小口子,血流那么多,全不在乎。我冬天落进水里不止一次,海里的冰矾割开我的肉,我就咬着牙。海水墨黑墨黑,大浪吼得吓人,也不知掉在哪片老洋里了的,心里想,死是定了的。不过就那样死了还嫌太早,这时候可真难过。一个人不愿死硬要他死,这时候可真难过。"

老刚笑了几声。

"我这一辈子在风浪里钻,就想在没风没浪的地方盖一幢小屋子。"金豹苦笑一声,"我是生在渔铺子里的,老渴望有一幢结结实实的小屋子。直到解放才有了一座屋子,也有了媳妇。那几年的日子我下辈子也忘不了! 媳妇是个好东西啊……有一年她病了,馋一条鲈鱼,你知道鲈鱼可不好整。有个老头子不知从哪儿弄了一条,要我用一个旋网换,讨价还价,怎么说也不行,非要一个旋网不可! 我气急了,夺下来就跑,随手扔下五块钱……"

"这么说你也抢过别人的东西啊。"老刚插了一句。

金豹点点头:"不错。我那时候也年轻,也是抢一个老头子的东西,像小蜂他们一样。也许人年轻的时候都要抢点什么的。还有一次在桑岛,让我们用船运水抗旱。中午吃干粮渴得嗓子冒烟,驻村干部从提包里掏出小暖瓶喝起来,跟他要一口都不给。我那回夺下了他的小暖瓶。后来,你知道——你肯定听说了,那东西找碴儿,说我要破坏一条机帆船,在队部关了我一个星期……"

金豹笑起来,使劲用手捶打自己的腿:"事情也巧,后来有一次他坐我的船(他认不出我了),我好好调理了他一下,呕得他脸色蜡黄。这东西看来官也做得不小了,小口袋上光钢笔就有三支。我把他呕得脸色蜡黄……我这辈子,你看,抢过别人,也被别人抢过。可按住心窝问一问,伤天害理的事咱没做过。"

"你的媳妇也是抢的。"老刚闷声闷气地说。

金豹不认识似的盯着他,随手斟满了杯子,轻轻地吮着。他直看得老刚笑了,这才说话:"我不抢走她,她要上吊哩……那晚上,也是大雪,我把她抱在船上,抢出岛子来。只可怜了老丈母娘,听说她哭闺女哭坏了眼……"

金豹难过起来,默默不语了。

铺子里面暗淡下来,他们在炉台上点了油灯。金豹吸着了烟,盯着自己的脚,长长叹一口气说:"小蜂兄弟怎么成这个样?你那宝贝儿子怎么就背起了两个筒子的猎枪?……"老刚低下头,没有吭声……坐在铺子里有些闷热,他们想到外面活动一下腿脚。昏蒙蒙的雪野,此刻滚动着千万条雪龙了!风肆无忌惮地吼叫着,绞拧着地上的雪。天就要黑下来了。他们差不多一刻也没有多站,就返身回铺子里了。

金豹重新坐到炉台跟前,烘着手说:"这样鬼天气只能喝酒。唉唉,到底是老了,没有血气了,简直碰不得风雪。"

"这场雪不知还停不停。等几天你看吧,满海都漂着冰矶。"老刚还在专心听着风雪的吼叫声。

"唉,老了,老了。"金豹把一双黑黑的手掌放在炉口上,像烤一条咸鱼一样,反反正正地翻动着。"就像雪一样,欢欢喜喜落下来,早晚要化的。"

老刚点点头:"像雪一样。"

金豹望着铺门上那块黑糊糊的玻璃:"还是地上好,雪花打着旋儿从天上下来,积起老厚,让人踏,日头照,化成了水。它就这么过完一辈子。"

"人也一样。都是在地上被别人踏黑了的。"老刚的声音有些发颤。他的眼睛直盯住跳动的灯火,眼角上有什么东西在闪亮。

金豹慢慢地吸一支烟,把没有喝完的半瓶酒重新插到沙子里去。他活动着胳膊,畅快地伸着腰,嘴里发出"哎哟哎哟"的声音。他叫得很舒服。他说:"我这名儿是老父亲给的。我这脾性也真像个'豹子',我刚才还干了两架。我老了,不过是头'老豹子'!哈哈……"

金豹大笑起来。老刚觉得老伙伴是醉了。

五

由于风雪阻隔,老刚只得睡在金豹的铺子里了。两个老人挨在一起,闭着眼睛各自想心事。老刚想他的儿子——这时已经背上猎枪回那个家了。那个家他见过,很小,很漂亮,还有暖气。这样可以烤烤冻透的身子。儿媳妇是个很厉害的城里人,老刚只见过两面,不过他已经知道她很厉害。不知怎么,老刚突然想儿子是让她用城里的什么法儿给制住了的,所以他背上了双筒猎枪,不管老子了——外面什么东西"吱哟、吱哟"地响,老刚听了不安地坐起来。金豹躺着说:"不知道哪里被风吹的,海滩上就这样。有一年人家告诉我:夜里老有个女人喊'腿呀,我的腿呀'——你在海滩上走一步,那喊声也远一步,可能是落水的鬼魂,在这儿折了腿。我就不信,后来一找,嘿!是浪推着船尾巴,船上两块木头磨出的声音,听起来尖尖的,可不就像个女人!……睡觉吧。"

老刚躺下了。金豹自己却睡不着了。那个"吱哟"声搅得他心里烦躁躁的。他侧身吸着烟,静静地听外边的声音。海浪声大得可怕,他知道拍到岸上的浪头卷起来,这时正恶狠狠地将靠岸的雪坨子吞进去。他惯于在骇人的海浪声里酣睡,可是今晚却睡不着了。仿佛在这个雪夜里,有什么令人恐惧的东西正向他慢慢逼近过来。他怎么也睡不着。停了一会儿,他扔了烟蒂,披上破棉袄钻出了铺子。

刚一出门,一股旋转的雪柱就把他打倒了。他大骂起来——这股雪柱硬得真像根木柱。眼睛、耳朵全塞了雪,头被撞得有些蒙。金豹惊惧地"哼"了一声,望着四周,真不敢相信自己的眼睛。海浪和风雪一齐吼叫,像嘶哑的老熊。海底也许有一面巨大的鼓擂响了,震落了空中堆积一天的云彩,抖动了整个儿海。金豹趴在雪粉里听着无处不在的"鼓点儿",心里奇怪地也咚咚跳起来。他突然想起了白天搬动的舢板,加固的锚绳也不保险哪!他像被什么蜇了似的喊着老刚,翻身回铺子去了。

……凭借雪粉的滑润,他们将几个舢板又推离岸边几丈远。彼此都看不见,只听见粗粗的喘息声。他们不敢去推稍远一些的小船,怕摸不回铺子。这老天和海真是发疯了啊。金豹说:"全仗着喝了一天酒啊。酒真是个好东西。"老刚喘得说不出话,用力拽着绳索,嘴里发出"哎、哎"的声音,算是应和。有一次他拽得不妙,脚下一滑跌到了棉绒似的雪粉里,好长时间才挣扎出来……

他们的手脚冻得没有了知觉,终于不敢耽搁,开始摸索着回铺子了。金豹不断喊着老刚,听不到回应,就伸手去摸他、拉他。有一次脸碰到他的鼻子,看到他用手将耳朵拢住,好像在听什么。

老刚真的在倾听。他在听一种奇怪的声音、一种"铺老"才分辨得出的声音。听了一会儿,他的嘴巴颤抖起来,带着哭音喊了一句:"妈呀,海里有人!"

金豹像他那样听了听。

"呜喔——哎——救救——呜……"

是绝望的哭泣和呼喊。金豹跳了起来,霹雳一般吼道:"是小蜂兄弟俩!他们上不来了!"

"听声音不远!"老刚身上抖起来,牙齿碰得直响。

金豹跺着脚:"让浪打昏了头,两个发横财的家伙!小蜂——小蜂——!"金豹在浪头跟前吼起来,浪头扑下来,他的身子立刻湿透了……老刚喊了一阵,最后绝望地说:"不行了,他们听见也摸不上来,两兄弟不行了……"

金豹张开手臂,像要用他那对可怕的拳头威胁着什么一样。他奔跑着、呼喊着,不知跌了多少跤子。伸开手在雪地上乱摸——他想摸些柴草点一堆大火:被海浪打昏了头的人,只有迎着火光才能爬上来,金豹想按海上规矩,为小蜂兄弟点一堆救命的火。厚厚的大雪,哪里寻柴草去! 最后他一声不吭地站在了老刚身边。这样站了有一分钟。突然他说了句:"点铺子吧!"

他的大手紧紧抓住了老刚的肩膀。

老刚的骨头都被捏疼了。他知道只有这个法子了,往常也有人用过这个法子。可是金豹的铺子搭满了闲置不用的网具、杂什,是他们承包组的全部家当啊。老刚声音颤颤地点头说:"快,快搬开铺子上的东西吧,你搬里边,我搬外边……"

老刚的两只大手在厚厚的雪粉里掏着网具,却被一团尼龙丝线套住了。他大骂着、挣脱着,手腕挣出来时被勒出了血。他还在拼命地挣着,嘴里还奇怪地叫着:"金豹啊! 金豹啊!"

金豹一丝声音没有,也没见他往外抱一件东西。老刚钻到铺门里一看,一下子呆住了:

金豹想从火炉里引火点铺子——火炉子不知啥时熄灭了,他正用颤抖的手划着火柴……老刚一巴掌打落了金豹的火柴盒,吼道:"跟我出去,你这头豹子!"金豹咬着嘴唇,抖着结了冰凌的胡子,睁开通红的眼睛看了看他的老伙计,猛然伸出那只刚硬的拳头,"扑哧"一声砸过去……

老刚被打出铺门,趴在雪地里差点昏过去……他是在一片"噼啪"的燃烧声里爬起来的。

大火燃起来了! 风吹着,熊熊烈火四周容不得冰雪了。尼龙网具在火中爆出银亮的、油绿的光色。天空、空中飞旋的雪花,都被映红了;雪地上,远远近近都是嫣红的火的颜色。狂暴的风雪比起这团大火好像已经是微不足道的了……老刚被大火烤得全身发疼,他奔跑着,喊着金豹。可是火边上没有金豹的影子了。

金豹早钻到了水浪里。他这时正盯着水里的那团黑影。黑影近了,是抱了一块木板的小蜂。金豹拖上小蜂,刚迈开一步,就被一个巨浪打倒了,他爬起来时,看到老刚也拖着一个人……他们把两兄弟抱到了大火边上。

小蜂兄弟俩的衣服差不多被海浪全撕光了。他们的皮肤光滑得很,在火光下发红,冒着白汽。他们的脑壳儿上紧贴着油亮亮的头发,显得很圆,很好看。烤了一会儿,两个身体蠕动起来。

正在这时候,金豹和老刚听到了大火的另一边有一种奇怪的声音。他们跑去一看,惊得说不出话——从雪地里、从黑夜的深处滚来了两个"雪球"!"雪球"滚到大火边上才放展开,让他们看出原来是两个人。老刚低头瞅一瞅,惊慌地捏住其中一个的手说:"这是我儿子!"

原来他们终于没能冲出茫茫原野,在漫天的雪尘中迷路了!像小蜂兄弟一样,他们左冲右突,终于知道自己注定要冻死在这个雪夜里了,可他们在绝境中望到了奇迹——一团生命的大火在远方剧烈燃烧,爆出了耀眼的白光!他们流着眼泪,爬过去,滚过去……

火势渐渐弱下去,那一堆炭火却红得可爱。小蜂兄弟能够坐起来了,他们看看炭火,看看远处的黑夜,叫着金豹和老刚的名字,放声大哭起来。

两个年轻猎人的双筒猎枪早已不知抛在哪里了。他们的一身冰坨融化着,水流又渗进沙子里。助理工程师颤声叫着:"爸!豹伯……"

他们和小蜂兄弟一块儿跪在了两个老人面前……

两个老人身披长长的雨衣和棉袄站着,一动不动。炭火把他们笔直的影子印在了雪地上。

六

他们将四个年轻人送到老刚的铺子里时,天已近明,风雪势头明显地弱下去了。就像被什么驱使着,两人很快又回到了烧掉的铺子那儿。

火完全熄灭了,余下一堆黑色的灰烬。

他们盯在灰烬上,眼睛都不眨一下。是一个承包组流血流汗置起的全部家当啊!两个人不由得害怕起来。

金豹除此之外,还感到了揪心的疼痛。他简直不敢去想:慌促之中,他竟然忘掉了那个藏下一座"小屋"的枕头!他亲手烧掉了自己的一座"小屋"啊!

老刚嘴唇哆嗦着:"烧了,一把火烧这么干净……"

金豹两手捧着脑袋,没有做声。他多想告诉老伙计这桩隐藏了多半辈子的秘密,告诉他亲手烧掉的这座"小屋"……可是他终于忍住了。昏暗中,他一个人在无声地哭。

……雪慢慢停止了。风还在刮着。地上的雪片飞起来,想将那堆灰烬盖住,但终于也不能够。金豹蹲在那儿,突然想起了什么,他走到灰烬上,用力地扒着。他沾了一身灰土,终于扒到了:一个酒瓶,已经烧裂成了几片……

太阳出来后,天边的白雪耀眼地明。天蓝得真可爱啊!很多的人又踏着积雪到海边上来了。人们不可能一连几天把海忘掉,他们其中的好多人是在风雪之后,不由自主地走到海边上来的。积雪很厚,还横着一道道雪岭,人们艰难地、兴奋地走着。

大家都来看烧掉的渔铺,从一堆很大的灰烬上想象开去,极力想象出当时那团白亮的大火。

承包小组很快来搭了新铺子。新铺子当然和老铺子搭得一样,只是上面没有了那些网具。事情再明白没有,似乎没有人责备两个铺老。村领导调查之后,决定给这个承包组一些经济补助,并表彰了两个老人当机立断的精神。金豹感动地说:"这有什么,我们不过是到时候划了一根火柴!"

以后有人赞扬他们的时候,老刚也说:"这有什么,我们不过是划了一根火柴!"

金豹在心里问着:"只是划根火柴吗?"他痛苦地摇着头:"烧了那么多东西,烧了我一座屋啊!"他清楚地记得从小蜂手里夺下的那支"檩子"也一起烧了——开始它只是冒烟,好像有些害羞的样子,后来便爆出红的火舌来,快乐地烧掉了……

这个夜晚,他特意留下老刚睡新铺子。他说要和老刚说话。但是躺下之后,他却什么话也没有了。他仰面躺着,听着大海的潮声,想了那么多往事。他闭着眼睛想着,突然觉得有好多话不是跟老刚,而是要跟自己交谈……一个低沉的声音在心底问着:"你如今老了吗?"自己回答道:"觉得是老了。筋骨常常疼。""你最近想起了死吗?""不想死。不过要死也不怕。""你的小屋呢?""烧了。"

"烧了?!""……不,已经盖起来了。它盖了一辈子,前几天夜里又加了一页瓦……"

……他跟自己谈着话,终于感到了疲倦,带着欣慰的笑容睡去了。

……

这一觉睡得很长很长。待醒来时,他们就兴奋地踏着积雪去捉鱼了。

鱼捉到了。金豹做焖鱼的手艺是很绝的……两人喝了那么多酒!他们好长时间没有这样兴奋过。铺子里面有些热,他们后来走到了铺子外的雪地上。

一片洁白的原野上,已留下了道道脚印。海边上,海风旋起的高高的雪岭上,被赶海的人踏出了几条通路。雪粉上留下了辛苦的渔人的脚泥,掺进了的沙土。阳光下,大雪已经开始融化了……金豹看着雪地说:"多少人都驾船进海了。你看赶海人的胆子。我老想进海试试,我不比年轻人差。前几天,我还一口气跟他们干了两架。我一拳就打倒了小蜂,这个你记得。"

老刚庄严地点点头。他这会儿突然发现脚下融化的雪地上,正生出一株嫩嫩的芽儿,就惊奇地指给金豹看。

金豹也看到了:一株小草,很绿很绿的……

1984 年 1 月

二　辑

红　麻
野　椿　树
剥　麻
蓑　衣
烟　叶
烟　斗
夏天的原野
采　树　鳔

红　麻

一

达光刚刚十九岁,可是他长了浓黑的络腮胡子。他的下肢很长,胸脯上的肌肉也很结实。因为刚刚毕业不久,身上还有股学生味儿。春天的田野上,绿色并不多,但却给人生机勃发的感觉。冰冻过一个冬天的土块儿酥散松软了,生出暖融融的香味儿,正有小草芽从上面生出来。达光扛着一把铁钉耙走在野地里,步子迈得很大,使人觉得他的两条腿真长。他的胡子刚刮过,头上戴了顶舌头很长的蓝帽子。

一群姑娘在离他不远的一条田埂上走着,她们大声地咳着。

几个小灰蛾子(也许是蝴蝶)垂直向上飞了一会儿,又旋转着消失在远处了。蜥蜴在土块儿上懒洋洋地跑动。燕子一声不吭地飞着,只偶尔低下身子吻一下春天的泥土。风几乎没有,但好像所有的人都能感到它的热情、它的温柔。

达光脚下的土路差不多和姑娘们踩着的田埂交到了一起。达光昂起头颅看着远处的天空、原野。他看到碧蓝的空中,白云正被一种奇妙的力量拉成一道白白的直线。原野上,不远处一丛丛柳木该要变黄变绿了吧。柳木长在堤上,下边是流淌着的芦青河。

"大胡子!"一个姑娘快意地、带有一丝挑衅地喊了一声。

达光分不清是谁喊的,他只是瞥了她们一眼。

可是她们都看清了达光这一双黑亮的大眼睛。她们又大声地咳起来。有人把头埋到胳膊弯里笑,另有人就从后背上搗她一拳。

达光有些燥热地用手推了推蓝帽子。他原先听到咳的声音还以为她们感冒了;后来他终于从中听出咳的尾音很长,最末还要打个弯儿。他的脸红起来。

对她们,达光总有些陌生感。虽然长在一个村子里,但她们很早就不读书了。而他读了初中又升高中,后来又在重点班里考了两年大学,忙得几乎再没有看到她们。考大学是很难的,父亲病逝后他就索性回来种田了。他惊异的是她们都长那么大了,并且每一个都那么漂亮。他想她们有时对自己表现出一些新奇,可能是他长了副络腮胡子的缘故。如果那样,达光想,就有点"少见多怪"了。

"你的地里准备种些什么呀?"她们中有人问道。

达光不假思索地应道:"种瓜。"

"哈哈……"一群姑娘笑起来。她们不停地笑。

达光大步地走着,他想把她们甩开一段距离。

可她们小步跑着,总是跟得很紧。她们喘息着问:"达光,瓜熟了,给不给我们吃啊?"

达光头也不抬地说:"熟了再说吧!"

二

达光想在地里种瓜,这已经是很早的事情了。很小的时候,瓜皮上五颜六色的花纹儿、那股特别的香味和甜味儿,就使他着迷。他简直想象不出地上会生出这么好的东西,也不明白为什么好多人都不种瓜。他想,如果他来种地,他一定会种好大一片瓜的。

责任田分下来了,像河边沟汊上的洼地、边角地和沙土地,种什么可以由承包人自己决定。达光几乎是不假思索地搞来了瓜种。

他来到自己的土地上,总是默默地在田头上站一会儿。这是片靠着一条水渠的土地,近渠的一边明显地洼下去。他知道有时候雨水大,洼下去的那半截土地就要被水蒙起来,有无数青蛙跳进去唱歌。但那样的时候到底还少,一般是有播种必有收获。……多大的一片土地呀,达光用了几个早晚的时间,已经翻过了土,又用铁钉耙细细地耙过,垄起了笔直的土埂。阳光照着这片有了土埂的土地,真好看。达光兴奋地用手抚摸着他发青的下巴。

他蹲在土垄里下种了。

渠对岸的那片土地也修了相似的土埂。有一个姑娘背着手,两脚踩着土埂,走过来,又走过去。她想把土埂踩实一些,可是她的脚步那么轻盈,看上去就不像是劳动。她穿的衣服极其洁净、好看,一束浓黑的头发垂在背上,随着活动的脚步颤动着。她站在田埂上,显得十分秀挺。

她就像没有看到达光一样,默默地踩着土埂。她的脸仰起来,让阳光照着。她的脸比较黑。

每个小土坑里放三颗种子,浇一碗水。达光做得真仔细。他觉得这和完成课堂作业时那股劲儿一样,他总是在作业本上极其小心地描画。他也看到那边的姑娘了,并且认出是本村的"皮妞",但他懒得先打招呼。他只是用心地下种,有时故意将种子摆成一个正三角形。

皮妞又踩了一会儿,弯腰拣起一个小小的泥蛋,很准确地打在达光头上。

达光疼得蹦起来。

"我不先和你说话,你也不吱声,你还真沉得住气!"皮妞站在沟边上说。她笑吟吟的,舒服地伸着懒腰问:"疼吧?"

达光点点头。

皮妞蹦过沟来,到这边的田里了。她不说话,弯着腰,将两手按在膝盖上看达光点瓜种。达光还是那么无声地做着,用拇指和食指捏起瓷碗里的籽儿,就像安放一枚棋子儿那样,沉稳而自信地摆到了湿润的泥土上。他知道皮妞在看他。皮妞轻轻呼吸着,不发出一点声息。她盯着达光这双健壮的、没有多少老茧的手,目光特意在那闪着荧光的指甲盖上停了一瞬。她看到达光两条长腿费力地半蹲着,粗帆布裤角都要给它绷裂了。她笑了。

"你做得真用心!"她说。

达光谦逊地抿了一下嘴角。

"你种瓜像绣花一样。"她说。

达光腼腆地活动一下身子。

"你是个学生。"她又说。

达光看她一眼:"我毕业回来了。"

"回来了也是学生!"皮妞很果断地摆了一下手掌说。她今天不知怎么十分兴奋,黑糊糊的脸上泛起两片红润。"我老远就看见你扛着铁耙——铁耙在你肩上就像个小笊篱一样。你这个家伙呀,壮得像什么一样。可我老觉得你是个学生。"

她没有说出他壮得"像什么",但他想她是要说他壮得像头牛。他很高兴。他也确实知道自己很壮的。在学校时,那课桌和小凳子常被他压得吱扭扭响,他想也早该回到家里,像牛一样耕地了。现在他看着眼前这个面庞黝黑、露着两排洁白牙齿的姑娘,不知怎么身上一阵燥热。他像生气似的抛掉了手里空空的瓷碗,又脱了蓝帽子。他用力地揉着帽子,帽子上沾了一点泥巴。

有人在不远处的地里怪声怪气地长叹一声。

达光赶忙抬头向那边望一眼:一个四十左右的黄脸汉子头枕着一个口袋,像要晒着阳光睡觉;可他不一会儿就从口袋里摸出几粒花生填到嘴里……原来是邻地主人颜凤启。他是来播种花生的吧?

皮妞连看也不看那人一眼。她只笑眯眯地和达光说话:"你种瓜,我种菜园,咱是邻居。我最爱吃瓜。你多种'虎皮脆瓜'吧。"

"你怎么不种瓜?"达光看着渠对岸那一条条笔直的土埂问。

皮妞摇摇头:"生不了那么多闲气。还是你种吧。"

我就能生那么多"闲气"吗?达光想这样问她一句,但话到嘴边又咽了回去。

"你是男的,又是'大胡子',谁敢来糟蹋你的瓜?"皮妞笑着坐在了地上。

达光有些不高兴地看她一眼,不做声了。他用手抚摸着粗粗的胡楂。胡楂儿长得真快,一转脸又刺手了。他真恨这些胡子。

不一会儿,颜凤启来借铁钉耙用。他像没有看见一边的皮妞似的,只跟达光一个人说着话。他故意想将话说得幽默一些,可达光觉得一点也笑不出来。他扛着耙子离开了,拖着长音咕哝着:"种瓜得瓜哎,种豆得豆!……"

达光看着离去的背影说:"他怎么不和你说话?"

皮妞"哼"了一声:"他怕我——男的怕女的,就不敢跟女的说话。"

达光琢磨着这其中的道理。停了一会儿,他又问:"他怎么就怕呢?"

"我硬骂他!"皮妞看看不远处那个身影,说,"这个人净歪心眼儿,惹了我,我就骂,专往他的痛处骂……"

达光不敢苟同。他说:"我看颜凤启挺好的嘛……"

皮妞撇撇嘴:"你知道什么!你让人家欺负了还不知道来……分责任田时,颜凤启抓阄抓的是你这块地,他嫌不好,暗里找支书调换了。支书是他叔。你是刚毕业的学生,不欺负你欺负谁去?"

达光愣愣地看着不远处弓腰耙地的颜凤启,又看了看皮妞。他深深地吃了一惊。可他又不能不信皮妞的话。

"你以后不用借东西给他使!"皮妞说。

达光点点头。

"也不用理他！"

达光伸手将地上的一个土块儿捏碎了。

皮妞站在了土埂上，两脚陷下去很深。她说："你这埂儿踩实它才行哩！"说着就踩了起来，她的脚迈那么快、那么细碎，远远看去，像是一个美丽的姑娘沿着一条褐色的铁轨滑去了……达光被阳光耀得眯起了眼睛。他只能看到皮妞的剪影。那是多么奇妙的轮廓线啊，达光好像这才刚刚发现：她是穿了一件米色的、硬质料的外套出来做活的；春天的阳光使这衣服散出淡淡的光亮来……她一边踩着一边喊：

"你要像我这样踩一遍！"

"嗯！"达光应着。他看着她越踩越远。他本来想她踩远了还要折回来的，谁知她就这样沿着土埂踩下去，踩到地边，跳过水渠到自己的地里去了。

三

几个月后，瓜长得很大了。他原来无论如何也想不到种瓜会这样难。他的肩膀上挑水磨起了巴掌大的茧子肉，贴身的背心都让汗水泡烂了。天热起来，他就穿着那个后背上有数不清洞眼的小背心。

对面的菜园长得很茂盛。那儿，眉豆、黄瓜，全是搭了架子的。皮妞在这些架子里边活动着，很难看到她了。不过每天里她总能从碧绿的叶子中探出头来看看达光。她的脸上被阳光晒得很厉害，流着汗花，可她总是很高兴的样子。

有时候她到瓜地里帮他掐秧顶儿、打杈子。她做得很快,一双手简直是在瓜秧上飞,一会儿就掐下一大把多余的秧顶蕊,故意扔在达光眼前。达光真担心她会掐错了秧子,因为她做得太快了,使人眼花缭乱。她抹着脸上的汗珠说:"你就像我这样做。你原来是个笨人……"

达光确实跟她学了不少技术。他不承认自己笨,只承认她太聪明了。她走在随便的一条田埂上,只要有人做什么做得好,立刻就会掐着腰站一会儿,看上几眼。只要看几眼,她也就会做了。达光曾经到她的菜园里看过,黄瓜秧儿长那么壮、匀,西红柿棵子一般高,差不多又都是在一个位置上开始结果子……这一切他都觉得很神。

皮妞的妈妈有病,很难到菜园里来一次;她的妹妹还在读书,只在星期天来帮她做一天活儿。妹妹穿得像她一样好,比她白。虽然差不了几岁,却是很听她的话。皮妞告诉达光:"她像你一样有福,这么大了还是学生。妈妈有病,我是老大,读到三年级就回来做活了。你不知道我从小做了多少活儿……妈妈让我顶着门户过日子!"

达光钦佩地看着她的眼睛。他突然想到她已经在很早就开始挑着一个家庭的担子了。他看了看她的一双手,不禁怔住了:又粗又黑,骨节儿老大,已经有些变形!你简直想象不出这是一双姑娘的手……

皮妞笑了笑,接上说:"我妹妹也和你一样:爱害羞!你见过她吗?没有。她老钻在架子里边做活儿,不吭气。我老想让你看看她有多好看……"

达光红着脸哼了一声。皮妞问:"你哼什么呢?"达光摇摇头,转身又掐瓜秧去了。

……

瓜田里第一个成熟的"虎皮脆瓜"是让颜凤启吃掉的!他常到达光的田里转,和达光说话儿,还用一毛钱一盒的廉价烟哄着达光吸。达光不愿和他说话,更不想染上烟瘾。颜凤启刚有四十多岁,却总是装出一副老头儿模样,一手插在背心下边,弯着腰,侧拧着身子盯住瓜秧往前走,那样子可笑极了。那个成熟的瓜就这样让他给盯到了。

他吃瓜的声音很响。达光在心里骂道:"一头猪!"

颜凤启将瓜吃完后,撩起背心擦了擦嘴巴说:"你今年的瓜一定丰收。"

"怎么呢?"达光不解地问。

"你把第一个瓜让给长辈人吃了,真是个懂礼貌的好青年——好青年种瓜还能不丰收吗?!"颜凤启自己也觉得这话说得很幽默,竟笑了起来。

达光气得差点儿跳起来。

颜凤启又说:"你就跟我叫叔吧。"

"谁跟你叫叔!"达光喊道。

颜凤启端详着他:"到底年轻,火性太暴。"说着,又把手插到背心下边,哼着什么走开了。他站到自己的花生田里时,又扬着脸向这边嚷一句:"你到底年轻。"

几天以后,又有一个"虎皮脆瓜"熟了。达光把它摘下来,捧给了皮妞。

他在瓜田中央搭好了看瓜的铺子,晚上就睡在里边。颜凤启常在晚饭之后进铺子坐一会儿,进来的时候故意像老头子那样弓了腰,咳着。他说:"大叔陪陪你吧!"结果每天达光都要损失二至三个瓜。

午夜里下过一场大雨,水渠很快涨满了。蛙声很响,达光睡不着,倒也愿听这奇异的歌唱。可他想不到正午时分有那么多年轻人跳进去洗澡。他们亲热地叫着达光,达光就兴冲冲地往水里抛瓜。青年们走后,达光也跳进去洗了,他发现这生了青草的渠里,水竟这么清!

有一天黄昏,有一群姑娘也来洗澡了。她们洗了一会儿,都甩着一头乌黑油亮的头发跑上岸来。达光看着她们,不停地抚摸粗涩的下巴。"让吃瓜吗?让吃瓜吗?"她们笑着、叫着。达光点点头。他看着她们在瓜垄上跳跃着,那一身湿衣服不断甩下一串串水珠……她们吃着,离开时都拣一个又小又黄的,使劲地嗅着。她们中间还有人挑衅地叫着:"大胡子!"

颜凤启就站在不远处。他用一只眼睛看着她们走开,然后对达光说:"吃几个瓜也上算!"

皮妞反而不怎么来了。

达光有一次喊她,她说:"我不去。你的瓜让人吃光了,到年底算账时,我也要算一个了!"

"我……不好意思赶她们……"达光嗫嚅着。

"我早说你是个学生！你就写一张大纸,贴在铺柱上,谁吃谁买——你的汗珠儿就那么不值钱吗?"皮妞有些气愤地跺了跺脚。

这个晚上,颜凤启又来了。他坐了不一会儿,就伸手到瓜垄里摸瓜。达光背向着他,用手电照着铺柱子大声念道：

"吃、瓜、要、现、钱!"

四

雨水慢慢多起来。达光在细蒙蒙的雨丝中奔忙着。雨水洗着瓜田,瓜香在雨雾中飘出很远,是一种很诱人的味道。渠水溢出来,有人顺着水流游泳,扎个猛子就偷走了瓜。

瓜田的下半截儿终于泡在水里了。

颜凤启天晴时站在渠岸上,长时间地看着弯腰劳作的达光。看了一会儿,他说："瓜这个东西十分奇怪,水一泡就不甜了。买瓜的人也怪,瓜不甜就不买了……"他的声音拉得很长,说着说着又笑起来。

达光气愤地拔起一棵水下的瓜秧,狠狠地抛开老远。

颜凤启丢下手里的烟蒂,指着达光说："挺好的瓜怎么拔了?你这是破坏农作物!"

这时候不远处的眉豆架儿动了动,皮妞一撩叶蔓儿走了出来。她一双黑亮的眼睛看了看天空,像在观察雨后这清明可爱的早晨。她一句话也没有说,用一只脚擦着另一只脚上的泥巴,又伸手去整脑后那束头发。

颜凤启像没有看见她一样,眼睛仍然盯在对岸的达光身上。

他说:"那么好的瓜秧你就拔了,你是个狠心的人,我敢肯定。"说完咳了一声,转身到自己的地里去了。

皮妞穿了洁白洁白的上衣,她身后是绿莹莹的叶子。阳光还是红色的,透过叶子射过来,染她的衣服。达光看着她,很想喊一句,但他嘴巴张了一下,没有喊出。皮妞的衣服像雪一样白,耀得他眯起了眼睛。

皮妞久久地看着漫进了雨水的瓜田,咬了咬嘴唇。她难过地叫了一声:"达光啊!"

达光说:"这真想不到。"

"常常这样。"皮妞寻找着浅水处涉过来,站在了达光眼前。她端量着他,舒展一下眉头微笑了。她说:"你这个样子真可笑,看你长的吧,你不该怕什么。一脸的黑胡楂儿,像个壮汉。挺好的黑胡楂儿……"

达光不好意思地抚摸着下巴。

"看样子你真不止十九岁。你这两条腿,跑起来谁也追不上……别等着水退,到渠下边看看去。大胡子!"

皮妞话说得很快,也许对方还没有领会呢,她的脑子又想别的去了。她在瓜田里来回走了几个垄子,又坐到了小铺子里。铺子里的小床是门板搭成的,她用手捏住上面的铁门扣儿摔打着玩了一会儿,就离开了。

达光沿着渠水走下去,发现这只是洼地上的一条渠,水要退下去,只能指望它渗到地里去!他看明白了,就丧气地回到了田里。可是他看到地势较高的那片花生——颜凤启的责任田时,心里立刻涌起一股火气来。那原来是自己的田哪,他找做支书的叔说一句话,就给调换了!达光望着瓜田里白茫茫的一片水,想到在村里过日子也真是艰难。……他继续沿着渠岸走上去,又走了没有几步,就惊呆了!

原来颜凤启为了让渠水远离他的田,竟在水流转弯处挡了个小土坝子。水给逼进了瓜田。

达光踢飞了水花,溅了满身满脸的泥点子,一口气跑到了颜凤启的田里。颜凤启只用后背对着他,盯着脚下的一株草,弯下腰轻轻拔了去。

"老颜……你!"

颜凤启笑眯眯地拧过脖子看他一眼:"找大叔有什么事情呀?"

达光气得说不出话,把蓝帽子攥在了手里。

"大叔想去吃个瓜,又怕你要现钱……"颜凤启嘻嘻笑着。

达光两手攥成了拳头。

颜凤启一转脸看到了,忙退出一步说:"噢,打人!打吧,我打不过你,再说你又会'气功'。"

"我不会'气功'!"达光气愤地解释。

"不会我也打不过。你是鲁智深。你一脸好胡子。"

最后一句话特别激怒了达光,他的拳头颤了颤,但终于没能打出去。脚下的花生棵儿长得很茂盛,达光觉得那梗子上的叶片就像一对对小巴掌,嘲弄地向他举着。他气愤地拔掉了两撮,狠狠地抛在地上。

颜凤启一愣,接着也弯腰拔起来。他拔了一会儿,把手里的花生棵往地上一扔,转身就走。走了几步,又回身指指拔倒的花生说:"你犯法了!"

……

结果达光成了被告。人们对毁庄稼的做法从来就十分厌恶,队里判定达光要做经济赔偿。达光跺着脚说:"我拔了,可他也拔了!"颜凤启哭丧着脸嚷:"我能毁自己的庄稼吗?!"

天黑的时候达光才回到瓜铺里。他哭了。

四周很静,漫过半边田埂的水在夜色里泛着光亮。青蛙一只只爬到高出水面的土顶上,又"通通"地跳进水里。

有一个人轻轻地走过来,在他的身边坐了。

达光没有做声,他知道那是皮妞。

皮妞点亮了桅灯,又从衣兜里掏出一盒蛋糕……达光坐了起来,一声不吭地盯着布满星辰的天空。他们彼此都听见对方的呼吸,只是静静地坐着。停了一会儿,皮妞问:

"你知道我为什么叫'皮妞'吗?"

达光摇摇头。

"我回来做活儿时才十岁,不像你这么有福气。"皮妞声音很低地说,"我那时就顶大人使了,妈妈有病,妹妹小。我跟大伙一块儿出工,在土里滚。日子穷,买灯油的钱都没有,我就钻茅草窝挖沙参、打野枣核儿卖。看泊的追赶我们,我一次跳土崖子摔断了腿骨……顶门户过日子真难,谁欺负我就跟谁斗,后来什么都不怕了,他们跟我叫'皮妞'……"

她说到这儿站起来拧大了灯苗儿,站到有些惊讶的达光对面说:"现在分责任田了,人人都拼那股劲儿,你学着过日子也快!可别泄气,别让人笑话。你也真傻:颜凤启挡土坝,你就给他捅开!毁他的庄稼,正好让他抓把柄……"

达光钦佩地看着她,点点头。她又一次捧起蛋糕时,达光的目光在她的手上凝住了。他好像第一次发现她的一双骨节老大,有些变形的手掌上竟有那么多茧子、疤痕!有的疤痕很长,像是镰刀砍伤的……他的心颤了颤,闭上了眼睛。他不敢想象她摔折了腿骨时,痛苦地在泥土里挣扎的样子;也不敢想象她怎样在泥巴中滚了这十多年……

这个夜晚他们谈了很久。临离开时,皮妞说:"你种不了瓜,这块田也种不成瓜。我替你想了想,这里合适种红麻。"

五

第二年达光果真在渠边田里种了一片红麻。大雨来临时,田的半边儿依旧漫了一层水,可红麻依旧长得很旺。一株株红麻又粗又高,深红色的干,浓绿的叶子,远看成一片极有风采的林子。更令人羡慕的是它几乎用不着管理,只是生机勃勃地往上长去。

达光迈起两条长腿,在红麻的绿荫下走着。他的背心好像总是洁白的,下边儿扎在一条很挺的裤子里。那浓黑的络腮胡子刚刮过,铁青的胡楂衬托出一副刚毅的脸相,使人更能想到这是一个成熟起来的男性。人们在远处望着这片红麻,也望着他。大家都在议论:这地片儿洼,正好用来种红麻。达光这小子,真有好主意!

颜凤启听到别人的夸赞,就拉着长腔说:"什么好主意。有得就有失。以前那么多年轻人来渠里洗澡,有男也有女。女的一洗,头发像马尾巴一样,又黑又亮,走到哪里水珠甩到哪里……啧啧!"

达光常常站在田头上望着他,目光里有愤慨,也有警惕。经过了那一次,达光也就记住了这个人的刁钻和可怕。

皮妞常到达光的田里来。她一来,达光就钻到红麻地的深处去了,不久就捧出一两个小香瓜。原来他在里面种了瓜。可惜这瓜见不到阳光,长不大,只是很香。他们坐在那儿,有滋有味地吸着瓜瓤儿,说着话。皮妞端量着达光,常常使他不好意思。皮妞说:"达光,你真高!你像电影上的骑兵一样,我想你把腰上扎一条硬皮带,就像个骑兵……"

达光怎么也不明白自己为什么就像个骑兵。他只是默默地听她讲下去。他知道皮妞高兴时什么都讲的。"……芦青河西有个'西瓜大王',比你大五岁,种的西瓜脸盆口儿塞不下,最小的也比颜凤启的头大!他闲下来还作曲子呢,整天'捎来法来,捎来法来',写了厚厚一本,傻乎乎的东西……"

皮妞高兴得双眼眯起来,嘴里轻轻咬着一根青青的草梗。

达光又要进去寻瓜,皮妞悄悄地跟进了红麻林……这里面静极了,只有几个小鸟儿在麻秆上跳动;往上看几乎看不到天空,往四周看,只看到红色的麻秆儿,像彩色的挂帘一样。皮妞在青色的嫩草上盘腿坐了,只是笑。她把身子往后仰去,两手支在泥土上,盯着达光又说一句:"傻乎乎的东西!""你说我吗?"达光问。皮妞摇摇头:"我说河西那个人……"

皮妞顺着红麻垄儿跑动着,达光也跑着,他们只隔了一行红麻。皮妞说:"我老想让妹妹到田里来,到红麻地里来,可她不!看等我走了以后她来不!"达光有些惊讶地问:"你还能走吗?"皮妞侧着身子在红麻间跳动着,说:"女的和男的不一样。女的不一定什么时候就走了,走得没了影儿……"

达光想:她真能开玩笑。

有一天晚上,一直没有走过渠岸来的颜凤启突然来了。他叫着"达光兄弟",达光没有理他。他拍拍膝盖:"达光啊,我是给你赔罪来的。我这个人你以为还有多少好心眼?没有!可能你也知道了:分地时,我把你的好地换走了!"说完,他一直严肃地盯着达光。达光望着很遥远的夜色,没有吱声。

颜凤启转身走了,临走扔下一句:"我要积积阴德,把地和你调换过来。"

第二天达光告诉了皮妞。皮妞问他:"你和他调换吗?"达光冷笑着:"他想用这块洼地种红麻,他想得美!"皮妞夸奖说:"你真棒!你一眼就看穿了他,我说你像个骑兵嘛!"

这天,达光正在做活,有几个割草的姑娘走过来了。其中的一个故意往渠里抛泥块,让水溅到他身上。她说:"大胡子,你以为俺们不知道吗?"她说完,身边的几个就跟着齐齐地笑,好像得到了什么隐秘似的。达光不解地看着,她们又说达光:"脸红了!脸红了!"达光也真不知道这是怎么了,正愣怔着,她们几个早过了渠水,嘻嘻哈哈跑进了红麻地。达光纳着闷,也跟了进去。他看到她们一人摘一个小香瓜跑开,这才明白过来……在渠岸上,他久久地望着她们跑远了的、十分得意的身影。

几个姑娘摘走了几个瓜,事情本来就这么简单。可是几天后,村里竟传着达光不怀好意地追一群姑娘,把她们赶进了红麻地。几个老人从渠岸上走过,用达光听得见的声音议论:"唉唉,这个小伙子要走下坡路喽……"有的年轻人见了达光,就把头扭过去,走开老远才回头伸一下舌头……

达光愤怒地拍着腿,他实在受不了。

颜凤启又称自己是"大叔"了,来到田里,就坐在达光的对面,不停地吸烟。他慢条斯理地说:"听大叔的话吧。为一片红麻毁了名誉不值得。大叔四十多岁了,还不敢种这么高的红麻,只能种那么矮的花生。高秆农作物里面常常出事,你应该听说过。"

他说着说着,又自以为幽默地大笑起来,笑完了接上说:"一般讲,你这么大岁数的青年,都有点'流氓习气'的。可我不那样讲。我说:'我和达光是地邻,达光是优秀青年!'……"

达光终于明白是他造的谣言。他再也忍不住了,怒斥说:"滚!滚出我的红麻地!"

六

秋天,砍倒了红麻。它立着时成林,倒下时成山。人们都围拢到渠岸上看达光捆红麻,不住地惊叹着。

达光不愿抬头。他只是拼命地做活。经过近两年的拼搏,他的手上有老茧了,胳膊也有了力气,他拧麻捆儿拧得多么漂亮!因为曾经有谣言毁坏过他的形象,他不愿抬头看人们的脸。脊背上的汗水像小溪一样流着,他愿人们从这上面看出他的诚实,也希望汗水能洗涤泼来的污垢。

　　红麻捆好了,达光一捆捆扛到渠水里沤制。这些红麻要经过一个晚秋、一个冬天的沤制,才能变得坚韧、洁白;到了春天,他会欢歌着把沤好的红麻卖到收购站里……他扛着粗粗的麻捆,那么沉着自信地扛到渠岸上。人们说他一次扛起的麻捆有二三百斤!他迈开两条健壮的长腿,有力地踏在收获的田野上,就像炫耀着自己的力量和体魄一样……

　　收获的日子里,颜凤启常常在渠岸上溜达着。他叼着一根香烟,紧闭着眼睛。奇怪的是他这样也从来没有跌到过渠里去。

　　皮妞来找达光时,达光好像不如过去那么热情了。皮妞总追问着他:"你怎么了呢?"

　　达光总是摇头。

　　有一次达光问皮妞:"你相信我不是那样的人吗?"

　　皮妞说:"我当然相信!"

　　达光感激地望着她。皮妞却笑起来:"你到底还是个学生!有人编一套瞎话你就怕成这样,还怎么过日子!让人说去,你只管种好红麻;以后,再娶一个最漂亮的媳妇——一定要最漂亮的!"

　　达光听着听着脸腮红了。停了一会儿,他说:"想不到颜凤启这么坏!看样子他非要把地再调换过去不可了。想把我当成软面团一样捏来捏去!"

　　"他就仗着他叔是支书。在村里,他本家亲戚也多——农村可讲这个,有些人明明知道他不占理,也要向着他。气人的事可太多了!"皮妞愤恨地说。

达光望着远处一片低低的浮云,低声说:"那就让他们来吧!"

"来吧,没有什么可怕的。我们要告诉全村人:他们合伙欺负一个刚毕业的学生了。再不行,我们就找上级……"皮妞的脸涨红了,一只手握成了拳头。当她注意到自己在挥动拳头时,又笑了。她说:"你才回村不久,刚学着过日子,就像没有沤好的红麻一样,还嫌脆,不结实……"

达光点点头。

说到沤红麻,皮妞想到了一个要紧事,对他说:"你红麻上该用石头压一压,要不渠水多时就浮上来了……"

秋末时候,达光往田里运肥了。他对这片土地寄予了更大的希望。明年,他知道红麻会长得更好。如今这土地又是光秃秃的了,那漂亮的红麻秆儿全沤在水渠里。达光推着肥车,也在想着水中的红麻,他想那通红的麻秆上,如今吸满了珍珠似的小水泡……他这样愉快地推着车子,半路上,却被村支书拦住了。支书微皱着眉头说:"算了!"

"什么算了?"

"不用运肥了……支部里要研究。"

达光知道是换田的事,就红涨着脸说:"当初颜凤启骗走了我的好地,你们不研究;我丰收了红麻,你们就要研究了。什么支部!"

支书无意和一个年轻人争吵。他轻轻扫了达光一眼说:"你等着支部决定吧!"说完就离开了。

达光继续往田里运肥!他带着一股怒气,力气就更大一些,半天的时间,就将肥运完了。肥堆在洼地上整齐地摆起一长溜儿,也是很好看的。颜凤启这天就在渠对岸走着,来回溜达,像过去一样闭着眼睛,叼一支粗粗的雪茄。

这天的下午支书赶到地里来了。他一来就黑着脸问达光为什么继续运肥。达光回答得十分简约:"这是我自己的田。"

"运肥无效。"支书说得也十分简约。

达光把铁锨用力往地上一插说:"农家肥,效力可大!"

支书的脸扭动了一下,但并未发火。他往前走一步说:"达光,你差一点考上大学,也算个有知识的青年了,怎么就没有组织观念?"

达光愤愤地说:"这里面有个阴谋!"

"你太狂妄!"支书终于爆发了火气,大喝了一声。

这时候,突然不远处尖叫了一声,他们一齐把脸转过去:一个姑娘,是皮妞,急火火地从菜园里跑出来,跑过浅水时,踢起的泥水花有一人多高!她喊叫着跑到两个人跟前,大口地喘息着。她用手抹了抹汗花,对达光喊一句:"撒肥!"

支书往后退开一步问:"你……来干什么?"

"我来骂你!"皮妞满身满脸都是泥点子。她用手理一下吹乱了的头发说。

"我揍你一顿巴掌……"支书气得嘴角有些发颤。

皮妞扬着两道长眉说:"来吧,打不过你,就往你眼里扬土!"

"你……管闲事,真是个'皮妞'!无法无天!"支书离她老远跺脚。

"我是'皮妞',我的坏名声已经出去了,还怕什么!"皮妞说着靠到支书跟前,"你可是好名声,你不怕我挨门挨户讲你的坏话吗?我从村东说到村西,把你和你侄子做的丑事、欺负刚毕业的达光的事,细细说一遍!你不怕群众,还怕上级哩,我再找上级说去……"

皮妞说得又快又清晰,支书还没等反上话来,她已经把身子转开了,扬着一只胳膊说:"颜凤启,你这个不要脸的大坏蛋!你过来!你不用在渠岸装好人,你叔叔要给你调换地了,快过来呀……"

颜凤启往这边瞅了瞅,见到皮妞召唤他的手臂,反而转身走去了……

达光插不上话,这时告诉皮妞:"我上午就看出来了,这是个阴谋!"

支书恨恨地对皮妞说:"支部要研究!"

皮妞像没有听到,只向着达光说:"撒肥吧,扬得高,才撒得匀!"

七

春天来了。红麻籽儿又撒进了肥沃的土里。

太阳照在耙细的土皮上,空气中有一种泥土的香气。小红麻苗儿钻出地面,那秆儿一开始就是红的。达光蹲在地里,常常半天不动,他看着小苗苗,就像母亲看自己的婴儿一样。

皮妞就站在渠岸上,不停地嚷:"达光啊!'捎来法来,捎来法来……'"她老想逗达光从红麻地上站起来。她觉得达光已经完全迷上红麻了。

达光却在想:西瓜大王做的曲子皮妞怎么就记得这清!他想那个西瓜大王在这个春天里,在这会儿,也一定是像他一样趴在松软的泥土上。

皮妞引不动达光,也就笑着到他的地里来了。皮妞穿的衣服很好,很时髦,质料往往是第一流的。他们离得很近,一起看着像小豆芽似的红麻。达光有时把视线从红麻上面移开,看一眼皮妞。他看到了红润的、微黑的、生了一层细细的茸毛的脸;他还看到了长长的、整齐的睫毛。他轻轻叫一声:"皮妞啊……"

"怎么?"皮妞转过脸看着他。

他低一下头:"有时候你真厉害,你的嘴像小刀子。可是小刀子从来不戳好人……"

"戳你!"皮妞拍打着手掌站起来,笑着走了。

达光还是蹲在那儿,一动不动地望着那个涉过渠水的影子……

皮妞常常到红麻田里来了。她来得越来越频繁,只是不多说话,愿长时间地看着达光。她的目光好像压迫了达光,达光也不想说什么。有一次她突然对达光说:"达光,我到夏天时就要走了。"

"什么?"达光不明白。

皮妞咬了咬嘴唇,轻声说:"'西瓜大王',作曲子的,你还记得吗?……我到他那儿去……"

达光把面前多余的一株红麻拔掉了,又小心地给剩下的一株培了培土……他点点头。他突然明白了皮妞为什么总记得起那曲子,他也想起了她很早就说过要走的,只是自己太傻,没有听出来……

皮妞又玩了一会儿,就到她的菜园里了。

达光觉得有些疲倦,这时就仰躺在了红麻地里。身子下的泥土真软,那么温柔的泥土啊。他将脸庞侧过来,贴紧到了泥土上,贪婪地嗅着它奇异的、厚重的香味儿……他的衣服全沾满了泥土,他还是躺在那儿,到后来,他的头发也被泥土染成黄的了。

傍晚,他就带着一身的泥土去找皮妞了。

他倚在一棵披满晚霞的桃子树上,看着她摘篱笆上的干豆角。他有好多话,可是他说不出,他默默地看她摘干豆角。皮妞说:"我会常回菜园的……你好好种红麻……"

达光说:"我真怕你走……我离不开红麻,也离不开你。我想不到你会走这么快……这几年,是你教着我过生活,皮妞!"

皮妞将干豆角揉碎了,只拿着乌黑锃亮的眉豆粒儿。她说:"你要过日子,还有比这几年难一千倍、一万倍的事情,你怕吧?"

"不!"达光离开桃子树,站直了身子说,"大不了搏斗几场,像你一样,腿骨折了还会长上!这是出好汉的年代。我能成个好汉,我还年轻。"

皮妞一双热切的大眼睛久久地看着他,轻声说:"人这一辈子也像红麻,有时沤得发烂、变臭,可后来还是白了、结实了……"

达光含着泪花点点头:"在生活里边沤。我会把自己沤得坚韧顽强的!"

红麻长得很快,转眼又是一片红秆绿叶的林子了。

太阳变得灼人了,它熨着红麻秆儿,使它们变得深红,像用颜色重新涂过一遍似的……鸟儿开始往麻地里飞,唱着哀婉动人的歌子。红麻慢慢开出了淡黄色的花儿,夏天真的来到了!达光像往年一样穿着那雪白的背心,迈开两条健壮的长腿,在红麻的绿荫下走着……他站在田边渠岸,长时间地望着邻地。

颜凤启抄着袖筒,懒洋洋地走在他的花生田里;皮妞的菜园一片碧绿,真正是苍翠欲滴啊!可是那儿今天不见了皮妞……

傍晚,皮妞来到了红麻田里。她是来告别的——明天,她就要出嫁了。她穿着崭新的衣服,微笑着站在红麻花儿下。

达光说:"你一走,我会感到孤独的……"

皮妞转过脸去,用手向旁一指说:"不会,她以后在菜园里做活了,她会和你玩的。"

一个身穿布拉吉的姑娘提着裙边,正小心地涉过渠水。她长得酷似皮妞,只是比皮妞白一些,也显得腼腆一些……达光有些惊讶地望着她。

她站在渠岸上,再不往前走一步。

……皮妞又玩了一会儿,就回家去了,达光目送她很远很远,直到她消失在一片霞光里……他一直站在红麻下,仿佛他的面前还站着皮妞一样。

"大胡子!"

一声清脆的呼喊使他抬起头来——原来刚才涉水过来的姑娘躲在眉豆架儿里喊,见达光在看她,赶忙笑着把头缩进眉豆蔓儿里。

"原来也那么……调皮!"达光在心里说。

1984 年 3 月

野 椿 树

一

傍晚,每当钟声响过之后,许葭从校园里走出来,走到河边那棵大野椿树下时,河水和野椿树正好也被晚霞映红了。

这时候的河水很静、很平,没有了漂亮的涟漪,也没有了细小的褶皱。苇荻倒映在水里,那么清晰,一片片的绿叶,一朵朵的白英。芦青河奔腾一天,好像进入了酣睡前的小憩。此刻的鱼群都在靠岸的地方无声地回游,偶尔将头探出水面,稍有惊动,便羞涩地潜入水底。野椿树巨大的树冠像在燃烧,叶片儿微微抖动,很像燎动的火苗,仿佛这河道、这芦苇、这岸边的田野,不是因为太阳落山的缘故才变得一片火红,而是依靠了它的欢快的燃烧,它的映照……许葭每走到这里,脚步就不由得变得迟缓起来。她很想在这儿多呆一会儿,这儿简直是一个童话世界。她太喜欢这棵大野椿树了,喜欢它高大的身躯、浓密浓密的叶子。它挺立在河边,多像一个潇洒的男子汉,那扩展的叶片在风中拂动,不是男性未经梳理而有些蓬乱的黑发吗?

然而她总是略一犹豫,匆匆地走过野椿树,沿着这条河边小路走去了。她甚至有些抱怨:为什么通向校园的小路偏要弯过这棵野椿树啊!

这完全是因为野椿树下搭了个小茅屋的缘故。

许莨走过之后,小茅屋的门打开了。一个二十四五岁的青年站在树下,看了一眼许莨的背影。他笑了。

他看到晚霞勾勒出一副多么迷人的轮廓线,她完全像个少女的样子。其实许莨已经二十六七岁了,她已经做了七八年的民办教师,夸张一点说,河边这条小路简直就是她一个人踏出来的。漂亮的姑娘也许不会衰老,她永远是那么傲慢、矜持,像个皇后来到乡间,带着说不清的哀怨走着这条属于她自己的小路。她穿上了硬质料的、紫碎花纹的上衣;芦苇掩映着她的修挺的身影,她融化在一片和谐的秋色里了。她不做声,也不唱歌。可是他觉得她本身就是一首深沉而优美的歌。她从这野椿树下走过,以她自身特有的旋律,一次又一次把他从茅屋里呼唤出来。他看着她那个傲慢的样子,觉得有些好笑,同时又感到自尊心受到了轻微的挫伤……

许莨走在小路上,连头也不回过去。她知道这时候正有个小伙子站在野椿树下,她的后背正负上他的沉沉的目光。就是这目光使她有些厌烦:尖锐有力,还有点儿讥讽的意味。她从未跟他说过一句话,可是她知道他。他叫邹方平,一个自命不凡的人物。大约在很早以前了,他就习惯于穿得洁洁净净,以示和一般农村青年的不同。在这个秋天里,他是穿了雪白的、入时的衬衫,并且衬衫的下边已经扎到了一条漂亮的灰裤里。他的土地就在河岸上,生了那株高大美丽的野椿树。他一连几年在土地上种植香椿苗圃,据说今天已成为"万元户"。很多人都推崇他,他大概很得意吧?可是许葭走在小路上,对于长久地站在野椿树下的这个人,除了一点儿厌烦还有一点儿怜悯:她怜悯他的贫穷。

许葭的父亲是县城中学的老校长。她虽然在河边上长大,但和河边上的一群姑娘是不一样的。父亲有那么多书给她读,而别的姑娘没有;她去县城看父亲,穿了全村里第一条连衣裙;她比别的姑娘白,也比别的姑娘苗条;她是在县城中学读完高中的,而村子里另外两个高中生,是在公社读的"五七中学"。可是后来高中毕业回村了,暂时大家都一样下田了。不久,也许村领导终于看出她和别的姑娘有什么不一样的地方,调她到学校做了民办教师……父亲去世后,她再也不到县城去了,只和乡亲住在河边村子里。夜晚,她读书给母亲听。母亲是个不识字的乡下妇女,却能耐心地听下来,并且和女儿一块感受着轻微的陶醉。许葭每天踏着河边小路到学校去教书,再踏着小路走回来,她就生活在这样一个小小的世界里。她很少和别的年轻人在一起,但她并没有感到孤独。她欣赏着自己的生活,却无暇去理解别人的生活。这种生活是平静而且永远清新的,她睥睨那些为了一点么利忙忙碌碌的人,像邹方平,她怜悯他精神上的贫穷。

可是今天,她背负着他那两道沉沉的、有点讥讽意味的目光,突然心中有些慌促了!她故意昂起头来,傲然地向前走去,悄悄在心底驱赶那慌促,但终于不能。她想他是知道她的秘密了!……

前不久校长找她谈过话：农村教育要整顿，初中班要往上集中，当她这个初中班毕业时，学校再也没有初中班了。教师要裁减，晚秋时候，她就要离开校园了。许葭想，当野椿树结下的一串串籽儿成熟了的时候，她就要从这条小路上消逝了。不过她到哪里去呢？她真舍不得这河、这游鱼、这碧绿的苇荻，舍不得这棵美丽的大野椿树啊！

他真的知道她的秘密吗？但愿不是这样。

二

第二天傍晚，许葭走近那棵大野椿树时，发现小路被一道深深的横沟截断了。她站在沟边，望着被晚霞映红的野椿树，觉得像受到了什么侮辱一般。好像挖沟的人已经知道这条小路就要没用了，那个姑娘即将离去——许葭的心猛地一动，愤怒地瞅了一眼那个小茅屋。

她不得不绕道儿进了他的香椿苗圃，从这里穿过去。苗圃搞得真漂亮。不过从植物学的角度——她不懂植物学，她仅仅从那树苗儿的分布上、从那些一般宽窄的土垄上，看出了它的漂亮。香椿树一行高一行矮，显得既有层次，又极为齐整。它们像听话的孩子一样排好了队伍，在那儿等候着她。每棵小树的梢儿上，都生着均匀的长叶片，远些看像举起了数不清的小洋布伞。她小心地沿着土垄走着，唯恐碰掉了它们的叶芽。她想尽快地走出苗圃。

可是邹方平偏偏从小茅屋里出来了。他先是惊讶地看了许葭一眼，接上笑着说：

"很对不起！地下的引水道堵了，我想修一修，原以为你今天不会到学校去了……"

许葭低头走着。她的脸色那么平静，甚至有一种不容侵犯的冷峻。她想这样从他的面前走过去。可是她听到他最后一句话，立刻站住了。她抬起头来，定定地望着他。

他也不解地看着她。

他发现这张脸原来是这样秀丽、这样无可挑剔！他还是第一次这样近地正面看她。她的眉毛微微扬起，眼睛里闪射出愤愤的目光，这使邹方平惊惧而迷惑。可是她的嘴角呢？那上面还挂着一丝冷笑！邹方平不由得退开一步，嗫嚅着："你……"

"你想错了，'万元户'同志。我会离开这条小路的，不过至少我还可以走完这个秋天！"

许葭说着，目光并没有从对方的脸上移开，那嘴角的冷笑已经变得很明显了。

邹方平先是皱了一下眉头。不过他很快展眉微笑了："这是星期天，我想你是不会到学校加班的。原来计划这样：明天一早，我的水道就修好了……"

星期天！——许葭竟忘了自己是来加班的，这时候突然明白过来。她知道误解了对方，两颊有些发热……她转开身子，望着四周的小香椿。停了一会儿，她有些抱歉地看了他一眼。她说："我刚才喊你'万元户'同志，这有些不礼貌……"

邹方平摇摇头："不，这样喊也好。"

许葭疑惑地看了看他。

他点点头:"真的。你整天从这儿走还看不出来吗?我这个人喜欢别人羡慕我!"

"你以为我在羡慕你吗?"她忍住了愤怒问。

邹方平微微一笑:"不,我希望你也能羡慕我。"她的愤怒很快减弱了,最后差不多完全消失了。她想:这个小伙子至少比我原来设想的要聪明……这样想着,她问了句:

"你认为我会羡慕你吗?"

她自己也听出这语气比刚才温和多了。她说完之后,立刻在心里估摸他会怎样回答。

邹方平没有马上回答。他望了望西方那片绚烂的云霞,最后目光在那株大野椿树上停住了。他像是在跟它做着交谈似的,语气亲切而平淡:"这个嘛,连我也不知道……我不过想:让一个女教师羡慕很光荣。如果是嫉妒,那就更好了!"

许葭没等他说完脸色就涨红起来。她真想快活地大笑一场。她说:"这太对不起了,我是不能够满足你的虚荣心了——晚秋时候,我就不做教师了!"

她说完,瞥了一眼邹方平惊讶的神色,大步往前走去了……

三

有一天,许葭往回走的时候,天落雨了。她在小路上跑起来,两手抄在衣兜里,身子一晃一晃的,好不容易跑到野椿树下,她就停住了,因为树下的土皮儿都是干的。刚站了不一会儿,小茅屋的主人就请她进去避雨。她摇摇头。

邹方平刚刚在圃田里忙过什么,头发滴着水,雪白的衬衫也湿了。他用手绢擦着脸说:"雨一时停不了,树叶子全湿透了,你就淋雨了。"

许葭没有做声。

邹方平擦过脸,从裤兜里掏出一个漂亮的烟盒,取了一支烟吸起来。刚吸了两口,他见许葭皱了皱眉头,就将烟掐灭了。

许葭看着细密的雨丝说:"这棵大野椿树长在你的地里,我真为它难受。"

邹方平笑笑:"只有我的地里才长这么好的野椿树。"

许葭没有吱声。

邹方平又随上一句:"只有我的野椿树下才能让你避雨。"

他的话刚说完,树叶儿开始往下滴水了。他邀请她进茅屋里去,她仍旧一动不动。邹方平也没有离开,和她一块儿淋着雨。野椿树有一股特别的气味,有点像樟脑。一只黑黑的大鸟从树上飞出,钻进雨雾里去了。邹方平说:"看吧,你多么固执。你宁可让雨把身上湿透,也不愿妥协。可是你自己也说不清在跟什么东西作对。只是模模糊糊觉得有什么东西使你不舒服。你在生活中总是硬挺着。'洁身自好'这个词儿送给你合适。你好像很坚强,其实很软弱。比如这个小茅屋吧,进去避避雨又有什么可怕!"

许葭觉得至少有几处被他说准了,就像按摩师,他的指头触到了穴位上,病人将身体痉挛了一下……她第一次用探究的眼光看了看他,抹一抹流下脸颊的雨水,随他走进了小茅屋。

小茅屋里很黑。邹方平用手在门杠边上动了一下,屋里亮起了一个漂亮的壁灯。许葭不明白这么破的屋子为什么要安那么好的壁灯。这个壁灯是用镀金铁皮镶嵌起来的,显得华贵、优雅。她看了暗暗想:有人从树下走过,看到的只是破茅屋,怎么也想不到有这样一盏灯!……她的眼睛慢慢适应了,接上有了更惊讶的发现:灯下是一张大床,床的半边儿都堆了书!什么书呢?她凑近了看着,发现杂得很,有农技方面的,还有文学、哲学、美学,甚至有俄国巡回画派的画集……在床的侧面,是一幅一人多高的水粉画,上面画了野椿树。作者选取的角度奇巧独特,野椿树不仅突出了秀美,而且表现了庄严。她在灯光下眯起眼睛,退开一步看起来。她点了点头。她问:

"是你的作品吗——这棵大野椿树?"

邹方平从床边的什么地方找出几个泡在水里的西红柿和桃子,放在她的面前。他说:"是的。不过别人见了都是问:'是你画的吗?'只有你一个人问:'是你的作品吗?'——只从这句话看,邀请你来小茅屋也是值得的。"

许葭在床边坐下来。不知怎么她觉得很疲惫,和他谈话很累。但她知道自己是喜欢这个小茅屋的——小茅屋里很凌乱,至少不像一个"万元户"的小茅屋。她现在唯一觉得不痛快的,是对方身上那点儿刺激人的东西,那时常流泻出来的嘲讽的意味。但她已经开始思考:自己是在多大程度上误解了这个人?

屋角上搁了几个沙盆子,盆边上挂了两个温度表,大概盆子里莳了什么种子,邹方平用一个小喷壶往上洒水。他洒着水,眼睛只盯在沙盆上说:"你不说话,其实你很难过。你在想走出学校以后,你怎么去承受那一切。你走在小路上,很多人都多看几眼,我也是这样,在羡慕你。你把痛苦掩藏起来,藏得很深。这使我想起了自己的事情……"

他重新给喷壶灌了水,"我跟伯父过日子,伯父也不愿理我,我差不多算个孤儿。高中毕业,要和大伙一样过日子了,我很痛苦、慌乱。不过我也像你一样,把它藏得很深。谁也没有看出来,正像我以前看不出你很难过一样……"

许葭几次想从床上站起来,但她都忍住了。她忍受着一个人在自己的心弦上敲击:一下,两下……心弦发出回音,开始是生涩的,慢慢激越起来。她用温柔而恬静的眼神看着他,第一次发现他长得很挺拔,男性足以吸引人的一切他都具备。她这样看着他,终于打断他问:

"你现在就没有痛苦了吗?"

"怎么会没有?"

"你是'万元户'了。"

"'万元户'是我生活的目的,那朋友又该为我痛苦了!"

许葭看着他的眼睛,看了好长时间。两对心灵的窗户互相敞开着。他们这样沉默了一会儿,最后发现雨停了,就走了出来。

云彩裂开一条条缝隙,晚霞更显得艳丽。芦青河面上闪动起点点金色的光波。水鸟从雨后湿润的芦苇中飞出来,舒畅地欢叫起来……许葭看了一会儿西方的天色,又转过身来看这香椿苗圃。一株株小树的叶子被雨水洗得鲜亮可爱,她很想走过去亲近它们。她说:"让我参观一下圃田好吗?"

邹方平礼貌地挥手指向田埂说:"'请君与我同行'!"……

四

和邹方平有了两次接触,并且两次都谈了那么多话,许葭自己也觉得有些奇怪。但她并没有什么后悔的地方,她知道这个搞香椿苗圃的年轻"万元户"身上的另一些东西了,这都是以前没有想过的。当她重新从野椿树下走过时,她就想,这个看上去很破的茅屋里,有一幅很大的水粉画、一个镀金的壁灯……当邹方平在苗圃里见到她时,就扬一下右手表示问候;她这时也将右手举起来。

如果她不急着赶回去,她就会到他的圃田里站一会儿。

有一个早晨,许葭到学校看学生上早自习,回来时,走到野椿树下,太阳正好升到茅屋顶上。她迎着朝霞看着这片苗圃,发现每一株小树都晶晶亮的;它们的叶子油绿油绿,早晨的太阳想把它们完全染红,可是染不透这翡翠似的、挂带着露珠的叶子。小香椿苗真像些小娃娃,它们迎着太阳微笑着,各自举着那把属于自己的"小伞"……许葭心里一热,快步走进了苗圃地。

邹方平不在田里忙活儿。她喊了一声,他没有回应。小茅屋的门敞开着,她走近一看,不禁惊住了:邹方平穿了一件很破的粗劳动布衣服,斜躺在床上睡着了。他的脸上、手上,到处是稀泥点子,一头蓬乱的黑发上沾满了草屑。他睡得很沉,发出了轻微的鼾声。她站在门口看着他,也许就是目光使他醒来了。他看了看许葭,很尴尬地笑着,然后在屋角里洗了一把脸。许葭说:"真对不起,我不知道你在休息。做了一夜吗?"他点点头:"给苗圃浇了一遍水,这几天叶子有些蔫,我怕底肥伤根……"

她第一次见他穿这么邋遢,觉得十分有趣,就笑了笑。

邹方平没有看到她在笑。他这时坐在床沿上,正全神贯注地看着那幅水粉画。他说:"许葭,下雨那天你走了,我替你想了很多。我当时想得很激动,很想立刻跑去告诉你。如果当时我真去找你了,我会讲很多话,现在,有的已经忘掉了……"

"你为我想了什么呢?"

"很多。主要是一个大问题:你离开学校后该做些什么?——你自己想过吗?——你肯定想过!——我是说,你现在想好了没有?"邹方平皱着眉头,站了起来。

许葭惊愕地看着他,摇了摇头。

邹方平往前迈了一步,离她很近地看着她。他伸出一根手指说:"你也来河边上种香椿苗吧!"

许葭笑了起来。笑过之后她问:

"让我也做个大名鼎鼎的'万元户'吗?"

"那倒不一定。不过我想你会做得很好。"邹方平站到门口,指指南边说,"看见苗圃边上的那片地了吗? 他们想转包给我。我想,你在上面做个苗圃不行吗? 我会帮你……"

"你真会开玩笑。"

"我为什么要开玩笑!"邹方平似乎有些生气地看了对方一眼。

许葭用手整理了一下头发,还是重复了刚才的话:"你真会开玩笑。"

邹方平用眼瞟着她,不做声了。停了一会儿,他看着不远处那一片苇英儿，吹起了口哨。他吹了一首外国歌，又吹了一首中国歌，两首歌的调子都很轻松，可是轻松中又透出忧伤。他接上又吹了一首很陌生的曲子，从门口取了一把铁锹，给近处的香椿苗培起了土……许葭跟上他，看着他一边培土一边吹口哨。他吹着口哨，突然停下来说了一句：

"我们都是不错的农村青年。我们这样的青年在今天也还不多……"

许葭打断他的话："我不包括在内。我可不敢这样说。"

邹方平笑笑："不用谦虚。我们都读了很多书。人们要改变对农民的传统看法，也许就从我们这一代开始。我们都不满足自己的生活、不满足生活。可是，我和你就不一样……"

"我也知道不一样。不过哪些地方不一样呢？"

"不满意生活，不意味着就一定去疏远生活。健康的人，应该首先想到去创造！——明白哪里不一样了吗？"

"明白了。"许葭的胸脯起伏着，"话说得真漂亮。因为你的'创造'见了成效，你成了河边上第一个'万元户'！"

邹方平愤怒地将铁锹往地上一插，猛地转过身说："我真伤心！我们就不能绕开这三个字讲重点问题吗?！你是怎么了？你还不至于这样……混乱……"

他努力使自己平静下来："许葭，无论怎么说，我喜欢我的工作。你想想，这些香椿树一茬一茬卖掉了，带着它的绿色，它的香味儿，到各种各样的土地上扎根去了，我有多么高兴……"

许葭不做声了。

他继续培土了。他说:"你也太清高。我可以理解你,但不会赞同你。你想想吧,人在生活中常常需要挪动他的位置,要紧的是要迅速找到自己的位置。像这些香椿苗吧,挖出以后,不及时在新土上扎根,就会死亡!"

"我会死亡吗?"许葭咬了咬嘴唇。

"死亡一指肉体,一指精神。我指精神方面的你——会死亡。"邹方平一口气说完,有些喘息。

许葭战栗着退开一步。她望着邹方平,久久没有移开眼睛。她说:"我会好好想想你今天的话。不过,我想我总不会来种苗圃吧……"

五

野椿树的种子变黄了。她是看着它长成这样的。她知道它的颜色再变深一些时,她就要离开校园、离开这条走了很多年的小路了。

她舍不得它,舍不得芦青河,舍不得河岸的苇荻和野花、水里的游鱼,舍不得这棵大野椿树……

野椿树的枝丫摇动着,那是要呼唤她吗?那是在劝勉她,让她继续在这小路上走下去,让她继续在树下生活着吗?许葭不由得望而却步了,望着树下的茅屋、那一片越来越茂盛的小香椿……她不知怎么很想再到茅屋去,揿亮那盏壁灯,看那幅大水粉画。

可她终于没有到苗圃里去。她想在做出一个决定之前,没有必要再去了。

她没事时常常想他那番话。她差不多一个字也没有记忆。她自己也奇怪,不知出于什么目的,她不由得要在他的话上发现一两处语法上的错误,可是终于没有。她同时感到他的话简洁,甚至有些书生气。她想这家伙也许偷偷进行过一场刻苦艰难的文字磨炼呢。她有时也极力想追忆起关于他的什么事情,结果并不很多。她只知道他是被伯父要来的孩子,又黄又瘦。再后来,他和别的孩子一样,慢慢长大了,上学了,到田里去了。她因他傲慢,几乎没有和他说过什么话。

天哪,许葭对自己的回忆感到了多大的惊讶!她后悔和他交流得少了些,后悔自己只知道默默地、傲然地走这条窄窄的小路。在另一个世界里,有人也在藏起一些惆怅、一些焦虑、一些各种各样的愉快和不愉快,默默地向前走着。许葭承认自己也在向前走,可她想:有人比自己走得更好!

秋风凉了。许葭不得不在她那件硬质料的、紫碎花纹的上衣里加进一件毛衣。她走在小路上,有时也向苗圃里看一眼。她看到邹方平穿着漂亮的、做工考究的衣服,走在他的田里。他很少抬头向四周张望,他低着头,研究着自己的小香椿树。许葭想,他要说的话都说完了,他要忙他自己的事情了……

一个黄昏,许葭从校园里走出来,步子轻松而敏捷。她决定今天到他的苗圃里去看看——这是从那次离开之后,第一次要去苗圃。太阳不很高的时候,她就盼着下课的钟声了……她走在小路上,看着河里的云霞,心中有些激动。她有时停下步子,看靠岸的地方有没有游鱼。有一次她在水面上看到了自己的映象,久久不愿抬起头来。她发现水中的影子不是那么年轻、美丽,风姿绰约!她的面颊微微发热,她抬起头来——

野椿树!在晚霞中燃烧的野椿树!这棵高大美丽的野椿树啊,密密的叶片又抖动着,闪着金色的光点了。就在树下,在它身旁,站着一个熟悉的人影……

许葭向着那棵野椿树、向着他,举起了她的右手……

1984 年 5 月 7 日写于济南

剥　　麻

　　一片浓绿茂盛的麻地,多么叫人喜欢。罗贞家就种了这么一片麻。麻地里总是散发出一股奇怪的味道,那是麻叶麻秆的气味。没法儿说得清这是一种什么味道,只是闻过一次就再也忘不了啦。它不怎么好闻,但好像能够使人喜悦、不安,产生一种轻微的惆怅和或多或少跃跃欲试的心理……

　　罗贞每天把大量时间花费在她的麻地里。

　　麻田是最不需要怎么管理的。也许就因为这个,她爱人道理才故意种了麻吧？道理是个身材高大的男子汉,他常年在东北做买卖,做着男子汉才敢做的活儿……罗贞想除去麻棵跟前的那些草。这些草好像也并不能危害到麻棵什么了,但她还是想慢慢地拔掉它们。

　　麻田是疏松的多沙土,因而地垄里总是显得那么干净。太阳也晒不透麻叶,地上全是绿荫。不断有微风从密密的麻秆儿间吹过来,那是周围田野上的风……在麻地里坐上一会儿也许是惬意的,罗贞常常拔着草也就坐下来。

她静静地坐着,睁着一双乌黑的眼睛四下里看着。她是骗着腿坐在那儿的,像一只卧地的羔羊。她长得很瘦小,所以那对乌黑的眼睛就显得特别大了。……四周什么也没有,全是麻秆儿。绿色的麻秆挡去了周围野地里的景致,也使这麻田安静得很。她能够在这里默默地坐上很长时间,一动也不动。

这样的环境很适合于想象。

她刚刚三十岁,嫁给道理已经三年了,不过他们还没有孩子。她老想考大学去,要孩子多麻烦。令人气恼的是没有孩子,也没有考上大学。她原来比现在要胖一点,现在也许更好看。她把心从大学收到麻地里,开始的几天是心乱如麻的。她就在这个时候瘦了一点。道理一走就是多半年不回来,她只能用纷飞的思绪追逐着他。她也想些别的,她这样的年纪大约正是想很多事情的时候吧。

一些鸟儿在麻叶上滚动——厚实实的叶子大约在它们看来像一张绿床吧。它们围在一起先是闹,后来就抱起来滚了。她记得有一次道理逮了一只小小的麻雀,它气坏了,高傲地闭着眼睛。她那会儿发现麻雀的眼睛闭上了,就像一粒麻籽!他们后来当然放了麻雀……每年他们都播下麻雀眼睛似的麻籽,由她眼瞅着长起来,长成乌油油的一片,让麻雀们再到上面滚……

麻雀们热闹一会儿,又呼的一声飞走了,像他突然闯进了麻地似的……他手持一把雪亮的镰刀,麻秆儿全被一下子砍倒了,接着又被迅速地打成了捆儿。他做活儿总是这么麻利干脆,连一口气也不歇。他那么高大粗壮,伸出长长的手臂去挟、去拢那些麻秆,像欺负它们似的。他就是道理。他不到收麻的时候不回来,回来以后就是这么急火火的。他肯定是急着赶回海的那边——关东。

麻捆儿推到水沟里,压上石块和木头沤起来,他就要拍拍手掌离开家了……她不让他走,不过她知道他还是要走。她临别时对他说:"年纪轻轻的老想离开老婆,还能是好东西吗?"他像是无可奈何地笑笑说:"还能不是好东西吗?"他走了。她知道委屈了他。不过有时委屈他一下也好。哈,他多么壮、多么高呀。

冬天来了,麻也沤好了。冬天里总是没有他做的那个买卖,他也就回来了。两口子要剥一冬的麻……

罗贞坐在满是阴凉的麻地里,像一只卧地的羔羊。她是骗着腿坐在那儿的。她手里缠弄着几根草蔓,晶莹的眼波上带着笑。

她笑冬天里无声无息的落雪和屋里噜噜响的煤炉子。炕上真暖和,她是骗着腿坐在炕上的。道理坐在炕边上,和她一块儿剥麻。他那个黑黑的手指钩住了折断的麻秆,用另一只手去剥着麻绺,发出"索拉索拉"的声音。两只手配合得这么好,一迎一送,连着两手的麻绺一松一紧,越拉越长。一段一段的、雪白的光麻秆儿啪啦啪啦掉在地上,看上去真让人舒坦。

她坐在炕上,就把白麻秆折了一席子。这些断了的光麻秆儿那么光滑,真好玩。她没有他剥得快,她简直要嫉妒他了。他的宽大的后背向着她,使她老去想象那坚韧的皮肤、皮肤下面发达的肌肉。这么一个粗大的身躯里竟搏动着一颗纤细、温暖的心,这使她非常激动。……小炉子噜噜噜、噜噜噜,像一首歌。炉子上正放了个沙锅,里面炖了豆腐,满屋里都是它的鲜气。还有别的气味,讲不清楚，反正是一些家庭的气味。

她不明白的是只要他一走，这种气味就淡下去、淡下去，以至于完全没有。外面的雪不停地落，如果停息下来，她会很不高兴。好像天空落着雪这才更像个冬天。冬天剥麻嘛，"索拉索拉"地剥麻嘛……

罗贞坐在满是阴凉的麻地里，骗着两条腿，像一只卧地的羔羊。她又像嗅到了炖豆腐味儿。她记得那些麻秆儿在炕席子上积成了一堆一堆。

他们把剥下的麻绺儿合到一起，捆成一方一方的。道理打麻捆儿打得很漂亮，就像他做其他事情一样。他把麻捆儿垛起来，一双大手挟起轻轻的麻捆儿，那样子显得小心翼翼，十分滑稽。他说："生个小孩儿，喂，你听见了吧！"罗贞点点头说："嗯。"他又说："今年生个小孩儿……"听他的口气，好像再也没有比这个更容易的了，其实到现在连一点苗头都没有！她苦笑着，脸有些发红了。……接下去，整整一个下午，她就尽想"小孩儿"的事了。她想着想着，就看见了有一个粉红色的小孩儿在帮她理炕上的散麻绺……她照准道理的后背打了一拳头。

她那只小拳头当然打不疼他。不过这有点让他莫名其妙。他说："……生个小孩儿，再买个十英寸彩电。明年就干这两件大事。"他很严肃地看着她，好像在端量这么一个小巧的妻子能否协助他完成那两件大事一样。她不示弱地朝他翘翘嘴角说："等着看吧！"

开春的时候他走了。怎么也挽留不住他。她真希望家里老是剥麻呀——剥下的麻丝缠着他的手,连着他的心(剪不断,理还乱!),剥麻才好。

不久他又回来一次,为了取走一些农产品——做买卖,有时少不了用这些去打通关节。他告诉她:有人为了买到一样东西,给管事的送了多少烟酒,合几百块钱呢!她吓了一跳。她想道理在外面真不容易。她说:"道理,我们两个在家种麻吧,你再也别走了!"道理就像看一个不懂事的孩子那样看了看她,笑了。她生气了,故意用那句老话气他、刺激他:"年纪轻轻的老想离开老婆,还能是个好东西!"

无论怎样,他还是走了。

浓绿的麻地里静静的,越发显得空荡荡的了。罗贞坐在那儿,睁大了眼睛望着麻棵间的空隙,似乎想看到谁从麻地旁边的小路上走过。她只看到麻秆,无数根,碧绿碧绿。地边上的脚步声很清晰,渐渐远去了,只是见不到人。她想那些走过的人会不会蹲下来,透过麻棵往里望。他们如果看到一个三十岁左右的女人坐在麻地里,会觉得有趣吧。也许他们会想些别的。……她顾不上他们了,她只是想她的那个大汉子,想他安安稳稳坐下来,和她一块儿剥麻的时候。

这个冬天里,他计划的两件大事完成了一半:彩电有了。他们夜晚剥着麻,一边看着彩电,觉得真幸福。完成了一半就这么幸福,如果再有个孩子该多好啊。他们剥麻、看电视、一遍一遍地议论孩子……

冒着风雪,道理又买来了一个洗衣机,这东西造得真漂亮,让罗贞好一顿的抚摸。她说:"彩电,洗衣机,你说有多么好。"道理用手抓着蓬乱的头发,满意地笑着。冷风把他的脸吹成了红色,看上去他像喝了酒一样。他那么健康、意气风发,像个将军一样从屋里踱到屋外。他在她和洗衣机旁停住了脚步,说:"有个孩子吧!让他(她)早些来我们家看电视吧!"

冬雪快要融尽了,春天不久就到。她已经多次郑重地告诉他:不要再过海去做买卖了!

一个粗壮的男子汉在家做些什么呢?

种麻!留在土地上,种麻。当麻沤好了时,你再和妻子坐在温暖的炕头上剥麻吧。

道理点着头,一边盘算:我要留在家里了,那就把麻田种得更好。他点头,大概是在盘算麻田了。

他们一块儿播种,比以往任何时候播得都匀、都及时。麻苗儿慢慢生出来了,那绿茸茸的样子真让人高兴……晚上的时候他们就看电视,看到里面有很多有意思的事儿。这段日子是几年来过得最美妙的日子,两人都觉得对方说话的声音比过去柔和了。他们试着做各种凉拌菜吃,有时也放一点酱油,他们觉得酱油的味道真鲜。偶尔用过一次洗衣机,里面水沫旋转的样子有时比电视还要好看。

麻苗长到半尺高的时候,罗贞发现道理有些不耐烦。她知道那是什么让他不耐烦,只不过不去点破他的心思。这样子过了十来天,道理终于忍不住了,说:"不行,我还得去东北,我不能老呆在麻田里。"罗贞紧紧地盯着他的眼睛,好长时间没有说话。他说:

"你不用老这样看着我,我准备明天就走了……"她还是盯着他,慢慢眼里涌出了泪水。

这天的晚上,两个人都睡不着。罗贞问他:"告诉我,家里电视也有了,什么也不缺,你为什么还是要往外跑,外面有什么扯着你的心?"道理翻着身子,叹着气,就是不回答。罗贞用手推他宽宽的后背:"你说!你说!"道理叹着气,说:"说也说不清——我也不全是为了钱。咱俩老在一块儿也好……不过——你听说'跑野了脚'这句话吧?我就是'跑野了脚'了!我老想到外面闯荡,不愿一年到头呆在麻地里……"

第二天他真的走了。

他在外面闯荡去了。

罗贞一个人呆在了麻地里,一个人种着麻。家里走了男人,这真是没有道理。她带着委屈,带着哀怨,用食指轻轻地捅开彩色电视机的开关,一个人咀嚼着那上边有意思的和没意思的……

罗贞在麻地的阴凉上骗腿坐着,像一只卧地的羔羊。她睁大了一双乌黑乌黑的大眼四下里看着,满眼里都是碧绿的麻秆儿。这些麻秆儿密密的,摇摇晃晃,仿佛一瞬间被割倒了,沤好了,搬到家里剥麻了。

他俩剥着麻,她把光滑的麻秆儿折在炕席子上。

1984 年 11 月

蓑　衣

秋天,刚刚收获过的土地湿润、疏松,可爱极了。稼禾的秸秆都拉走了,香气却遗留在田埂上。杂生在玉米和豆棵里的草叶儿显露出来,又绿又嫩。蚂蚱在草棵间蹦跳、起飞,很欢快的样子。

人们都忙着整理自己的土地,准备又一次播种。

小格细心地揪掉青青的草叶,整齐地堆放在一块儿。她觉得这么嫩的草叶,扔掉怪可惜的,留着回家喂小兔子吧。那些蚂蚱碰到她手上,她就把它们逮住了;很肥大的,用一根草棒串了,别在衣襟上。

邻地里的达子走过来,搓着手上的草汁和泥巴,站在那儿笑。

小格不看他,只顾拔草。

达子还是看着她笑。

小格往一边看了看,好像有些喘息。……达子的脚上穿了一双又结实又漂亮的胶鞋,鞋帮上好像还印了一只鹰!她瞥了一眼,禁不住又瞥了一眼。这个达子和她在小学一块读过书的,现在正用一辆轻骑贩卖葡萄,听人说去年一年就挣了五千元……一个大灰蚂蚱用生了刺的双腿猛劲儿蹬了她一下,她的手背上立刻渗出了小血珠。她使劲摔了它一下,说:"一变肥,你就浑!"

达子蹲下来,吸着了一支烟说:"歇歇吧,又逮植物又逮动物,这个活儿太累。"

"一变肥,你就浑!"

小格干脆仰起了脸,看着笑吟吟的达子。她已经不歇气地在地里忙了三天。父亲病了,这么多的活儿全是她一个人做的。她不光有些累,还有些烦呢。她觉得达子在看她的笑话。

达子和她对看着,一瞬间神情严肃起来。他看到她那双从来都很美丽的眉毛,这时候微微皱着——她好像有些恼怒……他眨了眨眼睛,把目光移开,仰脸看天了:"天快下雨了,嗯……快下雨了!"他咕哝着。

"下吧!"她的眼睛盯着他,赌气似的说道。

达子站起来,活动了一下穿着"鹰鞋"的脚,说:"我是说,下了雨,你的地也快整好了,我明天雇来一辆小拖拉机,咱们一块儿耕地吧。"

小格的心里一热。但她还是垂下眼睑,有些执拗地说:"不,不。还是我自己用铁锨翻吧……"

达子笑了笑,走开了。

停了一会儿,天真的下雨了。雨丝先是细细的,后来就变粗了,变密了。田野里的人们都跑回去拿雨具了,小格踌躇了一会儿,最后也跑回家了。

她回到田里来时,披了一件蓑衣。这件蓑衣很旧了,可是还能遮雨。别人都穿了塑料雨衣,戴了斗笠。那雨衣有蓝的、红的,还有淡黄的,迷茫的雨雾里望去,多么好看啊。邻地的达子穿得更高级一点:军用雨衣。

小格有些不好意思了。

她蹲在田埂上做活,一低头就能看见蓑衣襟上粗粗的草绳儿结。她在心里恨起自己来:怎么就穿了它来!可是她心里明明知道:家里没有雨衣,只有一把塑料雨伞……

达子向这边望着,好长时间也没动一下。

他看到千万条雨丝洒向她的蓑衣,蓑衣的毛儿挂着,在雨丝中轻轻弹动着。有时小格站起来,那球成一团的蓑衣立刻放展开来,似一件漂亮的草做的披风。蓑衣毛儿又多又规整,都朝一个方向斜着……她在田埂上走着,像个穿着斗篷的将军,挺拔而洒脱。他禁不住喊了一声:

"小格——小格——"

小格重新蹲下去,像是逮一个蚂蚱,身子向前一伏一伏的。达子好像看到了她那被蓑衣遮住一边的脸庞变得通红通红,就像石榴花的颜色。

天暗下来,雨也变得小多了。田野里的人们开始收工了。

小格将草叶捆到一起,提起来往回走去。田头小路上的人很多,各种雨衣摩擦着,发出声音。人们高声地谈笑着,议论庄稼,也议论人。小格默默地往前走去,一次也没有回头。

可是有几个老头子谈论起她的蓑衣了:"蓑衣这东西好!我过去夜里看秋、雨天排涝,都穿蓑衣!蓑衣比塑料雨衣可好,它又能遮雨又能当草荐子铺,穿到身上人也暖和。""哎哎,一时一兴,自从兴了塑料雨衣这洋玩意儿,蓑衣你贵贱也买不着了……蓑衣好!蓑衣好!"

最后两声呼喊像是达子的声音,小格不由得加快了步子,一会儿就把他们甩在身后的黑影里了……

第二天早晨,小格很早就来到了自己的田里。

这片土地变得漂亮了,耕过、耙过,就像蓬乱的头发被耐心地梳理过一样——达子的头发倒变得蓬乱了,正在他的地上忙着。

小格知道这是达子的小拖拉机耕的。她问:"达子,你一夜都守在这地里吗?"

"一夜刚好耕完。"

"拖拉机刚刚开走吗?"

"开走一会儿啦。"

"啊……达子!"

小格想:这土地要让我一个人用锨翻,不知要多少天呢!她心里感激达子,可又不知道说些什么才好。……她很想告诉雇拖拉机的钱两家一起拿吧!但她就是说不出口。她怕笑话她小气。达子有钱呢——雇拖拉机这点钱,在他看来算不了一回事。

她在靠近他的地边上做着活儿。

达子忙了一会儿,伸着懒腰走过来。她注意地瞥了瞥他的鞋子:老鹰上沾了稀泥。他说:"趁着土湿,今天就把种播上吧……嘿嘿!明天地里就没活儿了,真棒!"

小格问:"没活了再做什么?"

"驾上我的轻骑！"

小格不做声了。

问："你做什么？"

"我……"小格轻轻咳了一声，"不做什么。"

"你编蓑衣吧！"

小格恼恨地看了他一眼。

达子的脸有些红，微皱着眉头说："我可不是跟你开玩笑，真的！你没听老人们说到处买不到蓑衣吗？我想了想，真是的，这一年我到处去，就是没见到蓑衣……你编吧，会赚钱的，芦青河湾那儿一片一片蓑衣草……"

"哼，鬼主意……"小格将身子转向一边。

达子失望地看了她一眼，接着嘴角挂上了一丝笑容："你不懂——'信息'……明白了吗？明年我准备好好研究一下'信息'……"

小格笑了。她将两手插进衣兜里，身子轻轻摇晃着。她望着他，问："你还准备做什么呀？"

达子侧着身子，一边往旁移动，一边说："我还准备用轻骑载上你，乱跑乱跑！"

"你！"小格跺了一下脚，威胁地瞪了他一眼。他跑开了。

朝霞很红。她望着朝霞，又往前走了几步。她觉得这样似乎离朝霞近了些。

夜晚，月亮很早就升起来了。小格在里屋坐了一会儿，听到院子里有露水滴落的声音，就走了出来。

大地朦朦胧胧,一片白色。她觉得心上不知怎么热乎乎的,很想往远处走一走……走着走着,她的脚步急了起来;再后来她听到河水的声音了。

她来到芦青河湾了。

月光下,河湾的浅水处一片油绿。那柔软细长的草叶儿像人工整出的一般齐,一般好,茂盛极了。

"啊!蓑衣草……多么好的蓑衣草啊!"她在心里说。

1984 年 11 月于济南

烟　　叶

从月亮的位置来看,天是到了午夜了。露水真盛,烟叶上湿淋淋的,像刚落过了一阵小雨。水珠挂在叶子的边缘上,在月色里闪着亮。田野上到处都是"嚓嚓"的声音,不知有多少割烟刀正从烟秸上划过。

年喜割着烟,老打哈欠。有一次烟刀削下去,差点儿削了手指,他心里一惊,睡意立刻没了。

邻地升起一堆火,颜色很红。他立刻觉得身上冷起来,摸摸棉衣,棉衣已经湿漉漉的了……他迎着那火走了过去。

跛子老四就坐在火边上割烟。他原来先将烟棵齐根斩断,再坐下来割烟叶。他的面前就放着一块被烟汁染绿的木垫板,几柄形状不同的烟刀。他的身侧还放了一个录音机、一些杂七杂八的东西。他就像没有看见有人在旁边蹲下来一样。

年喜在看他割烟:一个又高又大的烟棵放到垫板上,接着被一只大手按住,另一只手伸下刀来,"哧哧"地割起来。仿佛只用了刀尖,左一拨右一拨,每个烟叶就带着属于它的那截烟骨掉下来了,而且顶叶、中叶和底叶各自分开,所带的烟骨的形状也有所不同。

真好刀法。这简直不是割烟,是熟练的医生解剖一个什么生物。年喜对跛子老四佩服极了。

"四叔,该歇歇了。"年喜两手抄在袖筒里,说。

跛子老四当啷一声摔了刀子,说:"歇歇!"

他从火堆里面掏出一个大泥蛋,砸开,露出喷香喷香的肉来。他又找出了一个瓷酒瓶儿,对在嘴上喝一口。他一手将酒瓶递给年喜,一手撕下一条肉来放进嘴里。

"什么肉哩?"年喜喝了酒以后问。

"好酒啊!"跛子老四抹抹嘴巴说。

"什么肉哩?"

跛子老四头也不抬:"你就吃吧!"

喝过几口酒,两个人的脸都红了。跛子老四的话开始多起来。他问年喜烟割了一半没有,年喜说没有。他失望地摇摇头,嘴里发出"嘿嘿"的声音。他说:

"你割烟怎么不在地里生堆火呢?割了手怎么办?"

年喜说:"我看好多人也不生火……"

"他们!"跛子老四抬头往远处瞥了一眼,生气地说,"你能跟他们学吗?跟他们学能成个好务烟把式吗?一夜一夜坐在地里,没有火,寒气都攻到身上去了;再说这火苗一跳一跳,也是你在烟地里的一个伴儿;想吃什么了,放火里烧烧就是……怎么能不点一堆火?!"

年喜笑了。

刚毕业回村时,年喜就觉得这个拐腿老四有意思。一块儿在海滩上种花生时,他发现对方能趁那条跛腿着地时将花生种扔进坑里,十分省力、十分巧妙……烟田承包后,跛子老四的烟叶又是全村里最好的!

跛子老四又喝了一口酒,开始抽烟了。他的烟袋很奇特:烟杆儿只有二寸长,烟锅儿也只有大拇指甲大。年喜忍不住问:

"这么小的烟袋锅呀?"

跛子老四磕了烟灰,又重新装上一锅烟。他厚厚的眼皮抬也不抬,说:"我还嫌它大哩!"

年喜又撕了一块肉吃。这肉真是香极了。他从心里羡慕起跛子老四晚上的生活来。

跛子老四连吸了五六锅烟,就将小烟斗递过来。

年喜连忙摆手:"不会,我不会吸烟,吸了咳嗽……"

跛子老四大失所望地收起烟斗说:"年喜你啊,嘿嘿!……你完了。"

"我怎么就完了?"

"种烟人不会吸烟,还不是完了?"

年喜红着脸说:"好多人就不会吸的……"

跛子老四生气地蹲起来:"我说过一遍了——你能跟他们学吗?跟他们学能成个好种烟把式吗?你不会吸烟,能知道你种的烟叶什么味道么?烟叶到了集市上,你得轮番尝一遍,什么味儿要什么价钱!嘿嘿……"

"味儿能差多少!"

"什么?!"跛子老四气愤地站起来,"种烟人不就求个'味儿'吗?差多少?差一丝也别想瞒过我……"

年喜就让他转过身去,然后分别将一个顶叶、中叶和底叶放在火上烘干,揉碎了分开让他尝。他每种只吸两口,就分毫不差地指出:这是顶叶,这是中叶,那是底叶子!

年喜惊讶地看着他。

"别说这个,你就是施了什么肥,也别想瞒我……"这倒有点玄。年喜跑到自己地里取来几片不同的烟叶,烘干了让他吸。他这回眯着眼睛,再三品尝,最后说:

"这份烟叶味儿厚,施了豆饼!那份辣乎,施过大粪!那份平和,大半施了草木灰……对不对?"

年喜拍打着手掌,连连说:"绝了!绝了!"

跛子老四摇着头:"到底是个'学生',……这有什么绝的!种烟人就得这样。"

他说完又喝了一口酒,擦着嘴巴说:"好酒啊……"

年喜长时间没吱一声。他在想着什么。

跛子老四放下酒瓶,惬意地往火堆跟前凑一凑。停了一会儿,他又回手按了一下录音机。

有个女人在里面唱。是一首近来常常听到的歌,但年喜记不起这叫什么歌了。……他请跛子老四重新按一次。

……

烟叶丰收了。

多么叫人喜欢,

我们拣烟叶,

不怕劳累加油干,

一片片呀拣起挂在小棚间。

"嘿嘿,是唱'烟叶'的!四叔你听……"年喜可听明白了,叫着。

我们把晒干的烟叶,

一捆捆包扎严,

把它送到远方……

跛子老四笑着说:"她要不是唱烟叶,咱还听么?"

年喜笑了。

跛子老四烘着手,又转过去烘着后背。他说:"种烟人不易哩。你想想从种到收,在这田里熬了多少夜?割了烟再晒干,一夜一夜都得在这地里守着,不易哩!生一堆火,喝口酒,身上热乎起来,这就不怕湿气了;吃点东西,长一些精神、一些劲头,这半夜才能熬过来。吸烟也是长精神的好办法……"

"录音机也是好东西。"

"好东西!一个人孤孤独独地坐在烟地里,就好听它说唱了。听它唱唱也有好处。又不是今天做了明天不做,不是;这一辈子都得在这烟地里做活了,就是这样!你多想想这是一辈子的事,你就不会马虎了。你就会想想办法,把日子过得有意思些。"

"一辈子"三个字使年喜心里沉重起来。他不由得要去想今后那漫长无边的种烟的日子,那数不清的劳苦和欣喜……他仰望着闪烁的北斗,心头升起一股肃穆的、冷峻的感觉……

"四叔!"

年喜叫着,可他也想不起要说些什么。

跛子老四就像没有听见。他欠身去给火堆上加几块木头。坐下来,他把剩下的一点肉吃了,又饮一口酒,惬意地咂着嘴。

年喜盯住了那从肉团上剥下来的泥巴,问:"这到底是什么肉呢?"

"刺猬肉……"

年喜感兴趣地咂了咂嘴。他说:"我还以为你是从家里带来的什么肉哩,嘿嘿,想不到……"

"成夜地坐在外边,该吃点野物。"跛子老四站起来往西望着说,"我在河湾上下了'撞网',堤下坡设了野兔子的拦扣……停一会儿我就去转转,弄着野物就捎回来。"

年喜的眼睛一直没有离开过跛子老四。他自语似的说:"这些方法,别人都不会……"

跛子老四转过身来:"我早说过,你能跟他们学吗?跟他们学能成一个好种烟把式吗?!"

年喜点点头,往火堆前凑了凑。

1984 年 11 月

烟　　斗

又一茬庄稼收走了，又剩下一片光光的泥土了。

卢叔一边吸烟一边整着土埂，有时那烟斗熄了半天他还不知道……有一次他突然想用力吸一口烟，一合嘴巴，发觉嘴上并没有烟斗。他急急忙忙地翻口袋，回头到土埂上找，结果还是没有。

真想吸一口烟。可是没有了烟斗。

他那烟斗是黑胶木做成的，已经很旧了，烟油儿常常堵住烟杆上的洞眼。他常常为这个骂起来。不过他还是喜欢这个烟斗，睡觉的时候就放在枕头边上。他在田里做活儿，不知丢失了多少烟斗，可这一只已经使用了三年——这可是从未有过的事情，也多少有点怪。"这只烟斗跟我亲！"他常端量着它说。

真想吸一口烟。可是没有了烟斗。

他挨着地垄找起来，老想在泥块儿中发现那个乌亮的小东西……整片的承包地都找遍了，最后他终于失望了。他开始憋住想吸烟的那股劲儿，蹲下来整土埂了。

不知为什么,手里的土铲老要抖,这使他对这个土铲生起气来。后来他才明白:这是想吸烟的那股劲儿搞成的。烟斗这小子悄没声地溜了,只留下一股劲儿折磨人。

卢叔气冲冲地扔下了铁铲。

要不是舍不得时光,他一定即刻回家取烟斗去。家里有很多烟斗,并且是各式各样的。他把那些烟斗都装在一个专门的抽屉里。

那些烟斗没有一个是买来的,都是他在田里做活时顺手从土里翻出来的——哪个庄稼人没有从田里捡过烟斗呢?人们见了锈迹斑斑、脏里脏气的烟斗,就停下锄头或者铁锹,照准烟斗跺一脚,再把它取到手里——据说这一脚就能跺去旧烟斗带来的晦气……卢叔从来不跺这一脚,他觉得没有那个必要。他似乎都是怀着一点敬意去取起那个烟斗的。

他尊重每一个烟斗,等于尊重当年那个遗失烟斗的人。

因为他知道自己就多次丢过烟斗。父亲和爷爷,都丢失过烟斗。他特别不能忘记的,是父亲活着时讲过的那只烟斗:黄铜锅儿,锅儿下面还有三道箍;印花竹竿,假玉石烟嘴……总之,那是一个再好也没有的烟斗了。可惜有一年给东家割麦子,老人家不知怎么就把它给丢了!

烟斗都会丢失,这大概是谁也没有办法的事吧。

卢叔蹲在田埂上,一只挨一只地想过了抽屉里那些烟斗,也正好抵挡了那股劲儿。他开始试着把那股劲儿干脆抛到一边去,专心地整地了。

他的土埂上几乎找不出一个大过核桃的土块。这种笔直笔直的土埂将整个儿责任田分成一道道长条儿,他就在这长条儿间蹲着,用那土铲去拍碎泥块,修理凹凸。每个稍大些的土块,被犁铧划过的那一面都闪着亮光,油滋滋的。他常要端量它一会儿。只从这亮光、这细腻如肌肤的样子来看,泥土真肥,真是个好东西。他简直不忍心拍碎这样的土块,和蔼地看着它,最后总是带着一点歉意将它弄成粉末。

小蜥蜴在土上跑着,急慌慌的样子。它从这个土埂跑到那个土埂,有一次还停在他身旁,歪着头,用疑惑的眼睛看了看他手里那把磨得雪亮的土铲……卢叔的土铲在土里甩动着,主要使用了手腕的力量。土铲落土,或者击打,或者搓动,或者推平,都在甩动间完成。如果有人嘲笑他用这么小的土铲做活,那等于是反过来嘲笑了自己。这把土铲的灵活和准确,的确弥补了它的很多不足,它做田上功夫的细腻风格,是别的农具所不具备的。所以种山芋、栽菜苗,凡是要在土埂上做的活儿,卢叔都要带了土铲来……

小蜥蜴刚跑开不久,卢叔的铁铲突然又在手里抖动了一下。他偏要用力将它握紧,它还要抖……不用说,黑胶木烟斗留下的那股劲儿又来了。卢叔松开了铁铲,把两只大手放在裤子上磨动着。

真想吸一口烟。可是没有了烟斗。

邻地里的老汉古由法像个鹭鹰一样踞在一条土埂上,向这边张望着。卢叔一转头瞥见了他,就急急地走过去。他一边走,一边伸出右手的食指做成一个勾,向对方比画着。

古由法先是不解,后来嘻嘻笑着嚷:"我不会抽烟呐,哪有那东西——这你还不知道吗?!"

卢叔是急忘了。但他不去责备自己,反而埋怨了古由法一句:"你这个人不行!"

"怎么不行?"

卢叔没有做声,在他的一边蹲下来。他端量着脚下这条土埂,沉着脸说:"我也不知道你是怎么修的,这么大的弯曲你就看不见吗?"

古由法认真看了看,怎么也没有发现土埂有弯曲。

"我早说过,你这个人不行。"卢叔说着歪倒身子,将头枕在热乎乎的土埂上了。他仰脸望着天空,又说:"连烟也不会抽,白长了这么大年纪。不会抽烟的人,我就从来没见过一个是像样的庄稼人。也真是怪,烟这个好东西你怎么就能不喜欢……"

古由法终于明白老伙计的怨气从哪里来的了。他忍不住笑了。他想老伙计的烟斗肯定丢在田里了。

天正要接近正午,太阳耐心地烘烤着土地。细细的土末又软又热,而且有一股特别的香味,在上面睡觉最好了。卢叔被阳光耀得一直眯着眼睛,后来终于睡着了……古由法坐到他头的上方,可以用心地观赏这张脸了。他发现那两道眉毛中,变白的都很长;胡子全白了;奇怪的是这脸上没有多少细碎的皱纹;有两道深皱沿着嘴角划下来,显得脾气很坏——其实他叼着烟斗时再随和没有了。古由法正端量时,突然见他的嘴巴用力地动了一下。那大概是梦中夹住了黑胶木烟斗。古由法笑了……

他可跟卢叔学了不少东西。他的土铲也是仿造卢叔的。两人

206

在搭边地里做活,可有很多意趣。有时高兴了,他会面向邻地唱一句《戒烟歌》。他只会那么一句,不过这一句也让卢叔十分恼怒。他却正因为卢叔的恼怒,便又用心地学会了那歌子的第二句。卢叔实在没有办法,就低哑着嗓子,伸出一根手指对他说了一句:"你等着吧!"

古由法这才不敢再唱了。

只有他一个人知道没说出的那句话是什么。因为卢叔一个老头儿种这片土地不会长久,迟早要到外村的女儿家去住。古由法早跟他商量妥当:他走时将土地转包过来……"你等着吧!"……这句话等于说"看我到时候能把地转包给你?!"

这当然只是一句玩笑。可这玩笑开得好吓人啊,使他不得不把《戒烟歌》戒掉……古由法这时正想到这里,无声地笑起来。又瞅了他一会儿,古由法像报复似的伸出手来,抹了一下他的脸。卢叔立刻醒了。

他醒来后,第一眼就看到自己的土地上,那把土铲在阳光下闪光,像一个小镜子那么亮。他快步回到自己的土地上去了。

重新握起铁铲,它不抖了。他还像过去那么甩动着它,主要就用这手腕的力量。有好几个蜥蜴从他身边跑过,都是急急忙忙的。他完全忘记了黑胶木烟斗。

有一次土铲突然响了起来。

怎么回事呢?他一愣,发现土铲碰到了一个古怪东西。他眯着眼瞅了瞅,认出这是一个锈住了的烟斗!

他心里激动起来,急急忙忙地用铁铲敲打。

烟斗上的绿锈慢慢剥掉,原来是个锅子下有三道箍的大铜烟斗,烟杆儿朽了,可那假玉石烟嘴儿却还闪着光亮!

这是老父亲当年丢失的那个黄铜烟斗吗?——他的脑际蓦然闪过这个问号,心立刻怦怦地跳起来。他找块瓦片,急急地磨着烟锅。烟锅慢慢发红了,是个红铜烟锅!

红铜的,不是父亲那个烟斗。

卢叔多少有点失望,但又一想倒笑起自己来:就算是黄铜的,敢说一定是老父亲丢失的那一个吗?

红铜烟斗擦拭得亮铿铿的,闪着阳光。他欣喜地看着它,不知怎么手里的铁铲渐渐又抖起来。他望了望太阳,索性把土铲和烟斗一块儿收好,往家里走去。他决定回家后首先燃上一锅烟,然后就动手整理这个新捡到的烟斗!

卢叔给捡到的烟斗新镶了烟杆,又将整个烟斗细细地擦一遍。他是做这个活儿的好手,烟斗像新的一样了。最后他装上了烟末,点燃了,长长地吸了一口。

真是好烟斗。

可是他吸过几口之后,用牙齿咬住烟嘴儿时,那烟锅老要莫名其妙地往上翘,按下来,又翘上去。他看了看烟嘴,见上面磨了一道齿痕。这么说那个人平常就是翘着叼住烟斗的了⋯⋯卢叔盯着翘翘的烟斗,突然想起了村里的老会计——那个霸道人就爱把烟斗叼得往上翘起!

想到这里,卢叔对很久很久以前叼这个烟斗的人的品质有了怀疑。他甚至想到那人是一个地主。

卢叔不高兴了。他很快不喜欢这个烟斗了。但是,他还是把它装进了那个抽屉。

他开始吃饭了。饭后,他特意把所有的烟斗都找出来试了一遍。有几个果然齿痕很重。如果顺着原来的齿痕咬住,那么就会发现,其中的一个烟斗端得水平水平;而另一个,却总要往下斜着……

卢叔认真地想着。他终于记起,村东的一个人吸烟时,叼住的烟锅很平很平,并且还可以系上一个烟荷包。这个人胆子小,也是个小气的人。还有一个人就是往下斜着叼烟斗的,看上去,烟斗就像用绳子拴在嘴上一样——这个人是个浪荡鬼,又懒又馋,从来不做正经事情的……

卢叔一边收拾烟斗一边琢磨。他想很久以前吸这两只烟斗的人,大概也和如今村里这两个人差不多吧……罢,罢!原来从过去到现在,土地上都有这么些花花鳖鳖的人!卢叔摇摇头,躺到炕上歇息了。

他睡不着,就净想烟斗了。

他也记不清自己换过多少个烟斗,就这么换来换去,人也老了。世上有好多事情到死也搞不清,比如这烟斗,庄稼人习惯于把它叼在嘴上做活——谁清楚土地里埋着多少烟斗啊,庄稼人又多……

他很快又想到了自己那个黑胶木烟斗,不由得有些怅然。凭经验,这个烟斗他这辈子是找不到了。不知多少年后,也不知一个什么人，或许会把它捡到的。那个人会像自己一样，想到那个烟斗的主人吗？

"就是想到，他也搞不明白当年那个老头儿！"他在心里说道。

1984 年 11 月 25 日

夏天的原野

一个老爷爷领着他的孙子,到刚刚收获过的麦地里来了。他们每人扛一把铁锹。孙子比爷爷还要高出半个头,爷爷的背驼了。爷爷年轻的时候,大概跟孙子一般高。田野上闪着白色的麦茬,一望无边。早晨,没有太阳,可是天已经很热了。遗留的麦香被闷了一夜,这会儿有股奇怪的茴香味儿。他们站在地边,孙子学爷爷的样子,将锹柄拄在下颌骨上。他们端量着空荡荡的田野、远远近近的几个人影。

这样停了一会儿,爷爷看了孙子一眼,就弯腰翻起土来……他们将那些麦茬翻到土的下边,一下一下,做得很扎实,很用力。他们做得都不快。

刚做了不到半个钟头,老爷爷就掏出荷包吸烟了。孙子不会吸烟,可也没有继续做下去,而是站在那儿看吸烟。爷爷的鼻孔和嘴巴一齐冒烟,咳嗽着,看着孙子。他慢慢合上了眼睛。

太阳出来的时候,田野上的人多起来了。邻近的地里有人在使用小拖拉机耕地,也有的在使牲口。马达的声音和甩响的鞭子搅在一起。有几人往这边望了望,喊了老爷爷一声,后来他们就干脆走过来,对着老人的耳朵说了几句什么。老爷爷摇摇头。人们也就离开了。

孙子一直皱着眉头。他望着人们的背影,发狠地用脚去蹬铁锹。

又做了片刻,他们就在田埂上坐下来。孙子用手帕擦着汗,爷爷仍旧一个人吸他的烟。孙子说:"要是还有牲口多好!"爷爷摇摇头。孙子说:"它死得也真不是个时候。"

爷爷听到这里,把烟杆从嘴里拔出来,恼恨地盯着孙子。

孙子不做声了。他抬头瞥了一眼邻地的人们,说:"就让他们使机器耕了吧!"老人就像什么也没有听见,一直在吸烟。

老爷爷在想他的牲口。那是一头黑色的老牛。这头牛是麦收刚开始的时候死去的。当时老人一声不吭地就把它埋掉了,是他一个人把它埋掉的,也不知是用什么办法把它弄出牛棚的。后来孙子问他把牛埋在哪里,他没有吱声,他不想告诉任何人。

这头牛本来早该死了。他原想它会比现在死得更早些。他想它一直等到现在才死,那完全是在依恋着他的缘故……老人想到这里,又合上了眼睛,若有所思地点了点头。

老爷爷的两个儿子都在县城里做工,儿媳和他们在一起。本来他是不应该再分到土地的,可老人还硬是要求分到了一块。那头老牛是饲养棚里最老的一头牲口。老爷爷很早的时候当过饲养员,那时候就有这头黑牛。当时它的皮毛闪亮,总是渗着油,如果谁去骑它,它就顽皮地一颠一颠地跑动着……现在它是老了,饲养棚里的马、牛换过好几茬。可这头老黑牛一直拴在最边角的那只石槽上。它亲眼见到伙伴们一个一个先它而去了——被卖走,被调换。它也亲眼见到,好多新伙伴不知从哪儿来到这间棚子里,然后就居住下来。就是这样的一头黑牛,老爷爷在分到土地的当天,从饲养棚里把它牵回家了。

孙子在一个海滨小城里读一所师范大学。他放寒假回来的时候,问:"爷爷,你一个人种得了这片地吗? 你到底还要地做什么?"爷爷说:"没有地我做什么? 我总得有片地吧!"孙子哼哼地苦笑着,到西山墙根下搭起的牛棚里去看那头老牛了。他记得上学前到集体的牲口棚里抚摸过它的脖子,骑过它。他骑它的时候,它身上已经没有那么多的油了。它很老实,一声不吭地让他趴在身上,真是头好牛。可是现在它卧在那儿,一直闭着眼睛,就像永远在睡觉一样。它是多么老了啊! 孙子不满地用手点戳着它的前额,好像衰老是它自己的过错似的……

田野里非常热闹,马达声和吆喝牲口的声音不断传过来。他们终于站起来了,重新拾起铁锹做活。

孙子的铁锹总是铲那么薄薄的一层土,翻过来的时候又扬得高了些,使浮土飘起来。他有些喘息地问:"这片地里还是种玉米和豆子吗?"爷爷摇摇头。"我记得一直种玉米和豆子。"孙子说。爷爷点点头。"那时候,"孙子用锹拍碎了一个泛湿的大土块说,"那时候是用木犁划开一道道土沟,然后我们一群小孩儿和妇女就跟在犁铧后面撒种,一人端一个小葫芦瓢,有的盛玉米,有的盛豆子。小寡妇——那个小寡妇总是比我们捻种子捻得快。她一边捻,嘴里一边咕哝:'四五六、四五六。'种子也就成四五六地落在土沟里。小寡妇是个多么古怪的人哪!"

"小寡妇"三个字好像使孙子特别快意,他说的时候咬得很重。

老爷爷的手突然在锹柄上抖动了一下。

孙子又说:"老是玉米、豆子,玉米、豆子!"

老人干脆停了手里的锹,大口地喘息着,看着孙子。孙子也停了锹,愣愣地看着爷爷那个暗红色的、没有牙齿的嘴巴。他突然感到这张大了的嘴巴像一个深深的洞……老人闭上嘴巴的时候,又低下头去翻地了。

老人接下去翻着地,却要不时地抬起头来四下里张望着,像是寻找着田野上的什么东西似的,又好像是总也寻找不到,一次次失望地垂下头去。

孙子的目光有好长时间停留在爷爷的胳膊上。这两只胳膊出奇地细,松松的皮肤又薄又软,让他想起粗麻布来。他看到爷爷抬起铁锹去拍碎那土块时,已经显得力气很不足了。那锹头刚刚才能够击碎泥块,从泥块上收回的时候,又总要拖拉出一道浅浅的印痕。

"后天星期天,爸爸他们可能就回家来了,那时候我们再播种吧!大家一齐动手,一天就把活做完了。我们还要到河里和海里去玩……"孙子说着把手指咬到嘴里,奇怪地打了个口哨。

口哨声尖尖的,飞向了很远很远。这与马达声和喝牛声太不一样,田野上有好几人向这边望了一眼。孙子就得意地做他的活去了。

太阳升到半空里,天热得要命。路口上已经出现了手提水罐的孩子。孙子对老人说:"我提水去!"老爷爷摇摇头:"用不着,回家去喝吧！我做不动了。"说着他就收了铁锹，像来的时候那样，领着孙子慢吞吞地往回走去了……

太阳从半空升到正中，又向西滑去，最后就沉到地底下去了。整个这段时间，老爷爷和他的孙子再没有到田里来。

第二天早晨，大约和昨天同样的时光里，老爷爷又肩扛铁锹，领着他的孙子出现了。还是像昨天一样，两个人将锹柄拄在颔下，端量着这片闪着麦茬的田野。他们认为端量够了的时候，才动手翻起土来。

没多久，老爷爷又在吸烟了。他手持烟锅，害困似的合着眼睛。孙子坐在他的对面，一声不响地用手在湿土上画了几个外文字母。老爷爷没有看到，看到当然也认不得。

孙子说："昨夜我做梦了。梦见我和几个同学在河边上点起了篝火，跳舞，吃野餐。我们在吃牛肉干……"

老爷爷睁开了眼睛，僵住了似的老手捏住了烟杆。老人的手臂和烟杆一齐颤动着。他看了一会孙子，重新合上眼睛吸烟了。他咕咕哝哝地说着什么，像在叙述着一个梦。孙子用力地倾听着，终于听出那是一个故事。

老人说："……有一回，唔，那是，嗯，那也是麦收以后，老黑牛拖着一个木犁耕地，耕啊耕啊，耕了一个头晌，又耕了一个下晌。傍黑天的时候，它卧在地上再不起来了。我用鞭子抽它、打它、骂它，我用手点着它的脑瓜羞辱它，它也不起来。后来它索性闭上了眼睛。可我急着要耕完这片地啊！我想出了一个办法：我用一把麦草点着了火，往它的后屁股上燎了一下……它就猛地站了起来……"

孙子笑了。

"……它猛地站起来了,拖拉着木犁往前走。我扶着大犁……"老爷爷说着呃了呃烟杆,把烟锅放了下来。他闭着眼睛摇摇头,又摇摇头。

接下去,老爷爷睁开了眼睛,乜斜着脚下的一片草叶说:"你说得不错,她就跟在我的木犁后面捻种子,'四五六,四五六……'种子就这样撒进土里去了!"老人大声地咳嗽起来,一直咳个不停。他咳嗽着,拍打着身上的土末,起身去做活了。

孙子随爷爷爬起来,一边想象着小寡妇撒种的样子。

他们翻得很慢。老爷爷喘息着,还老要叹气。天很闷热,几乎一点风也没有。脚下的泥土有些硬。麦茬儿间夹着几株一寸多高的野灰菜,生着一些叫不上名字的小草,草尖上没有一滴露珠。整个夏天都是干旱的,所以小草长不高。他们就把麦茬和麦茬间闪烁着的那一点点绿色,一块儿翻进土里。老爷爷咳嗽着,两手磨动着锹柄,有时发出吱扭扭的声音。他翻着土,气都喘不匀,可有时还要咕哝着告诉孙子点什么。

"……老黑牛生过一头花牛,后来这头花牛也长成和它这么大的个子,就和它拴在一个槽上。两年以后,它的花牛就被卖走了。停了一年以后,老黑牛又生了一头像它一样毛色的黑牛。这头黑牛长得要小一些,比它矮,比它短,脾气、性子都不如它。后来这头小黑牛被一辆汽车轧死了。那是一辆拉炭的车。老黑牛不知道它的两个孩子是怎么丢的……"

老爷爷抬起手来搓揉了一下眼睛,看了孙子一眼说:"它不知道两个孩子是怎么丢的。从那以后,它就没有怀过孩子……"

老爷爷停了一会儿,想起个事情,仰脸问:"你说你爸他们后天能回来吗?"

孙子肯定地回答了。老爷爷点点头:"那咱俩赶紧做吧。"他说完这句话,却盘腿坐在土埂上,又用手去摸索衣兜里的烟锅了。孙子很高兴地挨着他坐下来。老爷爷说:"加紧做吧,后天,一家子人来撒上种子。"他只是这样说,却一直没有起身去做活。当太阳又升到半空里的时候,他才收了烟锅,看了看太阳,用锹去翻土了。

这时候,邻地里的人们已经把地耕好,正准备往酥松的土上播种子了。他们有的在整土埂,有的在用铁钉耙耙地。整个田野只经过一个夜晚,就变得崭新崭新了,看上去,唯有他们这块土地还闪着锃亮的麦茬。本来麦茬地也是很好看的,可现在不知怎么就像在原野上打了块难看的补丁。孙子皱了皱眉头,弯下腰去,攥紧了锹柄,铲起土来。老爷爷咳嗽着说:"得了,得了。跟我回去吧。"说着,就把已经插进土里的锹颤颤抖抖地拔出来,扛到肩膀上,领上孙子往回走去了……

这片土地刚刚翻过了三分之一。

第三天的早晨,爷爷和孙子并没有扛着铁锹出来。原来老爷爷在天蒙蒙亮的时候感到头有些晕,也就没有起来。他们舒服地躺在厢房里的一个大土炕上,聊天。炕下的角落里就立着一大一小的两把铁锹。

孙子乌黑闪亮的眼睛睁得很大,他盯着被烟熏黑了的屋梁,像在盘算着什么。也许爷爷的话他根本就没有听进去。爷爷头晕,说话的声音也很细小。他在说:"……我把老黑牛牵回家来,给它搭了个棚子。我不该把那个棚子搭在屋子的西面,天冷的时候,爱刮西北风。我该把那个棚子搭在屋子的东边。后来它不愿吃草了,我就把草节铡得很细,很细很细,它还是不愿吃。我就给它多抓一把麸皮,可它抿几口就卧下了。不久它也就死了。"

孙子这时候歪过脸来插了一句:"于是我们就只能用锹翻地了。"

老爷爷没有听到孙子的话。他把瘦削的手臂伸到又小又窄的窗台上摸起了烟锅。他歪过头去,费力地吸着烟。"她教给了我一个法子,我没有听她的话……"

"谁教给你一个法子啊?"

"村东那个,嗯,是她教给我一个法子……"

孙子笑着。他小声地、兴奋地咕哝一句:"小寡妇!"

老爷爷说下去:"她让我用锥子把老黑牛腿上的一个地方弄破,挤出一些淤血来……我提着锥子,进了牛棚。老黑牛瞅了瞅我手里的锥子,锥子掉在了地上。两天以后,它就死了……"

老爷爷说着,突然身子颤动了一下,烟锅从嘴角上掉下来。孙子惊奇地喊:"你怎么了?"

"我有些冷。"老爷爷说着,起身去屋角揪过来一条被单,搭在了自己胸脯上。

接下去两个人都没有做声,老爷爷紧闭着眼睛,脸上发黑的皱纹有时跳动一下。孙子也闭上了那双乌黑的大眼睛,他不再看那黑细的屋梁了。

孙子还想睡一会儿,他想做成一个梦。他甚至还记得昨天梦境中那顿漂亮的野餐。他此刻仿佛还在咀嚼着那牛肉干。他闭上了眼睛。可是首先从脑海里划过的,却是那闪着麦茬的土地。那片土地有三分之一被翻过了,不见了麦茬。在那疏松的、没有拍碎的土块间,正急急忙忙地跑动着几个小蜥蜴……

停了不知多长时间,老爷爷又缓缓地睁开了眼睛。他问:"你爸他们明天真的能回来吗?"

"我看差不多。"

"我真盼他们快回来。回来就一齐动手翻地、撒种子吧。他们大概还不知道老黑牛死了。也许他们就没在乎家里还有这么头老黑牛。"

老爷爷在说这些的时候,孙子仍然闭着眼睛。他长长的睫毛不断地跳动,这说明他并没有睡去。

"……牛这个东西,冬天是肥不了的。要肥牛最好等到秋天。秋天能吃到鲜豆棵子、鲜玉米棒子,吃上青草。秋天可是牛的好日子,这个时候不行,这个时候是牛大口喘气的日子……"老爷爷说着,又伸手去窗台上摸那杆烟锅,没有摸到,就把手缩了回来,"可是豆子啊,棒子啊,都是小孩儿揪了扔给它们的,大人看见了舍不得,就要呵斥孩子。我有一次从老黑牛的嘴里扯下了嚼去一半的豆棵子……"

第四天的早晨,老爷爷和孙子很晚才在厢房里醒来。

孙子打着哈欠,一睁眼就用力地朝上伸着两只白亮的胳膊。爷爷的声音过了一夜,就不知怎么变得沙哑了,变得听不清楚了。

他嘴里像塞满了什么东西,一睁开眼睛就咳嗽起来。他要说话,可是先要急着喘息几口。他含含糊糊地嚷道:"回来了吗?你爸他们回来了吗?"

孙子搓揉着眼睛,脸也不转一下地说:"没有啊,没有啊。"

老爷爷喘息着、咳嗽着,满嘴里呜呜罗罗的声音。一会儿,孙子猛然发现了爷爷嘴角上生出一层雪白的沫,那满脸的皱纹,突然向四下里舒展着。老爷爷的眼睛像是两盏就要熄灭的豆大的火点……孙子惊呼了一声,从炕上跳起来。老爷爷眯着眼睛,看了一下孙子那件很漂亮的、镶着红布边的小游泳裤头,翕动了一下嘴巴。

"……你……你快去找人把你爸他们叫回来!叫回来撒种子……再晒上一个白天,就没法播种了……"

孙子点着头,"嗯嗯"地应答着,一边飞快地穿上了一件衬衫。他跳下炕来,开门就要跑出去,样子有些慌促。就在这时,老爷爷异常清晰地从身后呼喊了一声:"回来!"

孙子步子颤颤地回到了炕沿上。老爷爷的眼睛又合上了。他费力地伸出一只手来,向前比画着说:"你先去……叫……她来……"

孙子的额头上渗出了豆大的汗粒。他听不明白:"叫谁呀?谁呀?"

老爷爷长叹一声:"唉——!叫她!"

老人的大嘴张了张,猛地闭上。这样停了片刻,他伸出的那只手颤抖起来,接着几根手指捻动着,越捻越快。孙子终于看出这是往地里捻种子。老人说:"'四五六','四五六'……叫她!'四五六'……"

孙子醒悟地喊了一声"叫她",就跑出厢房去了……

不一会儿,一个头包黑布巾的老婆婆两手按在小腹上,步子细碎地和孙子一块儿跑进了这间阴暗的厢房。老婆婆一进厢房,就睁圆了一双眼睛,使脸颊上的几道皱纹都挤到了一起。她这样盯了老爷爷一会儿,突然两手往胸口上抬了一下,回头对孙子说:"你出去看看……"

孙子也就遵命跑出了厢房——在他两脚迈出门槛的时候,他才想起:我出去看看什么呢?虽然这样想,他还是跑到了厢房外边……他四下里张望着,他什么也没有看到。

等他想起要进厢房的时候,已经过了十几分钟了。

他跑进了厢房,立刻惊讶地呆在了那儿。爷爷的头颅歪在枕头上,好像永久地睡着了……爷爷的眼睛紧紧地闭着,那个没有牙齿的暗红色的嘴巴更像一个洞了,老寡妇就望着这个洞,一动也不动。……孙子呆呆地立在那儿……

太阳升起来了,照耀着夏天的原野。整片整片的土地被耙子耙过,被重新平整过,变得辽阔而漂亮了。可是还有那么一小片闪亮的麦茬儿夹在其间。

……太阳烤着那耙得细细的、黑色的泥土,蒸发出一片水汽来。透过水汽看去,地上的一切都像有了生命似的,在轻轻地蠕动。

1985 年 1 月

采 树 鳔

　　如今的果园是自己的了。松松一想到这上边就笑。她笑自己十三四岁的时候,夜间和一群小伙子结伙来果园里偷果子。那时候看果园的是大胡子老鲁,领了一条狗。她记得一伙儿人刚刚摸进果园里,狗就叫起来了。大家慌慌地转身就跑,谁也不顾谁了,她落在最后边,跑着跑着就急哭了。后来跑开老远的大个子大壮记起了她,又跑回来,把她抱起来就蹿。狗吠落在后边了,完全没有危险了,可大壮还是抱着她。大壮喘息着,亲了她一下,把她放下了。

　　她忘得了那次偷果子吗?

　　上初中的时候,她常常走神。她功课不太好,可是还没人说她不聪明。她的一双眼睛清清楚楚地告诉了别人她是聪明的:明亮、深邃,透着一种少女的含蓄。她的眼底潜藏着十四五岁留下的那个秘密。

　　初中毕业了,她没有考上高中。

　　她回到集体果园劳动了。第一天,她曾经寻找过来这儿偷果子时走过的地方,心里泛起一股说不出的滋味(完结了,美妙的学生生活!)。她可以天天吃果子了。然而这果子不是偷来的,似乎也不如想象中的那么甜。

人在他(她)更年轻一点的时候,应该偷个果子。

一闪又是几年过去了。这期间松松的父亲有了这片果园,松松也像雄心勃勃的父亲一样兴奋。就在这一年,那个大壮考上了大学。走的日子里,松松多想跟他说点什么,可大壮就那么走了。

把别人的高中亲没了,自己却上了大学——松松想大壮是天底下最自私的一个人。她决心不去想他。

父亲领着松松在果园里做活,无非是剪剪枝、修修土埂,说不上怎么累。如果到了收果子的时候,父亲就找来很多人帮忙。一大伙儿人在园里忙来忙去,嘻嘻哈哈,很有趣。这使松松想起了上学的日子、偷果子的夜晚——那都是火暴暴的时光啊。松松欢乐中又感到缺了点什么。

人们都跟父亲叫"老道"——他年轻时候上过一次崂山,回来时就老道长老道短,而且走路也用力甩手,人们觉得真正的老道也无非如此。人们喊:"老道,你今年发大财了!""老道,这个园子算让你看准了!"……

松松闲下来就喜欢攀到树上。在高处,她可以望到一片原野。她如今十八岁了,个子又高,紧紧地贴在树木的粗丫上。她从树上下来时,那个粗树丫还热烘烘的。如果是杏树、桃树或李子树,她就能发现上面有一块块透明的胶状硬块,心里咕哝一声"树鳔,"就扳下来,装到了小口袋里。

树鳔到底有什么用？她也不太清楚。她母亲过世早,她是跟奶奶长大的。她记得奶奶就喜欢收集树鳔,积攒了一个抽屉,还告诉她:造纸厂里就收购这些东西。但松松不记得哪家工厂来收购过。只见奶奶将树鳔泡化了,用来粘窗纸、糊木箱里子。

　　松松也喜欢树鳔的色彩,它有的金黄,有的洁白,都那么晶莹透亮,可爱极了。她知道树鳔都是从树木的伤口、裂缝中流出来的——想到这上边,她的心就猛地一动。她觉得树鳔绝不是平平常常的东西,它或许是大树干涸凝结的血液和精髓……

　　奶奶装过树鳔的那个抽屉装满了松松的树鳔。她采呀采呀,做得有滋有味儿。她只是喜欢。她从来没想过用它去卖钱。

　　老道有一次找东西,拉开了松松的抽屉,不禁大吃了一惊。他问:"你弄这些干什么？你手痒痒了……"松松回答:"造纸厂要来收购呢,到时候你看吧。"老道笑了。

　　他想松松的心可真细密。不过他可不指望用这点树鳔赚什么钱。如今他正生活在畅快的时候,有着各种各样的计议。他没有跟女儿讲过,他甚至想请来一个木匠,做一套漂亮的组合家具呢。老道笑着。

　　松松还是常常攀到树上。树木被太阳晒得热烘烘的,她的身子就紧紧地贴在上面。遇到树鳔就扳下来放进小口袋,遇不到也就算了。有时候她伏在一个粗粗的树丫上往下望,稍稍有些发晕。她有时觉得自己就像骑在大马背上。

　　老道在园里做活,如果发现女儿不在了,就习惯地仰起脸往上望。他说:"大姑娘家整天缠在树上,像个长虫!"

松松不出声地笑。

"把那些东西扔了吧!"

松松闭上了嘴巴。她的手不由自主地捂紧了小口袋。这些东西都是透明的、闪亮的,你能扔了吗?

她从树隙里往外望着大片的原野,像走了神似的。有人在远处活动着,有马车在细细的小路上移动。这一切都是另一个世界里的,他们与果园没有任何关系。她似乎在企盼着什么。她不知道。

有一棵老李子树结了不知多少李子。老道那么喜欢这棵树。它身上也常常渗出又大又亮的树鳔来,让松松惊叹不已。有一次下起小雪来,淅淅沥沥下了三天。雨停下来,松松走到了园里。她从老李子树身边走过,一下子惊呆了:它身上挂满了闪亮的树鳔!她站在那儿,直瞪瞪地望着它。后来她轻手轻脚地走近了,伸手搭在树干上。她看得清清楚楚,所有的树鳔都是从老树的裂缝中流出来的。她看得心都揪紧了。

松松以后每走近这棵老李子树都要停一会儿。她对父亲说:"这棵树快死了!"

老道看也不看女儿一眼,咕哝一句:"胡诌!"

松松知道自己的判断没有错,因为她知道树鳔都是树木流出来的最宝贵的东西。她心里有些可怜那棵老李子树。

不久,老李子树真的死了。老道看着这棵树,又看看一边的女儿,嘴里发出不解的一声:"哼?"

老道费力地挖出了老李子树的躯体。多粗大的一棵树呀。他把这树的细枝丫全除去了。只留下一截粗粗的树干。它后来归到了那堆干木材一起——老道把所有老死的树木都放在这儿，正盘算着用它们打一套漂漂亮亮的组合家具呢。

香喷喷的果子味的秋天快要过去了。树叶飘飘落下的时候，老道不知从哪儿请来了一个木匠。木匠十分年轻，顶多有二十岁，长得很利落，还穿了一条牛仔裤。松松见了他，有些高兴。可是老道的脸阴沉着——他请的是小木匠的父亲。木匠就像中医，还是老的好。老中医又讲阴阳又讲气，老木匠耳朵上边夹个铅笔。

小木匠叫"小班"。他很爱开玩笑，来了没有几天就跟松松开玩笑。他不停地用刨子刮木头，松松给他做下手。小班有时故意将松松的名字套在里边，吆喝一声："松松垮垮的，立定！"

松松这时真的两腿并拢，站直了身子。

小班在光滑的木头上用墨划道道，拐尺一抖，量一量，再打个叉叉。松松看得出神，头快要触到木板上了。小班小声对她说："这里面有数学。"他们这样的时候，老道走过来喊："松松远些去，碍手碍脚！"松松站起来，伸手指一下划满了墨道的木板："这里面有数学！"

那些死去的果树都被锯成了木条和木板。老李子树被锯开的时候，松松觉得身上一阵阵疼痛。这一天，她忽然想到了什么，高兴地领上小班到她的卧室里去了，拉开抽屉，让他看那些闪亮的树鳔。小班愣了好长时间，说："好东西！"

锯木头的时候，松松坐在低处，小班坐在高处，两人合拉一个锯子。休息的时候，小班直眼瞅着松松看。松松觉得脸上发烫，一转脸,小班赶紧把目光移向别处。松松有些不高兴,问他:"你干什么?"小班说:"看看!"

这些晚上,松松不知怎么老是想到大壮。她认定:如果不是因为那次他们合伙去偷果子,她一定也会考上高中,考上大学。那样她就不会呆在果园里了。她想恨那个偷果子的夜晚,可就是恨不起来呀。

老道一个人在园子深处忙些杂活,偶尔才来看看年轻的手艺人。

一件件家具开始进入组装阶段了。小班的样子十分神气。松松说:"这些树死了,又给你做成了家具!"小班说:"它们这会儿就不是树了。你得说:一个衣橱、一个大立柜——你得这么说。"松松点点头。停了会儿,她突然问了句:

"你知道它们都是怎么死的吗?"

小班抬起头,摇了一下。

"是这样——"松松从衣袋里摸出了一块树鳔,"它呀,一丝一丝从树木的裂口里往外渗。后来干结成这样了,你看看吧——它原来像血液一样在树的身上流着,树才活。树鳔都从树的伤口里渗出来了,最后,树也就死了。"

小班不出声地蹲下来。他接过那块树鳔看着,又迎着阳光照一照。后来他返身从工具箱里摸索出一块黄亮的木胶,掂了掂:"树鳔原来和它差不多。"

这天小班让松松把抽屉里的树鳔拿来一些,他支起一口小铁锅熬起来。树鳔一会儿全化开了,小班就用汤匙舀了,往家具的榫缝里灌。灌满了,还要加上楔子。

两个人一起忙着,松松十分愉快。

她觉得这是在做一件了不起的事情。树木在风风雨雨里把皮肤皲裂了,血流尽了。他们这会儿把这些最宝贵的东西交还给大树。松松看着树鳔汤汁一丝丝地渗入缝隙里,心里一阵阵宽松。她相信它们又开始转活了。

老道发现了树鳔的用场,兴奋地去看自己的女儿。他说:"你呀,嘿嘿,真行。"

一件件家具神气地立起来,瞅着屋里所有的人。老道用手拍拍它们,它们发出声音。松松想象着那些树鳔正滋润着它们,在全身的脉管和肌肤里周流不息。"这些家具都是活的,爸。"她抚摸着说。老道点点头:"可不!都是活的。组合家具嘛,并到一块儿行,分开也行——都是活的。"

松松再不言语。

晚上好月亮。小班也许劳累了,很早躺下了。松松在冰凉的园里走着,脚尖不断踢碎土块。父亲白天将树木周围的土都翻掘了一遍,并且故意将土块立着。她知道他的用意:让冬天的雪在土地中多滞留一些,以解春旱。他默默无声,看似平淡无奇,其实是好手段,这些她全知道。她走在园里,后来干脆就爬上一棵树。月光透过树枝,花花点点地落在她身上。树皮又凉又滑,她的手按在上面,感到了树皮下有什么在缓缓地流淌。

不知在树上坐了多长时间,她有些疲累了。从树上下来时,她一下想到了大壮:他此时此刻在那个陌生的大学里正做些什么?

想不出，就慢慢往下移动。一个滑溜溜的东西碰到了手掌上，凑近了一看，见是一块又黄又大的树鳔！她有说不出的高兴，费力地、有滋有味地将它扳下来，在月光下端量着。

它很大，全透明。它的当心，天哪，还藏下一颗珍珠……她愉快地呼吸着园里的空气，滑到了地上。

她捧着这棵树鳔回到了屋里。她在灯下观察了一会儿，又想给小班看看。小班就在隔壁，她站到门外，用肩膀轻轻地碰开了门——小班闭着眼睛躺在那儿。

"你睡了吗，小班？"

"睡了。"

"你骗我吧？"

"哪能。"

松松坐在床边上，看着小班的脸。他真像睡了一般安静，鼻子、眉毛一动不动。后来她终于看出小班的嘴角隐藏着一丝笑意，就捏了捏他的鼻子。小班打了个哈欠，猛地睁开眼睛。松松说："你看看多大的树鳔吧。"小班的头在枕头上转一下，眼睛瞅着松松手掌里那个晶莹的东西。他的目光很平静。松松说一句："里面有一粒珍珠。"小班掀了被子蹦起来，抢过树鳔，把灯弄亮，仔细地研究起来。

他只穿了条短裤，身上的肌肤在灯下闪亮。也许是不停地用刨子、斧子的缘故，他的两只臂膀粗楞楞的，好看极了。松松不眨眼地看着灯前的小班。她似乎闻到了果子的香味。

小班失望地转过脸说："里面是个气泡。"

松松毫不吃惊地接过来,滑到了口袋里。

小班看起了松松,咬着嘴唇,两手在胸前不安地活动着。松松说:"还不睡进被子里,看冻着。"小班点点头,却跳起来,击了几下拳,又啪地打了个飞脚,才钻进被子里。他微微喘息着说:"我会功夫啊。"

松松没有应声。屋里一阵冷清。她慢慢坐到床边,两腿悠动着。后来她问了句:

"你知道大壮吧?"

"他是谁?我怎么能知道他……"

松松微笑着:"也不用管是谁。告诉你吧,大壮可有劲了。"

"净替他吹。"

"你是不能信啊。你不信呗。"

松松要走了。她离开床的时候,伸手将小班的被子掖紧了,又按一按。在做这些的同时,她心里温暖极了,胸间升起了一种庄严的情感。她恍恍惚惚记起了母亲给她夜间盖被子的情景……她转过身去,小班在床上不停地翻滚;她迈出门去,小班在屋里大喊一声什么……松松轻手轻脚地回到自己的房间里去了。

这天晚上她睡得香极了。半夜里她做了一个梦:她采了数不尽的透明的树鳔,堆成了小山;它们全是五颜六色的,有的蓝、有的红,呀,色彩斑斓。她坐在了小山之巅。后来,小山竟缓缓地融化,渗入土地,又生出一片红红绿绿的树林——她、小班、大壮、父亲,都在这片林子里穿来穿去。

早晨,老道起得最早。他收拾着地上散乱的木头,又把院子扫了一遍。松松起来了,一会儿小班也到院里来了。老道问:"夜里小师傅像是喊了一声?"小班的脸有些红。松松也问小班:"你喊了一声吗?"小班摇摇头:"我不记得。"

家具差不多全做好了,剩下的活儿就是上油漆之类。松松平日里采下的树鳔才用去了三分之一,她有些不高兴。好像它们全应该融化了,渗入木质里才好。她把这个想法告诉了小班,小班摇摇头:"你这是从满园里采来的,将来满园的树倒下了——别怨我说话难听啊,它们早晚都会倒下的——那时候这些树鳔全归到老树身上,也正好用完。"

松松睁大了眼睛:"能那么合适吗?"

"正合适——哎呀,你的眼睛真好看啊。"

"一点也不剩吗?"

"剩什么——松松,你对我不太好。"

松松愣了一下:"你说什么呀?"

小班"哼"一声:"说什么?那天早晨你爸问我为什么夜里喊叫,你也跟着问。你什么不知道?你也问。"

松松捂着嘴笑起来。

家具全都油漆好了。它们亮闪闪地站成一排,像长出了眉眼,骄傲地注视着四周。老道两眼明晃晃地围着它们转一圈,用手弹击着它们的腰部。

小班的任务完成了。老道说:"回家跟你爸说,就说我说的——你儿好手艺。"小班严肃地点点头:"'你儿好手艺'。"

老道走开时,松松不高兴地斜他一眼:"你跟我爸不正经说话。

你该说'我记住了',你故意学他,你!"

小班笑笑,但收了笑容时脸上有些苦涩。

他该离开果园了。但他的工具散在院子里,似乎也不急着走。老道对他说:"工夫不金贵,就再住几天。"他说:"不行,我得走了。"话是这样说,他还是没有走。

松松见了他,似乎不像过去那么亲热了,只是客客气气,话也少了。小班皱着眉头,去收拾工具箱。松松帮他给一件又一件工具擦拭灰尘。小班头也不抬,咕哝着:"还是那句话:你对我不太好。""又怎么了呢?""我要走了——我走了你还能见着我吗?你连句话也不愿说了!"

松松转过脸去,一个劲地笑。

小班突然大喝一声:"松松垮垮的,立定!"

松松抖动的肩膀立刻平稳了,飞快地转身,两脚并拢打个立正。她那么严肃,看着小班。她的眼角里似乎有什么东西在闪亮。

夜晚,隔开一道墙壁的两个年轻人都睡得很晚。小班躺在床上,两眼望着屋顶。望了一会儿,他伸手击打着墙壁,"咚、咚、咚、咚"!他连续了两遍,倾听着。一会儿,那边也在击墙,也是相同的四声。后来他又击了一通,对方仍然是那么回应。

天亮了。小班搓着发红的眼睛,一见到松松就小声问:"听见我打墙吗?"松松会意地一笑:"你那是打了一句话。"

小班望着她。

松松说:"你那是告诉我——'明、天、走、了'!"

小班抿了抿嘴角。

松松又说：“我也是打了一句话——'给、你、树、鳔'！"

小班再没说什么。停了好长时间，他伸出手来说：“我们再见了。"握过手，他又进屋找老道话别去了。

小班出来，松松拿来一布袋树鳔。她递给小班说：“全给你。这是我一点一点积成的。你用得着。"小班将布袋打开，用手抄起一把看着。这都是上好的树鳔，有的洁白，有的金黄，像玻璃那么闪闪亮。他小心地合上袋口，收下了。

小班走了。

果园里无比安静。父女两个合计了一下，把一套崭新的组合家具放在一个大间里。老道让女儿睡在里面。

松松日夜都能嗅到淡淡的油漆味儿。夜里，最安静的时候，她老觉得它们在看她。一天深夜，她梦见它们伸出老手，嘻嘻笑着掀开被子去抚摸她的身体。这天夜里她再也没有睡着。后来，她又听到这套组合家具里面有咳的声音。她从床上坐了起来。

白天，她打开每一件家具看了，发现里面除了一些木屑，什么也没有。

可她还是害怕，就让父亲夜里来做伴。这夜里它们又响起来，松松说：“你听！你听！"老道笑着走到它们跟前，听了听说：“这是接缝的地方响——大约新家具都要响响的。它们刚刚变成了柜子什么的，筋骨不顺。"

第二天晚上老道就回自己屋子去了。尽管松松明白了是怎么一回事，夜里一听到声音还是有些害怕。如果小班还在就好了——啊，小班，自己采了那么多的树鳔，就像是专门为他准备好了似的——他把树鳔化开，灌进木头的缝隙中，使它们重新有了血脉，有了精气。

松松盯着立在墙边那一溜儿高高大大、放着淡淡光色的东西，心想这不是别的，这是些复活了的精灵啊！

果园里空旷得很。地上积满了落叶，父亲就在落叶上蹲了，不停地忙着，松松什么也不想做，从这棵树边踱到那棵树边。老道看看女儿，叹息了一声。后来他说："松松啊，你做点什么吧，人要是闲了，偏偏就不自在。"松松看看父亲，没有应声。

这天傍晚松松对父亲说："爸，现在园里也不忙，我想出去做点什么——啊？"

老道说："做点什么？再说你自己出去我也不放心。"

"以前园里那么多人……如今就剩我们俩了。"松松拧着手。

"果子都是我们俩的呀，傻孩子！"

松松摇摇头，又摇摇头。她说："我反正得出去干点什么呀。老呆在这园里就会……"

她不言语了。老道问："会怎么？"

松松咬咬嘴唇："死。"

老道蹦了起来。他喘息着，直眼盯着女儿。这样停了好长时间，他才长长地吐了一口气："孩子，人闲了就偏不自在——你爱做些什么就做些什么吧——你不是喜欢采树鳔吗？你只做你喜欢做的吧。"

那些崭新的家具夜间仍然响着。"这些精灵！"她在心里叫一声。这个夜晚她默默地回忆了大壮，还想到了小班。小班如今又在哪里了呢？他带走了那么多树鳔，还不知弄出多少新的精灵呢！

松松白天又开始采集树鳔了。不久，她的抽屉里又满是一些晶莹闪亮的东西了。

1986 年 3 月

三　辑

激　　动
三　　想
持　枪　手
美 妙 雨 夜
梦 中 苦 辩
橡树的微笑
满 地 落 叶
童 年 的 马
冬　　景

激　　动

1986年秋天的农村,自由散漫。

八点钟的太阳热烘烘的,照着田野,照着屋顶上摊开的花生壳。四个美丽的少年把柳条篮子扣在头上,慢吞吞地出了村子,沿着干涸的水渠往前走。

秋天是越来越古怪了。过去的秋天要忙个死去活来,学校放秋假,他们差不多要蜕层皮。如今的土地爱怎么做就怎么做,不爱做就让它长荒草。他们聚到一起痛痛快快地玩:学会了扑克牌的三种最新玩法,最近甚至还学会了抽烟。

九点钟的太阳耀人的眼睛。他们走到了广阔的原野上,理由是要拣豆角。豆角散在地上,上面有一层金黄色的茸毛。伸手取豆角时,一双双手看得人眼花。小个子京东拣着豆角说:有一年上,有一个城里少年,有一次拣豆角,有一个豆角的尖尖扎破了他的手。其余三个少年听了大笑,一齐喊道:"呸!那是什么手!"喊完了他们大笑起来。

一条绿蛇弯弯扭扭地滑过来,他们喊着,围住它蹦、闪、挪、跺。

蛇一会儿停住,一会儿急急地逃。最后它昂起头来,向着四个少年——鞠躬。于是他们让开路,让绿蛇走开了。

十点钟的太阳使人后背发烫。四个篮子差不多都满了。他们背着太阳坐着,合计着要做点什么。仇虎从裤兜里摸出了一个小烟斗,四个美丽的少年一齐乐了。那个烟锅是橡子壳做成的,精美绝伦。可是没有烟末。几个人想了想,就拣几片最黄的豆叶搓一搓。开始吸烟了,一人一口,有的会鼻孔冒烟,有的不会。京东一边吸一边咳,说自己像爸爸一样。不提他爸倒好,一提就让仇虎来了气。他记起有一回扒了京东家一块红薯烧着吃,被那个老东西抬手打了一巴掌。"这个小气鬼!"仇虎这会儿骂了一句。大家都知道仇虎骂谁,只是不做声。停了一会儿,京东说:"'小气',也就是'吝啬'的意思。"

接着大家就一个一个将村里的习惯说法与书上的词儿对应起来——比如"小气"等于"吝啬","真脏气"等于"不卫生","老猫儿头"等于"猫头鹰"……一个一个对照起来蛮好玩。后来不知谁喊了一句:"'激动'等于什么?"大家都被难住了。是啊,什么是"激动"?京东说就是"发火",张有权说就是"胸脯一鼓一鼓"……大家吵着,最后还是糊糊涂涂地吸起烟来。

他们继续沿着干涸的水渠往前走。头顶上一个老鹰定住了一瞬,然后翅膀一仄,滑到一边去了。白云在远处一簇一簇绽开着,像一团团愤怒的蒸汽。天蓝得很,空气仿佛一片芬芳……不知谁用手指了一下前边的大沙岗,大家欢呼着往前跑去。那是一座很久以前就存在的沙岗,是大自然用一种神秘的力量堆积起来的。

它上面长满了野藤和大树,远远看去黑糊糊的。在这个平展展的原野上,唯有那里藏起了一个个谜。孩子们在那里捡过带花斑的鸟蛋,小伙子在那里打过火红的狐狸,老人在那里见过雪白的鬼。

大家跑到岗子跟前已经呼呼喘气了。仰起脸来,树叶上晶莹的露滴闪着白光。蝈蝈儿在荆棵里叫着,小蚂蚱飞来又飞去。长尾巴喜鹊尖声吵闹,见了跑到岗下的四个少年就闭了嘴巴,一荡一荡地飞到岗子的另一侧去了。他们开始往岗子上攀登。脚下是一条干干净净的沙土路,四个少年愉快地呼叫着、跑着、爬着,有时还在沙土上打滚……好不容易到了岗顶。仇虎用手做成喇叭,放开喉咙呼喊着,其他三个少年静静地听这声音怎样回荡播撒到辽阔的远方。后来他们绕着一些柳棵奔跑起来,出来时有的手里是野枣,有的是毛茸茸的小桃子;张有权找到了三颗小小的沙参——他说要带给父亲泡酒喝。站在岗顶向四下里眺望,可以看到远处的田野上,做活的人一个一个蹲在那儿。每个人都认出了自家的土地,并且伸手指点着:"爸爸——"仇虎向着远处踽踽的一个黑点儿呼喊着,涨得脸和脖子都红了。那个黑点儿当然听不见。李南、张有权、京东也都一起呼喊着"爸爸——"……他们的爸爸又是哪个黑点儿呢?

大沙岗太好了。四个少年站在岗顶,兴奋也到了顶点。学校的拘束,秋天的劳累,全去他的狗蛋吧。他们编了四个柳圈儿戴在头上,沿着光洁的沙路冲下沙岗、滑下沙岗、滚下沙岗、翻着跟头栽下沙岗。再怎么样呢?也亏了小个子京东能想得出!他想出了一个崭新的好玩法:将裤子脱下一截,露出屁股,看谁最先跑到岗下。

大家红着脸一齐应和,真的脱下一截裤子,一绊一绊地往下跑去。

谁能这样玩法？哈,在丛林掩映的白色沙土上,谁也瞧不见他们。女孩子们在遥远的地方,老师、大人,一切不必要观看光屁股的人都在遥远的地方了。他们在跑,也像在跳跃,四个美丽的少年光着屁股,大笑大叫,互相看着,动动手脚,撩起脚来还击……到了沙路的尽头了,真不容易,鼻子、耳朵都是沙土了。他们仰躺在沙岗下的一片阳光里,汗珠在脸颊上流动,大口地喘息,从指缝里去看火热的太阳——这时候他们才感到一些羞怯。不过谁也没有去穿上裤子。

张有权第一个把手从眼睛上拿开。他瞥瞥三个伙伴说:"咱们刚才真是'激动'了。"

"嗯。真激动了。"京东捂着眼睛说。

李南坐起身来:"谁也不要把这激动告诉别人！听见了吗?"

没人吱声。

停了一会儿,仇虎瓮声瓮气地说:"这能算'激动'吗?"

其余的三个少年全坐了起来。仇虎望着他们,断然否定说:"这不能算'激动'。"

大家轻轻地喘着气。京东小声问:"到底什么才是'激动'呢?"

仇虎擦了一下鼻子:"我也不知道。反正我觉得这还不算'激动'——它要比这厉害千万倍呢——那才算'激动'。"

"嗯。"京东又躺下了。

所有的人都躺下了,躺下去认真地想那个"激动"。

一个大蛤蟆蹦跳着凑近了,一动不动地看着四个少年,嘴巴下边的皮肉有节奏地跳动。没有人理它,它耐心地等待了一会儿,不知在等待什么。后来它终于激动地一跳,箭一般射向远方。

张有权仰脸看着蓝天,目光远远地躲着太阳。什么才算"激动"呢？天边的云团翻腾着,像剧烈的爆炸激起的烟团。那簇云彩肯定是激动的——他由云彩想到了村子里升起的一团白烟,这会儿猛地坐了起来。

那是春天的一个下午,太阳像血一样红。红太阳粘在林梢上的时候,不知从哪里传来了巨大的爆炸声。全村的人都昂起头寻找什么,马上看到了半空里腾起的白烟。"粉丝工厂被炸了啊——"有人惊慌地喊着,举起双手从巷子口跑过来……后来才弄明白,原来是有人偷偷地放了炸药。村里的人不知怎么都有些愉快,站在自家门口观望着,并不围过去。粉丝工厂是全村最重要、最赚钱的工厂,年前被一个人买通关节承包到了手里,真赚了大钱。不过谁放了炸药呢？上面很快派来了人,不知多少人被叫去查问。两个月过去了,还是没有找到放炸药的人,上面也只好暂时作罢。谁放了炸药呢？也就是说,谁"激动"了呢？

那大概才称得上真正的"激动"吧？

张有权望着天边的云彩,咽了一口唾沫。他喃喃地说:"敢放炸药的人,那是多么'激动'啊……"

李南听明白了,反驳说:"那是破坏。"

"是破坏。不过也是'激动'。"

京东很赞同张有权的话,用手捶打着身边的沙土:"有那么一个人——我可不说他是谁,最坏了。谁拿他也没办法——前一段——你们听到前一段的事了吧?"

三个人都把脸转向了他。

"我爸爸告诉,这个人可贪了,他家里的海参多得用布袋子盛;彩色电视机有十几台,全是人家偷偷送去的礼物……"

"哟——十几台,彩色的……"张有权有些羡慕地咂着嘴。

"睡到半夜里,那个人就从被窝里钻出来,用指头一个一个地捅那些电视机开关玩儿,一个一个地捅……"

他们三个谈论这些的时候,仇虎慢慢把脸转向一边了。他一声也不吭,三个人都发现他不吭声,只好不去管他。

也许是在沙岗上来回奔跑的缘故,他们都感到肚子有些饿了,于是生起了一堆火。不过他们不愿烧豆子吃——大家把白绒线的野桃子、枣子,甚至是张有权的沙参都放到了火里。正烧着,京东想起了什么,起身到一边的豆叶里扒拉起来,找出了五六个黄黄的大豆虫。他们都记起跟大人忙秋的情景:半天的活计做下来,疲乏得很;大家唉声叹气地坐下,慢腾腾地拢了堆火,烧起了豆虫。烧熟的豆虫冒着油,要多香有多香……京东把豆虫放到火里。

火慢慢燃着。火堆里不时有什么烧爆了,啪啪地响。李南为了让火苗蹿高一些,不时伸出棍子去撩动柴禾。张有权蹲在火堆跟前,嫌脱下半截的方格裤子碍事,干脆全脱下来搭在一棵小柞树上。不知是什么烧出了香味,京东伸长棍子,从火炭中往外拨拉着。焦黄的豆虫和冒着水沫的野果子一个一个往外跳,奇异的香气一下子扩散开来。大家回头叫着仇虎,一边将滚烫的果子往上撩着。

最好吃的还要算豆虫。桃子和野枣则有别一种滋味。沙参被烧得卷了皮,像一条黑色的小蛇。张有权一边拨着沙参一边说:"它和人参差不多,是补身体的。吃多了可不行。我爸说年轻人吃多了鼻子要冒血。"

"啊,真香啊!"京东咀嚼着沙参。

张有权又说:"凡是带个'参'字的都有大补。海参、人参、玄参……还有'党参'——那是党员才能吃的一种参。"

大家愣愣地看着他。停了一会儿,李南问:"那个狗蛋家伙海参不是多得用口袋盛吗?"

李南点点头:"海参要一百多元钱一斤呢!"

"嗬!"京东伸了伸舌头,"那个狗蛋家伙要有多少钱哪?"

张有权摇摇头:"不多。人家说他不过有几万块钱。"

"呀!几万块钱,这还不多死了呀……"

"可村里有个人——我也不说这人是谁,如今是个十万元户呢。"

"滋——"几个少年同时吸着冷气。

十一点钟的太阳行走得更加缓慢,烤得人焦。可是它慢慢地躲到一棵小槐树的后头去了。好长时间没有人吱声。四周静静的,没有一丝风。不知从哪儿爬来了一个豆虫,仇虎默默地捏起来,放到离火堆很远的一丛茅草里。

大家伸手在火上烘着。停了一会儿,李南问:"他们怎么有那么多钱呢?吓人,十万元户!"

张有权把头低下来,四下里瞥了几眼,嗓子低低地说:"你不知道那个粉丝厂吗？听人说有一半股份是那个人的呢。不过他不出头,他让别人出头,暗里净等着拿钱就是了。"

李南哼一声:"要我是承包人,就不让他占股,自己干了……"

"谁在这块地盘上开工厂,就得让出一半给他……这还不算,村里的好多副业,那人都有股份呢。你想想,他成十万元户还难吗？"

张有权的声音越来越低,到后来一声不响了。

仇虎折着树枝,把一根长长的树枝折成了一小段一小段。

京东小声凑在李南的耳边说:"看吧,仇虎'激动'了。"

想不到仇虎听到了,抛了手里的树枝,直抛开老远老远,说:"这算什么'激动'！你才看见几次'激动'！"

京东想顶他几句,但一抬头,似乎看到仇虎的眼睛里有一丝泪花在闪动,立刻就闭住了嘴巴。他悄悄地蹲下来,装着去扒拉火堆,一边小心地观察着仇虎。

仇虎说完那句话就转过了身去。他在望着十一点钟的太阳。太阳的强光耀得他怎么也睁不开眼睛,可他还是用力睁开了眼睛。光箭击中了他的眸子,他用手捂住两眼,低下头,旋转着身子,旋转着身子,后来大滴的泪水顺着指头缝隙流了出来。

张有权、京东、李南,全都盯着仇虎,站在那儿,一动不动。

仇虎咬着嘴唇,久久地望着大沙岗。他说话了,差不多是一个字一个字地蹦出来:"我秋天不上……学了！"

大家惊讶地望着他。

"爸爸不让我上了。他说你回来吧,一块儿对付日子……"仇虎说到这儿,像肚子疼似的曲着身子蹲下来。"妈妈偏让我上学去,爸爸就一巴掌把她打到炕角里。他喝了一瓶酒,我眼盯着他把一瓶全喝完。妈妈去夺酒瓶,爸爸用闲着的另一只手去打她的头、她的脸。"

三个伙伴吃惊地大睁着眼睛。

"开春,爸爸合计要开个小磨面厂。村里有个人就是这么发了财的,存了上万元。他是个好心人,劝爸爸也这样干。爸爸让妈妈去商量村里的一个人——你知道,什么事情要做成都得那人点头才行啊——他说行啊,开吧。爸爸乐得直搓腿。这两年他去海上挖蛤、做绳子卖,都挣不到钱,愁得一夜一夜抽烟。这回他乐了,赶快东家西家借钱买了钢磨、电动机。什么都弄好了,营业牌照也办好了,'面粉厂'三个大字还是请老校长写的……就剩下拉电线了,爸爸去问那个人,他说'等等吧',十几天过去了,爸爸又去问,那个人的脸一拉老长:'谁让你来啦?你老婆是这么说话来吗?'我爸给弄糊涂了,回来问妈妈,妈妈也不明白。后来妈妈自己去问,半天才回来。电还是拉不上。妈妈气得老是哭。她求爸爸给那人送些礼物吧,爸爸就送去了一些烟酒。谁知人家接过去,一扬手扔出了大门……"

京东一直皱着眉头,这会儿插嘴说:"肯定是嫌东西少了,我也明白这样的事儿。"

仇虎咬咬牙关:"我爸爸也这么想,他打谱送更多东西,急得在屋里来回走,妈妈就在炕上哭。后来妈妈一下从炕上蹿起来,抱住爸爸的腿说:'不开工厂了!不开了!他瞧不上你的礼物,人家不

247

会要不会要不会要……'我爸火了——我从来没见他发那么大的脾气:一把揪住妈妈的衣领,说话像打雷:'狗养的东西,他们到底要什么?'妈妈疯了一样抖,冲着爸爸耳朵喊:'他们要我!'……"

李南看看京东,京东看看张有权,都不明白。

仇虎把泪水擦干了:"我只见爸爸听了妈妈的话,一下闭上了眼。他这么闭着,半天才睁开——眼里全是红丝丝,像血那么红。他一脚把门踢开,跑到院里抄起大镢头,妈妈拉也拉不住,奔到磨屋里,几下子砸碎了钢磨壳子,又去砸电动机。妈妈在院里给他跪下……我爸那天老喝酒,瓶子喝空了,就'砰'一声扔到墙上。玻璃片子满炕都是,硌破了妈妈的手。爸爸脱光了上身,摇晃着跳到大街上,好多人就围上看他通红的胸脯。妈妈扯着我的手在后面追,她喊:'你爸爸是疯了,你爸爸要杀人了——'我不信,可是我给吓哭了。人越聚越多,我和妈妈挨不上爸爸的身。只听见爸爸一个人在人堆里喊:'我把那些东西都砸了啊,都砸了啊!我豁上了,我今天是豁上了,反正是一个字:穷!……老少爷们,我刚才把那些东西都砸了啊!我豁上了!我借了谁的钱,一个子儿也短不了他——当驴当马,死也要还他啦……'我爸喊得嗓子破了,那音儿我都听不清了。又是酒瓶子响,我知道他喊着又喝酒了……"

一旁的三个少年怕冷似的蹲在火堆跟前。火苗儿早弱下来,他们回身找来几撮草叶,轻轻地放在上面。火苗儿往上蹿去。黑色的灰屑飘飘地升起来。有什么"砰"地在火中响起,一个火炭从仇虎耳朵上边"刷"一声擦过。仇虎僵住了一样,一动不动。

"仇虎……"京东扯住他的手,把他拉到火堆跟前。

李南一直在想什么,这会儿对仇虎说:"如果你真那样儿——我是说你真上不了学了,就让俺仨来帮你吧。老师讲了什么,我们再回头给你讲!"

京东立刻高兴起来:"对,一人教一课,就这样好了……不过教的时候你最好从家里跑出来,就在大沙岗子这儿最好了。别忘了带上小烟斗,咱们一边上课一边抽烟。"

仇虎的脸慢慢转过来,点了点头。

京东伸手从仇虎的衣兜里摸出了小烟斗,揉碎一片豆叶吸起来,不停地咳;大家一人一口地吸了,全都咳着,呛得泪花闪闪。所有人都高兴一些了,兴奋地喊叫起来。他们试着骂起了"那人",一人一句,骂得十分巧妙。京东说:"想法儿治治他才好,把他家草垛点上火吧!"仇虎飞快地瞥了一眼京东。李南说:"那可是犯法的。"

张有权从火堆跟前猛地站起来:"犯法?人要是激动了可不管那些!人在激动的时候什么做不出来?"

"是犯法的……"

张有权坐下来,两手按在自己脚上,嘲弄地看着李南,鼻子仰得老高。他拖着腔儿说:"人不发火就干不出大事。听说了吗?有个外国皇帝叫拿破仑,发起火来使劲一跺脚,鞋带儿全齐茬儿断了。第二天他就发兵打俄国人,差点占了一个国呢!……他的对头叫库图佐夫,一个俄国大元帅,也发火了——不过别人看不出来。他火了只是两撇大白胡子一动一动,像是要钻进鼻孔里……"

京东笑了。

仇虎、李南都盯着张有权。他们知道他看了不少课外书,也喜欢胡诌,是个爱卖弄的家伙。虽然将信将疑,不过听听也蛮有意思。

张有权最后瞥一眼李南:"人这个东西又不是别的,不会发火哪行? 不发火还能干出大事来? 你没听说曹操率领八十三万大军下江南,一口气杀了八万人? 血把大河都染红,咕噜噜流! 努尔哈赤火了,一抬手射箭,射下了九百多只大雁,有一只大雁脖子上还系个铃铛……"

"还系个铃铛?"

"嗯。"

大家笑着,大口喘气。

"我没听说谁不发火还能干出大事来!"张有权挑战似的一个个环顾着。

没有人回应他。京东停了一会儿皱着眉点点头:"也是的。也真是的——我讲个故事——大约你们都听到了吧? 哦,没有。那就是前几个星期发生在河西的事呀,那个小媳妇的事嘛。"

其他三个少年真的没听到,于是认真地听起来。

"那个小媳妇的事嘛。在河西没人不知道她的事,三岁小孩也知道。她长得可俊了,俊到没法说! 她两口都在本村做工,有个人家开小工厂,富得流油,还不知有十万百万的钱呢! 河西的富人多,有的是拼力气挣的,有的就不是。那个人家在城里的大工厂有亲戚管事儿,一年就肥了。他家雇了十几个工人,白天黑夜开工厂。男主人钱多了,常跑银行。他雇的工人里有不少女的,他就多给她们钱,一把一把给……"

张有权哼一句:"他犯傻吗?"

"他才不傻!谁拿了钱不和他好?那些女的有俊有丑,都在一块儿,硬好硬好——她们家里人都装着不知道。女主人恨那些女工,一天到晚找茬儿打仗,男人就吓唬说不要她了。她再不敢惹自己的男人,就用烧火棍去烙女工,一烙一个水泡。后来全厂里就剩下那个聪俊的小媳妇身上没有水泡了。她可不吃男主人那一套。她男人也爱惜她,说俺媳妇可不是那样人。俺媳妇可好咪。他放心她。"

"小媳妇真好!"李南夸一句。

"慢慢看吧。有一天男主人又去跑银行了。他去银行都是走秘密道儿,谁也不知道——可是这天他走到一片玉米地边,从地里'噌'一声跳出一个大汉,用黑布蒙了脸。男主人吓得腿也软了,只顾用手去捂钱口袋。蒙面黑汉手伸得抓钩那么长,一下子就把钱袋撕破了,十元大票'刷刷'撒了一地。黑汉弯下腰来,一张一张捡起来,跳回玉米地里。男主人瞪着眼坐在地上,黑汉跑没了影,他才咕哝说:'恐怕是个熟人,是个熟人……'"

仇虎、张有权、李南,全都惊恐地瞪大眼睛。

李南问:"他怎么不揪下黑布看看?"

京东白一眼李南:"一边去吧。你什么也不懂。那可揪不得。"

"怎么?"

"怎么?布从脸上一掉——也不管是揪下的、风吹落的,反正只要那脸一露出来,另一个人就得完——"

"怎么个完法?"

京东哼一声:"死。"

大家不解地盯住他看。

"他用布蒙住脸,那就肯定是个熟人。这布一去掉,你想他给认出来了,不杀人才怪——上年纪的人都知道,遇上蒙面人打劫,千万不能去碰他脸上的布……咱说不定以后也会碰上,咱可不敢碰。"

大家舒一口气,钦佩地看着京东。

京东向仇虎摊开手说:"抽口烟吧——你看看我这烟瘾……"仇虎不太高兴地摸出了烟斗。京东吸着烟,慢悠悠地讲下去。"钱给抢走了,他跑回家里就躺倒了。躺了一天一夜,他从炕上一个鲤鱼打挺蹦起来,跑出去告发说:是小媳妇的男人拦路抢了钱!这当然是他躺在炕上想出来的——有人问他证据在哪。他说去银行从来都是秘密的,谁也不知道;要怨也怨他自己,活该自己'作风不好',跟小媳妇睡觉时走漏了风声。他对天发誓:天底下只有那个小媳妇知道他去银行,也肯定是她告诉了男人……过了没有几天,小媳妇的男人就被抓走了。那天村口上围了好多人,小媳妇追着男人哭,哭哑了嗓子。男人大声问小媳妇:'你真跟人家睡了?你说!你说!你不做声,我知道你是冤屈啊!我就知道会是这样!你不是那样的人!'他喊着、喊着,一双眼瞪得老大。谁知就在这会儿小媳妇哇哇大哭,用手捶着自己的胸脯说:'我是那样人哪!我真做了亏心事啊!这都是我害了你啊,我不愿过穷日子,人家平日里多给几个钱,就依了人家。我想攒钱给你买件新褂子……'小媳妇哭着、叫着,她男人没听完就昏过去了。"

大家默默地听着。

"他就这么给抓走了。小媳妇再不吃不喝,老僵神儿。那些女工都过来劝她,她理也不理。第三天上午她对女工们说了一句:'钱是个好东西。不过我这会儿恨它。'说完再不吱声。就是那天夜里,她摸到男主人床根,把他给杀了。天放亮时,她自己也喝了毒药……这就是那个小媳妇的事儿啦,河西人没有不知道的……"

京东讲完了,磕磕烟斗,咳着。

"我敢说,那个小媳妇一连三天都是'激动'的!"仇虎说道。

火渐渐熄灭了。青烟升上去,在一人多高处又懒洋洋地折向北。一个蝈蝈儿嗓子沙沙地唱着。

四个美丽的少年无比疲倦地躺下来,仰着,用手捂着眼睛。光滑的下身暴露在阳光下,闪着亮儿……仇虎声音涩涩地说:"我老替那个小媳妇难过。她不该杀她自己……她男人以后从监狱里出来一看,媳妇没有了!"

其他三个人叹息着,没有什么异议。太阳晒得人下肢发痒,大家翻了一下身。下肢还是发痒。这个秋天!这个让人发痒的秋天!……李南翻动了一会儿,问道:

"瞎子'激动'了你们见过吗?"

"应该叫'盲人'。"张有权更正说。

"嗯。盲人'激动'了你们见过吗?"

没人吱声。

李南欠起身子:"有一回一个盲人弹着三弦走进村里,咿咿呀呀唱。他唱了快一天,手里的小笸箩收了三毛钱。他又唱,小笸箩里又多了三个钢镚儿。天黑了,盲人请求找地方借宿,几个小伙儿笑嘻嘻说好。他们领上盲人走,肩上还扛个门框儿,捂着嘴叽叽地笑。后来直走上大河滩了,有人说声'到了',就扶住门框,等盲人从门框里走过去,说一声:'你自己在这屋里歇吧,俺走了!'然后轻轻扛起门框走开了。盲人千谢万谢,往前摸索着,说:'好大的一间屋呀!'……"

有人笑起来。

"盲人后来才知道上了当,他听见了河水噜噜响。这一下他火了,两手发紫,凹下的眼窝往外流水,水的颜色……我不告诉你们。"

再没人笑。沉默了一会儿,仇虎又问:"一群要饭的小孩'激动'了,你们见过吗?"

都说没有见过。

仇虎说:"他们都一般高,瘦得皮包骨,头发一摸就断。这群孩子不知从哪来的,说话的腔儿谁也听不懂,常年就在镇上饭馆里转悠。他们吃些残汤剩饭。有一回一个要饭的孩子去喝丢在桌上的半碗杂烩,过来个服务员硬把那碗杂烩泼到地上。一群要饭的孩子全急了,提着小饭筒,齐着劲儿叫唤,嘴唇发黑,呀呀地往前冲。他们一叫就露出牙齿,雪白雪白,呀呀地叫。饭馆里吃饭的人全吓呆了,一齐站起来,手里的筷子掉在地上……"

李南接上喊:"连半岁的小孩子也会'激动',他们也会!有一回我见了……一个小东西躺在炕上,身子直滚直滚,脚趾紧挨在一起,像要握个拳头。滚着、叫着,'哗'一下撒了一炕尿……"

大家笑了。

"鬼也会'激动'。"——李南说着看看四周震惊的脸色,肯定地说:"也会。我听老人说了,鬼在半夜里出来游荡。它们不伤人,也不让人伤。要是谁去惹它们,它们就火起来——它们火起来可不是闹着玩的,倒退着往前蹦,两个肩膀抬得水平水平,一蹦一抖,一蹦一抖。你听吧,'咯吱、咯吱',那是骨头摩擦的声音……嘻!"

他最后的一声"嘻"喊得非常响亮,其他三个人吓了一跳。李南重新躺下了。

十二点钟的太阳滚烫滚烫,它高高地悬在正南方的天空,发出了"滋滋"的声音。这好比是通红的铁块缓缓放入水中的声音,四个少年都十分熟悉。四个篮子放在一边,里面的豆角闪着金色的光亮。有什么香味儿飘进了张有权的鼻孔里,他觉得那是太阳炙熟了野地里撒落的果实。刚才的一些故事还在他脑海里旋转,使他老要冲动起来。他似乎觉得这些故事里面还缺了点什么——他当然不能理直气壮地否定那一切都是"激动",他不能。但他似乎看到过更真实的激动,那是真正的激动啊。那也是个秋天,天上也亮着十二点钟的太阳……

他逮住一只蝈蝈。蝈蝈的触角像长长的头发丝一样。他轻轻地伸出手去——正这时不远处响起了什么,他不由得缩回了手。他透过树隙看到了他们,一颗心怦怦跳着,悄悄地卧在了沙土上。

一个姑娘和一个小伙子依偎在柳树棵下,就离他几步远。姑娘十六七岁的样子,脸庞汗津津的,通红通红。她身边的小伙子要比她大好多,粗手大脚。小伙子伏在她耳边说着什么,她就伸出了两只小巴掌去推他的胸脯。她的头垂得那么低,抵住了对方的胸口。他们就这么静静地僵在那儿,一动不动,连喘气的声音也没有。不知停了多长时间,她嘤嘤地哭了,越哭越厉害,哭着去抓小伙子的手。她仰起脸来,泪水在粉红色的面颊上划了两条长线。小伙子呆呆地望着。她不哭了,去吻他的下巴,那上面有黑胡楂,胡楂上有沙土。小伙子猛地伸出两只又粗又长的手臂,像两条抖动的锁链一样缚住了她,把她紧紧地搂在胸前。她的身体在碎紫花衣服里颤抖着。停了一会儿,小伙子把嘴对在她耳边,哈气似的说:"啊?"她半天不做声,好长时间才抬起头,看着他。小伙子的左手小心翼翼地往前移动,碰到了碎紫花衣服上……

这就是张有权亲眼见过的。可他谁也没有说——他只是在心里认定了,他藏住的才是一个真正的"激动"!

十二点钟的太阳滚烫滚烫。张有权的脸庞又热又红,他轻轻地背过身子站起来,向一旁的小树走去。

他提着花格裤子瞥瞥躺在野地里的三个伙伴,开始费力地往身上套着。

1986 年 9 月于龙口

三　　想

深秋时节,一个人从闹市区来到了35公里之外的老洞山,要因公在此住一段时间。这里自40年代初就是军事封锁区,如今已经变成了一个具有原始意味的绿色世界。到处都是蓊郁的林木,葛藤纠缠在枝丫上、山石上,野物的呼叫声此起彼伏。来人被这巨幅自然画卷惊呆了,他贪婪地看着一切,常常一个人钻到山谷深处,像是要寻找什么,如痴如迷。部队不得不让小战士到山里喊他,告诉这里有数不清的野物——前不久战士施工误伤了一只狼,它们就咬死部队的一头羊以示报复。他的惊喜心和冒险心交织在一起,不知不觉就忘记了规劝,一去就是多半天,有时被山雨淋得浑身透湿……战士们叫他"奇怪的城里人"。

我喜欢一个人呆在这山里。我难得独自一人。四周再也没有人潮和车辆的声音,而是小兽们的呼唤和山谷自己的声音。这儿叫不上名字的树和果子太多了,我尝过那些奇异的美丽的果子,滋味都好极了。我多次迷路,可那时我更多的不是恐惧,而是一种得以亲近山谷的骄傲。我不信我会转不出去,总是那么自信而从容地撩开藤条,在熏人的浆果气味里迈过一块又一块石头。有的石缝里有水流出,四周就有青苔。滑腻的青苔使我格外小心,当我跨过它们时,就注意观察了那深深浅浅、多少有点像褪换斑毛的兽皮的样子。这里的风和各种气味都能使我安静下来,使我心灵的最深处一阵阵激动。我知道那里有一根弦长期地闲置着,如今正被缓缓地拨动了。我深情地在这空寂的山谷里回忆了远处的亲人和朋友,回忆了我的童年,想象着与我爱人一起度过的美好时光。我此刻没有任何抱怨和不悦,只有遥想的欲望和欢快。我回忆我读过的一些美丽而深邃的书,咀嚼着,感受着一种辉煌。我知道这是人生的一种时刻,或者说是一种机会。让我费解的只是它为什么偏偏更多地出现在这浓荫匝地的山野里。

　　这天我又欣然地迷途了。与以往不同的是天下起了大雨。我找到一处避雨的地方,平静地站在那儿。这还是生来第一次见到雾、雨、电怎样步步逼近深山。白色的雾气漫过了山尖,覆盖了高处的绿色,大山一下子暗下来。闪电急促地赶来了,耀眼的光环围着巨石滚动。白雾慢慢流泻到山腰、到山根,大雨接上哗哗地浇下来,由于电光和白雾的作用,大山看上去也像在撼动。满山满野无处不在摇曳、长吟。各种鸟儿急急地寻找地方避雨,一会儿工夫就有三只野兔跑来又跑走。我无法判断此刻满山的植物与生灵是高兴还是抱怨,不知道它们的心境。我只是想象:各种动物此刻大概全像我一样躲避起来了,全像我一样地注视着这场大雨。雷声隆隆的,远远近近响个不停。震荡、洗涮,一种漫无边际而又无法估量的力量在做着它自己的事情。山野上的各种生物观望着这一切,有时候一定会感到同样的费解吧。大家都一起经受、一起忧虑,也一样的无能为力。

  我此刻躲在大山的一个小小褶缝里避雨,谁也看不到我,我是这样的微不足道。茫茫雨雾,层层山林,黑糊糊的葛藤,还有在雨中呼唤不停的各种动物,这一切都半点没有使我感到恐惧。一切都是那么自然而然地呆在一起了。我想起了城里的朋友,你们此刻都在做些什么?在小屋里一边喝茶一边抱怨天气吗?手持雨伞等待二路电车吗?——三十多公里外就有一座熙熙攘攘的城市,那儿有无数四四方方的小房间,其中就有一两间是我的。我在那儿欢乐和痛苦,过着有意思的和没有意思的日子。而我现在是呆在另一个世界里了,这个世界恰恰是因为拒绝了人、依靠着大自然的汤水慢慢调养,才滋润成今天这个样子。这真是令我无比震惊的又一个事实。这里封锁了四十多年,于是草木和各种动物才得以喘息、繁衍,使大山变得无比繁茂。这种对比而产生的残酷意味是,我们人类还不能与树木、与土地、与一切有生命的东西和睦相处。我们无论怎样精明、无论产生了怎样多的哲学头脑,从整体上看还是笨拙的和无理性的。我们中间有美丽的少女,有温柔的母亲,可是从整体上看还是丑陋和粗暴的。人与土地上的一切生命应该是互相帮助、互相依存的,人——包括我自己有时也承认这个。可悲的是我们太自信、太满足于自身的力量了。随心所欲地规划、管理,丝毫也不顾及其他生命的自尊心,慢慢变得为所欲为。我们的确使荒山绿过,可也的确使一大片一大片的绿色消逝了。它们消逝了,有时候永不复回。这是人的失误,可世界上有的失误只允许有一次啊。

　　大雨下个不停。各种稀奇古怪的声音都从远远近近的地方传来,响成一片。这使我想到任何生物都会有语言。人的语言红果树听不懂,狼也听不懂;小狗永远地厮守在人的身边,也不过似是而非地听懂了那么一两句。可是大家都极力地去理解人的语言。而人却恰恰相反,他们断然否认除自己以外的任何生命会有什么语言。树木和花草怀着被误解的巨大痛苦,向人类不停地打着手势,乞求他们的宽容和谅解;各种动物远远地逃离着人,站在荒芜的山腰上注视着人的生活,偶尔发出亲切的呼唤。可人不是将这一切视为风吹草动,就是视为狂吠。他们相信语言只有一种模式,而且必须有声音。他们自己用语言交谈,获得了巨大的欢乐。人类当中有少女,有老人,有生也有死,各色各样。既有不断结识的欢愉,也有不断分离的痛苦,于是他们自成一个世界。他们无须与其他一切生命交往,无须任何形式的沟通,永远也不会感到孤独。但事实是这个人的世界也常常感到孤独,并且由于极度寂寞而躁动起来,疯狂地杀戮,血流遍地。人的鲜血渗在泥土中,滋润了树木花草,这倒具有了讽刺意味,也是人类始料未及的。

　　当我在生活中遭遇了不快而陷于极度烦恼的时候,我的母亲就对我说:"孩子,到外面走走吧,别老闷在屋子里。"我听了母亲的劝告走出来,走到渠边或草地,或小树林中。我缓缓地走着。我的心情真的慢慢好转了。依靠这个方法,我终于一次又一次信心百倍地、舒畅地走回到生活中去了。我常常想这是为什么,这里面有什么秘密。现在我明白了,这是我与自然中的其他生命交流的结果。我们彼此无声地交谈过了,使用的是各自的语言。人类自身的痛苦折磨着人,人不能自拔。但一切事物都是旁观者清,如果换一个角度考虑问题,比如从树木的角度去考查人的痛苦,这种痛苦或许就不那么可怕,不那么必要。人是坚强的,但不是任何时候都那么坚强。人还有脆弱的时候。人也需要其他生命的安慰。人的内心世界是宽广的、丰富的,但不一定永远是豁达的。当你看到一些动物无忧无虑地玩耍和奔跑,你就不能不向往它们所独有的那种天然、自由、放荡流畅的境界。人难以有动物的天真,而天真对于一切人都有必要。一个人往往由于天真才变得可爱;而他自己,奇怪的是也往往由于天真而导致了深邃。

　　如果仔细观察,几乎没有一种动物的眼睛不是美丽的。有极少数可怕的东西完全是因为丑恶的品性而遮掩了它心灵的窗洞。我爱动物,我真诚地希望和它们交流、亲近。当我的这些念头有时在生活中闪现出来的时候,我的爱人偶尔也会提醒我一声,告诉我们常常去食物店里买鸡买鱼之类——我们像别人一样喜欢吃荤。我这时候常常陷入长久的沉思。我在这个问题上不是虚伪的,令我难过难堪的,是我常常走入这种永难解脱的矛盾之中。这种矛盾我相信是人类所共有的。勇敢的人不应该回避这个问题。我在经受一种生生分裂的痛苦。我不是那种多愁善感的书生,不是。我在想一个长久折磨人的巨大的命题。它不是出现在今天,也不是出现在刚刚开始的文明社会,而是与生俱来的。一想到这里我就有一种恐惧,一种小心翼翼。我怀疑人类的好多不完整不完美就是从这一类矛盾开始的。人没法回避这种矛盾,简直就像没法回避苦难！心灵深处不存在分裂，人才会真正幸福。可是怎样才会达到这个目的呢？也就是怎样才能在那种冷酷的提醒中身心坦然呢？我回答不出。我虔诚地相信这是在某一个角落里生活着的上帝才能够回答的。它是关系到人从哪里出发并向哪里落脚的根本性问题，我每一次想到它都感到了苦涩的战栗。

　　由此我还想到了作为一个生命的柔情到底意味着什么。我从雪白的小兔子身上看到了柔情，从绽开的花朵上也是如此。柔情简直无处不在，有时又好像永难寻觅。柔情与善良、与天生的细腻禀赋有什么关系？我不知道。我只是觉得它们常常连在一起，分也分不开。有人常常认为柔情之类只是存在于女人的身上或是生了孩子的女人即母亲身上，是我特别不能同意的。它属于一切生命，当然也属于人，而人是无须分男女老幼的。一个正常的人总会在一切时刻里去设身处地地体察外物，以一个生命的身份去宽容另一个生命。他会常常激动起来，怀着极度的虔诚和由衷的赞叹去抚摸他喜爱的东西。他的温柔绝对不会因为他的粗壮高大、因为他的满脸胡须而丧失。温柔应该像生命本身一样浑然天成。我不止一次在生活中看到这样的情景：在危急的关头或者严峻的时刻，在需要为真理和正义做出极大牺牲的时候，往往是那些满怀柔情的人首先挺身而出。相反总是那些惯以"男子汉"自居的人物临阵逃脱。这使我懂得了怎样去辨别真正的"男子汉"，也知道了温柔与勇敢之间常有的那种联系。勇敢可以来自一万个方面，但我敢说，它来自柔情才是真正的勇敢。这个世界太需要勇敢了，一切都需要守护。荒原、山岭和土地，比以往任何时候都需要人去保卫。从这个意义上讲,你才会理解作为一个生命的柔情到底意味着什么,理解这个世界上需要的温柔和勇敢原来是一样多。如果一个生命只为它自己活着,那么这个生命实际上已经死亡。因为生命总是与周围的一切密切联结才有实在的意义。再说勇敢。勇敢不一定是赴汤蹈火,或是冲锋陷阵,或是分明的流血和利益上的损失。从更深的意义上讲,勇敢是一种生命的真实体现。寻找真实,执拗地寻找,它的结果往往就是勇敢的行为。在内心深处承认并进而恪守一种东西,更需要勇敢。没有类似的勇气就看不到真实的存在,就看不到泥土。比如此刻在雨中变得越发鲜艳的那一片红叶树吧,你的美丽,你的激情,你的诉说,你的娇羞,你的摇曳,你的一切的一切,你的存在,我也只有这会儿才算真正地感到了、看清了。你此刻看到我在同一座大山里向你微笑、向你举起了右手吗?那是来自我的问候,人的问候。哦,红叶树,红叶树,祝你愉快,祝你幸福,就像现在的我一样。

　　我明白我在这山雨中的激动到底意味着什么,相信它是人类反省的一部分。我在请求大山的谅解和同情。人只有走到大自然中才会知道自己是多么渺小、多么孤单。要解除这些心理障碍,也只有和周围的一切平等相处。人在人群中常常有恃无恐,在大楼中更是神气活现。如果他有机会支配同伴,也就变得更加傲慢和愚蠢。同样的一个人,他走到茫无边际的草原上,呆在雷声滚滚的夜晚的大山里,就会发出哀怜的呻吟。这时候你能区分人是可怜的还是骄横的吗?都是,又都不是。他的一切毛病,实在是与周围的世界割断了联系的缘故。平心静气地想一想,高楼比起雄伟的群山就好比一处处蚁台；而人本身比起大地和海洋中的无数生命也仅仅是那么一点点。只相信自己,只依靠自己,事实证明就不能生存——不是不能很好地生存,而是绝对不能生存。危险的讯号不是一次又一次地发出来了吗？我们仍然视而不见。邢台地震、唐山地震,一座城一座城地毁灭,千千万万的生命一瞬间全部丧失,惨不忍睹。而在这之前就有那么些善良而敏感的小生命——它们中包括我们嘲笑过的"蠢驴"和一贯轻视的小鸟、任意宰杀的牛羊,向我们一再地发出呼号,预示那巨大的毁灭即将来临。它们仰天长啸,面对木然不觉的人类而痛心疾首、热泪滚滚。它们悲伤得不思茶饭。结果灾难很快就像它们预言过的那样来临了。一切在它们看来都是自然而然的。它们的呼叫对于一切不懂这类语言的人来说等于没有。人从来就认为它们没有语言。他自己这一类生命才有语言。可悲的是人的语言更多地用来称谓油盐酱醋,而不是预言灾难。动物从与人相处的那一刻开始,就开始了对人的劝慰和帮助。我宁可相信是这样。可爱的生灵,可爱的山野上的智慧,你们无灾无难吧,你们长生不老吧,你们仍然一如既往地提醒着人类吧,他们终有一天会听得懂你们的语言,并永久永久地感激你们的存在……我不知道这大山里生活了多少我熟悉和不熟悉的家族,我相信我会理解你们。我愿意在一生中去和你们不断结识。我将告诉我的女儿,让她也学会尊重你们、爱戴你们,我明白教育下一代有多么重要。我此刻还是真诚地恳求你们帮助人,一如既往,抛弃前嫌。我在这儿替所有的人恳求了,并在这大雨中为你们祝福了。我不知道这会儿有多少家族在山中避雨,狼、山兔、小草獾,大雨都淋湿了你们漂亮的衣衫吧?还有满山的花草树木,你们在接受着大雨的沐浴,洗去了一身尘埃。哦,我知道你们都在这雨中沉思,像我一样。我多么想知道此刻你们沉思了些什么。

雨在不知不觉中停歇了,闪出一片蓝天。脸上湿漉漉的,我也弄不清是雨水还是泪滴。我站在那儿,久久地不愿离去。我在心里问着:你们在哪里?你们躲在了哪里?你们在茫茫山雨中想了些什么?你们会告诉我吧?……

它不止一次地观察过大雨怎样来到了山里。所以它在这样的日子里从未惊慌过。它是一只叫"唔唔"的母狼,当云彩低得快要擦着"老人"头顶的时候,它就高高地喊了两嗓子,让远处贪玩的儿孙们快些找地方躲雨。"老人"就是在崖下长着的那棵老白果树,是唔唔最先给它取了这么个外号。唔唔两天前左腿骨就有些隐痛,于是它知道天空正孕育着一场雷雨。那天它嘱咐孩子们不要乱跑,不要跑得太远。大雨来到的时候,它突然又产生了把孩子们全部呼唤到身边的愿望,后来好不容易才把这个念头压下去。它知道它们都机灵得要命,这会儿早该躲起来避雨了,不过它还是有些惦念。没有办法,它老了,愿意牵挂事情,也变得絮絮叨叨了。此刻唔唔蜷曲在一块石板下,忧郁地望着一片迷茫。它有些寒冷,一次又一次把身子缩紧。如今怕冷怕热,在石崖上站久了身子就要哆嗦。这都是衰老带来的礼物,它不得不一件一件全接受下来。可是它不曾抱怨过什么。一切都是自然而然的,它知道如果连这些也不能忍受可就太过分了。这里的岩石、泥土以及树木、草丛都好得没法说。它知道在这里定居已经是十分幸福了。它后悔的只是没有更早地开始那场艰难的迁徙,没有更早地找到这块落脚的地方。它的童年和中年差不多都是在惊恐不安中度过的。母亲和父亲都在流离颠沛中了结了一生,死的时候皮包骨头。那一段生活是它一生中最不愿回忆的,只在特别的日子里才讲给孩子们听。

唔唔觉得有必要让后一代了解家族的历史。由于它的叙述,它们才变得不那么单纯了。可是它觉得它们还远远不够成熟——每逢闲下来的时候就这样想,此刻透过密密的雨帘,它似乎又望到了孩子们充满稚气的眼睛。一双一双眼睛,装不下苦难的眼睛。这些眼睛美丽得发绿,水莹莹的,夜间也闪闪发光。它看着它们一点点长大、变粗壮变厚实,呼唤一声,它们就回到身边来,嘴里发出顽皮的声音。后来它们常常跑离很远很远,去捕捉食物,去捉迷藏。唔唔对它们讲了很多,告诉它们什么是危险的或万万不可接近的。如果站在高处往下望,望不到麻雀或小石子,那就是太深了,千万不要逞强往下跳跃;如果遇到柔软的明亮如镜的一片,那就是水,不能贸然冲进去;遇到人——孩子们当然很早就能辨认这山里、这土地上、这一切一切地方的主宰者了——一定要快快逃遁,如果见他们手拿一杆长长的东西,那就必须尽快伏下身子,然后伺机逃离。特别是当那东西端起来瞄准的时候,那就万分危险了。那是枪!那是枪!那是罪恶的该诅咒的鬼怪器物!它会喷吐火舌如蛇样狠毒迅猛,飞到身上咬一个通洞,使你鲜血流尽而死……该说的都说了,唔唔怎么也想不到的是,它最小的孩子咕咕还是死于非命。当时咕咕玩累了,正躺在一个阴凉的地方歇息,突然身后的山石发出崩裂声,一块巨大的石块就飞到了它的头上。

哞哞当时没有流泪。它此刻呆在山石下避雨,回想起这一切的时候还有些奇怪。也许是眼泪流尽了,反正它那时十分平静地注视着天空。它当时觉得老洞山一片血红的颜色,连天空也是一样。在孩子们的搀扶下它走到了咕咕丧生的地方,认真地看了看那块巨石。它打量着四周,终于搞明白这是部队开山施工炸飞的一块石头,咕咕死于误伤!哞哞坐在地上哀鸣着,心中充满了怨恨。它还是没法原谅人,它还是没法使自己去宽容这一切。那天傍黑它蹿出了窝穴,全身的血都变得滚烫。它蹑手蹑脚地走近了部队营房,倾听着一片鼾声,嗓子一阵饥渴。透过门隙,它望到他们光洁的面庞和肩膀,当目光停留在他们小巧的鼻梁上时,它的心终于软下来了。它不愿让另一个世界的那位母亲难过。于是它久久地徘徊在营房四周。天傍亮时,它望了望东方的曙色,终于又愤恨起来,就冲进紧挨营房的栅栏里,发狠地咬死了一只羊。

那是人的羊。哞哞现在想起来还感到恐惧的就是这个。人的本身、人的一切所有物都不可伤害,这是它们家族里一条永恒的准则。一代又一代坚守着,不能违背,就是没有谁去怀疑一下它的正确性。人是至高无上的,哞哞的家族里都这样认为。可是它如今要问的是,太阳又是什么?无边无际的土地又是什么?还有更旷远莫测的蓝天、海洋……这些又都是什么?数不尽的星星呢?它不敢再问下去了。人如果真是至高无上的,就除非没有太阳和土地;而失去了后者,也就没有了前者——哞哞是靠简单的推想得出了这个结论的。土地使一切活着的东西立脚,太阳则给它们温暖。在一切事物中,如果抽掉了某个事物,其他事物将不复存在,那么某个事物才是至高无上的;而对应着某个事物的这一切,则应该是平等的——嗨嗨被自己的推论吓了一跳。它们竟然与人平等了……嗨嗨鼻尖上渗出了一层汗珠。它又从头推想了一遍,并未发现什么错误。人的至高无上是他们自己决定了的,而这种决定的不合理性从根本上讲就在于他们忽视了太阳和土地。总之,自然界里存在着不少类似的误解和颠倒,于是与人有关的无数惨剧频频发生。谁来发现这些?谁来制止这些?嗨嗨认为依靠人本身当然是不能够的。那么它只能去乞求于太阳和土地了,因为太阳是大家的,土地也是大家的。

嗨嗨永远也忘不掉这个家族与人的一次次遭遇。那是一部血泪写成的历史。它记得半岁的时候跟上母亲去觅食,随着一群老老少少的狼在山梁上游荡。太阳变红了的时候,草丛里突然一声钝响,接着五六个人从四面八方蹿了出来。他们每人手里都拿了一杆枪,火舌就从枪口上跳了出来。立刻有三四只狼倒在地上,大家惊叫着逃命。这些人像凶神恶煞一般,有的单腿跪地瞄准,有的就站着射击。枪声惊天动地,一只又一只狼倒在地上。有的狼还躺在那儿喘息,立刻有人走过去补一枪。有的狼刚刚生下来几个月,那时吓瘫了,它的母亲惊叫着跑去搀扶,草丛里的人就跳起来,连老带少一块儿打死。鲜血冒着热气流淌在山崖上,染红了青草。嗨嗨也不记得它跟母亲是怎么逃出了火网的。只知道它们立在一块石头上,听着远处的枪声和哀鸣,全身抖个不停……类似的场景说也说不完,嗨嗨更不愿去想母亲和父亲丧生的日子。世世代代的围剿,世世代代的仇恨。后来它们终于明白了,人决心全部杀尽土地上的狼,一个也不留!他们只留下自己过生活,自己去享受天上的太阳!这未免太不公平了,也未免太贪婪了。人擅自给别的生物规定了悲惨的结局,说一不二。狼要逃脱这个结局比登天还难,它们只有拼命地逃窜——从一块土地逃到另一块土地,从一座大山逃到另一座大山。人在疯狂地砍杀树木,使土地和山岭变得光秃秃的,使它们无处藏身。它们跑呀跑呀,四条腿累得越来越细。唔唔就这么跟上一群陌生的狼,经过长达十八个月的流徙,才来到了林草茂密的老洞山。这里安静得简直不像人的世界,它们大喜过望。直到定居下来五个多月之后,它们才明白这是一处军事封锁区。

唔唔这之前不止一次暗暗观察过人类对狼群的藐视的目光。它对这些已经习惯了,但还是不能不气愤。这或许是包藏了他们决心剿杀狼群的全部理由。他们不止一次地指责狼的凶狠、残忍、自相残杀、没有教养——好像他们自己就多么善良、多么有教养一样。狼的没有教养及一切恶劣的方面是人所共知的,那么人呢?狼往往结伴围猎,当同伴倒下死去时,一群狼在饥饿时就把它吃掉。如果史书上不是笔误的话,那么高贵的人类也有过同样的历史。狼有自相残杀的时候,但如果凭公而论,人的自相残杀却远远超过了狼。他们对付狼的枪口就常常掉转过去对准同类。围剿狼时使用的只是步枪、双筒猎枪、绳网,而他们对待同类则常常换上了更有杀伤力的机枪、大炮;至于毁灭一切的原子弹和氢弹,则本来就是为人类自身准备的。说到这里也就可以明白了人的高贵到底在哪里,明白了人的有教养到底在哪里。说到饮食习惯,那更是几近荒唐。人吃鸡羊,没人说他凶恶;而狼食草兔,也就成了大逆——这一切到底是为什么?到底意味了什么?这难道是愤愤不平和简单的攀比吗?不,绝不!这起码是说明了,每一个物种都要经历它漫漫无尽的成熟过程,每一个物种都有他自身永远难以克服的弱点。这就是存在于整个大千世界中的悲剧意味。嗨嗨的心激越地跳动着,痛苦地闭上了眼睛。

它在想:我要求于人类的到底是什么呢?我有多少非分之想呢?我的愿望又在多大程度上能被人类所接受呢?这些哀怨和激愤,这些追溯和探究,又有多少意义多少道理?嗨嗨摇着头,一时回答不了,它的金色的眼睫毛上溅满了晶莹的水珠,长满了土黄色细绒的漫长脸上弥漫着惘然的神气。它极不愿回顾以往,可还是没法忘记那一切。因为历史与现实紧紧连在一起,这二者之间还夹着一种东西,叫做"经历"。整个家族千万次地喊出了"平等"的呼声,它则认为这是越来越不可能实现的了。要紧的只是生存,是生存的权力。真要说到平等,那么活动在茫茫原野上的狼与人的关系,就不是高级动物与低级动物的关系,更不是人与动物的关系,甚至也不是一种动物与另一种动物的关系。而是地球上的一种生命与另一种生命的关系。这才是真正的平等。这样的平等虽然永远也不会成为什么准则,但我嗨嗨只要一次,让大家都在土地上喘息吧,让大家一块儿分享氧气。一个物种没有必要将另一个物种赶尽杀绝,它只想获取上帝分配给它的那么一点点,一点点而已。

狼还没有绝种,但只剩下了原来的几万分之一。嗨嗨就亲眼见过一个又一个物种的彻底毁灭。它们的灭绝无一例外地全都与人有关。人们在闹市和郊区日夜焚烧和熬炼着什么,如林的烟囱喷吐着毒雾,无数的生灵很快就窒息了。人们还日夜不停地淘洗着什么,流出的脏水臭气熏天,直接汇入河流和海洋,使庞大的水族急剧衰落。机器日日怪叫,地底、地表、空中,到处都是这种震耳欲聋的声音,很多生灵不堪忍受,最后七窍流血。各种动物只得像狼一样不停地逃窜,疲于奔命。可惜安身之地越来越少,它们都从不同的方向汇拢到一个绿色的角落里,惊恐不安地等待着那最后终会来临的全面围歼。用什么办法才能回避这个可怕的结局呢?去劝阻?或是利用极少数与人类关系密切的生灵比如狼的近亲——狗去游说吗?这都无济于事。狗们早已失去了自由的个性,为富不仁,更多的是故意装出一副疾恶如仇的样子。再说人类与大千世界中的一切都不能对话,即便人类本身也常常由于民族不同而语言隔绝。语言,还是语言,除此好像再也没有其他途径了。哞哞记得好像人类只在一种情况下容忍过狼的存在,那就是让它们生活在动物园的铁栅栏里面。这是一个物种生存遗留下来的唯一条件。可是,哞哞要说的是,它们这会儿已经不是狼,我们不认识它们。我们更愿意认为它只相当于人的一件器物,比如烟斗。

美丽的小儿子咕咕死去已经半年多了,哞哞直到现在想起它蓝莹莹的眼睛还要流泪。一颗母亲的心在颤抖,这颗心的悲伤与其他生命的悲伤没有什么不同。这是一颗母亲的心——世界上生活着多少愉快的和不愉快的母亲。哞哞相信每个母亲都有相似的感触和经历,如果可能的话,母亲之间会有很多共同的话题。它亲眼见过一位脸膛红润的年轻母亲领着她两个可爱的孩子从田间小路上走过,一只母鸡呼唤一群团绒绒的小鸡,一只大刺猬和几个猴精的小刺猬,一株野麦草亲昵地伸手抚摸它身边刚生出的几株小野麦草……形形色色的母亲,无穷无尽的母亲。让我们这些做母亲的达成新的谅解吧,我们有权力让后一代和气地相处。因为土地上常有不测风云,无论是大雪封山的日子,还是像现在这样的雷鸣电闪,我们做母亲的都要怀孕,都要哺育,都要牵挂着孩子们一寸一寸长大、长高……听我再说一遍吧:让我们这些做母亲的来达成新的谅解吧?

唔唔的胸脯急剧地起伏,两手一次次绞拧着。大雨变缓,透明的雨丝渐渐像针一样细了。唔唔大口地呼吸着,从石隙里站起来。它最后想到的还是小儿子咕咕。"我的孩子——"它大声呼唤着,湿漉漉的山野都听见了。

山崖下的那棵老白果树一迭声地咳嗽。深秋的雨水有些凉,它年纪大了,多少有些受不住。老洞山里没有什么活物比它的年纪更大,连它自己也不记得活了几百年了。大山的荣辱兴衰都记在心里,那里装了一部活生生的历史。可爱的雨水细细地冲刷着身上的灰尘,它这时候还算快活的呢。一个生命老了就往往被误解,连晚辈也要说它脏气。它的肌肤多皱,没有了光亮,颜色灰黄,可这是真色儿。老皮像石片子那么厚壮,抵御了多少风霜。年轻的树木没法理解它,它们实在太稚嫩了。雨前一些路边杨树曾经不停地抱怨,说行走车辆碰伤了它们的身子。一连几天的吵嚷,它的耳朵都快震聋了。有什么办法？谁能够保护谁呢？在这山上，也许只有人才是决定大家命运的真正主人。几百年来都是如此，它相信今后的日子里也只能如此。雨水像瓢泼一样，四周的树木发出欢快的呼叫。远处那些伤残的杨树被雨水冲洗了伤口，痛苦不堪，于是其他树木才慢慢沉默下来。老白果树记得这是它所度过的最沉闷的雨天。它的眼睛哪里也不想观望，这时干脆就合上眼皮，打着瞌睡。

它当然睡不着，还老要咳嗽。四周不时有几棵树发出埋怨声，也搅得它心神不宁。这些年轻的树木不懂得忍耐和宽容，话语尖刻，其原因就是它们经历的还太少。它们记住了什么？它们看到了什么？它们知道很久以前山岭的颜色以及雨水和山泉的味道吗？当然不知道。老白果树发出了一声叹息。它记忆中这差不多是老洞山最好的时候。这座山有一百多年是光秃的，有一百多年是贫瘠的，几百年间烧了两次大火，闹了无数次旱灾，闯进来数不清的伐木人。你如果在深夜里望着冲天大火把山都烧红了，听着树木揪心的惨叫，会是什么心情？百年大树、刚生出来几天的小苗，都在这场大火中被活活烧死了。你如果亲身经历了长年的干渴、眼看着自己的枝条血脉不通，只剩下心窝里的一丝水汽了，你又会想什么办法活下去呢？这一切都是真实的事情，作为一棵树本来就没有什么可惊讶的。记忆中，满山的树木比起那些会移动的生命来就可怜得多了，它们一动不动地等待着雷击、山火、人的板斧，连小如叶梗的毛虫也日夜啃咬。它们十有八九死于非命。这就是树木的历史。

为什么绿色的生命偏偏是短促的？老白果树想了几百年,百思不得其解。谁都知道它们离不开土地,离去了就会死亡,但究竟又有谁发现过这样一个普通的道理:土地失去绿色也会死亡？土地上一切会移动的生命与绿色到底是怎样的依存关系？绿色给地球提供了多少被称作"氧气"的至关重要的东西？这些都没谁去思索。树木家族是最先在泥土上安家的,它与任何生命都可以和平相处。但奇怪的是人类对树木的依赖性最强,却偏偏表现得最不肯相容。在"垦荒"的美名之下,一片又一片树木被砍伐,连小草也给烧成灰烬。结果,失去了绿色的土地真的荒芜了,连人类自己也没法挽回。事实上,哪里林木葱茏,哪里的人类就和蔼可亲、发育正常。绿树抚慰下的人更容易和平度日,享受天年。土地的荒芜总是伴随着人类心灵上的荒芜,土地的苍白同时也显示了人类头脑的苍白。这之间的关系没人注意,却是铁一般坚硬的事实。树木与阳光、空气、土地的关系,比任何其他生命都来得更亲近。它身上才蓄满了它们的原气原色,然后又把这些极为珍贵的东西传送给人及其他。它含蓄冷静、自然挺立,默默地使女人更温柔、男人更勇敢。它们是真正具有灵性的扫帚,不断地扫去自然的尘埃。没有树木,世界早就堆满了垃圾。

老白果树历尽了辛酸,仿佛什么都可以忍受了。它不知多少次感到了失望和沮丧,可还是强忍着活下来。它一动不动地站在崖下,站立了几百年。它不断地埋怨上帝:你给了我生命,可你没有给我行走、奔跑的权力。我在这世界上生活着,同时也就是等待着。你让我等待什么？你从来不管我有多么孤寂。只有风声将千里之外的坏消息不断传送给我：又一片森林失火，又一片树木被伐。我多么喜欢任何形式的生命走近我，想亲手去抚摸小狼崽子、小沙狐、小兔子；我见了人们走到我这儿来，总是微笑着，老远老远就向他们打招呼。可我还是忘不掉这样的事情：我向他们招手，他们却伸出了斧子。有一次我孤单地度过了一天，傍黑时有一个小孩子身背草篮从身边走过，我高兴地挥手与他呼应——他撅着嘴走到跟前，站了一会儿，猛地折断了我一根手指！还有一次我愉快极了，正跟落在我胳膊上的一只红鸟交谈，想不到有一个人悄悄地凑近了，"砰"地就是一枪！红鸟就死在了我的怀里，鲜血啊，沾了我一脸一身……那时刻我真的流泪了，老泪纵横，眼泪一滴滴洗着通红的血。人哪，人就是这样地与他四周的一切相处。树木为人做出的牺牲还少吗？结出果子献给他们，用自己的身躯为他们盖房子遮风雨，还化为桌椅板凳和木床。一代一代的人都懒洋洋地躺在木床上，休养生息，做一些美丽的梦。他们出生在床上，最后也还要死在床上。通过一张木床，不是更可以理解人类与树木的关系吗？

　　树林常常使闯进去的人感到恐惧。不过那不是树木的过错。它还常常让人迷路，那又完全是树木亲近人类的一种方法。它们无时无刻不想与人类结成情同手足的关系，每到了有人伸手抚摸的时候都激动万分。老白果树记得，曾经有一个少女呆在它的身边，它闻过她温暖的气息。她到后来曾将丰满的胸部贴在了它的身上，它感到了一颗朝气勃勃的心脏的跳动。老白果树至今回忆起那一幕来还感到一阵幸福。是的，它与人亲近过，并且自己也终于活了上百年。似乎它已经没有权力去指摘什么。但老白果树要说的是,它究竟为什么得以挺立在山崖下?那是几百年前的事情了,那时山崖下有一座小庙,人们来庙里烧香,乞求神灵的保佑。后来庙毁了,只剩下了白果树,于是人们就以为这是一棵"神树"。老白果树想到这里就感到了苦涩。它要面对整个绿色的世界大声疾呼:"我是一棵普通的树!"一棵普通的树——又一棵普通的树——千千万万棵普通的树——组成一片绿色的海洋。啊,海洋,覆盖泥土,整个世界都因此而鸣奏出森林自己特有的音乐,经久不息。人类、百兽,一切的一切,都在这音乐声中走进和平与幸福……老白果树每一根枝条都激颤着,像个年轻的小树一样浑身摇动起来。人们啊,你们实在没有权力拒绝一棵普通的树,就像大自然没有权力拒绝一个人一样。树木有血液和生命、会呼吸,毫不夸张地认为,也有自己的血统、种族和尊严。人们有时也特意在房前屋后种一两棵树,可那只算做一种装饰。你能通过这一棵树去唤起对整片森林的激情吗?人类的疾病千奇百怪,这其中有的就与疏远绿色的世界有关。人类的绝症已经不能依靠人类自身去根除,他要达到目的,就必须走进大自然中,平心静气,伸出他友谊的双手,与大自然里无数的手臂连接起来。让我们手携手地去享受阳光、空气,肩并肩地去度过属于我们自己的日子吧。到了那时候,我们啊,就会一起生活,一起歌唱。我热爱的人们啊,你们美丽,你们神圣,你们就是我们。你们的交谈就是我们的交谈,你们的生育就是我们的生育,你们的奔跑就是我们的奔跑!

老白果树一遍一遍地搓揉自己的眼睛,费力地抖去身上的水珠。雨水由大变小,后来就完全地停息了。

天空闪出一片光亮,山中的雾气缓缓地往上升去。一道漂亮的彩虹出现了,接着满山满野都是愉快的呼叫声。

"嘎呀——""嗬咔!嗬咔!……""啦——沙——""嗨嗨——咕咕——"

一万种声音也不止。多少生命。

一个人从浓绿浓绿的,尚且滴着水珠的藤蔓下走出来,两眼闪亮地盯住了天上的彩虹。"彩虹如桥!"他小声地自语了一句。

"哎——罗——"远处有一个脆生生的声音在呼喊。

那个人知道又是小战士在喊他,就用手做成喇叭筒,学对方喊了一句。满山满野,多少生命在这喊声里笑了,大家一齐模仿他的声音喊了一嗓子:

"哎——罗——"

1986 年 10—12 月

持 枪 手

芦青河口那块地方都知道有个叫老得的人。他长得又高又瘦,走起路来腰一拧一拧的,人送外号"水蛇腰老得"。他跟护秋老人铁头叔是朋友,两人做搭档看葡萄园已经多年。后来园头儿王三江威逼铁头叔辞工,与老得就再也难以平安相处。让老得高兴起来的只有给护园人新买来的双筒猎枪,他日夜背在身上,无比珍爱。但与王三江的矛盾日益深重,有一次撕扭起来,老得将怀中的枪举了一下。王三江斥责这是要枪杀领导,让人重重地教训了老得,并乘机将枪收回。于是老得告别葡萄园,愤然出走,到海边上拉大网去了。

一 拉网不济

拉大网的人平常只穿个短裤,日晒沙灼,不知褪掉了几层皮,黑得流油。老得本是护园人,蹲惯了葡萄树荫,苍白无力。他很丧气。海上老大说:"得呀,人各有所长。你的腰一拧一拧,绞着劲儿拉网没人能比。"老得说:"我的病在腰上。"

老得明白海上老大的意思。他知道那可不是好意思。后来有点儿空闲他就去举一块石头。石头越举越大,等石头变成磨盘那么大的时候,两条胳膊,特别是那个腰,谁能敌得住?老得憋了一股劲儿。

可是海上老大更看重老得的智慧。他说:"得呀,听说你在葡萄园里那会儿喜欢作诗,一篇儿又一篇儿。"

老得在心中冷笑。他想你个老东西还真说准了。可他并不回应,只是将略有些歪的长下巴抵到胸骨上,抬眼去看海上老大,显出了很大的眼白。

老大说:"你闲下来的时候,琢磨几句热闹词儿吧。海上喊这些号子老那么几句话。明白了吗?"

老得用力地点了点头。

琢磨点什么词儿呢?老得感到左右为难。葡萄园里似乎一切都是可以入诗的。他写过铁头叔,写过好朋友小来,甚至还写过护园狗大青。如今这脑子一活动就出现一个影子。影子是红色的,像朝霞一样颜色,令人神情恍惚。他的眼睛死死地盯住一个地方,腰部又不安地扭动起来,嘴里小声呼唤着:"哎哟,这是好大的一股力呀。"

这股力就来自那个影子。那是个穿着米色风衣的、苗条的身影。她就是王三江的女儿、葡萄园会计王小雨。老得记得他离开园子的时候,她和小来一块儿哭过。那时候他真想再用手掌拃一拃她那个细细的腰,可他咬咬牙关,说一声"我老得走也",也就走了。壮士一去不复返,他再也没有回到葡萄园去。他发誓与王三江势不两立。小来牵着大青,和小雨一块儿来到海滩,老得只用后背对着他们。他一人的时候,苦苦地吟出了那么多诗,这些诗都是写给她的,但他决心一辈子不让她看,而只会给老朋友小来看……"哎哟,好大的一股力呀。"在这股无形的力气下面,老得还作得出别的词儿吗?

海上老大几天来脸色不好,因为一连好多天都没有逮到多少鱼。老大咕哝着:"拉网不济!拉网不济!""不济"也就是"不好"、"不行"的意思,老得感到这事严重了。他过去关心葡萄的收成,如今关心网里的鱼儿。

老得在海滩上独自走着,长时间地看着波涛滚滚的大海。大海的深处是墨绿色的,这颜色延伸开去,就化为迷迷蒙蒙的一片,无边无际。巨浪向岸上涌来,又在沙滩上摔得粉碎。海鸟在浪头的上空跳跃着,呼叫不停。老得想海里面有多少鱼,人家鸟儿是看得清清楚楚的。不过鱼们又是怎样逃过网扣的呢?

老得坐下来,一双手按在了松软的沙土上。一首诗终于成了,他低声吟哦道:"鱼是肯定有的/并且很多/拉网不济/原理需要好好琢磨/你以为干这事容易了/错、错、错……"

吟哦到最末一句,他感到似乎捕捉到了什么东西。他站起来张望着,脸色发红,鼻尖上渗出了微微的汗粒儿,迅速从衣兜里掏出一个破旧的小本子,飞快地写着。他一扭一扭地在海岸上奔跑,嘴里发出"咕嘎咕嘎"的声音。他想:谁知道这是什么声音呢?我这是学海鸥叫啊!看看,世上事就奇怪在这个地方,你不告诉,别人永远也不知道。人人心里都藏着东西,藏到死呀。

海上老大皱着眉头走过来,说:"嗯?!"老得的腰扭了一下立住,说:"哼!……"他把小本子递过去,老大看了看,说:"呸!"

"拉网不济,这是必然的了。"老得离开老大,心里就这样想。他参加拉网工作到现在,第一次对老大印象恶劣。一个人如果能管住一群人,这个人的脸就要拉长,想想没道理。没道理呀没道理。不过他在心中还是将其与王三江作了原则上的区别。他一个人蔫蔫地走着,头发被海风吹乱了,两眼无神地望着茫茫海滩。

一个细高身材的少年牵着一条狗,飞也似的跑来。

老得的头颅往前探去,大喊道:"小来——"

小来气喘吁吁,脸像苹果那么红,不停地叫着:"得哥!得哥!"刚一立定,就将细细的身子倒在了老得的怀里。

老得的下巴抖着,两只胳膊慌促地勒紧了小来。这样停了一会儿,他咕哝说:"你是日久没来了。我想你呀,想大青还有……小雨。都不来了,踞踞在葡萄园里,忘了得哥了……"

小来用手掌去捂老得的嘴巴:"不是!不是!你不知道这多半年里葡萄园在闹什么,谁也没心思往外跑了,我和小雨都忙……"

老得打断小来的话,声音憋得粗粗的:"小雨呢?"

"我就代表她了……"小来大睁着眼睛。

老得的胳膊渐渐松开,接上推开了小来,惊叹道:"连你也能代表小雨了。哎哟,你也来代表她了!"老得往后退开两步端量着,这才发现小来比半年前足足长出了耳朵上边那截儿。"好哇……"他嘴里莫名其妙地咕哝出一句。

"我是说,小雨忙着整园里的账。王三江被大伙赶走了,第一步还不是清账？得哥,那个霸道家伙滚了,我是来喊你回园里去的呀！"

"王三江不做园头儿了？"老得紧紧咬起牙关,长下巴向一旁歪着。他缓缓地伸出手掌将小来搂了,一双眼睛望向远方。大青从地上跳起来,湿漉漉的嘴巴印在了老得脸上。小来在老得怀中喘息着,发出了微弱的呼唤:"得哥！得哥！……"老得的肩头往上耸动着,将脸埋在了小来背上。他小声问:

"那个双筒猎枪还在吧？"

"在。不过如今使旧了。大家用它打兔子、打野鸡,什么都打。上面的火漆也褪了不少……"

老得放开小来,痛惜地拍打膝盖:

"枪那东西必须背在一人肩上,这人就叫'持枪手'。没有'持枪手'还不坏事？"

"你就是'持枪手',得哥！你走了,园里就再也没有'持枪手'了……回吧,得哥！"

"回呀！回呀！"老得的眼睛盯住了海滩上的一个贝壳,轻轻地喊着。

二 早餐吃红薯

老得又穿上了护园人的蓑衣,背起了双筒猎枪。王小雨忙着清账,还不时地从茅屋里跑出来,喊一句:"水蛇腰老得！"……老得掮着枪走在葡萄园里,身边就是小来和大青。他听到小雨脆生生的声音,腰总要奇怪地拧动一下,然后猛地立住,慢慢地转过身来。

他眯着眼睛看她。小来默默地蹲在地上。大青的身子指向王小雨。

小雨在这个温和的秋天里脱去了米色风衣,露出了通红的衣衫。她的脸庞在阳光里微笑着,两眼闪亮,细细的眉毛又描出了老长。她的两条腿愉快地颤动着,故意向老得撇嘴巴,又伸手做成枪状比画一下,嘴里发出"啪"的一声爆响。

老得的身子向后一仰。他挺住时,下巴还有些颤抖。

"你真是个古怪东西。又拉网又举石头,腰还要扭!我不准你扭,听见了吧?"王小雨掐着腰说。

小来捂着脸,从指缝里看了一下老得的腰部。

老得搓一把脸,鼻子里发出"吭吭"的响动。他乜斜着小雨说:"我刚回呀,你好么说我吗?你该跟上我和小来、大青往园里走,一声不吭,刷啦刷啦往里走。什么话也不用说,低着头走……"老得一下下搓着胸膛,"小雨呀,我又回来了,我又见你了,我心发热!"

小雨哈哈地笑起来。

老得皱着眉头,一手握在枪带上:"我心发热!"

他说完就转身走了。小来和大青跟在后边。一片片的树荫甩在身后,老得这才疲惫地坐下来。小来看着老得,没有吱声。老得的手扳着脚,声音低缓地说:"小来呀,我俩分析个事情。你会记得,我离开园子那会儿,小雨眼睛都哭肿了。她舍不得我,这你也知道。那时我俩守夜,小雨来凑热闹,一夜一夜地玩。我走了,她常去海边,可我故意躲她,心想就算彻底分手一段儿吧,索性一面不见！好东西都是闷出来的呀，男女感情也是一样。谁知回到园子里，她看我就笑，眼神发飘。这也许是闷过了劲儿……"

小来张大嘴巴盯住老得，心想好个老得呀，你好盘算！

"我俩快分析个事情。"老得督促一句。

小来眨眨眼，说："得哥啊，也许不对。也许小雨天生是个爱笑爱哭的人……"

"你不明白她。"老得生硬地打断，"眼神有光，落在谁身上谁才知道分量。人心里边的内力都是从眼神上传出来的，有时躲也躲不开，像螺丝一样往深处硬拧。"

小来再无话可说。他们就这样默默地坐着。老得将腿支起一会儿，然后板着脸一挺身子站了，说一句："走了！"头也不回就向前走去。大青敏捷地跟随上去，小来也只得从地上爬起来。

一路无话。有几个做活的人迎面过来，嘻嘻哈哈地跟老得搭话："得呀，又回园里了！""大诗人又回来哩！"……老得听了，一律冷着脸回一声"嗯"。小来知道老得不高兴，是因为小雨的缘故，更因为自己刚才没有顺着他"分析事情"。小来觉得两腿有些沉重。

老得走了一会儿，发觉身边空荡荡的，回头一看，见小来无精打采，落后了几十米。他有些生气地吆喝一声："睡着了吗？快走！"

小来站在了原地。他想自己多少有点像那杆双筒猎枪和大青了，在园里就只得紧紧跟随老得了。他无力地回应了一声，觉得鼻子一阵发酸。

葡萄园的夜晚来临了。这是守夜人自己的时光。一切喧哗都逝去了,代之而来的是夜幕背后神秘而细碎的声息。露水溅在泥土上,小虫细弱地鸣叫,守夜人就伴着这声音燃起篝火,烧开他们的小铁锅。

老得和小来铺着蓑衣,看着喷放白汽的小锅,就不能不去回想过去的夜晚。铁头叔的故事,一篇连着一篇的诗,还有他们第一次使用双筒猎枪的情景……大青将头埋在前爪里,发出了阵阵鼾声。小来的头枕着老得的腿,两手插在老得的腰里。星星从葡萄叶空露出来,老得一仰脸,露水落到了眼里。腿有些疼,他费劲地将小来的头移开,说:"你是长大了。头也这么大。不过你还太细弱,这是吃东西太少。可不要长成我这样儿,腰上落下病……"

小锅里的红薯熟了,老得立刻硬逼着小来吞下三块。

眼瞅着小来吃过红薯,老得十分愉快。他双手抖着从腰间掏出一卷诗,一页一页展在小来面前。这全是写给王小雨的,小来翻看着,一声不响。

老得记起过去小来读诗都要激动地叫起来,而今却只是木木地坐着。他最后失望地看着小来把一页页纸收到了衣兜里……小来站起来,在篝火旁不安地活动着,叫一声:

"小雨姐——"

接下去小来又呼叫了三声。天渐渐放亮了。百鸟鸣唱,葡萄园的晨雾在朝霞里缓缓散去……奇怪的是小来在整个天亮时分再也不能安宁,一直在篝火旁转悠着。

小铁锅里还有红薯,他们开始吃早餐了。王小雨从茅屋里赶来,骂着"死老得",坐下来一块儿吃红薯。

老得吃着饭,不时地瞟一眼小来鼓鼓的裤子口袋——那里面装满了诗稿。小来红着脸吃了一小块红薯,看着王小雨,再也不吃了。老得也瞥一眼小雨,对小来说:"你就是吃东西太少。这能长成强壮人吗?再吃三块!"

小来摇摇头:"吃不下……"

"硬吃!"

小来还是摇摇头。

老得取起三块大红薯递过去。小来捧在手里,只是不吃。

老得站了起来,生气地一指小来:"吃!"

小来咬咬嘴唇,取一块小些的放到嘴边,泪花闪闪地看着小雨。他嚼着,嚼着,突然尖叫一声什么,腾地站起,把手里的红薯啪啪地摔成稀泥……小来跑了。

三 雨湿小来

他不顾一切地奔跑在葡萄园里,觉得眼前是一片绿雾。葡萄藤不止一次地将他绊倒,他爬起来还是跑。因为跑得太猛,有一次被葛藤一绊,身子就腾空翻过去。他嘴里塞满了沙土,就愤怒地吐出来再跑。不知跑了多长时间、跑开多远,双腿一软,倒在了一棵大葡萄树下。

他蜷曲着,强忍住泪水。他也不知道从昨夜到现在为什么这么想哭,想放声大哭,好像积攒了十几年的怨气一下子涌到了喉头上。小时候后妈老要伸手拧他,他浑身紫印;进了葡萄园,王三江扇过他耳光。只有老得哥护着他,有一次王三江欺负他,老得哥端起了双筒猎枪。寒夜里,老得盖在破被套里的身子一弯一弯贴近了,用身体为他驱赶寒气。老得一辈子都会护着他,护着他,把他护得发冤、发恨,护得他这会儿真想大哭一场。

满园的声响此刻都离小来远去,他沉浸在自己的事情里。回忆着老得哥身上的温热和特有的气味,泪水终于成行地流下来。他爱得哥,爱得深沉,却又想学当年的王三江,照准那个拧动不止的腰奋力一掌。"我真坏!我真坏!我是怎么了啊?"小来在心底叫着,脸埋在了手掌里。

风有些冷,天阴了,小来的身子抖着。

他看着长长的腿,突然觉得自己长得蛮像老得!他惊惧地一扭,脱口喊道:"我不!"

远处传来呼喊"小来"的声音,那是老得在找他。

雨零零星星地落下来,小来往葡萄藤下缩了缩。那边大青吠着,声音里充满了焦躁不安。一声声呼唤中,还有一个甜亮的嗓子,那是小雨。小来频频回首,但身子一动不动。

小来知道自己早晚还要回到得哥身边。可他这时宁可远远地离开他一会儿。以前他那么盼着老得回到葡萄园里,如今却要躲着他,这到底是为什么呀?

接连响起了两声枪响。小来冷笑着。他知道那是老得在用双筒猎枪诱惑他。得哥啊!持枪手啊!

雨下大了,小来的衣服淋湿了。他准备让雨水浇个痛快,可那个甜亮的嗓子就在近处响了。小来一下子站起来,一眼就看到了怀抱蓑衣的小雨……

王小雨和小来合披一个蓑衣。小来的身子不停地抖动,小雨问:"你冷吗?"他不做声。

　　小来闭上了眼睛,夹出一溜儿整齐的眼睫毛。泪水涌出来,小雨给他抹去。泪水越流越多,他终于哇哇地哭起来,将头拱在小雨的胸脯上。小雨"哦哟哦哟"地叫着,紧紧抱住小来的头颅,下巴压在他圆圆的脑壳上。她觉得他那么小,那么让人可怜,多么细弱的一个孩子呀!她等待着这个抽搐不停的身子平静下来,就伸手去梳理他的头发。小来翘起头来,使小雨看到了一个鼓鼓的脑壳。她第一次发现小来有点像女孩儿,一双眼那么大,那么亮……她用手弹击了一下他的鼓额说:"你小时候缺钙吧?"小来点点头。"我就喜欢缺钙的孩子。"小雨把他鼓鼓的额头按在胸前,不停地喘息。小来一丝声息也没有。小雨问:"你睡着了吗?"小来还是无声。小雨扳起他的头,看到了一张通红的、溢满了微笑的少年的脸庞。"你怎么不吭声?"小来舔一下嘴唇:"我不吭声,我不吭声。"

　　王小雨听着雨水击打葡萄枝叶的声音,真想就这样睡去。小来的脑壳顶得她下巴酸酸,她听见他在小声咕哝:"得哥,你生气吧!我和小雨姐一起了,一起了……小雨!小雨!你听见什么了小雨……"小雨抚摸着他的头发:"小东西,我什么都听见。我还听见老得在远处放枪。"小来昂起头来:"他是持枪手!得哥这会儿抱着枪在园里走了。大青跟着他。可我只想和你呆这儿,老呆在这儿。小雨姐,你喜欢得哥吧?他是好人,他护着我,他不让别人碰我一手指头、伤我一下。可我还是不高兴。我老想哭,老想跑,老想憋着劲儿离开他……他是持枪手,他的枪能打多远,就能保护我多远——我偏要跑到他的双筒猎枪打不到的地方,跑到老远老远……"

王小雨用手指戳戳他:"你是个倔强东西!你跑吧,你还没有跑出去,他一枪就把你放倒了。铁沙子钻到肉里,生疼生疼。"

"得哥不打我,也不打你。他护着咱俩,还有葡萄园和大青。"

"那你还要跑吗?"

小来执拗地点着头:"要跑。我的腿长壮了,我会跑老远老远——我也不知道能跑到哪里,反正是不歇气地跑呀,像小马一样跑。我趴在老得身上,热乎乎的,一点不冷,可我还是想跑开。我到老远的地方去想老得,一辈子不忘得哥、得哥的枪……"

小雨捋开小来的裤角,看到了两条圆鼓鼓的、紧绷绷的腿。她用力握了两下说:"像一匹小马的腿!"

小来害羞地屈了一下双腿,低下额头。

四　老得踱步

"雨夜葡萄园/漆黑一团/小来跑了,撇下蓑衣、老得/还有大青打战战/得道多助,失道寡助/我老得今夜孤单……"老得背着枪,后面紧跟着颤抖不停的护园狗大青。他把蓑衣披在身上,蹒跚着,吟出了回葡萄园后的第一首诗。

小来刚跑那会儿他简直给弄蒙了。他怎么也不明白这是为什么。小来跑了,两条小腿迈得像兔子一样快,可这双腿在寒夜里是自己用体温给他暖热了的呀。他裤兜里还装有诗稿,那是老得心灵的汤汁化成的。对于小来,老得不存在任何秘密,那友谊是用金子铸成的。老得眼瞅着那个瘦小的影子消失在一团绿叶后面,突然觉得他再也不会回来了。老得当时顾不得小雨在一边,破着嗓门大喊了一声:"小来——"没有回应。接上去他再也没有停止呼喊,连小鸟都听得出这声音有多么悲凄。后来,他在焦急之下当空扳响了双筒猎枪……

雨丝细细地冲刷着满园葡萄。老得在园里踱着步子,腰痛苦地拧动。从背影上看,他更像一个害病的老人。他自语道:"是'友谊'这东西出了毛病!没错,就是这东西了。"——小来跑了,这不得不再一次去思索里面的"原理"。里面有"原理"!"'友谊'可是个容易出毛病的东西,大青我告诉你。"老得歪过身子对大青说道。

大青不解地昂起头,止住了步子。

老得拍拍脑壳,耸一耸枪,继续往前走去。他不停地叹息,眉头紧紧缩着。他突然想起小来也许会成为园里跑走的第三个人——第一个是铁头叔(铁头叔有骨),第二个就是自己。小来如果不再回来,也就真的成为第三人了。老得想到这里浑身一抖:我像王三江一样,也能把人逼走!哎哟,这是好大的一股力呀……自己到底又比王三江好在哪里? 王三江逼走两个人,动用了好多心计,而自己逼走一个人,不过才使用了三块红薯。红薯不是好东西。可红薯能让小来强壮。小来那一会儿——只是一小会儿——不愿强壮!自己硬让他强壮!天哪,毛病出在了这里。我老得有时候像王三江一样霸道啊。

老得走一步点一下头,牙齿叩出声音。他今夜感到从未有过的孤独。他知道怎么也没法离开小来。土地、树木、风,都是有大寒的东西,人的热力早晚被它们吸尽。一个人贴近了另一个人,就是互相烘烤着抵挡寒气。人们给这种烘烤起了一个名字,叫"友谊"。一个人一辈子缺了友谊就没法过活,所以就到处寻找。鱼也是一样,鱼在海里成群地游荡。有的人看上去笑模笑样地凑过来,其实暗里把身上的热力敛起来,只为了吸走别人的热,这样的人像有些中药一样,性属大凉,吃多了败气。这样的人要远远躲着。一个人四周朋友多了,老被热气埋着,就不怕大寒。可是他的朋友围在四周,每时每刻都要抵挡天然寒气。那个中间的人该和朋友换换位置,大家轮换着站。如果一个人老想站在中间,那么这个人也算是属凉的了。对朋友的烘烤要始终如一,一刻不辍。一个人停止了烘烤,其他人就要消耗更多热力。等到别人感到通体发凉,那个人再放出热来,就会令人加倍感激,终生不忘。可是那个人平时却不去烘烤别人,他其实是个非常有心智的自私的人。热与寒互转互化,敛起来就是寒,放出来就是热。陌生的东西都是寒,熟悉的东西都是热。土地上的古怪物件多了,对人都是大凉;可是人把它们当成朋友一样体贴,渐渐它们也会放出热力来。这样的例子万万千千,不可胜数。老得至今记得园里无限的生灵给他的悲伤和慰藉,难忘又难忘。

说到小来,老得泪水潸潸。他相信至少在逼迫小来吃红薯那一刻,自己是变得陌生了,而陌生的东西都是寒。原理就是这样。小来人体纤细,热力却一刻未减;自己比他年长身高,热力却未必经久不衰。这里面的道理本来还要简约,是因为早餐时小雨在场,也就添了无限的烦琐。这里必须指出的是,小雨属于女性。而在老得的经验里,凡是朋友中掺杂了异性的,那种情景就要千变万化,费尽琢磨。在他们三人的那个早晨里,小雨对于小来和老得都是吸走热力最多的一个人。小来和老得都感到了凉,而他们释出的热力较前却有增无减,那缘故就在于小雨极能耗热。这并非指小雨一定是不可为友的人,而是借以说明一个异性掺入共同友谊时的奇妙情形。老得此刻悔恨的,是凭自己的心胸的气度,为什么当时就没有用更多的热力去环绕他们?小雨是美丽的,而美丽的女人如果小气了,那简直就是大寒。这就是一个人娶了漂亮、自私的妻子常常活不长久的原理所在了。说到小雨也还算慷慨,她的致命弱点是忽冷忽热,使旁边的人常常出现类似感冒那样的毛病。而患感冒是要发烧的,她于是在一旁获取了大量热力。她此时已经是好坏难分,复杂到难以言说。

夜雨淅淅,老得一次次将蓑衣裹紧了。他嘴里叫着:"凉啊!凉啊!……"这又一次证明了四周有很多大寒的东西,从而也证明了人不能没有友谊。小来跑了,带着他自己的热力远行,其结果是两个人都要独自面向天然,双双不幸。老得从未对他吝啬过,但却要求小来一切方面都像自己一样。他对小来要求的已经不是互相烘烤,而是完完全全将热力合而为一。这就无形中消灭了另一个热源——老得想到这里全身一颤,大喊:"大青——"大青蹿上了一步。老得难过地闭上了眼睛,喃喃地说:"我原来也是块大凉啊!我要从根上消灭热源!小来跑了,小来是逃生去了——天哪,原理这才找到了,这是原理了……"

他愤怒地摇摆着头颅,咬紧牙关,不住地跺脚。猎枪从肩上滑下来,他顺势搂在了胸口那儿。他好像看见漆黑的夜幕上映出了这样一幅图景:瘦瘦的小来穷跑不停,后面的老得牵狗端枪凶追,还呼喊着"有我无你",一枪打响,黑烟腾腾,烟消了,小来也给打死了。只有老得读得懂这幅画。他硬让小来长成一个老得,那么小来也就没有了。这等于持枪手慢慢地用枪除了小来,不同之处是枪响人除,血迹却没有一丝。老得苦苦地在雨中喊着:"你这个持枪手啊!你这个持枪手啊!你端起来的是看不见的枪!你一枪消灭一个生灵! ……"

风起了,千树摇动,一片片湿漉漉的叶子拍在老得的脸上。老得磕磕绊绊地往前走,一步三晃。老得看前看后,什么也看不见。可他知道雨后有风,风后有云,云后有星,星后有古怪——天大地大,漫漫无边,一切都是陌生,而陌生就是大寒。人一辈子要对付多少寒啊,人不可不互相借着一点儿热力烘烤。如果每个人都将热力暗暗敛了,大伙儿就抵挡不住大寒。因为从数学的角度上讲,分散开来接触天然的面积就要大,耗热必快。这又是一个易懂的原理了。老得在心中呼喊着:小来啊,我真想你!真想你!我们分手,一日长于百年!我感谢那三个不起眼的红薯啊,它们使我再想原理。我也一下子明白了,我们俩好呀坏呀说不清;而世上凡是说不清的,其中必含原理!小来呀,我真想你!我真想你! ……

五 当选家不易

小来半夜里回到看园人的小茅屋,发觉裤兜里的诗稿全湿了。他惊讶得一时不知怎么才好。他知道这是得哥最珍重的东西,而且只允许他和铁头叔两个人看。铁头叔走后,所有诗稿就由小来保管了。他将它们塞在了一个破旧的枕头里,晚上就枕着睡觉……小来此刻有说不出的歉疚。他小心地将粘起的纸页分开,一张一张铺在热炕上。为防止小雨进来,他将门闩了。

夜来风雨声,花落知多少。小来倚墙而立,毫无困意。他从头至尾想过了老得归来的情景,最后又想小雨。他今生忘不了她在雨水拍击下散发出的温馨的气味。想着想着泪水奔涌出来,这是幸福的泪水。

纸页儿升起一缕水汽,字迹明显了。小来凑上去,一页页读着,觉得老得哥才华已尽,诗意不畅。他还记得一年多以前那些诗给予的快乐,那时得哥把什么都能作成诗,是天下最大的诗人了。他虽然不识很多的字,但他独独懂得这个人的诗!小来伏在那儿,把灯火拨得更亮,伸手从枕头里取出了所有的诗稿。

大大小小的纸片呀!这才是诗呀……小来不知读过了多少遍,一遍一新,一颗心都颤颤的。这些诗记下了铁头叔的故事、老人的出走、半夜里刺猬咳嗽,还有王三江大坏、老得遭打、猎枪被夺、愤怒出走,等等。一个个关节小来都想得起。老得的腰就在这纸页间拧来拧去。他不由得轻轻呼出:"得哥……"一股暖流从心尖上流过,小来闭上了眼睛。

风雨声愈来愈大,老得哥一定怀抱双筒猎枪走在园子深处。那是他和得哥护园以来,第一次在雨夜里分离。小来恨死了那三块红薯!他睁开眼睛,看到了卷在炕上的破被套,觉得就像得哥弯扭着身子躺在那儿一样。他把手轻轻搭在被套上,感到里面一动一动的。他一惊,扯开被套,见是一个刺猬……就在这个土炕上,老得哥和他一块儿思索反对王三江的原理,一夜一夜用身体为他取暖。他那么熟悉得哥身上的气味!小来还忆起了老得为他煮的鱼汤,忆起得哥为保护他而被打得遍体鳞伤。他把脸久久地贴在了破被套上。这一切的一切,全部记载在老得哥的诗里,他此时心中突然萌生了一个崇高而庄严的念头:为得哥挑选出所有的好诗,订成一本!小来一下子坐了起来,高高地昂着头颅。

天亮了,雨也停息了。园子深处有了人的呼气声。大青欢叫着,小来打开了小茅屋的门。老得头发无比蓬乱,一头扎进来,两人紧紧合抱。

小来流着泪,用拳头一下下捶着老得的后背。老得也捶打自己的腿……他说:"小来,咱俩重新好了,好得崭新崭新,崭新崭新!你恨我昨天早晨吧,恨我吧!你不知道我一个人夜里多么难过,我全身都抖,嘴里老喊:'大凉啊!大凉啊!'我离了你不行——真怕你离了我,我死也不让你再跑——我明白了原理,我知道自己有多坏,我是个最坏的持枪手!……"

小来狠劲地捶老得的后背:"得哥,再也没有比你更好的持枪手了,有你在园里,枪杆上的火漆都不掉!……"

"昏话呀昏话!"老得抬手按在小来肩上,接着又推开说,"我想一枪打倒你,老向你瞄准,啪——就短这一下了!"

小来脸色发青。他端量了一会儿,才知道这不是真的,就笑起来:"得哥,你不会打我的,你不会!"

老得叹息一声,坐在了炕上:"我当然不会用真枪。可我用别的枪,它看不见……那更惨……算了,以后慢慢说吧。"他痛苦地摇着头,一定神看到了满炕诗稿,吃了一惊。

小来激动而欢快地嚷:"得哥! 我要为你把好诗全选出来,订成一本子! 我要做这大事啦!"

老得迟缓地站起来,注视着诗稿。他像不认识他们似的,一页页捧起飞快地看。他问:"你怎么选? 怎么选?"小来接过诗稿,分成两沓放着。当他去取那些写给小雨的诗时,一双手就迟缓起来。他抬起头,正好遇上了老得犀利的目光。老得说:

"你要挑选,就得放开大心。不能避开什么,只能忠于原理。好就是好,不好就是不好。当'选家'不易啊!"

小来点一下头,又点一下头。朝霞把窗户染得通红。

六　老得诗作小辑

秋歌

春天一般化

春天干燥

秋天很好了

秋天往家搬东西

到了秋天

我高兴得笑嘻嘻

秋天好

到了秋天不准懒

你看核桃变硬,柿子变软

怕事的人

也全都变大胆

我心有火

河里有水

锅里有馍

海上有些大船

地图上有很多国

葡萄园里有葡萄

紫的味道不错

牛栏有牛

学校有桌

我才二十多岁唻

我心有火

好日子都让谁过了

你别问我

你装糊涂当我不知道

你算什么

黑瞎子干推磨

戴手套的来摘苹果
园子里踩些烂泥坑
拿手一抹
这猎枪一下装俩子
我心有火

仰脸看星看不透
一片影影绰绰
书上说它们是大球
人兴许在上面过活
正喝米汤
正过着过着
突然大球碎了往下落
星多事多
夜空望也望不到边
我心有火

我什么也不知道
谁明白怎么化学成了我
多少沙土多少碳
古怪的东西很多
人总的说也是地上长出
泥土化成眉眼

模样就不同了,以及性格
到底怎么化学成你不知道
乐也是瞎乐
不敢想啊不敢想
我心有火

听见她说话
身上一哆嗦
看见她头发
想拿手去握
不能和你好还不如死了
死了得了
活着也是瞎活
天天迎着西北风乱跑乱跑
我心有火

忆课桌

学校很好
就是数学把我难倒
公式和原理太多
把人累成罗锅
语文倒不孬

作文了

别人照我抄

还作诗哎

一般人哪懂这里面的道道

给小雨

我看还是好吧
你不必太多考虑我腰
人老了,身子骨自硬
哪有乱拧这烦恼
小雨来啊,来啊
急了我就这样大叫

正确路线放光芒
革命人民喜洋洋
葡萄丰收了
家家都把喜事忙
美丽少女遍地飞翔
我只爱小雨这姑娘
背着枪
把你想
你是个目标

天底下好东西不多啊
你算一个
得了你就是得了太阳
又热又烫闪闪亮
总之,我铁了心
从现在起攒钱盖房

无题

灯之魅我如愿以偿
心暖意冲冲
大青汪汪汪汪
小来得哥得哥
一扇门隔开了两种声音
原来这就是
　　　　永久
　　　　　　的
　　　　　　　　诱惑

评价三个人

铁头叔有骨
敢跟坏人动武

人老筋硬

胳膊不粗

睡着了还有智慧

不说话罢了

要点明原理

张嘴一咕哝

王小雨不能久看

久看心生祸

肯定是天然妖物了

还分工做脑力工作(即会计)

她用橡皮筋勒头发

好像永远快乐

但要细说起来

毛病甚多

小来骨瘦如柴

肋骨露出两排

小东西就是拗

有时干脆胡来

我对你不好我管你啊

感情这东西

真叫古怪,很古怪

夜晚我想起了什么

蓑衣毛儿参着
夜晚我想起了什么
走不完的园中路啊
做不尽的思索
我一个人行走
一个人唱歌
一个人伸开手
在这世上摩摩挲挲
没有孩儿,没有老婆
没有小屋
也没有锅
我只看上了一个人
随时等她召唤我
苦苦等待
忍受折磨
寂寞之时
我轻轻把诗章吟哦
猎枪冰凉
心儿火烫
哦,这沉沉的夜晚啊
我想起了什么

俺爹

一个男人佬
常常吃不饱
皮肤粗又粗
上面青筋暴
蹲在屋角里
不说也不笑

老深一双眼
久久把我看
推门离他去
愈走我愈远
走到天边上
而今成壮汉
大手扳窝窝
填嘴细细嚼
可叹老男人
牙齿剩两个
我背双筒枪
威风能做何

男人挺身起

挪蹭有一米
举目向前望
热泪沾衣裳
老得走千里
永在他眼底

　　　　　1987年2—3月写于北京

美 妙 雨 夜

在七月快要结束的这个夜晚,我怎么也不能入睡。天有些闷热,汗水正悄悄地浸湿我的蓝色条杠背心。窗户敞开着,可是没有一丝风。这个夜晚出奇地安静。我在床上翻着身子,小床不断地呻吟。隔壁没有一点声息,爸爸妈妈都熟睡过去了。

一个人久久不能入睡而又渴望入睡,那会是多么烦躁。一阵阵热浪从身体内部涌出来,与周围的热气融汇到一起。屋内屋外都黑糊糊的,这夜色也因为闷热变得越来越浓、越来越沉重了。从窗户上望出去,看不到一点星光。在这安静的时刻里,我似乎期待着什么。

这样的夜晚本来是最容易入睡的。学校放了假,大家一拥出校门就全都无忧无虑了。白天在河滩、在田野上,有玩不尽的新把戏。我甚至偷了爸爸工作用的罗盘和望远镜,跑到很远的地方去。夜里总是很疲劳,从来不记得还会失眠。这个极其例外的夜晚好像在故意折磨我,我想天亮后遇到伙伴们,第一句话就要问他们睡得怎样。

我闭着眼睛,使呼吸变慢变匀,这样也许会出现转机。但我的脑海里总是闪过一片片田野。七月的土地是灼热的,一望无际的麦子收割了,到处是闪亮的麦茬。一个接一个的大麦秸垛子耸起来,像一些肥嫩的蘑菇。白杨树挺立在路边,油绿油绿的叶子哗哗抖动……

　　窗外有什么"啪嗒"响了一声。随着这响声,脑海里的一切倏地飞去。我屏住呼吸倾听。又是一声。接下去,大约每秒钟都要响一下。"下雨了。"我心里愉快地喊了一句,同时也知道了这个夜晚里久久期待的是什么。

　　仰躺着,悄无声息地捕捉那又大又圆的雨点真让人快乐。我仿佛看到碧绿的、椭圆的小水球从高高的天空跌落,碰到地面又弹了起来。它落到麦茬地上,麦茬儿颤抖着,像丝弦一样被拨响了。它击在石板上,腾地一下反弹到高空,发出了"当"的一声脆响。

　　雨点异常沉着地落着,并没有像我预料的那样渐渐变急。但是空气明显地凉爽了,甚至有一阵微风从窗口吹进来。

　　我从床上坐了起来,穿上鞋子走到窗前。这样站了一会儿,又想走到外面去。这个姗姗来迟的雨夜不知怎么那样诱人,我真想在疏疏的长长的雨丝间走一走。

　　雨点仍在沉着地落下来。一个雨点打在了窗外的水桶上,发出了猝不及防的一声巨响。我似乎想到,随着这一声鸣响,午夜悄悄地从它的标界线上滑过去了。新的一天开始了。我毫不犹豫地从窗前离开,蹑手蹑脚地走到门口。

　　屋子外面果然清凉多了。雨点落在我的耳朵上、手上。我好几次仰起脸来，想让它落进眼睛里，试了好久都没有成功。当这雨水把头发和背心全都弄湿的时候，那又该多舒服！这个夜晚，我心中像有一团火药。

我大口地呼吸着，缓缓地向前走去。到哪里去呢？记得不远处是一个打麦场，旁边有一条干涸的水沟，有一排高大的白杨。它周围就是望不到边的麦茬，太阳出来时，麦茬就闪闪发光。

雨点越来越大、越来越凉了。土地在雨滴的拍击下散发出奇怪的味道，直熏鼻孔。一种甜甜的气味在四周弥漫，我知道那是枣树被雨水洗过后发出来的。一阵浓浓的香味飘过来，我眼前立刻出现了一片迷人的红色——榕花树上的无数花丝沾上了晶莹的水珠，水珠溅落下来，碎成无数的屑末。不远处的麦秸垛也送来清冽的香气，多少有点薄荷味儿。那是新的麦草的气味，是这个雨夜里最厚重最使人沉醉的。夜色隐去了一切，但我感到脚下越来越辽阔了。如果低下身子，可以模模糊糊地看到泛白的麦茬，那时麦茬间的青草也看得到；用手去抚摸热乎乎的泥土，正好会有一只蚂蚱跳起来，劲道十足地撞一下手背。田野的气息越来越浓烈了，它不知为何使人老想放开喉咙呼喊点什么。我伸手摸了一下头发，头发湿漉漉的，我终于被雨淋湿了。

我在雨中尽情地走着。如果没有夜幕遮掩，那么很多人可以看到，在平展展的田野里，正有一个少年，他满面欢欣。这个夜晚，田野与我是那样的接近。我只是走着，好像什么也没有想。无边的夜色以及夜色里的雨丝和土地，在这一刻全属于我了。我可以奔跑，也可以像雄鹰停在空中似的一动不动。如果我伫立在那儿，就能感受到一颗心快乐地跳动。老师讲,心像一个人的拳头那么大,又像含苞待放的花朵——此刻这花瓣正颤颤地张开,沾上了透明的雨滴。

　　黑魆魆的白杨树林就在不远处,我迎着它们走去。贴在凉凉的树皮上,把身体挺得像它一样直。这儿靠近了打麦场,麦草的清香一阵阵漫过来。树下是不久前还在不停转动的石碾子,这会儿被雨水淋得又冷又滑。我像骑一匹小马那样骑在了碾子上。

　　雨水的声音十分清晰。白杨叶上也响着雨水的声音。干燥的、已经使用完毕的打麦场有千万条裂纹,小小的水流就从这纹路中渗进去。微微的风贴着潮湿的泥地吹过来变得更熏人了。我的肺叶里灌满了湿润的风,这时就蹬动两脚,使石碾子缓缓地转动。

　　石碾子从杨树下转到打麦场中央的时候,我好像听到了一阵脚步声!后来,我看到有一个人——一个模模糊糊的影子,犹豫了一会儿,然后向这边走来。我站了起来。

　　那是个细细的、不太高的影子,我一眼就看出是一个姑娘。

　　我原以为她是伙伴当中的一位,可她开口说话的时候,我听出是完全陌生的声音。

　　"你一个人在这儿玩吗?"

　　我点点头:"是的。下雨了,在这儿玩真好……"

　　"天热得人睡不着,我就出来了——我想让雨把全身淋湿了吧!"她说着,差不多要笑出来了。

　　我觉得她和我差不多的年纪,或者比我更小。她是完全陌生的,我越来越肯定了。在我们这个工区里,常常有人调来调去,出现一个新的伙伴完全不是让人吃惊的事。我甚至感到,她在这个雨夜里像我一样睡不着(我想象得出她在床上翻来覆去的样子),要到外面走一走的愿望也是太合情合理了。我们真是一对自然而然的伙伴。

接下去有一分钟之久,我们都站在那儿缄口不语。但我知道她这会儿像我一样,因为在田野里意外地遇到一个人而高兴极了。夜色使我们互相望上去都朦朦胧胧的,也许这样更好吧。我想她此刻看到的会是一个比她高、比她壮,留着一头短发的男同伴。她看不到我鼻子两侧的几个雀斑,这真得感谢老天。我也在这时候端详着她。我发现她比我第一眼看到的要粗一点点,是个胖嘟嘟的姑娘。尽管有浓浓的夜色,还是遮不住那一对又大又亮的眼睛。我似乎还看到了两排长长的、向上微微翘起的睫毛。

"真想不到能遇上一个人,我原来想自己走一走,让雨淋一淋……"她首先打破了沉默。

我高兴地说:"我也是这样想。真的想不到。"

她往前走去。我走在她的右边。

雨还是稀稀疏疏地落着。这雨太好了。我不相信这个夜晚雨会大起来。她不时地伸出手掌去接雨点,脚后跟常常翘起。我没有像她那样,那已经完完全全是小孩子的动作了。她走到我刚刚站立了一会儿的那棵大杨树下,伸出小巴掌去拍打它。她试图拍下叶子上的积水,可惜没有那样的力气。我教她一块儿用脚猛力去跺树干,一阵水滴哗哗地浇下来。"啊呀!哈哈……"她抱起双臂,快活地叫着。停了一会儿,她问:

"你喜欢白杨树吗?"

"喜欢……"

"我们那会儿,"她仰脸看着黑漆漆的树冠,"就是春天的时候,把白杨胡儿塞在鼻孔里……"

我想到她每个鼻孔垂下一条白杨胡儿会是什么样子,就笑了。我问她:

"你喜欢柳树吗?"

她想了想,说:"喜欢。"

她想了一想才回答,说明她是很认真的。可我回答她的白杨树时什么也没想。一阵小小的惭愧从心头掠过……我开始说柳树:

"秋天,我们到柳树林里去玩,采黄色的柳树蘑菇。"

"多好啊!"

"我们还躺在白沙子上,从树空儿里去看太阳。"

她看着我。夜色里,我觉得她在微笑。

我没有再说柳树,很想换一个话题。正这样想着时,她问了一句:

"你常常看到大海吗?"

这儿离大海只有六七里的样子,我们今夜就站在海滩平原上啊。冬天的午夜里,如果狂风怒吼起来,躺在床上也可以听到海浪的声音。大家在这个夏天每隔几天就要跳到海里一次,身上的皮肤就是被海水弄红的……我真高兴她谈到了海,我点头说:

"嗯。你呢?"

"我前几天第一次看到海。真大——你不觉得奇怪吗?"

我需要想一想了。我承认从来没觉得这有什么奇怪,海嘛,本来就是大的。我回答:"没有觉得奇怪。"

她点点头:"是的。可能你从小就见到了海,现在早忘了当时是怎么样惊奇了。"

"可能是的……"

"我们沿着这排杨树再往前走好吗?"她商量着,和我一块儿走着。我觉得她走、说话,一切都是那么平静、柔和,我想起自己平时与伙伴们吵吵嚷嚷的,多少有点不好意思。她接着还在谈海:"我站在大海跟前,不知道该怎么看它才好……"

我不太明白,只好听下去。

"它太大了,可伸手又能摸得着;它是冰凉的。望也望不到边,瞧瞧,这就是海。我面对大海想了好多,我甚至想过:我一定要好好学习。"

我站住了,因为我不能同意她这样去想。我问:"为什么要这样去想?"

"因为海太大了,我太小了。我这么小,如果不好好学习,不懂很多知识,我还有什么意思?我说不清,反正那会我想过这些。"

我差不多能同意她的想法了,就痛快地告诉她:"你说得真好。我明白了你的意思……"我突然想问问她最喜欢哪门功课,也许和我一样。我说:"你喜欢运算吧?"

她用力点点头。

我有点失望。但没等我表示出来,她又说:"我更喜欢作文。

作文课之前,我把笔灌满墨水……"

我兴奋地打断她的话:"对。我们要用整整一页纸描写自然景物,让老师吃惊。"

她惊喜地笑着、应答着:"就是啊,就是……我还有一次写鸽子的脚:'粉丹丹的小巴掌儿……'我这样写呢。"

我不得不满怀激动地告诉她——我也这样写过鸽子,几乎一字不差。天哪!我屏住了呼吸,眼睛一动不动地盯着她,竭力想看清她的脸、她的鼻子和眼睛。可惜没有光亮,这做不到。此刻我离她那样近,并且一直感到她在平静地微笑。我敢说我们这样谈到天亮,哪怕谈遍天底下的一切,结论都会一致。这真是太奇怪了,可又是真实的,是完全感觉得到的。我这样想着时,她又往前走去了。我稍后一点走着,这样就看到了她在微风中活动的、有些鬈曲的长发和小肩膀。肩膀上有两条带子。她穿了背带裙子。我觉得这裙子是蓝色的。这时候,一股特别的、从未闻过的香味涌过来,它不同于榕花树的气味,也不是新鲜的麦草温吞吞的清香——我相信这是从她的长发中飘散出来的。她用手撩一下头发,向我转过脸来。我与她并肩走在洒满雨丝的田野上。

我们不知走了多久、多远。我相信很大很大一片泥土上都有了我们的脚印。在迈过那条干涸的水沟时,她歪了一下,我赶忙去扶她。她的身体那么轻盈,只借了我的一点手力就跨上了沟岸。我们都想在铺满麦草的沟边坐一会儿。这时候我们又谈了无数事情,星星、月亮、钢笔,还有小刀。她问我最喜欢什么季节。我告诉她:秋天。

"树叶哗哗落了,你还喜欢吗?"

我赶忙解释:"不,我指树叶最茂盛、最绿的时候,这时候有多少果子……我最不喜欢秋冬交界的那一段日子。"

她不做声。

"不对吗?"

她声音颤颤地说:"对。太对了!我就这样想……我们想的多一样啊!"

她还告诉我她喜欢清早跑到果园去玩,喜欢额头上有一块白色花斑的牛和刚刚发胖的小猪,喜欢不刮胡子的老师,等等。一切都与我想的一样,但我没说。我已经不像一开始那么惊讶了。我只希望这个雨夜无比漫长才好。

可也就在这时候,雨停了!

我们都知道如果不是有云层遮盖,天也许会微微放亮了呢。她站起来,向我伸出了手。

"再见!"我首先说。

她用力地握了握我的手,走了。

地上的麦茬不断将水珠溅起来。我一路听着脚踏麦茬发出的"吱吱"声,往回走去。这会儿的空气已经像早晨的了,尽管天还是那么黑,就像刚刚出来时一样,我大口地呼吸着。

屋子的门虚掩着。我小心地进去,先用枕巾擦擦头发,然后躺在了床上。我相信爸爸妈妈什么也没有发现。我想朝霞和睡意很快就会一起降临,让我趁这之前的一点宝贵时间好好地想想这个夜晚吧!

只是一会儿,我就接连打起了哈欠。我记得最后想到的是:妈妈,可不要喊醒我,不要打断你儿子甜甜的梦。

这是七月里的最后一天了。夜里照例十分闷热。这座城市的七八月份永远让人诅咒。我要在这个白天乘长途汽车出差,晚上想着那拥挤的车厢就格外沮丧。早晨,当我背着旅行包走下楼梯、踏上街道时,第一个感觉就是十分清凉。再看看四周,人也很少。我觉得这一天似乎还不像想象的那么糟。

乘市内交通车到了车站,然后顺利地上了一辆待发的长途车。这辆车出奇地空,再有五分钟就要开车了,可乘客刚刚坐满一半位子。今天的车显然不会再拥挤了,我心里立刻高兴起来。

马上就要开车了,最后上来的是一位三十多岁的女同志,领了一个四岁多一点的小男孩。她上车后四下看了看,微笑着在我的邻座坐下。那是一个空着的双人长椅,她放了棕色小皮包,让孩子坐好,然后自己坐下来。她与我隔了一条半米宽的小通道。

汽车很快地穿越了市区,在郊外的田野上奔驰。清新的风从车窗吹进来,一下子拂去了那座城市带给我们的全部烦恼。公路两旁的麦子刚刚收割,新长起来的玉米苗儿和麦茬一同呆在田垄里。远远的地方,一头牛、一只羊,还有笔直傲立的树木。由于不久前刚下过一场雨,略微泛湿的土皮上又长出一层茸茸绿草。这时候早晨的薄雾还没有散尽,远方的村落迷迷离离。原野上有人在呼喊,那喊声好像隔在了一座山的后面。汽车在平坦的路上轻松行驶,早晨的风越来越凉爽。我慢慢知道这会是一次愉快的旅行。

　　邻座的女同志不断地伸出手,向她的孩子指点着外面的景物。她说:"那是马车,那是狗……看到了吧? 一只蜻蜓!"

　　当一轮鲜亮动人的太阳出来时,正好她一转脸看到了,就对孩子喊了一声。孩子久久地伏在了窗上。她似乎意识到刚才喊那声太响了,这时就有些不好意思地看了我一眼。

　　车厢内充满了朝霞的颜色。

　　她的一只手搭在小男孩的肩上,温和沉静地坐着。那个小男孩长得很神气,老要不安分地站起来。他的黑黑的眼睛不断地看着车里的人,把所有的人都看遍了。他的目光更多地落在我身上,那双小男子汉的眼睛流露着一丝得意和顽皮。他一边用眼瞟着我,一边小声在妈妈的耳边上说了一句什么。妈妈咬着嘴唇笑了。那句话显然是关于我的。

　　任何人只需一眼就可以看出小男孩是她的孩子。她的眼睛也是那么大、那么亮。她的脸庞有些红,像是有一丝永远也褪不掉的羞涩。那脸庞还给人一种火烫的、青春勃勃的感觉。她已经有一小点胖了,但这反而使她更温柔、更像个母亲了。她坐在那儿,显得那么洁净,就像我们所拥有的这个早晨一样。她穿了雪白的上衣,一条棕黄色的、做工极其讲究的裙子;一道小小的暗绿色硬塑拉链一丝不苟地拉合了,腰身和臀部显现出柔和的曲线。她的另一只手掌常要去抚摸车座扶手,那只手很小,指甲盖像小孩子的一样光亮;手指根上,有劳动留下的茧子。

　　"叔叔……"小男孩又在她耳边说我了,但听不清在说什么。

她不好意思地转过脸来,说:"你看他多调皮。"

她的声音低低的,显然不希望更多的人听见。

我说:"他很让人喜欢。我的孩子也这样闹,有时向客人做鬼脸。"

"你的孩子多大了?"

"和他差不多。"

"男孩吗?"

"男孩。"

她的手从孩子的身上拿下来,身子向我这边侧了侧。这时小男孩索性伏到她的后背上,一双眼睛专注地看着我。我差不多被小家伙盯得有点不好意思了。她握住孩子的一只手,对我说:"独生子女都这样。他们什么都不怕……将来走向社会呢?也什么都不怕吗?"

我笑了。我想象不出由下一代人主持的生活会是什么样子。一个个洒脱干练的、什么也不怕的小伙子从各自的门口走出来,走上街头,不是也挺来劲的吗?我说:

"但愿他们都长成些好小伙子。"

她满意地看了看孩子,让他坐到位子上,然后又从皮包里取一个东西给他玩。她的身子完全转过来,这样谈话就方便多了。她望了望窗外,看着一棵棵闪过的树木,说:"今天坐车算是舒服的。这些天给热坏了,老盼着出来,可又怕坐车。"

我点点头:"那些楼房挡住了风;还有柏油路,太阳晒一天,气味很难闻……"

"我一出来就高兴,你看,一眼可以望多远。我想人要老这样才好呢。"

"人就好比植物——它栽到盆里也能活,可让它长在田里不是更好吗?"

她抬头看着我,眉毛活动了一下,说:"瞧你比喻得多好!真的是这样。我想你一定喜欢到野外去玩,是吧?"

"是的,我业余时间常常走得很远,到河上钓鱼……"

"钓过大鱼吗?"

"没有,它们最大像手掌这么长。"

她高兴地说:"那也好啊!我没有钓过鱼,不过那该多有意思。"

我告诉她在城市的西北方有一条小河,比较远,要坐市郊车或是骑自行车去。她叹息了一声,说要会骑自行车就好了——她不会骑车。

我说:"那就坐车。我也不会骑车。"

她看了我有好几秒钟,说:"真的不会?"见我点头,又像是有点替我不好意思。但只是一会儿,她又谅解地笑了。

小男孩没有声音,原来是瞌睡了,头歪在妈妈的背上。她给孩子正了正身子,把他手中的东西取下来。汽车正驶在平坦的路面上,非常平稳。她继续和我谈话,声音还是低低的。我们都谈到了这座城市近来的一些恼人的事情,谈到了新出的一些电影和几本书,还谈到了一些其他琐事。我知道了她是一个生活得十分认真的人。她说:

"当我工作中遇到不顺心的事,哪怕是很小的一件事,有时也让人很伤心——我会一下子联想到好多别的事。难道不让人失望吗?我们本来是好心好意地走到这个世界上来了,可是……"

她咬了咬嘴唇,没有说下去。我知道她的意思。"好心好意"几个字使我心头一抖——是啊,多少人在这样过生活……还有必要历数那些不快的事情吗?我全都理解,全都明白。我看着她,没有说话,好像我们相识很久了似的。

她好长时间看着自己的手掌。我也没有做声。又停了一会儿,她抬起头,望了望远处的原野,说:

"有一次我的情绪简直坏透了。我想一个人到外面走一走才好。开始我想让爱人陪陪我,后来还是自己来到了公园里。那里没有什么人,我在草地上走了一会儿。后来——每一次往往都是这样——慢慢平静下来,觉得好像也没有必要这么丧气……天很晚了,我尽快地走回家去,我想起爱人不会烧菜……"

她说到这儿笑了笑。

我感到惊讶的是好像她在说我!真的,她平静地叙说的,好像就是我的情形。我也曾多次用类似的方法去平整心中的褶皱……我看着她,没有做声。

她似乎已经意识到应该谈点更轻松的话题,这会儿想了想,说:"我这人喜欢一些小动物。我们家总养点什么。现在有两只鸽子,其中一只是白的……"

我喊了一声,打断了她的话……我想说什么,但话到嘴边又咽了回去。我想告诉她这真是巧极了,我们家也有两只鸽子,并且也有一只是白的！但我没有说,我不想说。

　　我看着她,又看看熟睡的、夹出了一溜儿眼睫毛的美丽的男孩。她大概有三十五六岁的样子,可是没有什么皱纹。那张明朗的火热的脸庞会给一个家庭增添多少温馨。我想象着她穿了这条漂亮的、有着塑料小拉链的裙子,在那儿操持家务的样子。我们都侧着身子坐着,彼此离得很近,我差不多已经感受到她温暖的呼吸。

　　汽车飞速奔驰着。车窗的风大了一些,不断将绿色的窗帘扬起来。这是一段起伏的路面,车子一会儿滑下一会儿跃起,像一条轻盈的游船。车上有不少乘客倦倦地闭上了眼睛。司机的右手从方向盘上移开,在一旁的几个旋钮上活动着。一阵音乐轻轻地、像微风那样飘过来。这音乐先是纤细、轻松,渐渐又变得火一样热烈。

　　音乐盖过了马达的鸣唱。

　　我看到她的脸庞稍稍向一旁转了转,那双明亮的眼睛里,有什么在跳荡。

　　音乐渐渐缓慢,正一丝一丝地走向深沉和舒缓。

　　她的睫毛垂了下来。

　　我把目光转向一边,眼前的一切好像都消逝了。我仿佛一个人沉着地走着,走到了一条波涛滚动的河边。我知道这是芦青河。河边是开阔无垠的绿色平原,我在这漫无尽头的田野上走下去、走下去。有一个小黑点在遥远的地方出现了,出现了,终于看出那是一个少年。少年迎着我跑过来,满面悲怆,泪水涟涟,一下子扑到了我的怀里……我双手托起了这陌生而又熟悉的少年。

音乐停了。

她抬起了头,一直注视着我。我的两手端在胸前,好像在抱着什么……我小声说——这声音多少有点恳求的意味:"他睡了,睡得多好看!能让我抱他一会儿吗?"

她的两手按在膝盖上,转脸看了看儿子,然后俯身小心地抱起来,递给我。

小家伙用小手搓了一下眼,但没有醒。我把他抱在胸前。

——在家里,我常常这样抱自己的儿子。

接下去的一段路,我就这样抱着他,一直抱到我该下车的那一站。那时车子出乎预料地停在原野上,我一怔,醒过神来,不得不把孩子交给母亲。

我背起了旅行包。她站起来。我们说了声"再见",伸出了手。我握了握她的手。

车子又向前奔驰而去。

我目送着汽车,心头升起一丝甜甜的惆怅。车子终于看不见了,我默默地转回头来——就在这一瞬间,我脑际突然闪过了二十多年前的一个夜晚。

……那是一个美妙雨夜。

1987 年 7 月写于济南

梦 中 苦 辩

在这个小小的镇子上,任何一点事情都传得飞快。新来了一个会算命的人啦,谁家生了一个古怪小孩啦,码头上的一艘外国船要卖啦,等等。所有传闻大都与我无关。

但现在传的是:镇上要打狗了。根据以往经验,我相信会有这样的事。接着又传出,打狗从今天一早就开始了——看来事情准确无疑了。

不幸的是我有一条狗,已经养了七年。我不说这七年是怎样与它相处的,也不说这狗有多么可爱,什么也不想说。消息传来时,全家人都放下手里的活儿,定定地望着我。它当时正和小猫逗玩,一转身看到了我的脸色,就一动不动了。

家里人走进屋,商量怎么办。送到亲戚家、藏起来,或者……这些方法很久以前都用过,最终还是无济于事。他们七嘴八舌地商量,差不多要吵起来了。有人说已经从镇子东边开始干了,进行到这里也不需要多久。妻子催促我:"你快想办法呀!"孩子揪住了我的衣襟。我一直在看着他们,这会儿大声喊了一句:"不!"

这声音太响了。他们安静了一会儿,互相看了看,走出去了。

整个的一天,外面都吵吵嚷嚷的。我把它喊到了身边。我们等待着。

这个时刻我回忆了以前养过的几条狗。它们的性格、长相都不同,但结局是一样的。我又闻到了血的气味。

有人敲门,我站了起来。进来的是邻居,他要借东西,爱人拿给他,他走了。两个钟头之后又有人敲门,我又一次站起来。——这一回是孩子的朋友来玩……天黑了,我对家里人说:"把门关上吧!"

这个夜晚我睡不着了,总听到有人敲门。我不止一次从床上欠起身子,妻子都把我阻止了。她说这是幻觉。可我睡不着啊。

半夜里,她睡着了。就在这时候,我异常清晰地听到了重重的敲门声。我再也不信什么幻觉,立刻起来去开门。

门开了。有一个穿了紧身衣服的年轻人笑着点了点头,闪进来。他蹑手蹑脚的,背了枪,挎了刀。我明白了。我尽量平静地问:"轮到我了吗?"

"是的。"他笑一笑,将刀子放在桌上,搓了搓手。他坐下,问:"有烟吗?"

我把烟递给他。

他慢慢吸着烟,一点也没有焦急的样子。我知道他从镇子东边做起,做到这儿已经十分熟练、十分从容了。或许他本来就是个操刀为业的人。我心里为他难过。他还这么年轻,正处在人一生最美好的年纪里。我看着他。

他被看得多少有点不好意思了,揉了烟站起来说:"开始吧。

它在哪？来,配合我一下……"

他弯腰紧了紧鞋子,又在衣兜里寻找什么。

我冷静地、每一个字都很清晰地告诉他:"不用找它了。我也不会配合你。我不同意。"

他像被什么咬了一下,猛地抬起头。这回是他端量我了。他有些结巴地问:"为、为什么?"

"因为我不同意。"

"你——"他按在桌上的手小心翼翼地抬起来,"这是镇上的规定。再说,你不同意,有什么用?"

我再不做声。我等待他的行动。这时候我觉得自己的两臂,还有拳头,都在抖动。我等着他的行动。

可他偏偏坐下来了。他说:"自己家养的东西,谁愿意杀。可没有办法,要服从公共利益。你这么大年纪了,这些道理应该明白……"

"我不明白!我不明白一条狗活得好好的,为什么要把它杀掉。我的狗从不自己跑出这个院子,它危害了什么?它咬人吗?它从生下来就没有伤过一个人!怕传染狂犬病吗?它一直按要求打针,你看它脖子上的编号、铜牌……不过这些都来得及谈,我现在要问你的还不是这些,不是。我要问的是最最起码的一句话,只有一句。"

他惊愕地望着我,问:"什么话?"

"谁有权力夺走别人的东西——比如一条裤子,谁有权力夺走它?"

他很勉强地笑了笑:"谁也没有这个权力。"

我点点头:"那么好。这条狗就是我的,你为什么从外面走进来,硬要把它杀掉呢?"

"这是我的工作!我是来执行规定的!"他提高了嗓门,有点像喊。

我也提高了嗓门:"那么说做出这个规定的人,他们就有权力去抢掠。你在替他们抢,抢走我的东西!"

他大口地呼吸着,不知说什么才好。

"有些人口口声声维护宪法,宪法上明明规定公民的私有财产得到保护——只要承认这是我的狗,而不是野狗,那么它就该得到保护。这种权力是宪法上注明了的,因而就是神圣的……"

那人发出了尖叫:"你的狗是'神圣'的?"

我不理会这种尖叫:"……如果我没有记错,这个镇上已经强行杀狗十一次,几乎每隔几年就要来一次。也就是说十一次违背宪法。我怀疑他们嘴里的宪法是抄来的,是说着玩的。镇上人失去了自己的狗,难过得流泪,有些人倒觉得这种眼泪很好玩,每隔几年就让大家流一次。不,这种眼泪不流了,我要说出两个字:'宪法!'……"

一股热流在我身上涌动。我知道自己已经相当激动了。面前的年轻人盯着我,像在寻找着什么机会。他突然理直气壮地说:"狗咬人,人得病,那么就是'危及他人人身安全'!"

"它危及了谁,就按法律惩罚好了!但我的狗明明谁也没有伤害。可你要杀它。原来这种冷酷的惩罚只是建立在一种假设上!

一个人可能将来变为罪犯,但谁有权力现在就对他采取严厉行动?你没有行动的根据。到现在为止,我的狗还是一条好狗;它下一秒钟咬了人,下一秒钟就变成一条该受惩罚的狗。不过它现在冲进来咬了你,你倒应该多多少少谅解它一点……"

"为什么?"

"因为你要无缘无故地把它杀掉。"

"我真遇到怪事了!"他气愤地看了看表,又瞅瞅桌上的刀子。"我们几个人分开干,我负责完成这一条街。这下好了,全让你耽误了。"

我长长地吐了一口气,拍拍他的肩膀:"坐下吧,小伙子,坐下来谈个重要的问题——怎么保护自己的东西、什么是自己的东西。你可不要以为我老糊涂了,连什么是自己的东西都分不清。在我们这儿,这个简单的道理早给搅乱了。比如你就能挨门挨户去杀死别人的狗,原因就是分不清什么是自己的。街道上,一天到晚都响着高音广播喇叭,吵得别人不能读书也不能睡觉。这就是夺走了别人的安静。人人都有一个安静,那个安静是每个人自己的东西。再比如……太多太多了,这些十天八天也讲不完,你还是自己去琢磨吧……"

"我不愿琢磨!"小伙子有些不耐烦地打断我的话。他白了我一眼,伸手去摸烟。他吸着烟,头垂下去,像是重新思索什么。他咕哝说:"养狗有什么好?浪费粮食。镇上有关部门核算过,如果这些粮食省下来,可以办一个养猪场,大型的!"

我不知听过多少类似的算账法。我真想让小伙子把那个先生即刻请来,让我告诉他点什么!我对小伙子说:"粮食是我自己的,是我劳动换来的,我认为用粮食养狗很好;你认为是一种浪费。那是看法不一致。你只能劝导我,但不能把自己的看法强加给我。还有,我可以从狗的眼睛里看出微笑,一种特别的微笑——这种微笑给我的安慰和智慧,是你那个先生用养猪场可以换取的吗?"

他不安地活动一下身子,小声说了句什么,说完就笑。

"你说什么?"

"我说精神病!"

我冷笑道:"不能容忍其他生命,动不动就要屠杀,那才是丧心病狂。我刚才强调它是自己的东西,强调它不能被随意掠夺和伤害,只不过是最最起码的道理——事情其实比这个还要复杂得多、严重得多!因为什么?因为它是一个生命!"

"什么?"他又一次抬起头来。

"它是一个生命!"

他撇撇嘴巴:"老鼠也是一个生命……"

"可它毕竟不是老鼠!它毕竟没有人人喊打,恰恰相反,它与人类友好相处了几千年,成为人类最忠实最可靠的伙伴。那么多人喜欢它、疼爱它,与它患难与共,这是在千百年的困苦生活中做出的抉择和判断,是在风风雨雨中洗练出来的情感!你也是一个人,可你竟然把这一切看得一钱不值!我不明白你了,我害怕你了,小伙子!我怕的不是你的刀枪,我怕你这个人!我怎么也不明白你会面对那样的眼睛举起刀子……那是什么眼睛啊,你如果没有偏见,就会承认它是美丽无邪的。你看它的瞳人,它的睫毛,它的眼白！我告诉你吧，没有一条狗能得到善终，你弄不明白它有多长的寿命——它其实活不了太大的年纪。一条五六年的狗就知道什么是衰老，满面悲怆。你注意去研究它们吧，你会发现一双又一双忧郁的眼睛。它们老了，腿像木棍子一样硬，可见了人仍要把身体弯起来贴到他的腿上，就像个依恋大人的孩子。它太孤独无援了，它的路程太短暂了，它又太聪明，很快就知道关于自身的这一切，于是变得更加可怜。它心中的一切没法对人诉说，它没有语言或者没有寻找到人类可以接受的语言。它生活在我们中间，就像一个人走到了完全陌生的国度里。它多么渴望交流，为了实现一种交流不惜付出生命。它自己呆在院子里，当风尘仆仆的主人从门口进来的时候，它每一根毛发都激动得颤抖起来，欢跳着，扑到他的怀里，用舌头去温柔他，眼睛里泪花闪烁……我不说你也会想象出那个场景，因为每个人都见过。你据此就可以明白它为人类付出了多少情感，这种情感是从内心深处迸发出来的，没有一丝欺骗和虚伪。由此你又可以反省人类自己，你不得不承认人对同类的热情要少得多。你进了院子，它扑进你的怀中，你抚摸它，等待着感情的风暴慢慢平息——可相反的是它更加激动，浑身颤动得更厉害了。你刚刚离开你的家才多长时间呀？一天，甚至不过才半天，而它却在这短短的时间里孕育出如此巨大的热情。你会无动于衷吗？你会忽略它的存在吗？不会！你不知不觉就把它算做了家庭中的一个成员。所以，你看到那些突然失去了狗的人流出眼泪、全家人几天不愿言语，完全应该理解。这给一个人、一个家庭留下的创伤是无法弥合的，是永久的……"

小伙子一直用手捧着双颊,这会儿不安地活动了一下身子。

"我丝毫也没有夸大什么。我甚至不敢回想前一条狗是怎么死的。那时也是传来了打狗的消息,也像现在这样,全家人心惊肉跳。那是一条老狗,它望着我们的眼神就可以明白一切。当我们议论怎么办的时候,它自己默默地走进了厢房。厢房里放着一些劈柴,它就钻进了劈柴的空隙里。我们以为它这样藏起来很好,就每天夜里送去一点水和饭。谁知道送去的东西一点也没有见少,唤它也没有声音。我们搬开劈柴,发现它已经死了,一根柴棒插在脖圈里,它绕着柴棒转了一圈,脖圈就拧得紧紧的。它自杀了。它的眼睛还睁着。全家人吓得说不出话,怔了半天,全都哭起来。当时我的母亲还在,她拄着拐杖站在厢房里,哭得让人心碎。你想一个白发老婆婆拉扯着这么多儿女,还有一个多灾多难的丈夫——我停一会儿再讲他的事情——她一生的眼泪还没有流完吗?她哭着,全家人更加难过。母亲的哭声做儿女的不能听,如果听了,就一辈子也忘不掉。我们把老人扶走,可她不,她让我们把狗抬到一个地方,亲眼看着把它埋掉了。第二天杀狗的一些人来了,到处找它。领头的说:'还飞了它不成?'我告诉他:'真的飞了,它算逃出这个镇子了!'那个人哼一声说:'它除非再不回来!'我说:'放心吧,它再也不会回这个伟大的镇子了!'……这以后多少年过去了,我们再没有养过狗。我们差不多发誓永不养狗!可是后来,后来——真不该有这个后来——我的小儿子从外面捡回一条小花狗,疼爱得了不得。我看它,它也看我,扬着通红的小鼻孔。我狠狠心,决定只养两个星期就送走。两个星期到了,儿子死也不干,接着全家人都心软了。它就是我们现在这条狗。那时多么轻率！我当时想，毕竟不是过去了，又不是'备战备荒'的年头，或许再也不会发生那样的事了。我太无知！我把事情看得太简单了……"

我讲到这儿，面前闪动着那一双不愿闭合的眼睛，心头一阵阵痛楚。我不得不去桌上取烟。我拿起一支烟，发现自己的手在抖。小伙子用打火机给我点着了烟，这时问了句："老同志，我想问一问，您是做什么工作的？"

我回答他："教师。不过早就离休了……"

小伙子若有所思地点着头："嗯，教师，教师……"

我重重地吸一口烟，又吐出来："我是个教师。不过我没有在本镇教书，所以你不是我的学生。在东边那个镇子上，像你这么大的小伙子，有不少都是我教出来的……愿意听听那个镇子的事情吗？那好，你听着。怎么说呢？一开头就赞扬那个镇子吗？我不能，因为我们这个镇子的人可没有轻易赞扬别人的习惯，我也是一样；更重要的是那个镇子确实也有很多毛病，有的甚至极端恶劣。不过我接下去要说的是其他的方面，是他们与其他生命相处的方法和情形。因为咱俩眼下讨论的正是这个问题。我要告诉你，那个镇子上几乎没有多少裸露的泥土——到处是草地、庄稼和森林。各种鸟儿很多。它们差不多全不怕人。我早晨到学校去，一路上不知有多少鸽子飞到肩上。如果时间充裕，我常停下来与路边水湾里的天鹅玩一会儿。我对野鸭子招招手，它们就游过来。我不止一次用手去抚摸野鸭子的脊背，去摸翅膀上那几道紫羽，感受热乎乎、滑腻腻的奇妙滋味。它和天鹅，还有鸽子，眼睛都各不相同，却是同样可爱。它们用专注的神情盯着你,让你多多少少有些不好意思。离开它们,我一整天的心情都比较愉快。它们安然的姿态影响了我,使我也变得和颜悦色。这就是那个镇子的情况。如果你不怀疑这一切都是真实的话,你会怎么想呢?

"回头再看看我们这儿吧!没有多少树和草,没有野鸭子和天鹅,如果从哪儿飞来一只鸟,见了人就惶恐地逃掉。鸽子也怕人,所有的动物都无一例外地要躲避我们。我真为这个羞耻。我仿佛听到动物们一边逃奔一边互相警告:'快离开他们,虽然他们也是人,但他们喜欢杀戮,他们除了自己以外不容忍任何其他生命!'它们没命地奔逃,因为一切结论都付出了血的代价。无数远方的动物,比如一只美丽的天鹅在这儿落脚,只停留一个小时就会被镇上人用枪杀掉;一群野鸭子莽莽撞撞地飞到河边游玩,只半天工夫就会被如数围歼,吃到肚子里去了。实际情形就是这样。尽管我们要挖空心思做一番事业,但我想,如果连一些动物都对我们不屑一顾,对我们从心底里感到厌恶和惧怕的话,那我们是不会有希望的。对野生动物这样残酷,野生动物可以躲开。于是我们的目光就转向家庭饲养的动物,对温驯的狗下手了。我相信这是一部分人血液里流动的嗜好,很难改变。事实也是如此。如果我没有想错的话,那么下一步轮到的很可能是一些更小更可怜的家养动物,比如猫和鸽子。这些行为会一再重复,因为它源于顽劣的天性,残酷愚昧、胆怯猥琐,在阴暗的角落里咬牙切齿。这些人作为一种生命,怎么会去宽容其他生命?!他们憎恨和惧怕一切生机勃勃的东西,砍伐树木,连小草也不让生存。我不止一次看到一些人走上街头搞卫生,第一件事就是蹲下来拔小草。绿色很快没有了,留下来的是肮脏的脚印。当然,镇子上也有人种草植树,正像有人热爱动物一样。但严重的问题是树和草越来越少,动物或者远离了我们,或者被大批大批地杀掉。

"对其他生命不宽容,对自己也是一样。我这里不想去复述镇子上的几次械斗,点到为止,你心里完全清楚。算了吧,不说这些了……但我不得不跟你讲讲我的父亲——我曾说过要讲那个多灾多难的人。我相信你不会怀疑这是真的。我要说的是他生活在这样的情形中,有这样的结局是多么自然;而一些人在今天的行为,与昨天的如出一辙。这二者之间究竟有一条什么线在联结着——我由一些不该杀戮的其他生命想到了一个生命,想到了这个生命与我的关系,他对我的至关重要、他留给我的疤痕、他流动在我身上的血液……他死的时候满头白发。而我如今也满头白发了——我想说,我并不一定安然自如地走完我生命的里程,正像我的父亲到了暮年还遭到意外一样。小伙子,我羡慕你的年轻,可也忧虑你的岁月。因为生活的道路比你想象的坎坷万倍,你手中的刀子也许很容易就刺得自己遍体鳞伤……不说这些。我还说我的父亲,说说他吧。他七十多岁了,行动不便,但头脑也还清晰。他对于镇子一片忠心。他看到什么不利的地方,就要说上两句。有一次他议论起新修的一条马路,指出这条柏油路耗资巨大,但却效益不好。他有理有据,虽然尖锐无比,可是态度和蔼。谁知道这就惹火了镇上的一些人。开始他们寻茬儿让他进了一个什么学习班,后来又说他在学习班上态度不好,就把他转到了一个农场——就是我们镇子的明星农场。父亲那么大年纪了怎么能种地？我和母亲去找了管事的人，他们说已经照顾他了，让他做农场的饲养员。我去看过他一次，见他弓着腰给猪搅拌饲料，饲料里有拇指大的一块地瓜，他抓出来就吃……我偷偷地哭了，没有让父亲看见，也没有将这些告诉母亲。又过了半年，父亲的罪行不知怎么又加重了，被调到了一个石墨矿去。那里更苦更累，而且劳动时有人看守。去了石墨矿的人，他的家里人不能随便探望，直到父亲死，我只见过他两次。第一次见他，我给吓了一跳：他的白发全给石墨染黑了，连牙齿上也沾了黑粉。我问他在这儿做什么。他不回答，只用包了破布的手去擦脸。最后一次见他，是他在小床上喘息的时候，我和母亲被通知去矿上探视。可母亲病了，丈夫临死她也没能见上一眼。我自己去了，路上尽管做好各种思想准备，也还是被父亲的样子吓呆了。他握住我的手，不说话。我也不说。最后，老人突然从身子底下取出一个小纸包，指了指说：'哑药！'他又指了指自己的嘴，说：'祸从口出啊……'他把哑药递给了我，我明白了。父亲本来是为自己准备的，后来见用不上了，就留给了他的儿子……我两手捧着这最后的礼物，向父亲跪下了……"

我的声音渐渐低得快要听不见了。小伙子拧着眉毛看着我，嘴角活动了几下，问："你，吃了哑药？"

"我捧着它离开了石墨矿，沿着芦青河堤往回走去。好几次我想塞进嘴里，但最后一次我抬头看到了自己的镇子，心里一热，就把那药撒到河水里去了！"

小伙子大松了一口气。

"尽管父亲的话是千真万确的真理,但我还是不想使喉咙变哑。我的镇子!我的镇子!请摸一下我这颗滚烫的心……我之所以给你讲了父亲的死,是因为我想到了有些人像潜伏病菌一样潜伏了一种仇恨,它会像流感一样突然而迅速地蔓延。眼下我又看到了这种危险。无数的狗被杀死,鲜血染红庭院,惨叫声此起彼伏——那些人是不是正期待着这种效果?这一切,又是不是他们宣泄仇恨的一种方法?我确信会是这样。宣泄的方法各种各样,但确定无疑的是每一次宣泄都留下了巨大灾难。我忘不了有一年春天的所谓'垦荒'——毫无必要地将镇子北面的树林毁掉!那片林子茂盛得可爱,当时槐树正开满了银色的槐花,引来了全世界的蜜蜂;榕花树刚长出粉茸茸的叶子,柳棵爆开小绒球,灰暗的枯草里挺起红的紫的鲜花。它们好不容易告别了冬天,又要在挥动的锹头下呻吟。我亲眼见到有些人狠狠地刨倒了一棵开满鲜花的槐树,双脚把花朵踩到土里时的那种微笑,那是掩饰不住的快感。连续五天的围垦,树林没有了,留下来的是一片焦土。他们疲惫地走了,头也不回。这片垦出的沙土至今没有种什么东西,只是冬天里旋着沙丘,那沙末在空中转着,像是树木的魂灵。就是这样,你怎么来解释这种种举动呢?你能说这不是另一种宣泄的途径吗?

"我更不明白的是,街道上有多少刻不容缓的事情需要去做,他们恰恰对这一切视而不见。垃圾成堆,苍蝇一球一球在那儿滚动,捡垃圾的老人用赤裸的双手去抢一堆碎玻璃。又破又响的汽车轰隆轰隆地跑在街上,让人白天晚上不得安宁,冒出的油烟半天也散不开。在窄巴巴的街道上,常常有几个贼眉鼠眼的人窜来窜去,总有人被掏兜、被欺侮。妇女和老人丢了东西就哭,一个乡下来的小姑娘被几个歹徒拖到了防空洞里。没有腿和手的人在街上行乞,垫着小板凳一挪一挪往前走。各种宣传车来来往往,无数大喇叭吵翻了天,野蛮无理地强行掠夺你的宁静。为什么要这样?有什么权力要这样?不知道。你放眼往南望,你望到了那一溜儿黑影吗?那就是南山,是我们这儿唯一的山区。那儿没有水,没有柴草,也没有多少粮食。那儿的人衣衫褴褛,一代一代都面黄肌瘦。因为没有可以燃烧的东西,就往灶坑里填地瓜干,锅里煮的还是地瓜干。你可以想见那里的生活。你知道那里有多少事情需要立刻去做。可惜这些一年一年延续下来,没有多少变化;而与此同时,有人却毫不含糊地强令杀了十一次狗……"

小伙子的眼睛转向了窗子,望着很远的地方。他听到这里,认真地插话说:"我不是反对你的意见,不过我想到了两件事儿。一是你把我们这儿说得太吓人了;二是山区里的人那么苦,为什么不把养狗的费用使到他们身上?难道这些狗比那些人还重要吗?"

这都是直接的意见,然而十分尖锐。我不由得握住了小伙子的手,我感谢他终于开始和我一起思考起如此严肃的问题了。我不知怎么回答他这两个简单极了也是复杂极了的问题。我说:"你问得好,我没法回避。让我试试吧。先说第一个问题。你认为这地方被我说得太吓人,但你没说我编造了什么,这就好。当然,我们这儿还有一万条值得赞扬的,这也是事实。而我要说的,是那些刻不容缓地需要根除的方面,这一切只要存在一天,我就有理由用手指去指出来。但愿你不要真的被吓住,而是变得更勇敢。我在指出这一切的时候，有时会手指抖动，但那不是为了吓你，而是一个老人真诚的激动。再说说第二个问题吧，它更难以辩解。首先我想说，饲养狗是人类的一种需要，这种需要看起来似乎可有可无，但你只要看一看镇上人在这方面的经历，看一看最困难的山区还有很多人养狗，就会否定那种看法。镇子上十一次对狗进行围剿，无数人流下了眼泪，受到了很大的挫伤，发誓再不养狗。可奇怪极了的是，大家像我一样发誓，如今也像我一样地违背了誓言。看来这是没有办法的事，是一个生命最深层的一种渴望，必须去满足。至于这种渴望到底反映了什么，我还说不清。我朦朦胧胧地觉得，一种生命需要另一种生命的安慰，他们必须在这种无形的交流中获得某种灵感。在通向永恒的路上，也许真的需要它来陪伴。这个谁也讲不清，你默默地用心灵去感觉，也就知道了。所以从这个意义上讲，你那种切近的功利换算的方式就无助于理解这个问题，二者没有任何可以沟通的。这是一方面，另一方面，我想说对待困苦和艰难勇往直前的，究竟是世界上的哪一种人，是些什么人，这种人到底有什么样的素质。那些坚决主张杀狗的人当然不是为了节俭，他们恰恰在情感上是极其吝啬的一种人。而对于自然界的各种生灵倍感亲切，每时每刻都试图去理解和接近的人，他们才对苦难特别敏感，也最愿意为消除那些痛苦贡献出自己的一切。勇敢的人从来都不是冷酷的人，你可以在生活中找到无数的例子。"

他倾听着，眨动着眼睛，不知是否真的理解了我的话。当我停顿下来的时候，他就将头埋下去。看来他已经准备再听一听，他由厌烦这种谈话转为渐渐习惯和可以容忍，又变为希望去接受……

但我这会儿也想听听他的了。我问:"这次打狗进行得顺利吗？已经完成了多少？"

他像困倦一样揉着眼睛,把头扭向一边。停了一会儿,他转过脸来,抿了抿嘴角说:

"大约进行到一半以上了。这次比过去困难。把狗藏起来的太多。有的狗冲出来,疯了一样。我们有枪,可怕伤了人。狗冲到小巷子里,急得乱跳。我们堵上巷口,用枪扫,有的中了弹还迎着我们反冲过来。天哪,真可怕,它们一边流血一边跑。好多狗跑出镇子,往南,往山里跑。我们联合起来堵截。有一次围住一个山包,往前缩小圈子,一抬头,看见几百只狗昂着头站在山坡上。它们一起看我们,这一回没有一只跑掉,也不逃,我们吓得不轻。后来当然开了枪,几百只狗叫成一片,有的腾到半空,像给打飞了一样。那面山坡都给染红了……"

我们都沉默了。

我像被什么烧灼着,心上一阵阵刺痛。我说:"真不简单,小伙子,真不简单。在你这儿,一切需要暴力、需要用强制手段去对付的方面,都干干脆脆地做了；一切需要胸怀、需要眼光、需要高瞻远瞩才能办到的事情,都搞得一塌糊涂……"我差不多要碰到小伙子的脸了,声音大得有些吓人,"你能否认这是一场屠杀吗？你没法否认！崭新的屠杀,就发生在这里！可是,一切就这样过去了吗？没有！不会这么便宜。一种反击正在悄悄地开始,只要你好好睁大眼睛就会看到。你到医院,你看看有多少人在排队治病,他们横一行竖一行,人山人海,天天如此；你再看看手术台上有多少人在流血,看看病床上有多少人在死命地绞拧。不治之症越来越多,肿瘤医院天天满员,今天一个好友死于肝癌,明天一个熟人因肠癌开刀;我的一个学生前不久还给我送来一盆花,昨天听说他已经查出了肺癌。无数的人患上了肝炎,验血的、做 B 超的要提前一个星期预约。屠杀吧!与大自然的一切生命对抗吧,仇视它们吧!这一切的后果只能是更为可怕的报复!不要胆怯,不要逃遁,来收获自己种植的果子吧!最近,那些热衷于种种屠杀的人据说又有了一个愚蠢至极的可笑举动:阖家迁到镇子北边的小河滩上居住!他们把大街上的树伐光了,堆满了垃圾,如今又要逃了!他们就忘了南风一吹,街心的毒气照样吹到河滩上去,忘了他们身上已经积满了毒素!他们假使逃掉了惩罚,他们的儿孙呢?他们一手糟蹋了我们的镇子,如今倒想一逃了之!可惜这绝对办不到,大自然不会放过他们!凶狠残酷地对待生活、对待自然,必遭报应!你听说这样一个故事了吧?一个人无法战胜他的仇人,最后就在身上缚满了炸药,紧紧地抓住了仇人,然后拉响了导火索!人类身后此刻就紧紧跟随着这样的一个自然巨人,他的身上缚满了炸药。我们跑吧,跑吧,躲避着他要命的手掌……真的,我总觉得大自然与人类决战的时刻就要来到了!……"

我说着,说着,不知何时流下了滚烫的泪水。泪水流下脸颊,又流进密密的胡须。

我看到小伙子站起来,眼睛里也有两汪泪水。他看着我,木木地站着。他的身体突然像秫秸一样疲软,两手抖着,肩上的枪一下子掉在地上……他感激地点了点头,转过了身子。他推开了门,跨了出去。

我捡起了地上的枪,追出门去。

"小伙子!你的枪!枪!……"

我大声地呼喊。他没有回应。我再一次呼喊。

有人在摇动我的肩膀。我猛地睁大了眼睛,看到了身穿睡衣的妻子。她用手来擦我的泪水,说:"你梦中喊得好响。你哭了。我听了都有点害怕……"

我一下坐起来。我说:"我总算把杀狗的人劝阻住了,他刚刚走。"

妻子苦笑着:"这是一个梦。你一直在睡觉。"

是的。一夜的辩解,没有目标的辩解!我推开了被子,走下来……太阳从窗棂射进,通红通红。我不知怎么急于到院子里看看我的狗——我相信它这个夜晚会像我一样睡得很糟。它的温暖的小窝就垒在院子的一角,是我的杰作。我向它小心地走去。我惯于在它清晨睡熟时去逗弄它一下……我走过去,低下头去看它。我身上抖了一下——这是真的吗?

它闭着眼睛,眼前是一汪凝住了的血。它昨夜被人杀掉了!刀痕在脖子上,刀子插得很深、很准……屋子里,爱人和孩子在说笑,他们在笑我夜里说梦话……我的眼泪夜间流过了,因此这会儿没有再流。我轻轻地把它托起来,像托一个孩子。我小声对它说:"我对不起你。我没能保护你。我现在才明白,原来这一次已经不需要通知,也不需要辩解了……"

1987 年 7 月

橡树的微笑

一

1986年9月里的一天,秋高气爽。太阳还没有出来。大沙岭子长长的一溜斜坡上,沙土洁白,草叶青青,五棵黝黑的橡树默默地挺立着。

有一个红衣红裤的女人跑到了橡树下,放了篮子,机警地四下瞟一瞟,在草地上打了一个滚。她头发蓬乱,两颊发灰,一双眼睛有些吊,额头上还描了红胭脂点儿。她不停地打滚、跌跟头,衣裤上沾满了草屑和沙土。有一次她坐在那儿,一扭头,正好让刚刚穿过树隙的一道阳光射在脸上。

朝阳使她无比妩媚。她眯着眼睛叫了一声,声音凄厉,老橡树上的鸟儿拍打着沉重的翅膀飞走了。

接着是疯狂的舞蹈。她跳起来有好几尺高,挥动的两臂就像抓住了什么去投掷,有时仰脸向着蓝天,有时头颅又顶在沙土上旋转。红色的衣裤本来是无比宽大的,这会儿却几次紧紧地拧在身上。她的矮小的身躯从里到外都颤抖了,有时令人难以置信地折叠到了一起。她弯下身子,一张脸从两腿之间探出来,哈哈大笑。她飞快地旋动着,旋动着,最后坐在了地上,大口喘息。

一个四十多岁的男人伏在不远处的灌木丛里,像蜥蜴一样往前爬着,最后腾地跳起来,扑在了红衣女人身上。

她被蜇了一样大叫,老橡树上最后的一只鸟儿也叹息着飞走了。

男人笑着,两手像链子一样拦在她的腰上,想把她弄倒。她怒目相视,眉毛立起来,额上的红胭脂点儿不停地抖动。同时,她咬紧了牙关,两个嘴角使劲翘着,对准男人的脸,牙缝里发出"嗤"的一声。男人就像没有看到,只是用力地扳她。

她瘦瘦的肩头像钢铁一般坚硬。这两个肩头又撞又扭,最后衣袖都给撕裂了。

她扭头去看衣袖,男人趁机猛力将她扳倒。那双又黑又胖的巴掌按住了她的胸脯,她一动也动不了啦。后来她哭了,清清的泪水流个不停,伸出手来指着橡树,一直指着。

男人抬头去看橡树,愣怔怔地。后来他不停地眨眼,惊恐地喊了一声,跳了起来。可他一手还是紧紧地扯住了她,甩也甩不开。

她一直指着橡树。

男人恐惧地扯着她往后退去。他们的脚碰到了篮子,她弯腰从中摸出了一把镰刀,"刷"一下砍在男人的胳膊上。

二

"牛死了,你也必须检讨!因为你有责任!挖挖根源吧……"

革委主任绷着嘴角,声色俱厉。他说完一句,就捏一粒花生米填到嘴里。

队长二愣眼剥花生,花生壳儿哗啦哗啦地在炕上响着。革委主任约他去开一个批判会,正抓紧时间训他几句,他呢,就抓紧时间干点活儿。不过他一边做一边检讨。

"责任嘛,也有。那时节找一个饲养员不易哩!这么多牲口——宝贝疙瘩啊,交给谁放心呢?巧也巧,老黑牯在队伍上养过马,我也就让他伺候牲口了……谁知道……"

主任咽下一口花生米:"他给队伍上养过马不错,可那是什么队伍?这是要害问题……(阶级斗争)这根弦啊!这根弦啊!……"主任敲着脑壳,一边站起来。

二愣眼知道该去开会了,就搓搓手,披上衣服。

会场就设在饲养棚前面的空地上。那儿已经围坐了黑糊糊的一片人。大家都看着前面的一张小红桌,桌边的木杆上挑了一盏汽灯。离开汽灯三四米远的地方,有一口临时架起的大锅,正烧得热气腾腾。锅边的黑影里,蹲了一个人,他手里攥了一把刀。

全村的老老少少都到齐了,女人纳鞋底,男人抽烟。每个人都带了一个大碗。昨天半夜里病死了一头老牛,今天要批判饲养员老黑牯,会后煮牛肉吃——这件喜事真让人等不得。不少人咕哝说:"还磨蹭个什么?"

革委主任和二愣眼出现在小红桌跟前,大家才松了一口气。

先是主任讲话,再是队长检讨,最后有人吆喝一声,两个小伙子架了一个瘦长的男人飞一般跑出来。口号声立刻响成一片。嘴馋的娃娃以为这一喊肉就熟了,一齐往锅边上跑。黑影里那个人提着刀站起来,娃娃们尖叫一声散开。

老黑牯被架上小红桌。他又瘦又长的个子,穿了一条肥肥的半长黑裤,裸露着坚硬的两条细腿。有人使劲按下他的头,又在光脑壳上拍打一下。

一个接一个人站出来批判,指出这头"革命耕牛"虽然是病死的,但老黑牯罪责难逃。老黑牯低着头,嘴唇只是活动了一下,就"啪"地飞来了一嘴巴。

主任过来,伸出两根手指挠了一下老黑牯的下巴,老黑牯抬起脸来。主任说:"我来问你,你过去给谁喂马?"

老黑牯眨巴了一下眼:"队伍上。"

"什么队伍?"

他摇着头。

"哼哼。"主任笑了,"事情不是昭然若揭了吗?你不傻。你当然不会说是给反动派喂马!"

口号声又响起来。

那一边,飘来了浓浓的香味。一场的人不安地活动着,有些混乱……黑影里的人走到光亮下,大家看出是矮壮汉子兜儿。他七岁上就跟父亲杀猪,刀子使熟了。兜儿在队长耳边咕哝了几句,队长望着主任。

主任急匆匆地讲了几句话,会议结束了。原先架着老黑牯的两个年轻人这时猛一晃桌子,老黑牯一个跟头跌到了地上。

人们敲着瓷碗围上那口大锅,乱哄哄的。

不知谁家的孩子被踩倒了,哇哇大哭。

因为主任仍呆在桌边,队长二愣眼也不好一个人离开。他不时地向大锅那儿瞟过去一眼。主任咽口唾沫,对二愣眼说:"你去吧,告诉兜儿,让他把牛筋、牛鞭煮烂些,留下……"

三

二愣眼去年清明制成了一只超长杆烟锅,点烟时,必须将右臂伸直。他如今是村民委员会主任了,该有这样一杆烟锅。

黄昏时分,二愣眼给自己倒了一杯啤酒,然后费力地点上烟。两年以前他还称啤酒为"古怪黄水",如今倒是喝上了瘾。呷一口酒,抽一锅烟,说不出的舒坦。

门板响了一下,兜儿吊着胳膊、提着两个猪蹄子出现了。

二愣眼的烟杆从嘴里拉出来:"胳膊怎么了?"

兜儿把猪蹄子扔在一个铁盆里,骂一句:"霉气!让剔骨刀碰了。"

"你该知道做什么也不易嘛!"

兜儿掏出一个异常精致的烟盒,取了一支自己叼上,又让一支给二愣眼。二愣眼加紧吸几口烟,磕掉,将香烟直直地插到烟锅里。"兜儿,这节上告你的人不少啊。看来短斤少两的事不虚。你如今发财了。不能再粘连村里人,都不易哩……"

"我发财发在世道上,又不是抢了谁的。谁告我,是他的秤砣大。"

二愣眼愤愤地站起来:"要不就是你的秤砣小!反正总有一方

出了毛病,商管所的人会弄得清……"

兜儿坐在那儿,长叹一声:"如今做个屠宰专业户难哪! 招人嫉! 愣眼叔也扔下咱不管哩……"

二愣眼盯了他一会儿,扶一扶烟锅里的香烟,坐下来。

"上一回学校盖屋,我一个人就捐了几百块,我是小手小脚的人吗? 白刀子进,红刀子出,挣几个钱容易? 那个乡长前天取去五根猪鞭,一分钱也没留下。他做革委主任那时节也这样,可那时节东西是大家的呀!"兜儿捂着缠满了绷带的胳膊,哭丧着脸。

二愣眼咳了一声。

兜儿又说:"他算个什么东西? 他攀得你啦? 我把什么送你,是孝敬哩……"

二愣眼的眼皮垂下来:"你还是收拾起那一套吧,我革命几十年,败不了党性。"

兜儿笑了。

"败不了。"二愣眼吸着烟,又说了一句。

兜儿伸手取了啤酒瓶,将瓶底的一点酒喝掉,抹抹嘴巴说:"说着玩罢了,我哪有别的意思。一天不见愣眼叔就想哩,忍不住跑来聊聊天。"

二愣眼斜斜兜儿,没吱声。

停了一会儿,兜儿喘息着问了句:"听说了吗?"

"听说什么?"

兜儿伸手朝旁边一指:"沙岭子上那几棵老橡子树,成精了!"

"胡诌。"

345

"哼？信不信由你——它们，会笑。"

二愣眼站起来，用长杆烟锅敲了一下兜儿的脑壳，厉声问："橡树会笑？"

兜儿跺一下脚："我见了！"

二愣眼去取烟，兜儿赶忙递过去烟卷。二愣眼一连三根火柴都没有划得着。他吸着烟，咕哝道："正准备把它们伐了呢，卖给南边的木匠铺……"

兜儿拍一下手掌："早该伐了！想想吧，树老成精，留着就成祸害，唉！"

四

老黑牯被人抬到了他潮湿的小土屋里。

这个小土屋是全村的一大奇观。当年老黑牯独身一人来到这儿，第一件事就是动手造屋。他首先挖了一个四四方方的大坑，接着就在坑边垒墙，墙刚立起三尺高就加盖子。看上去，这是个三尺多高的、留了四方小洞的地堡。走近些，从四方小洞里可以看到老黑牯瞪起的警惕的眼睛。那时候有人喊着："老黑牯，你从地堡里架一挺机枪吧。"

老黑牯几乎没有跟任何人说过话。

后来才有人知道他当过兵，嘲笑道："怪不得呢，一落脚就修了个'工事'。"

现在的老黑牯是躺在他的"工事"里了。

半夜里他被疼醒了，用手一摸，头上流下的血结在腮上。他知道这是最后从小红桌上跌下来摔成了这样。他摸到小窗洞那儿往外望着,第一眼就去瞅天上的星星——该到了给牲口拌夜料的时候了,他拍了一下头。一阵疼痛又使他醒悟过来:喂牲口的人从昨天起就不是他了。

一滴泪水从眼角滚下来。

他从来没有离开过牲口,闻惯了马和牛的粪味,听惯了它们的喷气声。离开它们,他会死。

在队伍上那会儿,所有人都坚信:世上只有一个人可以和牲口通话,这个人就是他们的黑牤子。

当时黑牤子是一个倒在路边上的半死孩子,头发焦枯,只有一对黑眼珠还活着。队伍从路上走过,武团长说:"捎上。"

他给驮在团长的马上。半年下来,有人见他跟那匹马说起了话,还笑。那人向武团长报告了情况,并说:"马也冲他笑。"

不久骑兵连建立了,黑牤子一手经管起一个马群。

所有的马都有名字,而不仅仅是编号。打仗之前,出阵的马都要吃最好的饲料。有一回黑牤子去老乡地里偷豆棵子喂马,差点被人打断了一条腿——他死也不吭声,人家也不知道他是队伍上的。

战斗间隙里,战士们围在一起玩。黑牤子一个人呆在牲口中间,喊他也不应声。他跟一匹青马又说又笑的,见来了人,立刻闭上嘴巴。后来有人给黑牤子提意见,说他搞不好革命团结。武团长说:"不能这么批评人,谁跟战马的感情有他深?"

队伍上常常有人教唱新歌,全体学会了一首歌,武团长就打着

拍子领唱。黑牤子蹲在一边,总不吭气。武团长蹲在他跟前,小声问:

"你学不会吗?还是不好意思?"

黑牤子摇摇头。

"到底为什么?"

黑牤子不安地搓着胸脯,半晌才吐出几个字:"心里,没有那东西。"

"心里没有歌吗?"

他点点头。

"你只要跟上学,迟早会有的。来,我教你,教一句唱一句——"武团长的大手按在他的肩膀上,轻轻地哼了起来。

　　你说什么的花儿红?
　　我说革命的花儿红!
　　……

黑牤子的大眼木木地盯住团长,摇了摇头……

在这漆黑的午夜里,老黑牤的头久久地探在小土屋的窗洞上,望着天上闪烁的繁星。一股热血突然冲到头顶,伤口又一阵灼痛。他咬着牙,张嘴唱道:"你说什么的花儿红?……"

五

二愣眼想着橡树的事,心里闷闷的。他约兜儿一起去沙岭那儿转转，兜儿无论如何不去。兜儿说："俺不敢。"

"跟愣眼叔在一块儿还怕什么？"二愣眼跺跺脚，狠狠地盯他一眼。

兜儿叹一声，跟上走了。但他总是走在离二愣眼五六步的地方。

很远就望得见那五棵橡树。它们矗立在沙岭上，像五个老人。二愣眼眯着眼瞅着它们，一边走一边说："这是满村里最有年纪的树了，真舍不得杀。"

走到了树下，兜儿一声不吭。二愣眼看他一眼，见他正慌慌地端量着橡树，身子侧歪着，像是随时准备逃离。

二愣眼冷笑了一声，转脸去望树。

这些橡树差不多一般粗、一般高，长得像石砘子那么粗壮，都不太挺直。树皮乌黑乌黑，裂开了深刻的纹路。树冠已经不怎么茂密了，但只要有一片叶子，那叶子就一定是厚实实的。二愣眼用手去摸石头似的树皮，又拍一拍：

"也许你真有了灵性。"

老橡树掉下一截朽枝，戳在了他的肩上。

"这是你用手指头捅了我一下。我们俩都老了，不过你的年纪比我还大哩！"

二愣眼坐下来，从后腰上抽出烟锅，点上，先向着老橡树敬一下，然后吸起来。

兜儿一直侧身望着这几棵橡树。

吸完烟，二愣眼又在树木之间转着。他最后在一个小坟堆跟前停住了。他端量着坟堆,一脸皱纹不停地跳动,叫道:"老伙计!"

这是老黑牿的坟。他生前一直是把牛赶到这儿吃草,牛在沙岭上嚼着,他就倚在老橡树上打瞌睡。他死了,也就埋在了这里。这是队长二愣眼的主意,他说:"老黑牿最恋那座沙岭哩,埋那里吧!"

二愣眼抬起头来,像是说给地下的人听,又像是自言自语:"我老了,来做伴的日月不远了。这两年就牵挂着一个人,牵挂小憨——你那个小媳妇……她跑了,再也不回来,外乡人能管她?不知如今还在不在人世!"

兜儿这会儿把头探过来,急忙喊一句:"小憨活着!"

"你见来?"

"我……"兜儿往后退一步,使劲摇头。

二愣眼垂下眼皮,盯着脚底的沙土说:"我就是挂记着小憨哪……"

兜儿这时往前凑了凑,吸着凉气,小声说:"愣眼叔,实话实说吧,这些橡子树真会笑!有一天早晨我来这儿闲遛,一抬头,见老黑牿从树后闪出来;我一定睛,他又闪到橡树背后去了;接着就是橡子树自己笑起来,五棵一齐笑,树皮上的裂纹一霎儿全变成了人脸上的老皱,一动一动地笑!……"

二愣眼呆呆地望向橡树。

六

那个地堡似的小土屋没有一点声息。有人说:"老黑牿死了。"

队长二愣眼听到风声吓了一跳,急忙放下手里的活计往那儿跑。

他打开小门,一股潮气扑面而来。屋里黑洞洞的,摸索着下了几级台阶,眼睛才适应一些,渐渐看出泥做的小柜子,几个陶罐和瓷碗。老黑牤在哪里?门口的光线射进来,总算映出了一对眼睛。原来他歪在屋角的地铺上,头枕着胳膊。

"死了没?"二愣眼迎着黑影喊。

黑影活动了一下。二愣眼走过去,蹲下来叹息着。他说:"老黑牤啊!老黑牤啊!你这样的人就不该生下来走一遭哩……"

老黑牤坐起来,定定地望着他,又像质问,又像哼唱"你说什么的花儿红?……"

二愣眼双肩一抖,抱住了他,大声喊着:"哎哟,你还会唱?你还会……"

老黑牤木木地又唱出一句:"我说革命的花儿红!"

"你从哪学来的?队伍上?"

老黑牤点了点头。

二愣眼半晌没有说话。他声音颤颤地说:"那是革命的队伍,这首歌子就能作证!走吧,我们外边唱去……"

他拉老黑牤,拉也拉不动,只觉得两手烫得慌。二愣眼弯腰背起他来,一边往外走一边说:"老天,你死在堡里也没人知道……你离了牲口就活不成,还干那行当吧,管他娘的主任说什么鬼话!"

老黑牤重新饲养牲口了,后来干脆睡在牲口棚里。

二愣眼琢磨着给他娶个媳妇,就把全村的媒婆动员起来。清明来了,春暖花开,媳妇真的说成了。这天派车去南边拉媳妇,找不到牛,春耕大忙,后来就使上了一头不能做活的老花牛。

老花牛一个钟点也晃悠不了一里路,走了一整天,才把结了红绸的车子拉回来。满村的人都拥上街头,嚷着:"老黑牯的媳妇来了!"

车子刚刚停稳,席篷的帘子一揭,跳出一个描了眉眼的姑娘,一落地就哈哈大笑。她看着四周的人,翘着嘴角,从牙缝里发出一声:"嗤!"

二愣眼揪住媒婆说:"这不是个痴子吗?"

媒婆点头:"小名叫'小憨'——不痴能跟上老黑牯过吗?……"

老黑牯有了家室了。他来往于牲口棚和小土屋之间,两眼亮闪闪的。他特别爱惜那头老花牛,喂它豆子,给它刷毛。有人说那是因为老花牛拉来一个幸福,也有人摇头:一头牛不能做活了,也就快挨刀了。老黑牯是让它把最后的日月过好。

一些光棍汉老要围上小土屋的窗洞往里看。这些人中有兜儿、小六六。老黑牯有时候宿在牲口棚里,光棍汉们就钻进小土屋。

村里的人笑起了老黑牯。

小憨在街上傻笑,别人问什么她就答什么。她说和兜儿睡觉好,和小六六也好,就是和革委主任睡觉不好。众人大笑。

革委主任恨恨地说:"气焰嚣张!"

小憨又一次走上街头,刚要开口,就有几个人拥上去,揪着头发按倒,扑扑地揍了起来。

幸亏二愣眼赶来解了围。他给小憨擦去嘴上的血,说:"到底是憨哪,什么都说……"又对一边观望的人说,"有点人心的,能欺负这样的人吗?"

小憨收拾起一个红包袱跑了,再也不回来。老黑牯不吃不喝。二愣眼又把那头老花牛套到车上,去拉小憨了。

七

天还没亮,南边木匠铺就派来了几个杀树的人。他们扛着锯子和刀斧,先到管事人那里交了买树钱,然后直奔沙岭。

兜儿对这些人十分客气。在那些人去沙岭之前,他请他们进铺子喝了点肉汤,还每人给了拳头大的一块肉吃。他说:"杀树就像杀牛,那可是个力气活。"

一个大汉抹抹嘴巴:"俺们哪天不杀树,无所谓……"

兜儿的眼珠转了一下,看着一边:"这是什么树?"

"橡树!"

"哼哼,橡树……"兜儿嫌冷似的磕着牙。

几个人互相看了看,慢慢站起来。

杀树人走远了,兜儿还一直看着。他们不见了影子,他也无心回肉铺做活,就往二愣眼家走去。他一进门就喊:"愣眼叔!愣眼叔!杀树的奔沙岭子去了,他们带着家伙去了……"

二愣眼端着长长的烟锅跨出屋子:"穷吵个什么!"

兜儿一下子坐在了地上,小声说:"这下子,一了百了,事情算是结了。嘿,那五棵树精也早该伐了……"

二愣眼吸一口烟,有些厌恶地看看兜儿:"人,什么时候也不能做亏心事……"

兜儿跳起来:"你说什么?"

"我说你这些天是让鬼缠住了。"

兜儿咬紧牙关,一声不吭。他在院里来回走动,一会儿仰起脸看看天空——太阳还没有出来,天是青灰色。南风摇动着院里的几棵榆树,上面有五六只麻雀荡来荡去。

东方慢慢红了,远处传来"哞哞"的牛叫声。这时墙外一阵喧闹,接着院门被撞开了,几个汉子一齐挤进来。

二愣眼和兜儿都认出是大清早赶去杀树的几个人:他们气喘吁吁,满身满脸流着汗水,这会儿"嘭"地把手里的工具投在了地上,卡腰站着。

"怎么回事?嗯?"二愣眼问。

领头的大汉拍一下腿:"沙岭上闪妖了!我们还离那几棵树老远,就有什么在树丛里边尖叫;再往前走,就有一个鬼披头散发蹦出来,在橡树下面跳。我们几个亏了跑得快……"

二愣眼的烟锅掉在了地上。

八

老花牛最后的日子逼近了。它卧在那儿,一天只起立几次,老黑牯到田里割来青青的豆棵放在它面前,它咀嚼了两口就不吃了。

老黑牯每天都和它在一起。

小憨端着饭碗从小土屋里出来,蹦跳着走进牲口棚。她唱着歌——那是男人教给她的唯一的一首"队伍上"的歌,但总也唱不成调。她蹲在老黑牿和花牛的旁边,放了碗,两手捧着她的漂亮的、隆起的乳房,眼睛里是迷茫的、惊恐的神情。一会儿,她又唱起了歌,把一条腿伸到了牲口槽里。

老黑牿把小憨拉到身边,伸手到她碗里挖一块饭团,抹到老花牛嘴里。小憨大笑。

几天后,有人通知老黑牿:把花牛牵出去吧,可不能等着它自己老死——村里一大早让兜儿去公社申报去了,公社批准了,那么晚上全村都能吃上牛肉了。

老黑牿额上的筋脉鼓起来,握着两个老拳说:"不!"

小憨看看男人,又看看旁边的人,也学他那样握紧双拳,喊道:"不!"

旁边的人笑了笑,走了。

不一会儿,有人将花牛牵出去,系了缰绳。老黑牿跌坐在那儿,半晌没有爬起来。后来他扶着墙走出去,走到花牛那儿,一下子呆住了。

老花牛伏在一根木柱跟前,浑浊的泪水从眼角流下来。

老黑牿也哦哦地哭了。

哭声引来了好多人,大家把牛和养牛的人围在了中间。小憨挤进去,第一遭看到老黑牿哭了,也吓得哭起来,双手不停地搓弄黑黑的大眼睛。她用手指着男人对人们尖叫着:

"他!他!"

太阳升到半空了,兜儿还没有回来;中午了,还是不见人影。

人们叹道:"唉,要杀就快杀吧,别让两个老的一块儿遭罪……"

傍黑时分,兜儿回来了。他老远就嚷:"批准了。批准了!"

兜儿将一块大磨刀石搬出来,"噌噌"地磨刀。

人们把老黑牯扶回了他的小土屋里。他把门插严了,把小窗洞用被子塞住,躺在了地铺上。外面是一片黄色的月光,是人群的吵嚷声。许多人在奔跑,小孩哭叫不停。夹杂在这些声音中,有花牛最后的一声长嘶。接上安静了一瞬。

小憨在屋角里蹦了一下,又跪在地上,爬过来,像猫一样蜷曲在老黑牯旁边。

天亮了,老黑牯费力地走出了土屋。

从土屋出去必须路过系牛那根柱子。他在柱子下站了一会儿,看着脚下凝结了的什么,用脚拨拨土末盖上去。

老黑牯病倒了。二愣眼不得不找人替换他喂牲口。

两天以后,满村里都知道土屋里的人不行了……夜里,月亮又大又圆,有些红。很多人要进土屋去,都被二愣眼赶出来了。里面除了主人,只有他和医生。人们耐心地等待。这样又停了不一会儿,一个矮矮的身影从小土屋里蹿了出来。她是小憨,这会儿把披散在肩上的长头发愤怒地向后一撩,放声大喊:

"他死了——"

村里的人在二愣眼的指挥下忙着后事。人们要把老黑牯抬出他一手造的这个"地堡",可小憨不让。谁动他一下,她就伸手去抓人家的脸。没有办法,二愣眼让几个人拧住了她。她在几个人的胳膊里挣扎着,但始终挣不脱身,于是就破着嗓子唱起了那首歌……

老黑牯葬到沙岭上了。不久,小憨就失踪了。

九

二愣眼从阁棚上取了一杆猎枪,擦去浮灰,背上往外走去。门口已经有很多人等在那儿了。大家都听说了沙岭上的怪事,又恐惧、又新奇。他们每人都带了点什么:木棒、菜刀、镢头,等等。

二愣眼雪白的胡楂动了动,说:"一起去也好。不过要听从我的指挥,谁也不准乱叫乱跑。"

大家纷纷点头。年纪轻的,眼睛里放出了光亮。兜儿也掺在人群中。

人们往沙岭奔去。一路上没人说话。二愣眼路上不知怎么想起了一次捉土匪:1960年一个小土匪跑到平原上,后传说躲到了沙岭,上边就组织人逮匪——也是这么多人,也是这么股劲头。不过那次什么也没逮着。

离沙岭很近了,二愣眼让大家站下。他吩咐:一股人从左,一股人从右,慢慢地往一块儿包围……

大家都弓下腰,钻进了树丛里。只有二愣眼将长长的猎枪提在手里,拨弄着树枝和草棵。有一只野兔跑出来,还有一只狐狸。不知过了多长时间,突然有人伸手指着喊了一声:

"看!"

"看见了!看见了!"大家都喊。

一个红色的影子跑出了树丛,在五棵黑橡子树下跳动着。

"天哪!"人群中有女人吓得捂上了脸。更多的人咬着下唇,握紧手中的东西往上逼。包围圈越缩越小了。

渐渐那红色的衣襟、那眼眉和蓬乱的长发都看得清清楚楚了。二愣眼一下子扔了枪。他大叫一声:"小憨!"朝四周的人跺了跺脚。大家惊讶地吐出一口气,手中的器具一齐垂下来。

"小憨!"二愣眼叫着,往前迈步。

小憨在橡子树下不顾一切地跳着,两手举起来不断翻扭。她整个人都像是一团烈火,爆出了红亮的火舌。衣袖碎成了条条,火苗儿发出了"嘶嘶"的声响。她环绕着树干,飞快地移动,长长的头发甩来甩去,闪露着小小的脸庞。

"小憨!"二愣眼又叫了一声,上前一步。

小憨跳着,往下一棵树木移动着。二愣眼再往前,她又往后退去。当她退到最后一棵橡树下,就停止了舞动。她注视着走上来的人,眉毛拧起来,眼角吊得更厉害了,额上的红胭脂点儿频频抖动。她突然尖着嗓子喊了一声,"刷"地从树后取了一把镰刀,高高地举在左肩上方,面目狰狞。

大家喊:"二愣眼,快跑吧!"

兜儿喊:"小心那把刀!"

二愣眼站住不动。他叫着:"孩子……多少年了!你是从天上掉下来的哩!……"

她的镰刀一直举着。二愣眼又往前走了一步。

四周连呼吸声也没有。

这镰刀举着举着,突然抖动一下,掉在了地上。小憨"啊啊"叫着扑上去,扑在了二愣眼的怀里。她哭着,瘦嶙嶙的肩头抵在老人的胸膛上,不停地颤抖。这哭声响亮极了,像决了堤的河水,真吓人哪。

二愣眼搂紧了她,像是再也不准备松开。

她哭得真吓人哪。

1987 年 7 月

满 地 落 叶

1985年秋天,我在胶东西北部小平原的一个果园里住了一个星期。当时正是采收苹果的季节,每天看到的都是红色的大苹果在人们手里滚来滚去。这里没有正式招待所,我就住在果园子弟小学的闲房子里。学校大约处在园子当心,因为我出来散步,无论朝哪个方向走,都看不到园子的边缘。

孩子们差不多都有一副圆圆的脸庞,让人想到大红苹果。他们笑吟吟地看着我,虽然顽皮,但似乎又比外地孩子多了一些大方和洒脱。他们和我开玩笑,有时把我围起来;直到不远处传来一声召唤时,他们才从容不迫地离开。

我听不清召唤他们的是一种什么声音。这声音大致上是柔和轻微的,不容易辨析。一个人刚刚来到密密的果林之中,耳膜不会适应这里特别的音响。比如我开始的几天就弄不明白这果园是嘈杂的还是宁静的。风吹树叶的声音、蜂与鸟的嗡鸣、人的声音,一切都融合在一起,细碎、含混。人的周身被园里的风洗过一遍,轻松而且爽快。

那一声召唤肯定是极其普通又极其独特。它透过密密的枝叶传过来,孩子们听到了,接着离去了。然而我就听不清楚。这一切是在我还来不及察觉的时刻里完成的。

早晨,当太阳还没有升出,果园里铺满了暗红色的晖光时,我就走了出来。空气清冷。树木间隙里遗留着冷丝丝的甜味。果子收走了,地上是片片落叶。到处都安然宁静,连鸟儿也不叫一声。一株株大树默默矗立,纹丝不动。工人们还没有上班,园子里看不到一个人影。一个大鸟被惊飞了,扑棱棱的翅膀扇动声传得很远。

前边响起金属碰撞的声音。我弯腰从树隙里看去,见有人在水井那儿提水。

提水的是一个女同志。她把装满水的铁桶放在一边,动手去整木头井盖。我看到的只是一个背影。停了一会儿,她拍拍手掌站起来。

她看了我一眼。

我一动不动地站在离水井几公尺远的地方。她马上垂下眼睑,提起一小桶水,将湿漉漉的绳子绾在另一只手里,轻快地迈下井台。

她的身影很快消逝在绿叶中。

可我刚才看到了什么?我看到的是一张通红的脸庞,一对稍微有些圆的黑漆漆的眼睛;很挺的鼻子,多少显出些棱角的嘴唇……她有二十六七岁,过分的成熟中透出了深深的温柔。上身是紫红色的衣服,束在了一条粗杠蓝条绒长裤中。她的腿又直又长,充满了力量;她的腰那么柔软。

这就是我刚刚看到的。在那一瞬间我突然想到了那个召唤孩子的声音:对,就是你了,是你在把孩子们呼唤过去!那种声音只能是你的!

我认定了她是一位教师。

这个早晨,我久久地呆在了水井旁边。我端量着这口井:井筒是石砌的,上面的木盖因日晒雨淋已经半朽;井台不高,是方的,有两面砌了石阶。水滴晶莹,清晰地留在了青石上。我真希望她这个早晨来提第二桶水。她没有来。

一直到太阳升起来,我还在林子里走着。果园的一片碧绿在颤抖,无数的叶片像洁白的羽毛一样悬挂着,后来又成为紫红色,一片片落下来。不知道铺满地上的是落叶还是鲜花,我踏着它们往前走,双脚滚烫。正前方的白雾升到树梢那么高,成了无限长的一道白线。我越走越快,简直像要奔跑起来了。渐渐,我的全身都变得滚烫了。

后来我站住了。

一阵歌声像轻风一样飘过来。那是天真烂漫的声音。我循着歌声走去。

一间教室内,真的有一群孩子在唱歌。站在讲台上的就是提水的姑娘——我估计得一点不错!我的脸贴在一扇窗玻璃上,久久不愿移开。她会瞥过来一眼,会看到一个令人感到迷茫的形象吧?孩子们停止了唱歌,她微笑着看着孩子。

一束阳光投过去,我看到她的脸那么明亮,一些细微的光点在浓密的头发上闪动。她在说什么,我无法听清。但我从她的神采上可以判断出一种语气。她的微微发红的脸庞好像渗出一层极其细密的汗珠,那么火热和生气勃勃。我最后注视了她一眼,离开了。

让我们相识吧。

整个的一个白天我都无心做其他事情。干燥的嘴唇抿来抿去,端起水杯又放下。我坐在窗前,望着南边的树木。这片果树枝叶中水分充足。树下是干净的土,是绿得发亮的草棵和微微变红的草棵。蚂蚱飞起来,在叶子上停留了一瞬,又落到泥土上。没有风,刚刚被摘去果实的树木默默地,像在等待着什么。不久就是更多更多的落叶,是北风和积雪。我突然觉得浓丽温厚的秋天是这么短暂。

当秋天过去了的时候,果园深处的人们会怎样呢?他们将穿上闪亮的皮衣服,戴上翻皮帽子,把树隙间的白雪踏得吱吱响。如果是个姑娘,她会穿一个半长筒子的、筒口那儿毛茸茸的小皮靴吧?阳光下,她踩着干冷的硬土往前走,两手插在上衣口袋里……我怎么不到果园里领略一下冬天呢?

傍晚,我到教师小食堂吃饭,恰巧和女教师坐到了一个小桌旁。我轻轻地呼吸着。

在小食堂就餐的人很少,大多数人在小窗口领了饭回去吃……小小的饭桌被我笨拙地晃动了一下,碗里的汤洒出了一点。汤在桌面上流动着,一直向她流去。她抬头看我一眼,笑了笑。

我真想说点什么。我甚至想告诉她:你领孩子们唱歌那会儿,我就站在窗外;我还想告诉她,我是从很远的地方来的,是第一次住在一个果园里。

她什么也不说。我知道她不会轻易对一个陌生人说话的。一个生活在果园深处的姑娘,我第一眼就看出,她把全部的灵秀藏在了心底。我那么渴望与你相识,你知道吗?

桌子上的汤在她面前停住了。

她吃完了,点点头站起来,往外走去。我也结束了,只晚她一步。出了餐厅,她回头一看,大概见我像在追赶她吧,就站住了。我走上去,说:"我是刚来你们这儿的,来了三天……"她微微抬起下巴,点了点。

"我就住在你们学校里。"

她目光柔和地看着我,好像在问:你还有多少废话要说?

我有些急促地说:"我们原来像是认识的。"

她一双黑亮的眼睛睁大了。

"是的,我早上见你提水时就这样想过。我去看你领孩子唱歌,看你站在讲台上笑着。当然,是我弄错了,我们以前并不相识。"

她点点头,用手拂了一下头发,往前走去。

校舍前面是一排高大的李子树。晚霞穿射密密的枝丫,染红了大树下一片沙土。仍然没有风,树叶垂着。芦青河把水声从遥远的地方传送过来,傍晚愈加显得宁静。我们站在李子树前。

她没有说话。

我想说点什么,话涌到喉咙那儿,又突然想起她还一个字都没有说呢。我看着她安然的神色,觉得与这李子树下的夜晚是和谐一致的。一个人如果永远生活在这样的天地里,暴烈的火焰就会慢慢熄灭,滋生出温柔的青苗。她一句话没说,可我却感受到了一种交谈的舒畅。

我又想到了她召唤孩子的声音。那种召唤我听不到,可是孩子们全听到了。

她注视着晚霞中的李子树,我差不多听到了她心底的热烈的声音。她在赞扬果园里的这种时刻,赞扬渐渐暗淡下去的光色。多少个傍晚,她站在校舍前面深情地观望。她喜欢独自一人在果林里漫步,走很远很远。当太阳的余晖全部收尽的时候,她就回到自己的办公室去弹那架陈旧的琴。我在心里说,我多么想听听你的琴;黑夜来临的时候,想想吧,果园深处有个人弹响了她的琴;琴的旁边有一个细高个子男人如痴如迷……她的目光终于从李子树上移开。

这一天就这样结束了。可我们算是相识了吗?这个夜晚好漫长,我一直呼吸着一种温馨的气息。清晨,我睡得正香,一群从窗外跑过的孩子把我闹醒了。站到窗前,看着他们可爱的身影,倦意全都没了。

我走过一大片收获的园子,到正在采果子的人们当中去。我跟他们一块劳动,让红色的苹果挨上我的手掌。刚刚离开枝叶的果子冰凉生动,托在掌心上,觉得它有脉搏似的。工人们都戴了手套,工作起来麻利极了。他们看到这种劳动给予了一个外地人巨大的愉快,十分高兴。休息时大家坐在一块儿,抽烟,开玩笑,讲一些实实在在的故事。几乎所有的女工人都穿了蓝色的背带工裤,生气勃勃。

　　我无意中听到了他们谈论小学校。听得出大家对自己的学校全都心满意足。孩子好,老师也好。总之,这个小小的学校如今是好极了。我听着这些议论,不知怎么竟有些激动。我知道了那个女教师是刚到这儿工作不久的中等师范生,从一座城市的中学调到这儿来。她叫肖潇。

　　小伙子们谈论着肖潇的名字,口吻亲切但同时又皱着眉头,显示了一种过于严肃的疼爱。

　　我走回校舍的时候,正好碰上肖潇端着粉笔盒从一间教室里走出来。我站在那儿,说:"肖潇。"

　　她站住了,手中的东西倒换了一下,有些惊讶地看了我一眼。她说:"去摘苹果了吗?"

　　我点点头。她的旁边是办公室,一转身就可以跨进去。我很想到里面坐一会儿,可又怕这样做太莽撞了。她一边转身一边说:"请进来吧。"我应了一声,随她走进去。在跨过屋门的那一刻,我在心里说了一句:我们已经相识了。

　　小小的办公室极其整洁朴素。屋里没有一张写字台,只有几个浅黄色的桌子,几个报夹,一个放了几份杂志的小书橱。角落里有一台风琴——我想象中她有一台琴,但不知道是风琴。当然不会是钢琴,也不可能是吉他。为什么?我不知道,反正她只该有一架风琴。

　　(当夜幕降临的时候,果园里就会响起一阵琴声。)

　　不过我来到这里之后从来没有听到。但我总以为有过一种夜晚的琴声。我甚至想象得出一只姑娘的手怎样在琴键上活动。

肖潇请我坐在一把木椅上,然后说:"你闲了可以来这儿看看杂志和报纸什么的。外地人来这儿都很寂寞,他们就来这儿翻翻看看。"

我说:"我一点也不寂寞。相反,这些天好像才刚刚从寂寞中走出来一样。"

肖潇的脸色一下子生动起来:"我倒是第一次听到这样的话。客人们都是从热闹地方来的,这儿安静得让人受不了——只有你是个例外。"

我看到她在说最后几个字的时候,目光垂了垂,伸手将桌上的几本书拉齐了。我站了起来。

我在屋里走着,走到了那架风琴旁边。我注视着琴键,但没有伸出手指。我说:"听说你是从那座城市来的——那才是个热闹地方。你在那儿读书、工作,差不多有十年。好长的日子……"

她仰脸望着窗外。这样停了一会儿,她抱歉似的笑笑:"那儿也许什么都好,就是太寂寞了。"

我深深地点了点头。

下午她要上课,我自己呆在屋子里读书。我随身携带的书总是我最喜欢的,从内容到书的装帧。它必须是洁净的、精美的,同时又必须是自然和质朴的。有一次我读到一本矫揉造作的书,读到不能容忍,就扔到了一团茅草里。那团茅草日后会有人收割,活该有人把它割出来……我手中的书与果园的气息、风吹树叶的声音,还有我的心境融为了一体。这是一本诗集。诗人身心放松,又满怀激情。诗人是个男人。他的咏唱让我热血沸腾。

我好几次想放下书,到那个窗下去。但我还是忍住了。最后我到果园里去了。树下的草棵、叫不上名字的各种绿色植物、一蹦一蹦的小虫子,所有这一切都使我安静下来,变得兴趣盎然。

有一棵小香瓜的秧子绕过树桩,在树的另一面结了一个黄色的、香气四溢的小瓜。我不明白当时采果子的人为什么就没有摘下它。我不信他们会没有发现,因为无论对于视觉或是嗅觉,它都是一个十分明显的存在。金色的小瓜,嘿,纯洁美妙到无法形容的一个果实,就这么静静地、谦和地卧在泥土上。我宁可相信是人们不忍心去摘取。

那么我也只能爱恋地守护它一会儿,然后走开。

晚饭后,我与肖潇一起走出去。先是走到那一排高大的李子树下,但没有停留,继续往前走去。

果园里出奇地空旷和安宁。我们走得很慢,完全是自由自在的。我真是幸福极了。我会永远记住这个铺满红霞的果园。我不曾记得在这之前有过这样的安逸和平静,无论是情绪还是步伐,都是这样缓缓的。在一片绿色的簇拥下,身心放松到如此境地。这往往是一个人的情感最健康的时候。

我们都不怎么说话。因为我们都在倾听大自然最优美的诉说。彼此都看得出对方是一个可以接受这种声音的人,就是说都懂得怎样用心灵去捕捉绿色的弦音。晚风一丝丝地增大,千万片叶子发出了悄声细语。芦青河水又一次送来了低低的歌唱。红色的光束在叶子上颤抖着,又像晨露一样在风中一滴滴摇落,渗入了泥土。小飞虫的双翅像小扇子一样打开又折合,发出了铮铮的钢丝弹拨般的声音。红云在暗绿色的树丛上方流去,流进海洋,慢慢熄灭,一边变为铁青色,一边发出腾腾的蒸汽。果园上方还有最后的一绺淡红色,树隙间已是灰蒙蒙的了。

肖潇贴着一株梨树站下来。她问:"你刚踏入果园的时候,没有什么奇怪的感觉吗?"

我回忆着刚来那天的印象。她自语似的说下去:"我第一次出差路过这儿,简直给惊呆了。这么大的一片,完全是另一个世界呀。在那座城市里我老有一种做客的感觉,原来是这个世界在等待我。我就要求调到了这里。"

"那座城市是我们的出生地,它变得生疏了;而这里倒好像是生活了几辈子的地方。"我说道。

她热切地看着我:"真是这样。"

"生活像刚刚开始,又像一切都是自然而然的。每个人的行为都有自己的理由,比如说离开一个世界来到了另一个世界。你割舍了好多东西,正因为这样才获得了好多东西。失去的多还是得到的多,其他人无法回答。"

她仍然用那种目光看着我,鼓励我说下去。

她的温柔而深沉的目光倒使我不好意思说了。这样停了一刻,她说:"你说得真对。我来果园时也是秋天,深秋的颜色让我入迷。我每天走在林子里,心想再不敢奢望更大的幸福了。我和可爱的孩子们在一起,我每天完成我的工作,剩下时间就是读书、玩,干一切渴望的事情。比起过去,我的生活真是好极了。我才刚刚二十多岁啊,就获得了这样的宁静,我还奢望什么?"

我激动地望着她。我想她是这样理解生活的,一点儿也不新鲜又似乎十分新鲜。

"后来,"她接上说,"就是冬天了。树叶全落光了,平原上更空阔了。太阳下面的芦青河银子一样发亮。这儿比城里雪多,大雪无声无息地下一夜,好多天也化不掉。我准备好了冬装,盼望雪天。我有一件翻毛领儿直筒呢大衣,一双半高筒儿皮靴。踏着白雪往前去,有时一口气走到河边上。那儿常常有人凿冰打鱼,冰窟窿上热气腾腾。打鱼的人向我喊:'喂——'我扬起胳膊应一声:'喂——'从河边回到果园,回到校舍,脸冻得通红。有一次我眉毛上结了小冰凌……"

我想象着冬天的情景。大地一片洁白,单纯而又严肃。小平原的冬装让我不由得去想一位姑娘的冬装。她穿着那双半高筒儿皮靴,两手插在大衣口袋里踏雪而去的形象仿佛即在眼前。那双皮靴是灰色的,筒儿是多皱的,筒口上的绒毛是浅蓝色的——不必问她,一定会是这样的。

她的双手叠压在身后,这时不安地活动了两下。我看到她的眉毛蹙起,目光落在自己的两腿上。她把手抽出来,嫌热似的拢起头发:"我也不总是这样,也有一些很矛盾的想法。那时我想起那个城市,还有其他一些令人痛苦的事情。每逢这时候我就怀疑自己的选择,问这是不是一种回避。我多想跟朋友讨论一下。我觉得你会跟我讨论。"

我点点头。我思索了一会儿,说:"这非常复杂。好像是一种回避,但又不敢肯定。因为这个新世界里也有各种困苦磨难,你也必须去经受。你迎接下了崭新的责任。"

她感激地盯着我:"真的,这里有这里的难处。你看见了,这里连自来水都没有。有一天散步,林子里跳出一个坏人,但我勇敢地进行了自卫。有误解和谣言。我没有退缩,也没法退缩。这里也需要一股坚韧劲儿,要有勇气。我一个人生活,就这么生活着,难处和易处全在一起了。可是我为什么做出了这样的选择呢?"

"你找到了一种更喜欢的东西,难道这也有值得非议之处吗?"

"差不多让你说对了。我认为最重要的是我的工作,我在认真工作。我用全部心灵去爱孩子们,该学会的全让他们学会。从果园里出去的孩子也要过另外的生活,他们会恨会爱,有时像些小武士一样强壮大胆。教会他们这一切,是我的责任。我记住了责任,我没敢忘记。"

"这就不能说是回避。"

"可我总觉得还是回避。你看看有人在挣扎、在呻吟,有人在流血搏斗……我寻求的生活道理在哪里?我要想这些。这种生活与另一种生活的联系在哪里?我应该心安理得吗?……"

我打断她的话:"只要有选择,就必然有回避。你回避的是生活中的某些东西,而不是生活本身。如果连这也不允许,那就太苛刻了;实际上也等于窒息了生活。"

肖潇不做声了。看得出她在沉思。

果园里黑漆漆的,我们都像是突然意识到天不早了,抬步往回走去。

走到那排大李子树下时，她停了步子。她说："我们讨论得挺好，今晚上过得愉快极了。明天见吧！"

她走了。我回到自己的住处。不知为什么，我觉得步子有些沉重。回忆刚刚讨论问题时的冷静和清晰，不由得一阵惊讶。现在我又恢复了那种难言的企盼和欣悦，全身感到灼热。

我仰躺在床上。后来我听到了一阵琴声。我走出门去，伫立谛听。当然是那架风琴的声音。琴很老了，因而琴声就有些凄冷。弹奏的人尽量使它欢快起来，让活泼动人的旋律飞扬到夜色里。天空的星辰尖亮逼人，又多又密，这个夜晚的天幕清明到了极点。南风吹过来，凉凉的。

不知不觉间，我迎着琴声走去。当我看到了那个明亮的窗户时，心跳稍稍加快了。我缓缓地向回走去。

琴声一直响下去，由欢快变得低沉、昂扬。我在风中走着，想到了遥远的城市的灯火。那是密集如草的光束，又像树杈一样交织到一起。白天来临，那些灯泡又像果子一样悬在那儿——无数的没有汁水的果子。琴声越来越舒缓，最后像一个人的慢声细语。

她的琴声是我们这场夜谈的继续。她仍然在诉说。大果园接受了一个生气勃勃又充满柔情的女儿，这个女儿伸开臂膀，接受了那么多可爱的孩子。她像个随和的大姐姐，又像个宽容的小母亲。她总是微笑着，动作轻灵、和缓，使人们看不到她的忧思。但我从那双黑眼睛里明白了另一些东西，知道了她起伏不安的胸脯下正潜藏了一片炽热。

这个夜晚，我梦见了一个双腿颀长的女孩站在了水淋淋的井台上,她向我微笑。

早晨,我突然想到自己来到果园好多天,归期已过,该离开了。一想到这里就有些沮丧,差不多要骂人。到底是什么阻碍了一个人自由自在地在果园里生活着呢?我竟然甘心领受着这种束缚。我在一瞬间决定了呆在果园里,起码要再住些日子。不知怎么,我又想起了那个金黄色的小瓜,走之前我可要再去看它一次。

我走出屋子,首先想到的就是去找肖潇。我必须马上看到她。我不知道她的宿舍在哪儿,就直接去教室;教室里空空的,使我想到这是个星期天。我急急地走进办公室,见她正在那儿读书。她放了书站起来,很高兴的样子。我说:"星期天也不休息吗?"她说:"当地的教师都回家去了。我每个星期天都用来读书。您请坐。"我看了一眼那本书,有些惊诧:这与我随身携带的那本诗集是一样的。我看了她一眼,叫道:"肖潇……"

她的目光与我的撞到一块儿,随即移开。后来,她又用询问的目光看着我。

我说:"你等一下。"说着返身跑出办公室,跑回我的住处,找到那本书。我把书放在她的书边,说:"你看——我只带了一本书,然而……"

她将两本书叠到一起,又反复看着。看了一会儿,她又把两本书分开了。"我常常在安静的时候读它,不知读了多少遍。我想你也会喜欢它,但不知道你带着它。从我们的交谈中我知道了你会喜欢它,现在证明了。"她又把两本书合到一起。

我愿这两本书永远合在一起。我坐在那儿,一句话也没说。

桌上的两本书也在交谈。我看了她一眼,又一次看到了发红的脸庞、一对稍微有些圆的黑漆漆的眼睛。时间一秒一秒滑过去,我们两人都沉默着。不知过去了多长时间,她声音涩涩地说:"昨天的讨论——我是说散步的时候,好极了。让我们再继续那种讨论吧……"

我摇了摇头。

"我真喜欢那种讨论。"

我咬了咬嘴唇,摇摇头。

她低下头去,好长时间才抬起来,说:"晚上的谈话使我想了好多。我想我们谈得真好,已经很久没有这样了。人们本来可以这样交谈的,可是不能。这为什么?是一个人的修养不同造成的吗,还是其他原因?"

我没有回答。

她接上说:"一个人的修养怎样去判断?当然有很多的标准了,可是……"她停下来看着我,"可是有一条最重要的标准被人们忽略了。"

我问:"什么标准?"

"说不清楚。我只知道,一个人无论怎样高深,如果他(她)不愿亲近大自然,大自然也唤不起他(她)的柔情,那么就不能算有很好的修养。"

我同意她的说法,进而补充说:"这对于一个人是太重要了。有人读了很多书,可仅仅把书作为生活的工具,也无助于修养。如果读懂了多少书还不能算做修养的最重要标准,那就只能把它与大自然联系起来去考查了。"

她的眉毛蹙着,连连点头,这使我认识到自己身不由己地又陷入了讨论。我看着她,淡淡地笑了笑。我说:

"肖潇,你弹琴吧!像昨天晚上那样。"

她看了看那架陈旧的风琴,没有动。我又催促了一遍,她就走到了琴边。我又一次沉浸在琴声里……她唱道:"没有歌声的夜晚。没有故事的夜晚,没有篝火的夜晚,没有星月的夜晚,朋友啊,这算什么夜晚?"

她的嗓子那么好,这有点出乎预料。我不知道以后还能否听到这样的歌。这歌声让我想起了过去的岁月,想起了那些不算凄苦也不算幸福的平平常常的日子。我不知道小平原上还有这样的一片果园,我寻找得太迟太晚了。她先一步踏入了果园,她毕竟比我聪慧。

这一夜难以入睡,因为她的歌声总是在耳边萦绕。窗外寂静一片,没有声息,没有星月。我翻着身子,想这个夜晚她正在安睡吗?"……朋友啊,这算什么夜晚?"我久久不能解答。

这个早晨我起得很早,起来后就走到了那排李子树下。在树下站了一会儿,我又往果园深处走去。太阳没有出来,朝霞的颜色也很淡,凉风使人有些发冷。地上的落叶明显地增多了,秋天好像在一夜之间深入了许多。

我漫无目的地走着,直到看见了一株空空的瓜秧——这个地方十分熟悉,我蹲下来看着,终于明白是几天前看过的那个金黄色的小瓜,它被人摘掉了!我睁大了眼睛,撩起瓜秧看着,看着剩下的一小段瓜梗……我缓缓地转身离去了。

我向着校舍走去。当那片红瓦已经看得见的时候,两脚却不知怎么停住了。我在李子树下久久注视。

我把头靠在树干上站着,不知过了多长时间,才向别处走去。

从李子树下离开的这段短短的路程,我又记起了归期,心中涌起一阵莫名的急促。

中午,我找肖潇告别。她看着我,默默地伸出了手。她说:"你来啊!"我点点头……

脚下的落叶沙沙响着。我踏着落叶走去。此行以及关于此行的一切只是生活中的一瞬,但又似乎包含了人生的全部欢乐和全部悲怆。我最后回头看着——她站在那儿,像我第一眼看到的一样:微红的脸庞,稍微有些圆的黑漆漆的眼睛,紫红色的衣服束在了粗杠蓝条绒长裤中……真棒!

1987 年 8 月

童 年 的 马

农场主汉斯养了很多马。他的农场大极了,一眼望不到边。这儿没有马车,耕作全部实现了机械化,就连挤牛奶也不用人工了。土地上一片葱绿,安静得很。他的马厩里有那么多马。

汉斯和家里的客人领我从马厩通道上缓缓地走过。他和他的朋友不时地伸出手去拍拍马的脑门。一个老太太还把手伸到了马的嘴唇里边,去抚摸它的雪白的牙齿。我这时叫了一声,所有人都回头看我。老太太看了我一眼,但她的手还在马嘴里。最后,她吻了吻马嘴,才恋恋不舍地走了。

马槽里是机制饲料,那样子有点像感冒胶囊,长条形、暗绿色,很硬。不过马的牙齿肯定不怕它。马的牙齿多么坚实。

马安详地看着从它面前走过的人们,暂时停止了进餐。我觉得这些马都很礼貌、很漂亮。我看着老太太刚才吻过的那个马的嘴巴,心中活动了一下。灰色的马嘴柔软,有着细密的小茸毛,非常温暖。这匹马的眼睛是那样美丽。不过哪匹马的眼睛不美丽呢?

"维利,你怎么样?该看你的了!"

汉斯这时招呼一个六七岁的小男孩——我估计那是他的宝贝儿子。小男孩的蓝色眼睛异常兴奋地眨了眨,回身就要往家里跑去。汉斯的夫人俯在汉斯耳边说了句什么,汉斯立刻对跑着的维利说:"那算了吧,维利,喂,我是说呆一会儿再说吧。"

维利怏怏地转回来。

有个叫玛丽的小女孩对他笑着,露着一口有着黄斑的牙齿。我想这会是他的妹妹吧?维利毫不介意地向小女孩走去,两手插在衣兜里。

大家仍在马槽前边指指点点地走着。汉斯几乎每匹马都要拍打一下,有时还要夸奖一句什么。从马厩中走出去,往左一拐,来到一片用原木简单围了围的草地。有几匹马在草地上玩着。一匹棕马、一匹黑马,还有一匹花斑马。我们弯腰钻过原木栅栏,踩在了草地上。

每个人都接近了自己喜欢的马,嘴里呼叫着什么。只有我离马较远。

那个老太太大叫着,两手挥舞着奔向黑马,搂住了马的脖子。我的心紧缩着。我希望老太太快些离开黑马。他们玩得真好,有一匹马噔噔地在草地上跑起来,像是在为我们表演。有个客人为马鼓掌,马停止了步子,他也就不鼓掌了。他对我说:莱茵河畔哪儿找这么好的农场,哪儿找这么好的马!

维利和玛丽毫不费力地钻过栅栏。他们的手一会儿就贴在了马的长脸上。

一阵热乎乎的感觉传遍了我的全身。我欢快地叫了起来。饲养员老木头咕咕哝哝地走过来,用手扳开我们几个小家伙,说:"踢着!不怕踢着?"

我们才不怕呢。这匹白马是我们真正的朋友。它浑身没有一丝杂毛,像雪一样。马不像人那样,由于头发的长短而一眼即可辨认男女,所以我们都不知道它是男的还是女的。我个人一直认为它是女的。不过我没有更多的根据。

它的眼睛又大又亮,蓝莹莹的。它看着我,会喜欢我吗?如果一匹这样的马在喜欢我,那么我一定是个了不起的好孩子。我伸手去抚摸它的脖子,觉得它真光滑。我把手指插进了它的鬃毛里,然后又去捏它的嘴唇。像面团那么柔软,热乎乎的。

"走开了,走开了!"老木头从饲养棚里端出一个木架子,把一个柳条扁筐放到上面,然后倒进一些碎谷草和糠粉,用水拌着。

白马的嘴巴颤了颤,吃起筐里的东西。

我们知道它吃饱了之后,要套上大车,去芦青河边拉沙子。赶车的是老鲁,如果他高兴了,我们就可以坐上他的空车到河上玩。

"上车呀,上呀!"大家呼喊着往大车那儿跑——正这会儿有人在一旁打了个口哨,大家不由得站住了。我可知道打口哨的那个人是谁,他是我的哥哥嘛,这会儿站在杨树下,一只手插在衣兜里,另一只手搔着头发。他的制服上衣扎在裤子里,电镀腰带在阳光下闪闪发光。那是多好的一条腰带。

大家看了看哥哥的腰部,重新向大车拥去。

"你们要到哪里去呀?"

他在快活地呼喊。没有一个人回答他,因为都知道他是明知故问。哥哥也不生气。其实他才不在乎我们要干什么呢。我知道他只关心一个人,并且那种愉快的心情就是从那个人身上来的。

我们坐在了车上,一齐向杨树下的人呼喊起来:"哎——哎——"

我真替哥哥难为情。谁都知道他在等人,每天的这会儿他都在杨树下——那儿地势高,又有阴凉,站在那儿,一眼可以望到村子东边那道整齐的篱笆,篱笆后边有一条白沙小路……哥哥是多么棒的一个小伙子。我不信我们大车上的这一伙会有谁将来比他更棒。

这个夏天,哥哥刚好十九岁。我也会有这么美妙的年纪吗?嘿,可不是谁都能有这样的十九岁的。

大约是这年春天(有人说更早更早,好像是下第一场雪的时候),最漂亮、最温顺的姑娘罗玲子就常常和哥哥在一起了。他们干什么都爱呆在一块儿,我如果跟上,哥哥就说:"去找你那一伙吧。"再不就说:"老鲁的大车来了,人家都上车去了。"我多少知道那是怎么一回事儿。我愿意永远呆在罗玲子的身边。我没有任何恶意,也不想妨碍她。我把她看成最好的一个姐姐。有一次在场院上看星星睡着了,醒来发现在她的怀中。她让我的头枕在她的胳膊上。我高兴得真想哭一场。

我想所有的人都会嫉妒哥哥,其次是嫉妒我。

大家又一阵呼喊。罗玲子出来了。她径直向大杨树走去……白马咴咴叫着,老鲁咳着走过去。

老木头收拾着地上的什么,老鲁拍了拍白马。白马蓝色的大眼闪了一下,嗅了嗅老鲁的手。"走吧,伙计,你看那一车猴子。"

我们都听到了,一边笑一边跺脚,说:"老鲁骂人!"

维利喜欢那匹花斑马,他撇开玛丽,一个人跑去。老太太摆手让维利搂紧马的脖子,她要为他拍张照片,结果维利太矮,怎么也不能把胳膊从它脖子上弯过去。汉斯两手插在裤兜里笑。

"维利!维利!"

汉斯夫人从屋子里出来,笑吟吟地喊小男孩,做了一个手势。维利立刻离开花斑马跑去。玛丽也激动地叫了一声,随在后边。

客人中有人鼓掌。老太太从后面急急地赶到我身边,欢快地说着什么。可惜我一点也听不懂她的话。她的步子像年轻人一样轻捷,一会儿又赶到前头去了。

我们停在了一个小赛马场上。这儿有跑道,有一道道红白木栏。"唷唷唷——哟——"一个人在我身后叫着。他说:"这是莱茵河边上最漂亮的一个小赛马场了。不是吗?"

我想大概是的吧。

木栏有的很低,有的很高。我的目光在木栏上停留一瞬,赶紧移开。

我们的小骑手出现了——他当然是维利,此刻已穿上了白衣、马靴、头盔,手提一副小马鞭。他要为我们大家做骑术表演——那是一匹小矮种马,雪白雪白,这会儿英武地闯入场内。

玛丽随小白马跑了一段,待追赶不上的时候,就气喘吁吁地停在我们身边。小姑娘的神情有些严肃,不时扬手向场内的维利叮嘱一句。

维利骑得非常专注。他松松地抓着马缰,让马儿嗒嗒跑着。阳光照着他圆圆的黑帽。一切都很漂亮。我想他很快会在这些木栏间飞驰而过。

我身后有人愉快地喘息,我回头一看,哦,是汉斯夫人。她两手搭在玛丽的小肩膀上。玛丽的眼睛让阳光耀得睁不开。那金色的睫毛合到了一起,连小鼻子也蹙了起来。

汉斯在一边鼓掌。

维利的屁股翘起,右手的鞭子一起一落。小白马渐渐跑得快了。小白马跑到我们这几个人跟前时,我们赶紧鼓掌。它好神气哟,周身上下都给披挂好了,有极合体极讲究的小马鞍、马蹬,有彩色的鞍垫;额上垂下了红色的丝质缨穗。它真是一匹盛装小赛马。

小白马越跑越快。它沿着椭圆跑道疾驰。这样跑着,它突然离开跑道向内斜刺——冲向了场地中心的红白木栏——我的心跳加快了——可它毫不犹豫地飞跃而过……大家一阵欢呼。接着小白马一连跳过了三道木栏。

"喂,维利!我说你干得很来劲。对,下一个……"汉斯摆了一下头。

维利似乎谁的声音也没听到,继续扬鞭催马。玛丽眯着眼睛嚷叫,引得别人把目光移到她身上。她被迅疾奔跑的小白马激动了,不顾一切地喊着。我相信这喊声维利是听得到的,因为他的屁股翘得更高,身子差不多伏在了马背上。小白马的跨度进一步加大,像一道白色的波浪在飘涌、翻腾。

人们都屏住呼吸。这真是棒极了。不过如果稍有闪失——我禁不住回头瞥了一眼兴高采烈的汉斯夫人……

罗玲子同哥哥一起乘车了。老鲁把车子赶得飞快,当驶入密密的树林子里时,他就胡乱唱起来。阳光透过树木射进来,罗玲子满脸光彩。奇怪的是我们这一帮子此刻倒一声不响。

哥哥随老鲁一道唱——他有一副最柔美动人的嗓子。我敢说这辈子也听不到比哥哥再甜美的吟唱了。罗玲子凝视着哥哥,什么都忘掉了的样子。

白马轻松地拉着车子,轴部发出了吱吱的声音。一群灰喜鹊被新闯入的马车惊飞了,展开一片灰绿的翅膀。老野鸡咯咯地叫着,回答它的似乎是河对岸的一只白羊。

马车驶进沙湾时,大家都跳下来。老鲁把铁锹什么的掀下车,哥哥、罗玲子他们开始装沙。我们欢呼着奔向水边——水太凉,但让水漫过赤脚已经是十分满足了。跳下河洗澡的时刻还没有来,那要等到7月。我们的裤子打满了补丁,红红绿绿的布料映在河水里。差不多没有一个穿鞋子。大家都知道,长到哥哥那么大的时候,就有了鞋子和更多的东西。

比如,可以有制服——虽然那是爸爸年轻时穿过的——那是他从一座海滨城市里带回来的;特别让人兴奋的是可能还要有一条电镀腰带。

罗玲子与哥哥一起装车,她的后背正对着我们。我知道她的那件黄色上衣(多好看!多好看!)是用野蒜叶子染成的。我还知道她胸前、肩膀下边一点刚刚贴上了一枚桐树五花叶子。这种有着粘毛的桐叶可以粘在衣服上。罗玲子的裤子有三块补丁,不过这补丁是用六种颜色的小布对成的。反正她怎么样都是好看的。

老鲁把装满的车子赶走时,哥哥和罗玲子可以坐在河湾,直等到空车返回来。我们在水边逮一条小鱼,后来逮住了。

"要小鱼吗?"我们朝两个人喊。

罗玲子奇怪地低着头,脸像红颜色一样红。哥哥离她的耳朵二尺多远,正在商量什么——"要小鱼吗?"我们偏要问。

她抬起头,得救似的向我们跑来。她惊喜地看我们不值一提的收获。我发现她的脸有一层细密的小汗珠,一双眼睛亮极了。她回头叫了一声,对哥哥说:"他们真逮住了一条小鱼……"

"是吗?"哥哥爬起来,一副惊奇的样子。

这有什么好惊奇的——他们装得太过分了。

太阳就要落了。我们随车回村去。一群穿得破破烂烂的孩子跟在马车后边放声歌唱,踏着暮色——我们过得真来劲!树林子每到了傍晚就激动起来,差不多有一万种鸟儿在树梢上飞。

老木头迎接了大车。白马被卸下来牵在一边。它一点也不累,精神头儿好像很大。老木头离开了——有谁喊了他一声。我们几个被哥哥轮流扶上马背坐一会儿。不知谁问了哥哥一句:

"你骑过大白马吗?"

哥哥看一眼罗玲子,笑着摇头。

"你敢骑上大马跑吗?"

哥哥想摇头,但一对上罗玲子的目光,就怔住了。

罗玲子还是那样看着哥哥。哥哥拍了一下白马,牵过缰绳,说:"是啊!我们骑马去!我们到河滩上!"

白马飞奔。它不知沿跑道旋了多少圈,步子依然轻快。我们的小骑手有些累了,脸颊流下汗水。玛丽睁大了眼睛,回头和汉斯夫人争执着什么。维利坐在了马鞍上。马缰有些松弛了。小白马开始减速。

维利终于像个英雄一样结束了表演。他从马背上跳下来。

大家鼓掌跑过去。第一个吻到维利的是玛丽,她快幸福得哭了。接着是汉斯和夫人。好多人在夸马。我不知怎么想起了老太太,这会儿发现她正频频地吻着小白马。

汉斯走到小白马身边,用厚厚的大掌拍拍它的屁股,又招呼维利牵上他的马。

大家跟上汉斯夫人进屋里去。客厅宽敞得很,几个很大的沙发随便地放在灰绿色的地毯上。一角像一个小酒吧间,摆满了各种酒和饮料。那雪亮的不锈钢酒具和颀长的玻璃杯占据了整整两个格子。汉斯夫人给客人斟酒和各种饮料。我挑了一杯加冰的柠檬水。

这时维利卸了骑手服装,把马送到马厩里,来到了客人们中间,老太太搅着一杯浓浓的咖啡,把旁边的一杯递给维利。维利喝了一小口,发现是加糖的,就放下来去取可口可乐。他吻了吻老太太。

我们中间最胖的一位先生在喝红葡萄酒。他系了一条深红色的大领带,领带垂在胸口,又吃力地爬上隆起的肚腹。我不好意思地向他笑笑。

他好像很健康。

汉斯端着一杯矿泉水走过来,介绍他的这位巴伐利亚州最胖的朋友说:"他从来不喝啤酒,但是每年可以喝掉几大桶红葡萄酒。"

玛丽首先笑起来,又一次露出有黄斑的小牙齿。

"我还以为最使人发胖的是啤酒呢。"我说。

"葡萄酒。葡萄酒。"汉斯摆着手,用手帕擦嘴。

外面传来一声马的嘶叫。玛丽咯咯地笑。我觉得这会是那匹小白马在叫。我这会儿还惦念着它。我问维利:"长大了要当个骑手吗?"

维利不明白地看着我,好像问:"我现在不就是个骑手了吗?"

汉斯重复了一遍我的话,小维利冲玛丽说:"那当然了!"

汉斯夫人介绍说:"五岁那年他就坐到马背上了。不过那会儿汉斯要和他一块儿——维利,我说的对吗?"

维利红着脸。

"有一次他摔下来过。"玛丽急急地插一句。

"就是的。怎么样?"维利咬咬嘴唇。

老太太叫了一声,耸耸肩膀。

看来那一次维利并没有受伤。不过小白马跳栏的时候可是顶危险的了——如果马被绊了一下,就会在疾速奔驰中立刻仰翻过去——这时马体与木栏恰好交成九十度。小骑手正正当当地压在马的脊背下。那是很可怕的。那是不能想的。

小白马在冲刺。木栏,红的白的相叠式的障碍,一点点逼近了。跳。相交成九十度……小骑手在马背上颠簸一下。马又冲向另一个木栏……我喝了一大口柠檬水。

马又一声鸣叫。

它奔驰在河边树丛之中。白马大概这辈子也没让人骑过,很反感地弯着脖子去看背上的青年。我们一伙跟在后面跑着、欢呼着,连罗玲子也跳起来了。一会儿白马消逝在绿树后面了,我们给抛在一边;一会儿白马又出现了。哥哥的样子有些紧张,双手用力抓着马鬃。

罗玲子看着哥哥的样子,笑弯了腰。

"你肚子疼吗?"有谁挖苦哥哥。

哥哥于是尽力挺直了腰,但一只手还插在蓬松的鬃毛里。他飞快地瞥了一眼罗玲子。但他的目光还没有完全收回去,白马一下子站直了身子。那一刻哥哥就像搂紧了一棵白色的大树。

大家吓得一齐吼叫。

幸亏白马的脊背又变得水平。这家伙沿着树空儿窜,我真怕它把哥哥的腿挤伤。它发疯一样蹿起来。罗玲子喊:

"你跳下来呀!你怎么不跳?"

他像没有听见。白马终于没有把他甩下来,开始一溜小跑向前。大家都松了一口气。

我们跟住白马。这样跑了一会儿,白马突然长啸一声飞驰起来。一道白影在绿丛间闪了一下,接着不见了。马蹄的嗒嗒声开头还听得见,后来什么也没有了。"白马飞了。"我心里有什么敲了一下。

一会儿老木头和老鲁满头大汗地追过来,问:"白马呢?"

我们都朝前撇嘴。罗玲子告诉:哥哥在上面——在马背上面。

"你是说他骑马走了?"老鲁一拍膝盖,"光腚马可不是好骑的!"说着脸上的汗直往下掉。

"你们看!你们看!"说话间有人指着前边嚷。

白马出现了——它像箭一样出现了——背上的人仍然紧紧伏着——啊,他真是好样的!大家一齐鼓掌。罗玲子高兴得说话变了声音,像小孩子一样哼哼唧唧的。

白马"刷"的一声飞到跟前,又"刷"的一声停住了。我还没有看清是怎么回事,只见背上有什么东西往前一射——落在马头前边五六尺远的地方。

那是哥哥!他脸贴着地,而地上是去年收割的紫穗槐的茬儿!老木头和老鲁赶紧去拉他,一翻他的身体,大家都"啊"地叫了一声。

哥哥满脸是血。

我们都呜呜地哭起来……哥哥被无声无息地抬着。白马自己走在人群的后面。天就要全黑了。

从此哥哥脸上缠满了纱布。

好像这层纱布永远也扯不掉了,我真着急。罗玲子陪哥哥玩,他们有时走到河滩上去,回来捧一大把紫色的野花。

纱布间只露出一对眼睛。那时这眼睛好看极了。

一天早晨,医生来取纱布。罗玲子跟在医生后边。纱布取下了,她从后面探头望了一眼,立刻捂上了脸。哥哥叫着她。她飞快地跑掉了。

哥哥的脸布满疤痕,像打上了不同颜色的补丁。发红、发黑,甚至发紫——像紫穗槐的花朵那样颜色……

我再也没有见罗玲子来找哥哥。

哥哥的头发长长的,肮脏,发臭。他一个人到河滩上,回避着所有的人。

我的头发长长的,肮脏,发臭。我一个人到河滩上,回避着所有的人。

炎热的夏天过去,接上是秋天。我们失去了全村最美丽的一个姑娘。

一个阴雨天,我手持一把刀子,偷偷摸进了饲养棚。我贴着墙往前移动。白马咀嚼的声音很响。我离它只有几步远。后来我蹲到了木槽跟前。白马抬起头看着我。它的蓝蓝的大眼睛、眼睫毛,它的灰蓝色的绸布一样的嘴巴,它的光滑的脖子——上面一条微凸的活动的血管……刀子掉在槽里。白马奇怪地看着我。我把脸贴在了白马的脖子上。

"我明年就六岁了。"玛丽对汉斯说。

"唔,那就明年吧。"汉斯抚摸了一下她的头发。

"可维利是五岁呢——是吧,维利?"

维利先呷一口饮料,然后点点头。

胖胖的先生调皮地看了看玛丽,又瞟一眼汉斯夫人。汉斯说:"那不行。你要六岁才能骑的。"玛丽跑开了。

喝过了酒和柠檬水之类,汉斯提议大家去参观他的奶场——

就是离这儿三百多米远那几幢灰顶房子。大家站起来。

照例是老太太跑在前边。她的裙子在微风中抖着,一个小巧的皮包一直挂在胳膊上。胖先生试图追上她,但一直没有成功。

一排排奶牛表情麻木地看着来人。它们的下边连着挤奶器及长长的导管,导管又像电缆一样成一束,进入一个不锈钢大罐。我小心地摸一下钢罐,发现它灼热烫人。一个个仪表大如牛眼,与奶牛互相注视。

"哟哟哟……"老太太的手透过铁栏去抚摸一头头牛,很激动的样子。

维利随客人看了一会儿牛,无精打采地走出来。他的目光一转到那边儿,就立刻发出了光彩。那儿是用原木围起来的草地,上面就是那些棕马、黑马和花斑马——它们的个头都很大。

玛丽也走到哥哥身边去了。

这会儿传来一阵机器的轰鸣声。我看到有两辆大叉车往这边开来了。汉斯老远向他们打招呼,转身告诉我:他们是来农场实习的两个大学生,现在正运送麦草。

隆隆声大起来。我看清了前边一辆车上是一个姑娘——修长的身材,黑眼、黑头发,像有几分土耳其血统。她穿了一件小花儿衬衣,完全被汗水弄脏了。但这些都丝毫不能遮掩她的美丽。她劳动得多么带劲、多么认真。她的车子前部叉起了一个巨大而坚实的麦草捆,就像是她的双手举着往前走一样。后面一辆是由一个小伙子开动的。小伙子棕发蓝眼,穿了深红色的运动衫。维利向他说什么,他的车速稍微放慢了。

这时姑娘的车已经离我很近了。她有几分严厉地向后面的小伙子喊了一声,小伙子赶忙加大油门跟上来。

两辆车都因为太快而跳动着,很像一匹大马。

玛丽靠着汉斯夫人站着,左手食指咬在嘴里。汉斯站在一边看着两辆车开过去,眼睛眯着。我突然发现汉斯的个子非常高,而且打了裹腿。

1987年9月写于济南

1988年7月改于龙口

冬　景

进入 11 月,老人的神色变得沉重了。他一个人走向田野,注视天际,眉毛不停地抖动。天气晴和,人们在田里忙着,在海上打鱼,没人注意这样一个老人。

树叶铺地,又被大风扫进干涸的沟渠。老人用一个网包往回背树叶,在自己的小院里堆成一个垛子,又用秫秸、破渔网将垛子盖得结结实实。接上的日子老人都到海边上去,提一个粪筐,沿着浪印往前走。海水不断推涌出一些碎煤和木块,他都捡到筐子里。

有一天,他的小儿子穿着胶皮裤子从舢板上下来,看看父亲筐里的东西说:"虼!哪天我去拉车炭不就是了。"老人没有抬头,伸手把拇指大的一块木头捏到筐里。

他把所有的煤和木头都摊在院里,准备经一场雨后,晾干,堆起来。那时盐沫被水冲去,这些东西烧起来更旺。平时他走在路上,见到树枝什么的,都要捡起来;现在他每天都去海边捡东西。如果浪印上有一个蛤、一个螺、一条小鱼,他都随手取了放进筐里。他的每时每刻的拾取和积累终于让人纳闷儿了。有人问他的小儿子:"你父亲是怎么了?"小儿子笑笑:"人老了还不就那样!"

老人住的小院四四方方,是由一人多高的围墙围成的,一角是他的小屋。老伴去世后,儿子让他住新房,他毫不犹豫地拒绝了。小院宽敞,装满了阳光,他一个老人舍不下这么多的阳光。

碎煤和木块摊开来,占去了小院的大部分。半夜里下雨,老人穿上蓑衣,戴了大竹笠走到院里,用一把铁抓钩在木块堆里搅着。雨水在脚下流动,他弯腰取一块木头片放进嘴里咂了咂,品品还有没有咸味,吐掉,回屋子去了。

白天太阳很好,他翻晒着木块、煤屑。这样过了几天,他将它们堆起来,拍实,然后用泥封好。看上去,院子的一角像多了一个坟丘。

老人拌了一大堆草泥。他用筐子装上草泥,沿着小屋转着,哪里有裂缝、有小洞,都用草泥糊上。屋后墙上有一个四方小窗,他也用草泥抹上了。

小屋里最大的东西就是一个土炕。这个炕最多睡过六个人:他、老伴、四个儿子。后来死了三个儿子,死了老伴,小儿子也搬走了。可是土炕依旧那么大。一个人坐在暖烘烘的大土炕上,看着窗外白雪飘飘,那才是一种富足。老人把小屋的外部收拾过了之后,又蹲在屋里琢磨土炕。他将土炕凿开两个洞,又用土坯接通了这两个洞口,沿墙壁垒了一圈。这样土炕里的烟火就会蹿到墙壁上,形成火墙。

他记得这辈子只做过两次火墙。

那一次是在奇冷的冬天里,有几个打鱼的人落在水里。他们有幸攀着冰碴儿爬上海岸,立刻昏迷过去。赶海的人把他们救了,背到他这全村唯一有火墙的小屋里,让脚上的冰一点点融化。老婆子在锅里煮几块红薯,煮得软软的,扳过打鱼人的头,像抹油膏一样往他们嘴里喂红薯。

"你真有本事。"老人蹲在刚垒成的火墙下,望着锅台夸了一句老伴。

当年她就坐在锅台边上,打鱼人的脚伸到火墙根,滴着水。

他垒火墙时,她为他搬草泥。草泥稀了、稠了,他晃晃手指头她就知道。那年亏了垒火墙,他们安安稳稳过了一个冬天,还救下了一帮人。这些人如今仍旧在海里搅水,比当年还有劲,可是她没有了。

老人现在重垒火墙,垒好后就在炕里点上了柴草。火苗噜噜响着,不久湿湿的火墙冒出白汽,慢慢变干。他额上挂满了汗珠,十一月可不是点燃火墙的时候。

从屋里出来,他用剩下的草泥加固了墙壁,然后出了院门。向南遥望,远处的山影碧蓝碧蓝的。他每天都要看看南山,从颜色上可以知道风雨。

当年救出的是一些血气方刚的汉子,老婆子说:积了阴德!积了阴德!奇怪的是老天把人间的事情记反了,他三个活蹦乱跳的儿子一个接一个死去了!

那年大儿子被派到南山修水利,快过年了还没有回来。老伴用红薯掺米粉做成了老大的锅饼,让他去山上看儿子。他到了工地上,最后在一个半里长的山洞尽头找到了儿子。儿子头发老长,面色就像石头,告诉他:这条山洞就是他们开的,要凿穿高山。老人慌了,找到他们的头儿说:"这做得成吗?要几辈子?"那个人哼了一声:"你还不相信革命的力量吗?"他只好放下锅饼往回走。他忘不了一路上大雪没膝。还没有出山,他就听见了一声轰响。回到家里的第二天,有人送信说,儿子被埋在了山洞里!

拉儿子的木轮子车几次陷进雪里……

那个冬天哪,整个世界都是白的……

老人在门口站了一会儿,又转回了院子。他从屋子左侧的小夹道里提出了一个黑柳斗,里面是些破鞋子。他将棉靴挑拣出来,又找出一个形状奇特的东西:这是用生猪皮缝成的四方小包裹,里面装满了麦草,上面还缝了两条粗长的带子。他脱下鞋子,费力地将赤脚插进生猪皮里,又把两条带子缠到裤脚上。生猪皮上的鬃毛全夯了起来,原来是一种自制的靴子。

这是上个冬天做成的,穿上它踏雪赶海是再好不过了。眼下会做这种靴子的人所剩无几,更没有几个人知道它的妙处。多少人笑话这双靴子,连小儿子和他媳妇也笑。他懒得扇他们耳光,只管穿上就走。冰雪被他踩出了汁水,双脚却感不到一丝凉气。海边上,在小船边奔忙的人冻得乱蹦,唯独他一个老头子安然地走来走去。

他试了试靴子,觉得还好。有的地方开了线,他就捻一根麻线,用两腿夹牢靴子,一针一针缝起来。

车上的儿子血肉模糊。他们尾随车子往前走,不吭一声。半路上,老婆子一头栽进了白雪里,咬紧了牙齿,脸色变青。一群人围上掐弄拍打,她才算缓过一口气来。老头子蹲下,解开老棉袄的扣子,把她揣进怀里往前走去。她身上的冰雪很快融化了,他的衣襟下一滴滴流出水来。"走吧,回去还得过日子!"

生猪皮干硬了以后赛过钢铁。好几次粗铁针要折断,他都巧妙地寻到了去年的针眼。以前缝东西可是老伴儿的事儿,他只是满腿泥巴,在院里走来走去,身边是大大小小的几个儿子。

大儿子的头发有些鬈,一双眼像鹰一样亮。他比父亲高得多,胸脯宽厚。老人与他去伐树,见他握住斧柄时,手指绕了一圈还余出一段。老头子夜里躺在炕上,对老伴说儿子的手指有多么长,那可是个有大力气的角色。白天老婆子盯住儿子的腿看了半天,发现这两条油光闪亮的腿上,有鱼皮似的菱形纹儿!她笑了。

两只生猪皮鞋子修好,中间塞满软草,悬在了屋檐下。

老人又找出一些钓钩和丝线,准备到海上去钓鱼。他盘算了一下,整整有半月的时间可以用来钓鱼。在太阳和暖的日子里,他要把闪闪发亮的大鱼从海里拖上来,然后搓上盐,悬到半空里晒干。等到焦干的鱼片晒成时,他就用马兰草捆起来,五张一沓,像捆烟叶那样。

海上的人太多,小船在远远近近的地方搅来搅去。老人常常因为寻个安静地方要走上老远。他放出钓钩等待着。

很长时间过去了,没有一条鱼上钩。这是自然的,一点也没有出乎预料。他用了大号的钓钩,那就只有大鱼才能上钩,让小鱼继续活着吧。又过了半个钟点,他拉上一条带灰点儿的圆头大鱼。这时小儿子跑来了,帮着他摘下了大鱼,又夸了几句鱼鳍:它是红的。然后他就埋怨父亲说:"蜕!我从舱里取几条不就结了吗?"老人继续往海里放渔线。

尽管整个一天风平浪静,老人才仅仅钓了三条鱼。三条鱼都很大很肥美,躺在筐里。他回到小院,给鱼剖膛、搓盐。鱼悬到树枝上了。小儿子又送来三条。这三条通身乌黑,不漂亮。他哼了一声,打发走了儿子,同样剖洗搓盐,悬到树上。

二儿子的一生与鱼紧相联系。在他刚能吃东西的时候,老婆子就喂他鱼。后来他果然强壮,只是要比大儿子矮上两寸。他浑身皮肤像鱼一样滑。四岁的时候他到海边上玩,逮到了一条一尺四寸长的鱼。

他是怎么逮到的呢?

老人后来只要一接触到鱼,就会想到那个费解的事情。六条鱼悬在半空,在暮色里银光闪闪。他仰脸看了一会儿鱼,又到屋子里去看沸动的锅水。他把鱼身上剖下的东西煮了,鲜气诱人。

一连几天他都在海边上钓鱼。每天的收获都不超过三条大鱼。天渐渐冷了,老人清清楚楚地嗅到了严冬的气味。严冬眼下还只是藏在水天相连的地方,可是它已经有了气味。正像一头猛兽藏在远处的灌木丛中,好猎手嗅得见它的气息。他一声不吭地盯着从脚下伸到水中的那根线。

二儿子是怎么逮到它的呢?

对付大鱼要有钓钩、网,要有指尖上的力气。可是一个四岁的嫩苗竟然不需要这一切,笑吟吟地将那家伙抱回了家。老人用手握住了线,感受到有个东西在另一端挣扎,就欠身拉扯起来。线像一条钢梁,沉重、冰凉,用拇指拨一下发出"嗡"的一声。那条鱼在那一端肯定是张大了嘴巴咒他,腥气熏人。后来谜解开了,它是一条浅灰色的大片子鱼,像一把伐木的锯子。到了浅水里,它蹿了起来,要咬住人复仇。老人瞅住机会,抬脚踩住了它。

它红色的眼睛乜斜着他。二儿子出海回来曾告诉父亲一些奇怪的感受,说鱼眼像人。小伙子高高细细,被海水渍得黑红乌亮,像被一种老漆涂过。船老大金狗旧社会杀人如麻,杀的全是坏人,如今在海上威震四方。金狗最满意的就是这个细高小伙子,给取个外号叫"钢筋"。金狗把船开到深洋里,说:"不要命的人总是长命!"

鱼在沙滩上堆成了山。方圆几十里的都来搬鱼山,扔下一块钱,鱼就随便担。天冷了,大雪落下来,鱼冻成了一根根硬棍。赶海的人互相吵起来,有时就抓起一根鱼棍横扫过去。

老人在金狗最得意的那个秋冬也没有停止钓鱼。他搞来的鱼个个强壮。老伴为他送饭,有煎鱼,有巴掌大的棒子面饼,嘿,结结实实咬一口饼,用力咀嚼,甩开膀子去扯渔线。那时哪像现在这样钓鱼,蹲着,喘着气把鱼拖上来。

小院的树枝上悬满了鱼。这棵树落光了叶子,又结满了"鱼果"。老人坐在树下,有时用脚踢一下树干。树木向阳那面悬着的鱼哗啦啦响,他就取下来用马兰草捆了。干鱼的脊背上还闪着微蓝的荧光,那是从大海深处带来的。这些鱼如果一直呆在深水里就会活得挺好,它们却偏偏要到浅水里去寻找要命的鱼钩!

就像大雪陷住木轮子车的那个冬天一样,这个冬天同样出奇地多雪和寒冷。老人不怎么出他的小院,只和老伴围住暖烘烘的锅灶。听说金狗的船也不怎么出海了,只是在海里栽了流网,隔几天进海拔一次网。有一天半夜里涌起了大浪,大海的轰鸣声就像打雷一样。金狗呼喊他的人快去海上抢网,一群人发了疯似的往堆满了白雪的海岸上跑。二儿子走了,老人再也睡不着。他穿上老棉袄,用一根黑色网纲束了腰,往海上走去。

他至今记得那个早上海浪突然安息下来,一群黑乌乌的人站在雪地里,见了他都扭过头去。他大口喘着走过去……就这样,他见到了死在雪尘中的二儿子。儿子满脸血污,左手还紧扯着一片渔网。金狗领人往东海岸追去了,每人手里都举着橹桨和棍子,还有锈蚀的铁锚。一夜的大浪把渔网搅乱了,金狗命令赶快拼抢。另一渔队过来夺网,金狗让手下人抡起家伙。"钢筋"一个人抢来了三块大网,当他瞅准了第四块时,头上挨了一记铁锚。

他躺在那儿,就像睡在大土炕上一样,顽皮地扭着身子,一只手插在毛茸茸的雪被里。

拉儿子的木轮子车几次陷在雪里……

那个冬天啊,整个世界都是白的……

后来老婆子半夜跑出小院,一直向海上跑去。老头子跟在后边喊她,她一声不应。前边就是闪着粼光的海水了,她一头栽了进去。他赶紧跳进海里,觉得这漂着冰碴儿的水浪像沸水一样滚烫。不知怎么抱住老伴,爬到沙岸上,见她紧紧闭着眼睛。他问:"你死了吗?你可不能死!咱们还有两个儿子!三儿子快长大了,小儿子也生出来了。咱们还有两个儿子!"

剩下的半个夜晚他煮了一锅鱼汤,放了很多姜。土炕烧得热乎乎的,上面躺了剩下的两个儿子和水淋淋的老伴。他知道她死不了,她不会撇下他对付这个冬天。

不过他知道那样的日子也许不远了。大约又过了两个冬天,老伴死去了。这个女人真好,她伴着老头子过了一个冬天又一个冬天,实在走不动了还送他一程……

以后的冬天是他自己的事情了。他沉着地生起炉火,把小屋里的寒冷驱赶到荒凉的旷野里。

三儿子和小儿子没有前两个那么高大,他们差不多是一个比一个矮瘦一点儿。老伴在世时,他曾经感叹:"这就是说,咱俩身上的火力不行了。"老婆子缺少牙齿的嘴巴咀嚼着一块干鱼,又吐出来填进小儿子的嘴里。

干鱼一捆一捆积起来,堆放在屋角的一个搁板上。老人觉得这差不多了,可是第二天,他还是带上渔具到海边去。

天冷了,他穿了一件长长的棉衣,真正的冬天就要开始了。海里的船不像秋天那样欢快,像僵在了阴暗的水面上。整整几天没有看见小儿子了,老人心里有些不安。这是最小的一个儿子,也是唯一的一个。后来小儿子又活蹦乱跳地出现在海滩上了,他才专心地钓鱼。他知道现在的忧虑是多余的,冬天才刚刚开始。

小儿子自己有一条船,似乎自在得很。几年以前他要做个渔人,就必须跟上金狗。年代变了,金狗也死了。这个满身疤痕的船老大死得不明不白,像是被什么人勒死在船舱里。小儿子和媳妇扛着网具走在海滩上,那个女人见到老头子在不远处踱着,就会忍住笑,发出一声:"啧啧!"

有一次老人听到她发出的这种声音,就叫过儿子来说:"别再让我听到这个!这是最后一回了!"

老人钓着鱼,十分气愤。前三个儿子都是壮男儿,可是都没有女人;最后一个儿子娶了个女人,嘴里吱吱响。他想如果要是老伴在世,不会在乎这种声音的,她真是一个随和的好人。他坐在海边做活,她就送饭,看他干一会儿。当一个男人老了,他的女人也像他一样老了,满脸深皱,那么那个女人真是无比珍贵!

有一个冰凉的东西钻进衣领,后来才明白是雪花。他站起来看着,天边有一片灰色的云彩。第一场雪就这样开始了。他决定收起鱼钩。那个小院里已经准备了对付冬天的各种东西,当冬天走进时,他就缩进那个小窝里顽抗。他仔细地缠着渔线,一边看着星星点点的雪花落进海里。

每个冬天开始的情形都不一样:刮一次冷风,或者降一层毛茸茸的霜,有时甚至是下一场大雨。不过用一场雪开头是最好不过的,它预示了真正的冬天。三儿子就是在冬天的第一场雪里出生的,后来又在另一个冬天里离去了。他皮肤白白的,像雪花一样干净。这是老人和老伴所能生出的最俊俏的孩子了,他们看着他长高了,看着他又黑又亮的眸子、长长的眉梢,真不知道这个小子要来世上做些什么!

那时他来海上钓鱼,到野地打柴火,都要领上三儿子。老婆子说:"孩子学不会这些,不信你等着看吧,他不是在海边上做事的料儿。"老头子笑着,可是三儿子不吭一声,只用忧郁的眼神看着他。

老人不喜欢娇嫩的东西,人也是一样。可是这个孩子像个晶亮透明的海贝,让人忍不住就要藏在贴身的小口袋里。

老伴临死的时候,最牵挂的也就是三儿子。

第一场雪照例下不大。雪后不久该是呼呼的北风,沙土会飞飞扬扬。老人准备了几个麻袋子——当风停沙落的时候,沙丘漫坡上会积一层黑黑的草屑,细碎如糠,是烧火炕最好的东西了。往年这时候他和老伴干得多欢,跪卧在沙丘上,像淘金一样筛掉黄色沙末,把草屑收到衣襟里,再积成几麻袋。

风果然吹起来,直吹了两天两夜。风停了,老人提着麻袋往海滩走去。黑糊糊的草屑都积在沙丘的漫坡上、坑洼里,他一会儿就装满了袋子。把袋子扛到肩上,要有人帮一把。他一个人只好将它滚到高处,立起来,躬下身子顶住袋子。老伴儿伸手一推也就行了,他可以顺劲儿来一下子,让它顺在肩上。三儿子跟着他跑一阵,在沙滩上滚一阵,老婆子不停地叫着孩子。她要留下来继续弄草屑,坐在那儿,伸手将沙土和黑末子一块揽到跟前。老头子和儿子返回来的时候,她已经在身边堆起很多的草屑了。三儿子远远地就指着妈妈说:"爸,妈快把自己埋下了。"

不久,老伴死了,就埋在沙丘那儿。

她的坟堆也如同沙丘,大风吹来吹去,沙丘一个连一个,最后分不清她睡在哪座沙丘中了……三儿子那句不吉利的话至今响在耳边。老人扛着草袋,走累了就倚着小些的沙丘歇一会儿。他总觉得重新赶路时下边有谁推了一把,他想那还有谁,那还不是老伴儿那只瘦干干的手吗?

他一连在沙滩上奔忙了三天,小院里堆了满满几麻袋草屑。

天越来越冷了。小儿子有时进院一趟,向手上吹着气,搓着。他说:"爸,刀割一样。"老人斜他一眼,心里说:你经了几个冬天?小儿子看了看孤树上面,笑了。树枝上悬了最后一条鱼。那是条大鱼,油性也足,要多晾晒些时日。他咂了咂嘴巴,说:"肥得像鸡。"老人抬头看着那条鱼,回想着把它拉上海岸的情景。好像就是它用血红的眼睛斜了自己一下。小儿子将院里的东西一一看过,又看了屋里的火墙,一脸的迷茫。

老人一个人在院里的时候,手总也闲不住。他找了块木板,钉上长长的木柄,做成了推雪的器具。几把扫帚用旧了,就拆开来,合成一把大扫帚。他用这把大扫帚清除了院子里的脏物,然后和推雪的木板一起小心地放好。再做点什么呢?老伴儿那时候见他转来转去的,就和他一起剥花生、剥麻。天还不黑,老伴儿就动手做一家人的晚饭了,一会儿满院子都是红豇豆稀饭的香味儿。三儿子在院里捕蜻蜓,小儿子负责保管捕到的蜻蜓。那时候还像一个家。

三儿子读过了初中,在院墙上写了很多外国字母。问他什么意思。他说"数学"的意思。"数学"是什么意思。他说"算账"的意思。行了,终于有了会算账的人了。老头子亲自推荐儿子到海边卖鱼房里做会计。那时候老人兴奋极了,他终于明白这个雪白的孩子到世上是做什么来的了。

一年之后,三儿子报名参军。老人并不反对,但还是习惯地咕哝了一句:"好男不当兵,好铁不打钉。"儿子把漂亮的眼睛瞪圆了,说:"你怎么能说中国人民解放军是'钉'?"他当兵走了。

他走了,冬天来过两次,都不像个冬天。小儿子长大了,成了这个小院里走出的第二个渔人。老大死在南山,他算什么? 也许该算个石匠吧? 这个小院的第一个渔人可算条汉子,不过不能学他,你得赖赖巴巴活下来……第三个冬天冷酷无情,滴水成冰,冻死了一头驴,还冻死了一只羊。前线传来了作战的消息,战事演大。大雪朵像棉絮一样掉在小院里,老人一边往外推雪一边盘算着什么。他有了一种奇怪的感觉。这种感觉以前也经验过,就是那一次从南山走出来,踏着没膝大雪时的感觉,他在心里小声呼唤着:"我的儿子! 我的儿子!"

那个冬天的夜晚奇冷,他烧热了火炕,围紧了被子,牙齿还要打战。那些夜晚他想,老伴不在了,可不要发生那种事情,他一个老人呆在小院里可受不住那一下啊! 白天他不出门,缩在屋里,连小院也不怎么去。他躲避着什么东西。

终于有人叩响了门。乡长、村头儿,好几个人神情肃穆地跨进小院。其中一人捧着一摞东西,上面放着一个精致的小盒,盒里有金星闪耀。老人迎上去,看了看,缓缓地坐在了厚雪上。

奇怪得很,那个冬天他也过来了。三儿子没有了,送回的是一枚立功奖章。老人一辈子也没有见过这样奇怪的东西。小儿子抚摸着说:"要是金的,就要藏起来。"

一阵风吹来,树上那条鱼碰响了枝丫。老人倚着树干坐着,闭着眼睛。如今奖章就在屋里的一个小钟罩里,它的一角被磨过,露出了另一种颜色……"你这个浑蛋!"他骂了一句小儿子,仍然闭着眼睛。

门响了一下,小儿子提来一只鸡。老人把它收拾了一下,搓上盐和作料,悬到树上。这是要做成一只"风干鸡",它可以放到来年暮春。儿子叹了口气。老人说:"怎么不出海?"

"给小船堵漏呢。"

"要出快出,半月后把船搁了吧。"

儿子愣愣地问:"为什么?"

老人没有吭声。他站起来活动着,弓着腰咳着,费力地说:"在家……熬冬。"

"冬天可是采螺的好时候哩。"小儿子奇怪地瞅着父亲的脸。

老人再不说话了,坐在树下草墩上,眯着眼睛。雪花无声无息地飘下来。

这一次的雪花越落越大,很快积了厚厚的一层。大雪下了三天。人们都呼喊着:"好大的雪呀!"老人用大扫帚将雪赶出小院,在心里说:"这算大雪吗?我经过的那三次大雪,埋掉了三个儿子。"

三天的积雪慢慢融化,天气骤冷,小儿子跑来,伏在窗上嚷:"爸,怎么还不点上火墙?"老人在熬一锅稀粥,耐心地搅动着,说:"还不到时候。"

积雪化完了,天还那么冷。打鱼的人全都不出海了,在家里生起了火炉。小儿子忙了一秋,没有拉炭,就抄着衣袖到父亲这儿找取暖的东西。老人没有给他,他哭丧着脸走了。这样又熬过了几十天,天气慢慢转暖了,蓝天上白云飘游。小儿子扛着橹桨走出来,见了父亲说:"俺这回不是把冬天过去了?"老人端量了一眼儿子,说:"给我回去,呆在家里熬冬。"

儿子笑出了声音,因为他这会儿看见父亲穿上了自己缝制的生猪皮靴子,小腿那儿还用粗布缠了。

老人对儿子后面的几个渔人说:"回去,回去。"

几个人对视了一下,往回走了。小儿子一个人站立了一会儿,也回家了。

老人缓缓地走上海岸。大海还算平静。他眉毛挑动着,遥望着水天相连的地方,又把耳朵侧起来倾听。他好像听到了一件瓷器被缓缓地碾碎,咯吱吱的声音从海底传过来。当他转过脸来的时候,看到有一半海水变了颜色。一线黑云在远处悬着,云与水之间像是闪着紫红色的火苗。海浪一点点加大了,后来卷起一人多高,扑碎在沙岸上,有"昂昂"的回响。头上还是晴天,可空中分明落下雪粉。空气一瞬间凝固了,像无形的冰筒把人裹住。老人转身离去,步子急促。当他站在一个沙丘上回望大海的时候,大海已经没有了。

他知道那是风暴劫走了大海,用它制造冰雪和严寒,然后一股脑儿压向泥土。天地间有多么凶狠的东西!

他跑起来,一口气跑回小院。

小儿子和媳妇站在小院里,见到老人回来了,就放心地往回走。老人说:"哪里也不要去了。冬天开头了!"

他点燃了火墙,噜噜火声与风暴的声音搅在了一起。小儿子走到院子里,立刻呆住了。雪花像一群惊慌的蜜蜂在旋动,树枝上那条肥鱼狠劲拍打着树干。天空一片昏暗,小院外的东西什么也看不见。他退回了屋里,"嘭"一声将门关严。

老人从屋角提出一捆鱼,挑出两条油性足的扔进锅里。水滚动着,浓浓的鲜味满屋都是。这种气味使人神情安定下来,小儿子和媳妇笑嘻嘻地围在锅台上。老人用一个勺子将水面的泡沫刮掉,使汤汁变清。两条鱼的红鳍展开来,一瞬间活了,沿着锅边游了两圈。小儿媳妇抓了一把葱姜,喂鱼似的投进水里。老人合上锅盖。

一个个冬天逝去了,新的冬天又来临了。老伴儿在世的那些冬天就在眼前,如今还嗅得着她煮出的鱼汤。几个孩子依次坐在炕沿上,由他捏起雪白的鱼肉给他们一一填到嘴里。天黑了,一家人躺在炕上,二儿子装成会打鼾的人,其他的孩子哧哧地笑。半夜里,老伴儿弓着腰披着衣服,在屋里活动着,添添炕洞里的柴火,给灶上的铁壶灌水。她提起铁壶,用铁条捅火,蹿起的火苗把她的脸映得通红。

小儿子揭开锅盖,舀了几碗鱼汤。

鲜味儿使他媳妇不住声地咳嗽。她捧起碗来,又烫得赶紧放下。她说:"爸呀,喝汤……啧啧。"

她又发出了那种声音。老人瞪了儿子一眼,走出了小屋。

天黑了,第一阵风雪平息了。院子里已经积下了半尺厚的雪。老人取了那个推雪板一下下推起来。如果不在夜里将雪清除,那么新的积雪就会掩住屋门。寒气比他记住的任何一个冬天都要严厉,他紧紧咬住了牙关。他知道这不是平常的冬天,一切才刚刚开头,没有错的。

　　他记得有人说过,冬天总是跟老人过不去;可他却在冬天里失去了三个儿子。三个活蹦乱跳的小子没有了,生他们的那个老人还活着。他还有一个最小的儿子,如今就呆在暖烘烘的小屋里。老人刨开院里的草泥堆,取了些煤屑、木片回到屋里。小儿子和媳妇歪在炕上睡着了,一溜儿空空的瓷碗摆在一边。老人伸手到席子下试了热力,然后给炕洞子添了东西。他盯着洞里的火燃起来,然后又取了麻袋里的草屑,厚厚地压在火炭上——这样,永不熄灭的文火将使他们睡得更好。一切做过之后,老人又掩上门走出来,走到院门口。

　　雪还在落着。茫茫白雪泛出微微的光亮,从脚下铺到遥远的地方。老人的眼睛一动不动地看着雪地,他怀疑这个新的冬天会漫无尽头。"天哪,我已经损失了三个儿子,谁都会说那是三个好儿子。三个小伙子三个行当,他们分别是石匠、渔人、兵。"

　　老人像守门人似的,蹲在了小院门口……

1987年9月写于济南
1988年6月改于龙口

附:短篇小说总目

1973 年
　　木头车

1974 年
　　槐花饼

1975 年
　　小河日夜唱
　　花生
　　战争童年
　　夜歌
　　他的琴

1976 年
　　钻玉米地

锈刀

铺老

开滩

叶春

槐岗

造琴学琴

石榴

1977 年

玉米

蝉唱

公羊大角弯弯

下雨下雪

在路上

1978 年

人的价值

田根本

1979 年

悲歌

告别

初春的海

自语

春生妈妈

达达媳妇

老斑鸠

善良

七月

1980 年

操心的父亲

芦青河边

深林

桃园

丝瓜架下

永远生活在绿树下

1981 年

看野枣

天蓝色的木屐

古井

荒原

三大名旦

两个姑娘和一个笑话

黄烟地

1982 年
女巫黄鲶婆的故事
声音
山楂林
拉拉谷
生长蘑菇的地方
夜莺
踩水
紫色眉豆花
第一扣球手
猎伴
小北

1983 年
泥土的声音
草楼铺之歌
秋雨洗葡萄
一潭清水
挖掘
胖手
篝火
灌木的故事
秋林敏子

1984 年

  黑鲨洋

  海边的雪

  红麻

  野椿树

  剥麻

  蓑衣

  烟叶

  烟斗

1985 年

  夏天的原野

1986 年

  采树鳔

  激动

  三想

1987 年

  持枪手

  美妙雨夜

  梦中苦辩

  橡树的微笑

满地落叶

童年的马

冬景

我的老椿树

问母亲

1988 年

一个人的战争

王血

蜂巢

绿桨

造船

射鱼

夜海

背叛

阳光

狐狸和酒

头发蓬乱的秘书

一个故事刚刚开始

怀念黑潭中的黑鱼

我弥留之际

唯一的红军

旧时景物